S. K. TREMAYNE

MÄDCHEN AUS DEM MOOR

PSYCHOTHRILLER

Aus dem Englischen von
Susanne Wallbaum

KNAUR

Die englische Originalausgabe erschien 2018 unter dem Titel
»Just Before I Died« bei HarperCollins, London.

Besuchen Sie uns im Internet:
www.knaur.de

FSC
www.fsc.org
MIX
Papier aus verantwortungsvollen Quellen
FSC® C083411

Deutsche Erstausgabe September 2018
Knaur Taschenbuch

Redaktion: Birgit Förster
Die Übersetzung wurde gefördert
durch die Kunststiftung NRW.
Covergestaltung: ZERO Werbeagentur, München
Coverabbildung: Arcangel Images / Karina Vegas,
Plainpicture / whatapicture, © FinePic / shutterstock
Satz: Adobe InDesign im Verlag
Druck und Bindung: CPI books GmbH, Leck
ISBN 978-3-426-52248-6

2 4 5 3

Für Star, auf Tor Kes

Poor Kitty Jay
Such a beauty cast away
This silent prayer should paint some peace on her grave
But something broke her sleep

Aus *Kitty Jay* von Seth Lakeman

HUCKERBY

Samstagvormittag

Die toten Vögel liegen ordentlich aufgereiht. Warum sind sie tot? Vielleicht von einer Katze gerissen, auf diese grausame kätzische Art: nicht aus Hunger, sondern zum Spaß. Nur kenne ich niemanden, der eine Katze hätte; weit und breit nicht. Wir haben jedenfalls keine. Adam ist mehr für Hunde: Tiere, die arbeiten und jagen und apportieren; Tiere, die treu sind.

Wahrscheinlicher ist, dass die kleinen Vögel vor Hunger und Kälte eingegangen sind. Der Dartmoor-Winter ist lang und hart. Während der letzten Wochen hat der Frost sich in den Boden gefressen, hat an den knorrigen Bäumen genagt, die Leute vom Dorf Christow bis zur Tavy-Klamm eilig nach Hause huschen lassen und die schmalen Moorlandstraßen in Eisbahnen verwandelt.

Allein der Gedanke jagt mir einen Schauer über den Rücken. Den Kaffeebecher in beiden Händen, stehe ich am Küchenfenster und schaue hinaus. Eine Zeit lang war das Eis auf den Straßen eine ernste Gefahr. Ja, ich hätte vorsichtiger sein müssen, aber war es wirklich meine Schuld? Einen winzigen Augenblick habe ich nicht hingeschaut, war irgendwie abgelenkt. Und da ist es passiert, auf der dunklen Straße, die am Ufer des Burrator Reservoirs entlangführt.

Ein kleiner Eisklumpen. Das hat gereicht. Eben noch war ich gemütlich auf dem Weg nach Hause, und plötzlich saß ich in einem Auto, über das ich keine Kontrolle mehr hatte, drehte mich im Kreis, stieg auf die nutzlose Bremse und schlitterte im Dezemberdämmerlicht schneller und immer schneller aufs Wasser zu. Das Einzige, woran ich mich erinnere, ist ein seltsames Gefühl von Unausweichlichkeit; der Gedanke, dass das immer für mich vorgesehen war: ein plötzlicher Tod mit sechsunddreißig.

So war es immer gedacht: dass ich im steigenden schwarzen Wasser erstarre, dass die Wagentüren blockieren und ich eingesperrt bin. Immer schon war klar, dass mein letztes Nach-Luft-Schnappen an einem kalten Dezemberabend in den Ausläufern des Moors, wo die kahlen Felskuppen und Hügel sich nach Plymouth hin absenken, von eisigem Nass ersäuft wird.

Aber es hat mich nicht umgebracht. Ich habe gekämpft, bin, blutüberströmt, geschwommen – und habe überlebt. Irgendwie, wie auch immer. Ja, meine Erinnerung ist schwach, noch sind es nur Fetzen, aber sie werden deutlicher, und auch mein Körper erholt sich. Der blaue Fleck in meinem Gesicht verblasst.

Ich habe einen beinahe tödlichen Unfall überlebt, und nun liste ich mir auf, was gut ist in meinem Leben, wie ein Kind Dinge an den Fingern abzählt.

Das erste Glück: Ich habe einen Mann, den ich liebe. Adam Redway. Es scheint, als liebe er mich auch, und er ist mit seinen achtunddreißig Jahren immer noch sehr attraktiv: leuchtend blaue Augen, rabenschwarzes Haar. Fast schwarz, nicht ganz. Es gibt Momente, da könnte er als zehn Jahre jünger durchgehen, als sei er alterslos, und das, obwohl er einen harten Job hat. Vielleicht *weil* er einen harten Job hat.

Er verdient nicht besonders gut als Nationalpark-Ranger, aber er liebt das Moor, denn er kommt von hier. Und er macht seine Arbeit gern: vom Ausbessern der Mauern, damit die Dartmoor-Ponys nicht allzu weit davonstieben können, bis zu den geführten Wanderungen mit Schulkindern, denen er die Narzissen an der Steps Bridge zeigt, oder mit

Touristen, die er durch die Lydford-Klamm geleitet und gern ein bisschen das Gruseln lehrt, indem er ihnen von den finsteren Gesellen erzählt, die sich im sechzehnten Jahrhundert da versteckt haben, den Gubbins, die in Höhlen lebten, zu Kannibalen wurden und schließlich an Inzucht und Wahnsinn zugrunde gegangen sind.

Adam steht auf das alles, er liebt die Poesie und die Strenge des Moors. Er mag das Raue, das Fremde, er ist damit aufgewachsen. Und mit der Zeit hat er mich in diese Welt aufgenommen; unsere Ehe ist glücklich, jedenfalls glücklicher als viele andere. Ja, alles ist eingespielt, normal, absehbar. Bis hin zum Sex.

Meine Freundinnen aus Studienzeiten würden sich über dieses schlichte Leben lustig machen, natürlich, aber ich fühle mich darin zutiefst sicher und wohl. Die Dinge gehen ihren Gang, alles hat seinen Rhythmus, auf alles ist Verlass. Ich begehre und werde begehrt. Seit dem Unfall haben wir uns noch kaum geliebt, aber das kommt wieder, da bin ich sicher. Es kommt immer wieder.

Wofür kann ich noch danken? Warum sonst bin ich heilfroh, am Leben zu sein? Ich muss es mir ins Gedächtnis rufen. Denn die Flashbacks sind schrecklich.

Oft kriege ich urplötzlich beängstigende Kopfschmerzen: schneidend und so grausam, dass ich schreien könnte. Als knirsche etwas in meinem Hirn, als schabe Knochen über Nerven.

Jetzt zum Beispiel. Ich zucke zusammen. Stelle den großen Kaffeebecher neben die Spüle und lege die Hand an die Stirn, an die empfindliche Stelle, wo ich so heftig gegen das Lenkrad geprallt bin, dass Knochen und Hirn und die Erinnerungen einer ganzen Woche zersprungen sind wie die Eisschicht auf einem Moorlandteich.

Tief atmen. Lange, tiefe Atemzüge.

Auf das Positive konzentrieren, hat die Ärztin gesagt. Dankbar sein, jeden Tag. Das beschleunigt die Heilung. Lässt das Gehirn schneller gesunden.

Ich mag meine Arbeit im Tourismusbüro des Nationalparks. Es ist keine Archäologenstelle, wie ich sie mir nach dem Abschluss an der Uni von Exeter gewünscht habe. Es ist nicht mein Traumjob, und die Bezahlung lässt zu wünschen übrig, aber ich kann die Texte für die Prospekte schreiben, interessierten Tagestouristen etwas über Geschichte erzählen und, mit Erlaubnis der Parkleitung, während der Saison an Grabungen teilnehmen; in der Erde wühlen auf der Suche nach Bronzezeit-Grabstätten oder tief im Boden versunkenen Steinkisten – Truhen mit Schädeln und Gebeinen aus der Steinzeit, Überresten von Menschen, die hier gelebt haben, als es im Moor noch wärmer und trockener war. Milder.

Und, noch besser: Ich liebe das Granithaus, in dem wir zur Miete wohnen, acht Kilometer südlich von Princetown, weit oben im Moor, anderthalb Kilometer vom nächsten bewohnten Gebäude entfernt, dem Hof der Spaldings, und drei vom nächstgelegenen Weiler mit seinem Pub und dem Lädchen, in dem man verarbeiteten Schinken und Holzkohle bekommt und sonst nicht viel.

Mir gefallen die Abgeschiedenheit, der hohe Sternenhimmel, die besondere Stille. Mir gefallen die verträumten, arthritischen, moosbewachsenen Ebereschen an den Straßenrändern. Mir gefällt, dass die Moorländer sie *Quickbeams* nennen oder *Witchbeams*.

Mir gefällt die Geschichte des Ganzen hier, das Ramponierte, Störrische, Widerständige. Huckerby war einmal ein richtiger Bauernhof; es gibt noch Scheunen und Nebengebäude, die unter dem Dartmoor-Regen immer weiter verfallen und aus denen im Hochsommer Kornblumen und Leimkraut sprießen. In Schuss ist nur noch der Teil, in dem wir wohnen, ein klassisches Moorlandlanghaus, wohl um die sechshundert Jahre alt.

Sicher hat einmal eine große Familie hier gelebt: oben die Menschen, unten das wärmende Vieh, einträchtig unter demselben Devonshire-Reetdach. Inzwischen ist das Haus umgebaut; es hat ein Schindeldach bekommen, und das Innere ist modernisiert. Ja, man kriegt es schwer warm, und es ist immer noch leicht feucht. Aber es hat Charakter. Und wir haben uns darin breitgemacht: Adam und ich, Lyla, unsere Tochter, und unsere beiden Hunde, Felix und Randal.

Die Namen habe ich aus einem Gedicht von Gerard Manley Hopkins. Gedichte mag ich auch: Hin und wieder schreibe ich sogar selbst etwas, aber ich zeige es niemandem. Verstecke es so sorgfältig, wie meine Tochter ihre Geheimnisse hütet. Dichterin wäre ich auch gern geworden, ebenso gern wie Archäologin. Aber es ist in Ordnung so, wie es ist: Denn ich bin glücklich, glaube ich, auf jeden Fall glücklich, am Leben zu sein, und ich wohne in einem Haus, das ich mag, an einem Ort, den ich mag, mit einem Mann, den ich liebe, und zwei Hunden, die ich liebe, und, vor allem, einer Tochter, die ich vergöttere.

Lyla Redway. Das Mädchen, das gern tote Vögel in Reihen und Kreisen anordnet.

Lyla Redway. Das Mädchen da draußen im Hof, mit der blauen Strickmütze und dem dicken schwarzen Anorak; die Neunjährige, die allein spielt, wie sie immer allein gespielt hat – oder mit Felix und Randal, die ihr wahrscheinlich lieber sind als jeder Mensch.

Mich stört das nicht. Sie ist ein besonderes Mädchen: Sie ist, wie sie ist, empfindsam, exzentrisch, lustig, liebenswert. Welches Kind würde sich schon einen frostigen Januarmorgen damit vertreiben, tote Vögel in Reihen anzuordnen?

Manchmal ordnet sie Steine so an oder Zweige oder leuchtend rote Beeren. Manchmal bringt Adam ihr auch Sachen mit, die er auf den Tors gefunden hat, Sachen, von denen er weiß, dass sie ihr gefallen – rosa Miniaturschneckenhäuser und filigrane Vogelknöchelchen und ausgebleichte Schlangenschädel –, und sie fügt diese leicht makabren Schätze zu komplexen Mustern zusammen, zu Mandalas, Sechsecken, einem Tierkreis: Symbolen, die nur sie versteht und mit denen sie ihrer einsamen Moorlandwelt eine poetische Ordnung verleiht. Jener Welt, in der sie die uneingeschränkte Herrscherin ist.

Es kommt auch vor, dass sie gar nichts tut. Stundenlang dasteht, einer unhörbaren Musik lauscht, Dinge sieht, die für andere unsichtbar sind, oder sich an ihre allerfrüheste Zeit erinnert. Ich habe gelesen, dass diese seltsamen Gewohnheiten, dieses intensive Lauschen und die außerordentliche Fähigkeit, sich zu erinnern, ins Bild passen, ja geradezu beweisen, dass es so ist. Dass sie so ist, wie sie ist. Aber wir wollen nicht, dass sie eine Diagnose bekommt oder untersucht wird. Auch wenn die Anzeichen nicht zu übersehen sind.

Adam will nicht, dass ihr ein Stempel aufgedrückt wird, will sie nicht in einer Schublade sehen, und ich stimme ihm im Grunde zu. Wir wollen ihr keine Grenzen setzen, denn sie scheint trotz aller Einsamkeit glücklich zu sein.

Obwohl – heute vielleicht nicht ganz so glücklich?

Lyla starrt auf die Vögel hinunter. Steht vollkommen reglos da. Das ist typisch: Es ist, als hätte sie keine gemäßigte, normale Form der Bewegung. Entweder steht sie still und starr da, wie jetzt, oder sie tänzelt und wirbelt herum, hüpft die Hügel im Moor hinauf, die Tors, als müsse sie Energie loswerden, wedelt mit den Händen, nickt und schaukelt und redet-redet-redet wie ein Wasserfall, wie der Dart, der unter der Postbridge hindurchrauscht, plappert vor sich hin, ein endloser Strom von Wissen, das sich, während sie die vielen Bücher verschlingt, in ihrem Kopf staut.

Hyperlexie nennt man das. Auch ein Symptom. Außergewöhnliche Lesefähigkeit. Zu frühes, zu intensives Lesen.

Was ist dabei? Zu intensives Lesen? Ich lasse sie lesen, so viel sie will. Ganze Bücher an einem Tag. Mehrere tausend Wörter pro Stunde. So füttert sie ihre hungrige Seele. Und das hat sie, hoffe ich, von mir.

Von ihrem Vater hat sie die Schönheit, das fast schwarze Haar und die funkelnden Augen, von mir hat sie die Liebe zu den Wörtern. Vielleicht ist sie irgendwann die Dichterin, die ich nicht geworden bin. Sie könnte die Bildung erlangen, die ich mir gewünscht habe. Und ich bin heilfroh, dass sie ihrem Vater ähnlich sieht und nicht mir. Mein Äußeres war immer eine Enttäuschung: braunes Haar, braune Augen, durchschnittliche Größe, durchschnittliches Gesicht, nichts, was den Blick auf sich zieht, einfach ich, Kath, die Frau von Adam Redway mit der schrulligen Tochter, macht irgendwas im Nationalpark, lebt meilenweit ab vom Schuss, irgendwo drüben bei Hexworthy.

Dass ich um ein Haar in diesem Stausee gestorben wäre, ist vermutlich das einzig Besondere, das je in meinem Leben stattgefunden hat; das Einzige, was andere überhaupt von mir mitgekriegt haben.

Nur will ich gar nicht, dass andere was von mir mitkriegen.

Ich öffne das Küchenfenster und rufe in die kalte Morgenluft: »Hallo, Süße, geht's dir gut? Ist dir auch wirklich nicht kalt?«

Lyla rührt sich nicht. Mit gerunzelter Stirn steht sie da und starrt auf die toten Vögel. Die Anordnung der kleinen Leiber erinnert mich an Steinreihen aus der Bronzezeit, wie es sie draußen im Moor gibt.

»Süße«, wiederhole ich ohne Ungeduld: Ich bin es gewöhnt, Lyla gegenüber etwas nachdrücklicher zu sein, Dinge zwei- oder dreimal zu sagen, wenn sie in dieser Verfassung ist. »Lyla-Maus, ich will nur sicher sein, dass du nicht frierst; es ist doch eisig da draußen. Wo sind die Hunde?«

Keine Antwort. Ich muss wohl rausgehen und ihren Kopf buchstäblich so drehen, dass sie mich anschaut; damit sie überhaupt merkt, dass ich mit ihr spreche, mit ihr Kontakt aufzunehmen versuche; dass da ein Mensch ist, der eine Reaktion erwartet.

Also trete ich, die Arme verschränkt zum Schutz gegen den kalten Wind, hinaus in den Hof und gehe auf meine Tochter zu.

»Interessant, dass sie tot sind, oder, Mami?« Unter der blauen Mütze leuchten ihre Augen wie die ihres Vaters.

»Wie bitte?«

»Die Vögel. Es sind so viele, und sie sind alle tot. Ich hab nachgeschaut. So viele, das müssen mindestens zwanzig sein.«

»Wahrscheinlich wegen der Kälte, Lyla. Wir haben einen strengen Winter, härter als sonst.« Ich lege ihr den Arm um die schmalen Schultern.

»Hm.« Sie zuckt abwesend die Achseln und starrt auf die Vögel.

Ich folge ihrem Blick, sehe mir die armen Wesen genauer an. Kein Zweifel, sie sind erfroren, die Schnäbel sind von Raureif bedeckt. Auch wenn ich nicht viel davon verstehe, sehe ich zumindest, dass es unterschiedliche Vogelarten sind. Ich meine eine Drossel zu erkennen und ein Rotkehlchen. Lyla weiß das bestimmt, sie kennt jeden Vogel und jedes Säugetier und die meisten Blumen hier oben auf dem Moor.

»Ich fand's traurig, Mami. Traurig, dass sie alle tot sind,

deshalb habe ich sie so hingelegt, dass sie ein gemeinsames Begräbnis haben. Damit sie nicht allein sind.« Sie bückt sich und verschiebt zwei kleine Leichname, richtet sie geringfügig anders aus.

Es beunruhigt mich, wie aufmerksam und gezielt sie das macht. Sie komponiert oft wunderschöne Muster, aber das hier? Tote Vögel? Wo hat sie die überhaupt her?

»So ist es doch schön. Das genügt jetzt. Willst du was essen?«

»Warte, Mami. Ich bin gleich fertig.«

Mir ist dieses komplizierte Spiel unheimlich. Ein Muster aus toten Vögeln – ich versteh's nicht. Die glänzenden Vogelaugen bilden eine Doppelreihe kleiner schwarzer Knöpfe auf dem erstarrten Matsch.

Lyla greift eine steife Amsel und dreht sie in verschiedene Richtungen.

»Bitte, Lyla! Jetzt ist es genug.«

Als sie sich aufrichtet, lächelt sie kurz. »Möchtest du nicht, dass ich meine Zeit damit verbringe, tote Vögel zu ordnen? Meinst du, das ist ein unangebrachtes Verhalten?«

Mir verschlägt es die Sprache. Bis ich begreife, dass meine Tochter Quatsch macht. Dass sie mich mit meinen Ängsten aufzieht. Lyla kann auf sehr erwachsene Art Humor versprühen. Gewitzt, mit Sinn fürs Absurde und Distanz zu sich selbst. Das ist einer der Gründe, weshalb wir sie bislang von niemandem haben begutachten lassen.

»Nein, ich finde, es ist eine super Beschäftigung, gruselige tote Vögel zu Reihen und Kreisen zu legen.« Lachend nehme ich sie noch einmal in den Arm. »Was sind das überhaupt für Vögel? Und was bedeutet dieses Muster? Ist das ein Gesicht?«

Aber sie hat sich schon abgewandt und späht die Zufahrt hinunter, an der Koniferenschonung und am Hobajob's Wood vorbei, als höre sie etwas. In weiter Ferne. Ich habe erlebt, dass sie Autos gehört hat, lange bevor sie hier ankamen; sie hört sie Minuten früher als irgendwer sonst.

»Lyla?«

Was hört sie? Über uns krächzt ein Rabe, der am mattgrauen Himmel seine Kreise zieht. Aber das ist es nicht. Sie horcht auf etwas anderes, etwas, das weiter weg ist. Nimmt sie etwas wahr, das von den Tors zu uns herunterkommt? Die Erinnerung tut weh; der Kopfschmerz wird stechend.

»Lyla.«

Keine Antwort.

»Was ist los? Was hörst du?«

»Na, den Mann, Mami. Den Mann auf dem Moor. Weiter nichts.« Die Worte quellen als bleiche Wolke aus ihrem Mund. Ihr Anorak ist offen, und ich sehe, dass sie darunter nur ein T-Shirt trägt. Sie müsste eigentlich furchtbar frieren, aber die Kälte scheint ihr nichts auszumachen; das ist immer so. Sie mag die frostigen Dartmoor-Winter, genau wie ihr Vater. Die beiden lieben den Frost. Den Schnee. Die Eiszapfen, die von den Felsvorsprüngen hängen. »Weißt du was? Wenn man viele Krähen sieht, dann sind es Raben, aber ein Rabe allein ist eine Krähe. Hast du das gewusst?«

Wieder strecke ich die Hand nach ihr aus. »Lyla.«

Sie duckt sich unter der Berührung weg. »Nicht anfassen. Lass mich.«

Jetzt knurrt sie. Das macht sie, wenn sie zornig ist oder erschrocken oder überdreht, sie knurrt, verzieht das Gesicht und wedelt mit den Händen. Auch in der Schule macht sie das; sie kann nicht dagegen an, aber die anderen Kinder lachen sie natürlich aus – oder fürchten sich vor ihr. Was sie noch mehr isoliert. Sie hat kaum Freunde. Echte Freunde hat sie vermutlich gar nicht.

»Lyla. Hör auf.«

»Geh weg, grrr …«

»Bitte …«

»Aaach!«

Ich kann nichts tun, als dazustehen und meiner Tochter nachzuschauen, wie sie zum Hoftor hinausläuft und lauthals nach den Hunden ruft. Und sie kommen sofort, unsere beiden Windhundmischlinge, und jagen bellend hinter ihr her.

Gut möglich, dass sie jetzt zwei Stunden wegbleibt, vielleicht auch einen halben Tag. Dann rennt sie über die Weiden, streunt im Wald herum oder sucht, Felix und Randal immer dicht bei sich, im Unterholz am Bach nach dem angelsächsischen Kreuz. Angeblich hat Adam die Hunde für Lyla angeschafft, aber er hängt genauso an ihnen. Sie jagen, wie es sich für Hunde gehört. Mit langem Hals und blutigen Lefzen schleppen sie tote Kaninchen an, was Adam gern zum Anlass nimmt, Lyla echtes Dartmoor-Leben beizubringen. Vor ihren Augen häutet er die Beute und wirft das rohe Fleisch Brocken für Brocken den Hunden hin. *Fresst es. Fresst alles auf.*

Lyla ist schon sehr weit weg.

Was mache ich?

Lass sie spielen, denke ich, lass sie einfach. Lyla ist nach meinem Unfall eindeutig noch durcheinander. Wir haben uns bemüht, behutsam mit ihr darüber zu sprechen; ich habe ihr erklärt, dass ich durch einen Brocken Eis ins Schleudern geraten und ins Wasser gestürzt bin. Mit den Details haben wir sie verschont, aber sie hat garantiert in der Schule oder aus der Zeitung oder auch aus dem Netz Sachen aufgeschnappt. Wir haben ihr gesagt, dass ich mich an nichts erinnern kann, dass sich das aber bessern wird. Retrograde Amnesie. Nach einem Autounfall ist das normal. Verursacht durch die Schädelprellung und die Gehirnerschütterung.

Ich gehe zurück in die Küche, spüle meinen Kaffeebecher ab und schaue wieder aus dem Fenster. Von ferne ist Gebell zu hören, das schnell näher kommt. Und dann stürmen sie herein, die großen Hunde, und wedeln glücklich mit dem Schwanz, während Lyla in der offenen Tür stehen bleibt. Den eisigen Wind in ihrem Rücken scheint sie gar nicht zu bemerken.

»Papa ist wieder auf dem Moor.«

»Was?«

Sie lächelt ihr undurchdringliches Lächeln. »Er ist wieder draußen. Als ob er uns beobachtet. Das ist seine Arbeit, oder?«

»Ja«, sage ich. »Er ist Nationalpark-Ranger. Er muss überall nach dem Rechten sehen.«

Lyla nickt, zuckt die Achseln und lockt die Hunde ins Wohnzimmer. Ich starre ihr hinterher. Wie kann sie ihren Vater gesehen haben? Der müsste doch jetzt in seinem Revier sein, eine ganze Ecke hinter Postbridge. Was macht er hier? Vielleicht ist Lyla nur aufgeregt. Durcheinander. Und das wäre kein Wunder.

Ihre Mutter wäre fast gestorben. Und hätte sie allein zurückgelassen.

PRINCETOWN

Montagvormittag

Meine Tochter schweigt, mein Mann schweigt, nur das Getriebe gibt dieses ungute Knirschen von sich, als Adam mit grimmiger Miene schaltet.

Das macht mir nichts aus. Ich bin gut drauf. Der Winterhimmel über Princetown ist makellos, und ich gewinne heute meine Freiheit zurück.

Ich kaufe ein Auto, als Ersatz für das Wrack, das am Grund des Burrator Reservoirs ruht. Was für eine Erleichterung. Auf dem Dartmoor zu leben – vor allem so abgeschieden wie auf Huckerby – ist ohne eigenes Transportmittel fast unmöglich. Es gibt so gut wie keine Busse, die Bahntrasse ist in den Sechzigern stillgelegt worden, und im Winter taucht auf den Nebenstrecken manchmal von einem Morgen bis zum nächsten kein einziges Fahrzeug auf, sodass man noch nicht einmal trampen könnte.

In den vergangenen Wochen, solange ich mich noch von dem Unfall erholte, hat Adam mich in seinem abgewirtschaften Nationalpark-Land-Rover mitgenommen, hat mich zur Arbeit gefahren oder zum Einkaufen. Da gab es einige Reibereien. Adam ist öfter mal schweigsam, aber wenn er mich die ganze Strecke zum ALDI-Markt in Tavistock fahren musste, war er genervt, das habe ich deutlich gespürt.

Heute kaufe ich nun endlich einem seiner Cousins einen gebrauchten Ford ab. Während Adam sich noch mit den Leuten von der Versicherung herumstreitet, haben wir Gott weiß woher etwas Geld zusammengekratzt. Um alles, was mit Autos und Motoren und Wasserleitungen und Öfen zu tun hat, kümmert Adam sich, und er tut das auf sehr männliche Art, was mir gefällt.

Ich drehe mich zu Lyla um, die in ihrer grau-weißen Schuluniform hinten sitzt. Sie schaut nach draußen auf die tristen Häuser am Stadtrand von Princetown.

»Weißt du was, Süße? Ab heute kann ich dich wieder zur Schule fahren. Das ist doch schön, oder?«

Sie antwortet nicht. Sie hat den Kopf so gedreht, dass ich ihr Gesicht nicht sehen kann. Ihre Fingernägel ticken gegen das Fenster. Ich weiß nicht, warum sie das macht. Vielleicht weil sie diese Art von Geräuschen mag. *Tingeling*, nennt Lyla sie. Helle, klirrende, metallische Geräusche, das Klingeln von Münzen etwa oder von Schlüsseln.

Einmal, als wir auf einem Heufeld drüben bei Buckfast standen, hat sie mir erzählt, wie gern sie die Schmetterlinge hört.

Es gibt auch Geräusche, die sie gar nicht mag. Stadtlärm. Verkehr. Sirenen. Trubelige Menschenansammlungen. Auch deshalb sind wir so weit nach draußen gezogen, nach Huckerby.

»Lyla?«

Jetzt dreht sie den Kopf und sieht mich mit großen blauen Augen an. Sie kommt von sehr weit her. »Hm?«

»Hast du gehört, was ich gesagt habe?«

Ein Kopfschütteln. Dann ein befremdetes Stirnrunzeln: als hätte ich etwas falsch gemacht und sie sei nur zu höflich, um sich dazu zu äußern. Mitleid packt mich. Sie ist neun Jahre alt, sie hat Schwierigkeiten und seltsame Träume und lacht über Dinge, die ich nicht verstehe; sie ist ein Mädchen, das Fliegen und Felsen und Fröschen Namen gibt, das bei den Nine-Maidens-Steinen und den Seven Lords' Lands wilde Lilien und hauchzarte Veilchen pflückt und sie zum Trocknen zwischen Buchseiten legt. Meine Kleine, meine

Einzige. Die Vorstellung, dass ich hätte sterben und sie im Stich lassen können, macht mich so traurig, dass mir beinahe die Tränen kommen, aber ich kann mich beherrschen.

Seit dem Unfall erlebe ich häufig solche Wallungen von Trauer oder Wut, aber allmählich habe ich den Bogen raus. Komme damit zurecht. Bin fest entschlossen, immer das Positive zu sehen: Es ist Winter, ja, aber der Winter trägt schon den Frühling in sich.

Das Getriebe protestiert.

»Ich hab gesagt, ich bekomme heute ein Auto. Dann wird alles einfacher, und Papa muss uns nicht mehr überallhin kutschieren.« Ich drehe mich zu ihm. »Das ist doch eine Erleichterung, oder? Du hast sicher genug davon, ständig meinen Chauffeur zu spielen.«

Adam nickt und schweigt und biegt nach links in die Hauptstraße von Princetown ein, die von hier an buchstäblich und ästhetisch von schmucken georgianischen Gasthäusern und dem blitzenden neuen Nationalparkzentrum abfällt hin zur schwarzen Silhouette des Gefängnisses, das noch im strahlendsten Sonnenlicht düster und bedrohlich wirkt.

»Da sind wir.« Vor dem Schulgelände bremst er scharf, dreht sich um und schaut nicht mich, sondern Lyla an. »Okay, Lyli, gib uns noch einen Kuss, bevor du reingehst.«

Lyla rührt sich nicht.

Er versucht es noch einmal. »Na los, Süße, ein Küsschen für Papa.«

Sie schüttelt den Kopf und verzieht das Gesicht. Das ist ungewöhnlich. Adam und sie sind einander sehr nahe; manchmal bin ich sogar eifersüchtig – wenn sie zusammen losziehen, das Moor erkunden oder im Sommer beobachten, wie die großen Greifvögel mit der Thermik über Blackslade Manor dahingleiten.

Unvermittelt öffnet sie die Tür. Mit der anderen Hand

presst sie die *Dschungelbuch*-Brotdose und den Ranzen an sich. »Ich geh jetzt«, sagt sie, ohne einen von uns beiden anzusehen, als verkünde sie das ganz allgemein und nicht uns.

»Ist gut, mein Schatz, ab mit dir. Heute Abend gibt's was Leckeres zu essen. Fischstäbchen, die magst du doch.«

Sie nickt ausdrucklos. Schließlich macht sie kehrt und geht auf das graue Schultor zu.

Adam greift nach dem Zündschlüssel und will losfahren, doch ich lege meine Hand auf seine. »Nein, warte. Ich will noch gucken.«

»Was gucken?«

»Du weißt schon. Wie es läuft.«

Er seufzt. »Das machst du jedes Mal.« Aber er geduldet sich, und wir beobachten beide, wie Lyla durch das Tor geht.

Ein kurzes Zögern.

Das habe ich schon so oft gesehen. Sie versucht, normal zu sein, gibt sich Mühe, öffnet sich, so gut sie eben kann. Vielleicht wird es allmählich besser? Wir hier im Auto können nur hilflos zuschauen.

Auf dem Schulhof wimmelt es von Kindern, die am Wochenanfang aufgeregt durcheinanderwuseln. Sie spielen und stehen in Grüppchen zusammen, Jungen und Mädchen, dunkle und blonde; sie lachen, toben, begrüßen einander, tauschen sich aus, erzählen Witze.

Und mitten hindurch geht Lyla. Allein, unbemerkt. Dann bleibt sie stehen und schaut sich um. Blass ist sie, und auf ihrem hübschen Gesicht liegt ein unsicherer Ausdruck. Ich weiß, sie möchte dazugehören, aber sie ist zu schüchtern, sozial zu unbeholfen, um ein Gespräch anzufangen.

Und mit Zufall und Spontaneität kennt sie sich nicht aus.

So hebt sie den Blick und senkt ihn wieder, fummelt an einem der Knöpfe an ihrer Strickjacke herum. Vermutlich hofft sie, dass jemand auf sie zukommt und sie irgendwie mit einbezieht. Doch die Kinder laufen an ihr vorbei, beachten sie gar nicht.

»Gott«, sagt Adam leise.

Jetzt unternimmt Lyla eine große Anstrengung. Sie kehrt zum Tor zurück und schaut erwartungsvoll einem großen Mädchen entgegen, das gerade erst ankommt. Ich glaube, ich weiß, wer das ist. Eine Neue. Becky Greenall. Sie ist beliebt; sportlich; sicher und selbstbewusst im Umgang mit anderen – alles das, was Lyla nicht ist. Wieder brandet Mitgefühl in mir auf. Und Sorge. *Setz nicht dieses Lächeln auf*, denke ich, *bitte lächle nicht so*. Lyla geht auf Becky zu, und natürlich lächelt sie, zieht diese starre Grimasse, die an das Grinsen eines Affen erinnert und von der Lyla glaubt, dass sie wie ein Lächeln aussieht. Aber das tut sie nicht. Jetzt hebt Lyla auch noch den Daumen.

Sie sieht aus wie eine Verrückte.

Becky Greenall starrt sie an und schlägt sich eine Hand vor den Mund, wie um nicht zu lachen oder spöttisch zu grinsen.

Lyla versucht es noch mal. Sie hüpft einmal, auf und ab, und wedelt mit den Händen wie ein Vogel mit den Flügeln.

Ich bin ihre Mutter, aber ich habe keine Ahnung, was das darstellen soll – einen Falken?

Jetzt lacht Becky unverhohlen, sie kann nicht anders. Sie wendet sich ab, lässt meine Tochter links liegen und ruft ein paar anderen Mädchen etwas zu. Die winken ihr, und zusammen gehen sie in Richtung Schulhaus. Der Tag hat begonnen. Alle stürmen ins Gebäude.

Stumm sieht Lyla zu, wie die anderen im Haus verschwinden. Nur ihre hängenden Schultern verraten, wie es ihr geht. Wie allein sie ist.

Ich verspüre den Impuls auszusteigen, zu ihr zu laufen und sie so fest zu umarmen wie noch nie. Sie zu trösten. Aber das kann ich nicht machen, es wäre sinnlos, sie würde mich wegstoßen. Stattdessen geht sie einsam auf die Tür zu und verschwindet genauso wie die anderen.

»O Gott«, sagt Adam. »Was für ein Elend.«

Ich weiß genau, was er meint. Es ist eine tiefe Traurigkeit, und ich habe nicht die leiseste Ahnung, wie ich damit klarkommen soll. Ich kann mich von einem Autounfall erholen, mein Gehirn kann sich regenerieren, aber Lyla kann nicht genesen.

Wir schweigen beide. Adam lässt den Motor an, wendet und fährt den halben Kilometer zurück zum Nationalparkbüro. Dort macht er den Motor aus. Offenbar will er reden. Doch ich komme ihm zuvor: »Wir müssen etwas unternehmen. Das kann so nicht weitergehen. Es ist schlimmer geworden.«

Adam starrt vor sich hin. »Zu Hause lacht sie. Sie ist gern draußen, auf dem Moor. Und sie liebt die Hunde. In der Schule ist sie allein, ja. Na und? Sie ist eben eine Einzelgängerin. So was gibt's.«

Ich sehe ihm an, wie weh ihm das tut; Lyla ist sein Ein und Alles. Er würde töten, um sie zu beschützen. Er will nur ihr Bestes. Und normalerweise höre ich auf ihn, möchte glauben, was er sagt. Aber mir geht nicht aus dem Kopf, wie abweisend sie im Auto war und wie einsam auf dem Schulhof. Was für eine Demütigung sie da hinnehmen musste. Ich stelle mir vor, wie sie im Klassenzimmer sitzt, allein, ohne jemanden zum Reden. Und ich male mir aus, wie sie in den Pausen abseits steht, ein seltsames Mädchen, das komisch lächelt und etwas über Ameisen und Molche vor sich hin murmelt, während seine Klassenkameraden sich über Musik und Selfies unterhalten.

Es geht nicht. Ich kann nicht länger wegschauen.

»Nein, Adam. Wir dürfen nicht mehr so tun, als wär alles

in Ordnung, als wär sie nur ein bisschen wunderlich. Das ist nicht richtig.«

Seine Kiefermuskeln spannen sich an. Er knirscht mit den Zähnen. »Und das heißt?«

»Wir müssen etwas *unternehmen.* Etwas tun. Ich glaube nämlich nicht, dass es ihr gut geht; sie *ist* nicht glücklich. Neulich hab ich gesehen, wie sie mit toten Vögeln gespielt hat. Sie hat sie in Reihen hingelegt. So was hat sie noch nie gemacht. Ein Muster aus kleinen toten Vögeln. Warum?«

Adam starrt geradeaus. Er trägt seine Rangerkluft: grüne Fleecejacke, grüne Hose, Wanderstiefel. Den wenigsten Männern würde das stehen, aber Adam sieht gut aus darin. Männlich. Mir geht durch den Kopf, dass wir schon eine ganze Weile keinen Sex hatten. Dabei will ich ihn wieder; ich wünschte, er würde sich umdrehen und mich küssen, wie er es manchmal tut, plötzlich, leidenschaftlich – an sein Auto gelehnt, bei einer unserer Moorexkursionen –, und wie ich es mag. Aber sein Blick ist eisern nach vorn gerichtet, auf den Horizont, so, als versuche er über das schreckliche Princetown hinauszuschauen.

Es ist klar, wonach er sich am meisten sehnt, ich spüre es. Er will nicht mich, er will draußen sein. Allein. Durch die höher liegenden nördlichen Moorgebiete streifen: auf dem Great Kneeset stehen und zur High-Willhays-Felsgruppe hinüberschauen, zum Black Tor, dem Hangingstone Hill, dem Cut Hill, Fur Tor und Great Mis Tor, Orten, die er liebt und schon als kleiner Junge kannte. Ein Kind des Moors wie seine Tochter. Anders als ich.

»Sieh dir diese Buden an«, sagt er.

»Wie?«

Er nickt in Richtung der grauen Reihenhäuschen am Straßenrand; von der Gemeinde für die Gefängniswärter hingesetzt.

»Als mein Vater noch beim Bau war, hat er ein paar davon mit hochgezogen. Stell dir vor, das wäre dein Lebenswerk. Die hässlichsten, miesesten Häuser in ganz Großbritannien zu bauen. Kein Wunder, dass er immer mehr Wodka getrunken hat.«

Er lacht bitter. Er kommt nicht darüber hinweg, dass sein Vater gesoffen und sich geprügelt hat, dass er so ein Weiberheld war und von Exeter bis Okehampton Kinder gemacht hat. Seinen Onkel, Eddie Redway, der einen Hof bei Chagford gepachtet hat, mag Adam viel lieber. Im Grunde ist er dort aufgewachsen, auf Onkel Eddies Hof, wo er den Suffstreitereien zu Hause entkommen konnte. Da, auf diesem hübschen Flecken Land, hat er auch das Moor kennen und lieben gelernt, war ständig mit seinen Cousins unterwegs, ziemlichen Rabauken, Äpfel klauen bei der Luscombe-Mosterei und am Teign Forellen fangen.

Unzählige Generationen von Redways haben schon auf dem Moor gelebt. Seit es am Sheepstor-Hügel eine Kirche gibt, waren sie hier Pächter und Bauern, haben im Steinbruch gearbeitet und Torf geschnitten: Sie haben Hochlandrinder im Blut und Bussarde im Sinn.

Es erfüllt mich mit Stolz, dass meine Tochter dieses Erbe in sich trägt. Anders als ich entstammt sie dem Dartmoor wirklich. Nur spielt dieses Erbe jetzt keine Rolle: Was sie jetzt braucht, ist moderne therapeutische Hilfe, und darüber müssen Adam und ich reden.

»Adam, bitte! Ich finde, es wird wirklich Zeit, dass wir mit ihr zu einem Arzt gehen. Dass sich mal jemand dazu äußert. Wenn es tatsächlich Asperger ist …«

»Ich werde ihr kein Scheißetikett aufkleben. Das weißt du.«

»Aber ich habe viel gelesen, mit Leuten gesprochen und online recherchiert. Es heißt, es ist besser, früh eine Diagnose zu stellen. Je eher man mit der Behandlung anfängt, desto erfolgreicher ist sie. Es *gibt* Hilfe, gerade was die sozialen Kompetenzen angeht.«

Er schüttelt den Kopf. »Ich hänge ihr jedenfalls kein Schild um den Hals. *Seht her. Das ist Lyla Redway. Ein hoffnungsloser Fall. Habt Mitleid.* – Vergiss es.«

Ob ich will oder nicht, ich werde lauter. »Asperger-Kinder sind überhaupt keine hoffnungslosen Fälle! Das kannst du doch nicht sagen. Es ist ein Spektrum, in dem wir uns alle irgendwo bewegen. Sie befindet sich einfach ein bisschen weiter in dem Bereich, wo Hilfe angebracht wäre, und sie driftet weiter in diese Richtung – denk nur an das mit den Vögeln! Es war so unheimlich. Hör mir doch zu, Adam, bitte! Es wird schlimmer.«

Er streckt die Arme durch, und seine großen Hände packen das Lenkrad, als wolle er davonrasen. »Und was meinst du, woran das liegt, Kath? Hm?«

»Wie bitte?«

Jetzt endlich dreht er den Kopf in meine Richtung; seine blauen Augen glühen. »Warum zum Teufel wird es schlimmer? Was meinst du?«

Ich zucke zurück. Was für eine Feindseligkeit! »Was? Gibst du etwa mir die Schuld? Willst du damit sagen, dass es sich *meinetwegen* verschlimmert?« Jetzt bin *ich* wütend. »Es war ein Unfall, mein Gott! Dafür kann niemand etwas. Ich bin durch einen Eisklumpen ins Schleudern geraten.« Hat er denn überhaupt kein Mitleid mit mir? »Ich versteh das nicht, Adam – Lyla und du, ihr müsstet froh sein, dass ich überhaupt noch am Leben bin. Fast wäre ich gestorben, aber ich lebe! Und davon abgesehen: Hier geht es um unsere Tochter und nicht um mich. Wir müssen an *sie* denken.«

»Ich denke an nichts anderes«, sagt er leise. »Und jetzt muss ich zur Arbeit. Geld verdienen. Für Lyla.« Ohne ein weiteres Wort beugt er sich herüber und macht meine Tür auf, damit ich aussteige.

Das unrasierte Kinn vorgereckt, die Miene finster – er wird nicht nachgeben. Er sieht mich genau so an, wie Lyla vorhin ihn angesehen hat. Wachsam. Distanziert. Auf der Hut. Es fühlt sich an, als würde die innige Verbundenheit, die wir bisher als Familie hatten, durch Verdächtigungen und gegenseitiges Misstrauen verdrängt. Und ich habe keine Ahnung, warum.

»Gut, Adam. Gut. Aber ich lasse nicht locker, das sag ich dir. Diesmal nicht.«

Ich nehme meine Tasche über die Schulter, steige aus und sehe zu, wie er mit laut knirschendem Getriebe davonfährt. Als ich mich zum Bürogebäude des Nationalparks umdrehe, habe ich das Gefühl, als spürte ich das Gefängnis hinter mir aufragen.

In Princetown spürt man das Gefängnis überall.

Montagnachmittag

Schon zwei? Als ich auf die Uhr an der cremeweißen Bürowand schaue, erschrecke ich.

Wo ist die Zeit geblieben?

Sicher, ich kenne das, wenn die Arbeit spannend ist, vergesse ich die Uhr. Wenn ich zum Beispiel an einer neuen Broschüre über die Geschichte des Nationalparks oder die Grabungsvorhaben sitze und den düsteren Steinkreis auf dem Buttern Hill oder das Birchy Lake Cottage beschreibe, wo die alten Hexen mit ihren zwölf schwarzen Katzen gewohnt haben, oder das berühmte Grab von Kitty Jay, die sich, als sie von einem feinen Pinkel geschwängert und dann im Stich gelassen wurde, aus Liebe das Leben nahm – jenes Grab, an dem bis heute Leute andächtig Blumen ablegen –, wenn ich darin versinke, diese uralten Geschichten aufzuschreiben, kann mir leicht ein ganzer Nachmittag abhandenkommen.

Genauso ist es an trubeligen Sommertagen in den Besucherzentren, in Haytor oder Postbridge, wenn wir uns vor lauter beherzten deutschen Caravan-Touristen und zähen französischen Wanderern, die nach Karten, Toiletten oder WLAN fragen, kaum bewegen können. Auch dann fliegen die Stunden nur so vorbei.

Aber es ist mitten im Winter. Im Januar kommt kein Mensch aufs Moor. Die Hälfte der Parkangestellten nimmt um diese Zeit ausgiebig Urlaub, denn es gibt nicht viel zu tun – außer den Sachen, die ich jetzt erledige. Kleinkram und Kleckerzeug. Die Nationalparkflyer und Webseiten durchgehen. Die Regeln für Hundehalter in den Parkteestuben auf den neuesten Stand bringen. Dinge, bei denen sich normalerweise die Minuten endlos hinziehen.

Und trotzdem habe ich über diesen Aufgaben die Zeit vergessen.

»Was ist, Kath? Findest du es zu spannend?«

Mein Chef, Andy. Er muss meinen Seufzer gehört haben. Ein netter Kerl, blond, jünger als ich, noch relativ neu. Seit zwei Jahren dabei. Manchmal denke ich darüber nach, ob ich etwas gegen ihn haben sollte, weil nicht ich den Posten gekriegt habe. Aber so ist es nicht. Mir gefällt meine Arbeit; sie ist abwechslungsreicher. Normalerweise.

»Tut mir leid. Hab ich zu laut gestöhnt?«

»Könnte man so sagen.«

»Na ja, ich überarbeite die Parkplatz-Richtlinien für Wohnmobile in der Nebensaison. Vielleicht ist das einfach zu aufregend für mich.«

Er lacht. Heute sind wir die Einzigen in dem riesigen Großraumbüro. Das Fenster bildet eine Art Rahmen um ihn; dahinter ist der Himmel über Princetown düster wie Dartmoor-Granit. Es ist bitter, wie schnell die Sonne an Wintertagen wieder verschwindet.

»Eigentlich müsstest du *mich* bedauern, Kath. Ich bin hier bei Abschnitt 211 der Baumschutzsatzung. Besser als Sex, glaub mir.« Er macht ein paar Klicks. »Mein Gott, der Januar ist wirklich öde. Was uns fehlt, wär mal ein richtiger Unfall. Damit was passiert. Ein Bus, der in einen See fährt oder so, oben bei Meldon, das wär was.« Er stockt und dreht sich zu mir um. »Oh, entschuldige … Tut mir …«

»Nein, ist schon gut. Ich will ja, dass die Leute es vergessen. Ich hab's satt, die Frau-die-den-Unfall-hatte zu sein.« Er horcht auf. »Ich möchte auch bald wieder voll arbeiten, ganz normale Schichten machen wie vorher. Ich meine, es ist nett, dass du mich auf halbtags gesetzt hast und mich von zu Hause aus arbeiten lässt, aber mir geht's so weit gut. Könnten wir nicht einfach alles wieder normal laufen lassen?«

»Aber natürlich! Wenn du dich wirklich in der Lage dazu fühlst – wunderbar. In ein paar Wochen tragen wir dich wieder für die üblichen Schichten ein.«

Damit wendet er sich seiner Arbeit zu. Ich starre zu ihm hinüber.

Warum lässt er mich nicht jetzt schon normal arbeiten? Manchmal habe ich das Gefühl, alle schleichen auf Zehenspitzen um mich herum aus lauter Angst, ich könnte zusammenbrechen. Sie behandeln mich nicht wie jemanden, der auf dem Weg der Besserung ist, sondern wie ein seltsames Ding. Etwas außerordentlich Zerbrechliches.

Ich richte den Blick auf meinen Bildschirm und lese. Es ist die offizielle Dartmoor-Webseite für Touristen.

Das Dartmoor stellt mit über 950 Quadratkilometer Fläche das größte Granitmassiv Großbritanniens dar. In der Grafschaft Devon gelegen, ist es die einzige weitgehend naturbelassene Landschaft im Süden Englands. Große Teile seiner Fläche bestehen aus Mooren und Sumpfgebieten, die von einer dicken Torfschicht bedeckt sind. Typisch sind die Granit-Gebilde, die sich überall im hügeligen Moorland finden, bekannt unter dem Namen Tors (vom keltischen »tor« – Turm). Heidelandschaft und Wälder bieten einer vielfältigen Flora und Fauna Lebensraum. Das gesamte Gebiet ist reich an archäologischen Fundstätten von der Steinzeit bis in Viktorianische …

Das will ich überarbeiten; es soll flüssiger werden, lebendiger, aber die Wörter verschwimmen vor meinen Augen. Sphagnum. Karbon. Wassail-Lied …

Dieser anhaltende Nebel in meinem Hirn nervt. So was kannte ich früher nicht. Seit dem Unfall kommt mein Kopf mir oft vor wie die riesigen Küchenschränke in dem viktorianischen Haus meiner Mutter unten an der Küste, in Salcombe. Diese Schränke waren verstaubt und unaufgeräumt, und mindestens einmal die Woche langte meine ökobewusste Hippiemutter hinein, förderte einen Topf Biosenf oder Manuka-Honig zutage, den sie komplett vergessen hatte, und rief: *Gott, ich wusste gar nicht mehr, dass wir den haben.* Nicht selten musste sie das Fundstück wegwerfen und damit noch mehr des ohnehin schwindenden Kinnersley-Geldes verschleudern, oder sie stellte es wieder zurück, nur damit es erneut vergessen und wiedergefunden und weggeworfen wurde … Genau so empfinde ich seit dem Unfall meinen Kopf. Ich weiß nicht, was drin ist, und was hineingelangt, kann verloren gehen, und viele der Dinge, die ich darin finde, nützen mir nichts, haben ihr Verfallsdatum längst überschritten und sind sehr unerfreulich.

Mein Hirn hält Dinge vor mir verborgen.

Inzwischen ist es 15.15 Uhr. Und bereits so dunkel, dass wir das Licht im Büro anmachen mussten.

Ich versuche mich zu entspannen. Vielleicht verlange ich mir zu viel ab. Der Kummer wegen Lyla tut mir nicht gut, der angespannte Ton zwischen Adam und mir ebenso wenig. Wahrscheinlich brauchen wir einfach noch eine Weile. Das haben die Ärzte von Anfang an gesagt: *Haben Sie Geduld, erwarten Sie keine Wunder. Und denken Sie immer daran*, hieß es, *dass Sie im Grunde Glück gehabt haben, denn es braucht zwar Zeit, aber Sie werden wieder gesund*. Meine Diagnose lautet: Leichtes Schädel-Hirn-Trauma; offenbar war ich nur kurz bewusstlos. Auf der Glasgow-Koma-Skala bin ich bei 13–15 eingestuft worden.

Hätte die Bewusstlosigkeit nur ein paar Minuten länger gedauert, hätten sie mich höhergestuft und mir für mindestens ein Jahr den Führerschein abgenommen. Es gab einen Punkt, an dem ich praktisch tot war; ungefähr eine Minute lang keine Kurve auf den Monitoren, aber dann sind die Maschinen wieder angesprungen, und ich bin davongekommen. Daher »Leicht«.

SHT 1.

Was die retrograde Amnesie betrifft – dass ich so viel von dem, was vor dem Unfall war, vergessen habe –, die soll im Laufe der nächsten Wochen zurückgehen; die verlorenen Erinnerungen werden, so hat einer der Psychologen es beschrieben, Stück für Stück auftauchen wie Erderhebungen nach einer Flut, sodass mit dem Fallen des Wassers die gesamte Landschaft wieder zum Vorschein kommt.

»Hey! Ist das dein neues Auto?«

Ich war so in Gedanken versunken, dass ich erschrocken

hochfahre. Andy zeigt nach draußen, wo neben einem blauen Ford Fiesta Harry steht, Adams Cousin. Der Wagen ist etwas mitgenommen, ein paar Kratzer hier und da, aber das stört mich nicht, praktisch jedes Auto auf dem Dartmoor ist ein wenig ramponiert und hat Schrammen. Genau wie ich.

Harry winkt mir zu. Ein typischer Redway: ein gut aussehender junger Mann. So sehen sie alle aus, die Redway-Cousins. Diese Augen und die Wangenknochen – wirklich besonders. Wenn er sich nicht gerade durchs Dealen ein paar Pfund verdient, übernimmt Harry Gelegenheitsjobs überall auf dem Moor. Er ist ein ziemlicher Draufgänger, aber ich mag ihn. Er erinnert mich an den jungen Mann, der Adam einmal war. Andererseits – wenn Adam in der richtigen Verfassung ist, erinnert er mich selbst an diesen jungen Mann. Ich glaube, ich fühle mich heute noch genauso zu ihm hingezogen wie an dem Tag, als ich ihn kennenlernte.

»Du bist bestimmt froh, endlich wieder einen fahrbaren Untersatz zu haben«, sagt Andy. »Ich kann mir gar nicht vorstellen, wie du ohne zurechtgekommen bist.« Er lächelt. »Na dann, Kath, los geht's! Wir sehen uns morgen.«

So verkürzt mein freundlicher Chef meinen verkürzten Arbeitstag. Ich kann in mein neues Auto steigen, Lyla abholen, mit ihr nach Hause fahren, nach Huckerby, und alles wird gut. Mit meinem Gehirn wird alles wieder gut. Mit Lyla wird alles gut.

»Danke«, sage ich, »du bist ein Schatz.« Ich schnappe mir den Mantel und trete hinaus in den Winternachmittag. Es ist etwas milder geworden, was bedeutet, dass es Regen geben kann.

Harry und ich unterschreiben die Papiere, dann drückt er mir die Schlüssel in die Hand und sagt: »Ein Ferrari ist es nicht gerade, aber ein paar Jährchen wird er schon durchhalten.«

Ich bedanke mich und steige ein. Und während er davonfährt, wahrscheinlich zum nächsten Pub, sitze ich wie erstarrt da, spüre die kalten Schlüssel in der Hand und habe plötzlich Angst, dass ich vergessen haben könnte, wie man Auto fährt. Seit ich in diesen See gestürzt bin, seit das schwarze Wasser Moorlandschlamm aus mir machen wollte, habe ich nicht mehr am Steuer gesessen.

Schlüssel. Du steckst den Schlüssel ins Zündschloss. Du drehst ihn. Dann springt der Motor an. Weißt du noch? Na los, Kath Redway, du hast das Tausende Male getan. Du hast mit neunzehn den Führerschein gemacht. Du hast das siebzehn Jahre lang praktisch jeden Tag gemacht. Man nennt es fahren.

Ich drehe den Schlüssel. Ich trete aufs Pedal. Ich lenke. Ich fahre nicht in die Bar vom »Plume and Feathers Inn«, zerschmettere kein Bleiglasfenster, zermalme keine Gefängniswärter, die inmitten von altem Holz ihr Feierabendbier trinken. Ich fahre.

Nachdem ich vorhin so verzagt war, gerate ich jetzt beinahe in Euphorie. ICH KANN FAHREN. Wieder so ein abrupter Stimmungsumschwung. Die erlebe ich jetzt häufiger. Seit dem Unfall.

Glücklich, ausgelassen geradezu, fahre ich bei der Schule vor. Lyla ist leicht verwirrt: Sie dachte, sie würde den Nachmittag im Schulklub verbringen, allein an einem ganz neuen Ort, aber es sieht so aus, als käme sie auch sehr gern zeitig mit nach Hause, wo man mit ihr spricht und sie vor dem Kamin mit den Hunden spielen kann.

Oder tote Vögel zu kryptischen Mustern anordnen.

ICH KANN FAHREN!

Als wir zu dem Abzweig kommen, wo es aufs offene Moor hinausgeht, in die Wildnis, fällt mir auf, dass ich meine Tasche im Büro habe liegen lassen. Ich war so aufgeregt wegen des Autos, dass ich sie schlicht vergessen habe.

Hastig parke ich noch einmal vor dem Nationalparkbürokomplex. Es herrscht winterliches Dämmerlicht. Feiner Nieselregen sprenkelt die Windschutzscheibe.

Als ich die Tür öffne, meldet sich Lyla von hinten. »Wo gehst du hin?«

»Nirgendwohin, Süße. Nur schnell ins Büro. Ich hab meine Tasche vergessen.«

»Nein, Mami, geh nicht!«

»Lyla?«

Erschrocken drehe ich mich um. Sie zittert am ganzen Leib.

»Geh nicht, Mami, geh nicht!«

Seltsam. Die verrücktesten Dinge können Lyla zusetzen, Formen, Geräusche, das falsche, weil kratzige Unterhemd, aber allein zu sein hat ihr noch nie etwas ausgemacht.

»Süße …«

»Nein! Vielleicht kommst du nicht wieder! Vielleicht kommst du nicht wieder!«

»Das ist doch albern, Lyla. Ich bin nur ganz kurz weg, versprochen.« Ich strecke die Hand nach ihr aus, doch sie schiebt sie weg. Immerhin scheint sie halbwegs beruhigt. Sie dreht den Kopf und betrachtet die feinen Regenlinien am Fenster und dahinter die schwarze Silhouette des Gefängnisses.

Ich nutze die Gelegenheit. Springe raus und stürme ins Büro, vorbei an meinem überraschten Chef. »Tasche vergessen!«

Er grinst. »Aha.«

Die Handtasche unter dem Arm, will ich zurück zum Auto, doch im Vorbeigehen fällt mir auf Andys Schreibtisch etwas auf. Eine Reihe rundlicher grauer Steine, ungefähr so groß wie Golfbälle oder Wildäpfel. Möglicherweise haben sie schon den ganzen Tag dort gelegen.

Halb sind sie von seinem Computer verdeckt.

Es sind alles Steine mit Loch. Solche Steine habe ich schon gesehen. Ich kenne die *Besonderheit*. Und die lässt mich erschauern.

»Ach«, sage ich, bemüht, nicht mit zittriger Stimme zu sprechen. »Wo hast du die denn her?«

Er blickt auf: Das blaue Computerlicht spiegelt sich in seinen Brillengläsern. »Die Steine?« Er nimmt einen auf und dreht ihn im Licht. »Die lagen heute Morgen draußen auf dem Fenstersims, so in einer Reihe. Ich hab sie mit reingenommen. Komisch, oder? Vielleicht hat ein Wanderer sie gesammelt und über Nacht hiergelassen.«

»Nein«, sage ich. »Das glaube ich nicht.«

Verblüfft schaut er mich an. »Wieso nicht?«

»Das sind nicht irgendwelche alten Steine.«

Ich beuge mich vor und greife mir einen von den größeren. Er ist erstaunlich schwer; vielleicht enthält er ein Erz. Das Loch ist durch Verwitterung entstanden, das ist entscheidend. Aber das weiß Andy natürlich nicht; er kennt die Bedeutung dieser Steine nicht, denn er kennt die Sagen und Mythen des Dartmoors nicht. Das ist mein Gebiet. Ich habe den Abschluss in Archäologie, ich habe die Bücher über das Brauchtum gelesen, ich schreibe die Texte für die Broschüren.

»Es sind Hexensteine.«

Sein Grinsen erlischt. »Was?«

»Hexensteine.« Plötzlich möchte ich den Stein nur noch wegwerfen. Diese ganzen Steine nehmen und irgendwo vergraben, in Cornwall, in Irland, in Amerika. Aber es gelingt mir, meine irrationale Angst zu verbergen. »Früher haben die Leute auf dem Moor solche Steine auf die Fenstersimse gelegt oder an einem Strick über die Tür gehängt. Auf manchen Bauernhöfen, weiter draußen auf dem Moor, gibt's das immer noch. Manche finden das vielleicht spaßig, aber ich fürchte, viele Leute glauben tatsächlich noch daran.«

Stirnrunzelnd hört er mir zu. »Hexen? Alte Frauen?«

Ich drehe den Stein hin und her, was mich beruhigt. »Genau, Hexensteine. Es hieß, sie seien apotropäisch.« Ich warte die Frage gar nicht erst ab. »*Apotropäisch* bedeutet: dazu da, das Böse fernzuhalten, schwarze Magie zu verhindern. Das haben die Leute geglaubt. Deshalb haben sie die Steine ans Fenster gelegt oder über die Tür gehängt – damit keine Hexe ins Haus kommt.« Als ich den Stein zu den anderen zurücklege, kann ich mir nicht verkneifen, zu meinem Schreibtisch hinüberzuspähen. »Oder … das Böse nicht aus dem Haus rauszulassen. Und die hier hat jemand in der Nacht auf unseren Fenstersims gelegt? Das kann kein Zufall sein.«

Andy starrt auf die Steine. Draußen ist es so gut wie dunkel, aber durch die Regenfäden sehe ich Lyla hinten in meinem neuen Auto. Kerzengerade sitzt sie da und schaut zu mir herüber. Unverwandt.

DER LYCH WAY

Dienstagvormittag

Adam, tief in Gedanken, folgte dem Weg schon seit zehn Minuten, als ihm aufging, dass er auf dem Lych Way war, dem alten Leichenweg. Der Name stammte aus der Zeit, als die Leute aus den Dartmoor-Dörfern die Särge mit ihren Toten noch zum offiziellen Kirchhof hatten tragen müssen, genau auf die andere Seite des Moors, nach Lydford.

Im Windschatten einer düsteren Kieferngruppe blieb er stehen und stellte sich das bildlich vor – ein paar abgerissene Kleinbauern, wie sie die Holzkiste vom Bellever Tor über den Cowsic Brook hievten, hügelan und hügelab über die kahl rasierten Kuppen, vorbei am Lynch Tor, über die Steinbrücke Baggator Clapper und zu den Cataloo Steps.

Und wenn der Fluss bei Cataloo viel Wasser geführt hatte? Was hatten sie dann gemacht? Bauchtief mussten sie, den Sarg über die Köpfe gestemmt, durchs eisige Wasser gewatet sein, bevor sie auf der Corps Lane weitergehen konnten nach Willsworthy. Alles, um ihre Toten zur letzten Ruhestätte zu bringen.

Zwanzig Kilometer weit hatten sie die Leichen geschleppt. Zwanzig elende Kilometer.

Im Weitergehen spähte er zum Horizont, hielt nach Tieren Ausschau, suchte Trost in der Natur. Als er die nächste Anhöhe erreichte, sah er einen Turmfalken am weißen Winterhimmel schweben. Unwillkürlich blieb er stehen, um die Eleganz zu bewundern, das leichte Zittern der Federspitzen, den majestätischen Flug.

Windbespringer hatte sein Onkel sie genannt. Wenn

Turmfalken in ihrem Rüttelflug an einer Stelle verharrten, sah es so aus, als wollten sie den Wind bespringen – ihn beherrschen –, dann folgte der Sturzflug, das plötzliche Herabstoßen auf eine Beute, und schon waren sie weg.

Schließlich ging er weiter, immer noch auf dem Lych Way, dem alten Leichenweg. Irgendwo hier musste das Kreuz sein, nicht weit von den Siedlungen aus der Eisenzeit entfernt.

Wir haben ein beschädigtes Steinkreuz gesehen. An der Straße nach Sittaford. Vandalismus, hatten die Wanderer im Büro mitgeteilt.

Aber es fiel ihm schwer, sich auf die Arbeit zu konzentrieren. Seine Stimmung war düsterer als die Kiefern. Er tat, was er konnte, aber an diesem Tag kam er auch auf dem Dartmoor nicht auf andere Gedanken. Die Menschenwelt zwängte ihn ein; er hatte keine Gewalt über das, was er für seine Frau empfand, diesen Groll, den er – aus Vernunft und um seiner Tochter willen – so verzweifelt zu verbergen suchte. Wie sollte er dieses Gefühl denn verbergen? Was sie getan und was sie gesagt und was sie ach so bequem vergessen hatte – wie sollte er damit fertigwerden und dabei noch so tun, als spiele es keine Rolle?

Er hatte nie etwas anderes gewollt als dieses Leben: seine Familie lieben und in seiner Arbeit aufgehen, sich um das Moor kümmern, die Hecken in Schuss halten, Touristen helfen, die Bussarde über Sourton Down beobachten – und normalerweise war er glücklich. Sie waren alle glücklich gewesen. Aber nun brach seine Familie auseinander.

Als er an einen Zaunübertritt kam, hielt Adam kurz inne, dann sprang er hinüber und atmete einmal tief durch, bevor er, das Karomuster aus Koniferenschonungen hinter sich lassend, weiterging. Er versuchte, nicht an seine Familie zu denken, weder der Verzweiflung nachzugeben noch der wachsenden Abneigung, die auch noch sein Gewissen belastete.

Er liebte und begehrte seine Frau, und trotzdem empfand er ihr gegenüber einen brennenden Zorn.

Lyla. *Was machte das alles mit Lyla?*

Er schloss kurz die Augen, um sich zu beruhigen, und dann konzentrierte er sich wieder auf die Landschaft.

Zu seiner Linken erstreckte sich die grelle Grasnarbe auf einem Sumpf, Sprenkel nassen, giftigen Grüns, das im Licht der plötzlich durchbrechenden Wintersonne blitzte. Eine Erinnerung überkam ihn: Er war acht gewesen oder neun und hatte neben seinem Onkel Eddie gekauert, um eine Schnepfe zu beobachten, die ihr Hochzeitskleid zur Schau stellte. Blitzschnell war der Vogel steil in den Himmel gestiegen und hatte dann im Herunterstoßen, die Flügel kaum ausgebreitet, seinen Schwanz ausgestellt. Dabei war jenes seltsame Geräusch entstanden, dieses traurige Surren der ausgebreiteten Schwanzfedern beim Sturzflug. Wenn man es einmal gehört hatte, vergaß man es nie wieder.

Und wenn sie nach solchen Tagen, an denen er Vögel und Felsen und Bäche kennengelernt hatte, auf dem Heimweg waren, hatte sein Onkel ihm die alten Moorland-Wörter beigebracht: *Dimmity* bedeutete Zwielicht. *Owl-light* eine besonders düstere Abenddämmerung. Ein *radjel* war eine Anhäufung aufgetürmter Steine. *Spuddle* bedeutete herumalbern, ein *tiddytope* war ein Zaunkönig, ein *gallitrop* ein Feenring.

Appledrain hieß Wespe. Herrlich.

Moor-gallop: wenn Wind und Regen über das Hochmoor jagten. *Drix*: morsches Holz. *Ammil*: die dünne, silbrige Eisschicht, die Blätter, Zweige und Grashalme überzog, wenn auf trügerisches Dartmoor-Tauwetter strenger Dartmoor-Frost folgte, wie ein Eissturm, nur feiner. So genau mussten die Bauern sein; sie brauchten noch für die schönste und ungewöhnlichste Erscheinungsform von Frost, Tau und

Eis ein eigenes Wort. Von dieser Genauigkeit hingen Leben ab: Man musste wissen, wann es Zeit war, das Vieh zusammenzutreiben, den Ponys Obdach zu gewähren, sich um die Ernte zu kümmern, die Lämmer, die noch gesäugt wurden, zu versorgen.

Der nächste, noch höhere Zaunübertritt. Er hielt die Luft an, bevor er hinüberkletterte, dann blieb er stehen und schaute zum Horizont.

Jeden Quadratmeter, jeden Hektar. Er hatte das alles so oft gesehen und liebte es immer noch. Im Herbst beim Steeperton Tor die Moorhühner, die sich an Heidekraut und Heidelbeeren satt fraßen. Die sumpfigen Lichtungen mit dem Bruchwald und den Sanddornbüschen, zu denen die gelben Schmetterlinge – Vorboten des späten Dartmoor-Frühlings – kamen, um ein Festmahl zu halten. Die Höhlen in den Cuckoo Rocks, in denen einst die Schmuggler ihren Brandy versteckt hatten. Und das weite, karge Land bei Langcombe, wo er im Sommer gern herumstrich; wo man sich vorstellen konnte, der einzige Mensch auf Erden zu sein; endlose Flächen aus sich sanft wiegendem Gras und Ried um einen herum, kilometerweit nichts, kein Mensch weit und breit, nichts zu tun, sengende Sonne und kein anderes Geräusch als das Sirren und Brummen der Insekten – das und die still dahingleitenden Wolken und der eigene Herzschlag.

Das waren vielleicht seine glücklichsten Augenblicke; die und die Zeit, die er mit Lyla draußen verbrachte. Wenn er seiner Kleinen etwas über Raben und Felsenkessel erzählte, über Libellen und violette Orchideen. Sie liebte das Moor genauso wie er. Ewig konnten sie an sonnigen Tagen draußen sein, den Abbot's-Weg hinuntergehen bis nach Rundlestone oder bei der Ruine, die Königsofen genannt wurde, nach der alten Zinnschmelze suchen oder oben bei Dunstone und den Shilstone Rocks Blaubeeren naschen, bis Finger und Lippen lila und die Zähne rosa waren, und darüber lachen – und dann, wenn der Tag sich neigte, wohlig erschöpft heim nach Huckerby fahren. Dann hatte Kath bei einem Supermarkt haltgemacht, und sie saßen zusammen bei Tee und einem Teller mit Früchtekuchen und waren glücklich und zufrieden. Und Lyla legte auf dem Küchentisch Muster aus den hübschen Blütenblättern, die sie unterwegs gesammelt hatte. Schöne, komplexe Muster, die nur sie verstand. Oder Muster extra für Papa.

Was für glückliche Zeiten.

Jetzt war alles anders. Jetzt war Lyla verwirrt und ängstlich und traurig und sträubte sich oft, wenn er – ihr Vater! – sie in den Arm nehmen wollte, wie er es immer getan hatte. Neuerdings starrte sie ihn manchmal an, als ob *er* irgendetwas falsch gemacht hätte, und das alles wegen Kath, wegen dieser Familie, dieser Kinnersleys. Und dann wieder kam Lyla vor dem Schlafengehen zu ihm und drückte ihn so fest, so verzweifelt, als habe sie Angst, dass auch er über Nacht verschwinden könnte – wie ihre Mutter.

Das war nicht gut. Er versuchte, die gefährliche Gedankenspirale aus dem Kopf zu kriegen. Es war, als würden sie alle in ein Dartmoor-Sumpfloch hineingezogen, Dead Lake, Fox Tor, Honeypool: Je mehr sie kämpften, um sich zu befreien, desto tiefer versanken sie in Frust und Zorn. Das Beste war, sich zu beruhigen. Es nicht noch schlimmer zu machen. Nichts zu überstürzen.

Nun sah er das alte Kreuz. Einen Meter hoch, mit einer verwitterten, flechtenbewachsenen grün-grauen Granitscheibe obenauf. Anglo-keltisch vielleicht, um die tausend Jahre alt oder noch älter. Jemand hatte es gerammt und umgestoßen, irgendein Idiot in einem SUV, betrunken oder bekifft, der offroad gefahren war und sich einen Spaß daraus gemacht hatte. Die Steinscheibe hatte Risse und war an einer

Seite zersplittert. So viele Jahrhunderte hatte sie überstanden, und jetzt war sie stark beschädigt, vielleicht irreparabel. Hier war etwas Kostbares zerstört worden.

Adam kniete sich neben den alten Stein und strich über den Granit, als handele es sich um die Mähne eines verletzten Ponys. Er spürte die kratzigen Flechten unter der Hand und empfand eine große Hilflosigkeit. Und sträubte sich gegen noch mehr vergebliche Emotionen. Er versuchte, praktisch zu denken.

Er rieb seine rauen Hände aneinander, um die Kälte abzuwehren, richtete sich auf und machte sich auf den langen Weg zurück zu seinem Land Rover. Noch unterwegs traf er eine Entscheidung. Wie schwierig es auch sein mochte, sie würden versuchen, es zu reparieren. Denn das war sein Job: diesen kostbaren Ort zu bewahren, von den antiken Funden über die Landschaft bis hin zu den schnatternden Wacholderdrosseln auf der Soussons-Farm. So viel wie möglich davon zu bewahren und der nächsten Generation zu übergeben. Lyla und Lylas Kindern.

Er würde die Archäologen in Exeter anrufen und bitten, einen Fachmann zu schicken. Ja. Es konnte gerettet werden.

Wenn es nur mit der Liebe auch so wäre, dachte er, während er den Leichenweg hinunterging. Wenn sie wieder aufgerichtet und restauriert werden könnte. Aber waren Loyalität und Verlässlichkeit einmal über den Haufen geworfen, war eine Familie erst mal angeschlagen, dann war's das wohl. Und wurde die Liebe von Argwohn abgelöst oder gar von Verachtung – was wurde dann aus einem? Wo trieb einen das hin? In welchem finsteren Wald wachte man auf? Vielleicht führte der Weg, den man einschlug, einen immer tiefer hinein ins Dunkle?

Fast hatte er den Land Rover erreicht, als er noch einen Turmfalken sah; eingerahmt von den blassgrünen Hügeln der Hurston-Ridge-Steinreihen schwebte er am Himmel. Der Vogel war so schön, er war perfekt; ganz elementar stand er leicht zitternd in der Luft und tat genau das, weswegen er hergekommen war. Er bebte vor Entschlossenheit, aus dem unwiderstehlichen Drang heraus zu töten. Zu überleben.

Was hatte Kath an jenem Abend gemacht? Und an all den anderen Abenden, an denen er nicht da gewesen war? Die Frage war ebenso bedrohlich wie unumgehbar. Wenn er die Antwort hatte, würde er Kath' Schuld ermessen können – und ihre Ehe war am Ende. Bekam er die Antwort nicht, würden ewig Misstrauen und Zorn in ihm brodeln – und ihre Ehe war auch am Ende.

So oder so würde Lyla ihre Mutter verlieren. Also sollte er es lieber auf sich beruhen lassen, aber das konnte er nicht. Er liebte sie, er hasste sie, er liebte sie, er hasste sie. Dieser Gefühlswirrwarr glich einem nassen Moorlandfeuer, das mehr Rauch hervorbrachte als Wärme; es nahm ihm die Luft. Es tötete die Hoffnung, erstickte alles.

Als er die Autotür öffnete, ging ihm durch den Kopf, was sein Onkel über die Wildheit des Dartmoors gesagt hatte, wenn sie Widder kastriert und schreiende Kühe enthornt und ängstlich blökende Ochsen zum blutnassen Schlachthof gebracht hatten, wo ganze Bäche von Blut, glänzend wie Lack, Strudel von Scharlach- bis Dunkelrot gebildet hatten.

Das Moor ist schön, Junge, weil es gefährlich ist.

HUCKERBY

Mittwochvormittag

Heute ist schon wieder Fortbildung. Die Lehrer der Princetown Primary werden geschult, und die Kinder haben einen Tag frei. So was kommt ziemlich häufig vor, und es bedeutet jedes Mal, dass einer von uns – Adam oder ich – zu Hause bei Lyla bleiben muss. Eins-zu-eins-Betreuung. Das ist immer intensiv, denn Lyla hat keine richtigen Freunde; Verabredungen zum Spielen können also nicht getroffen werden.

Trotzdem freue ich mich normalerweise über die Gelegenheit, etwas mit ihr zu unternehmen. Mit ihr aufs Moor rauszufahren oder, im Sommer, schwimmen zu gehen oder, im Herbst, zum Reiten. Aber heute ist es feucht und sehr kalt. Gut möglich, dass es noch schneit.

Und in Gedanken bin ich ganz woanders, was Lyla vielleicht spürt. Mich beschäftigen die Hexensteine, die vor unserem Bürofenster abgelegt worden sind. Kann sein, dass tatsächlich ein Wanderer sie dort deponiert und dann vergessen hat. Kann sein, dass Kinder sich einen Spaß erlaubt haben. Aber hat derjenige, wer immer es war, gewusst, dass diese Steine als Hexenbannmittel gelten? Und warum gerade vor meinem Büro?

Während ich gedankenverloren das Frühstücksgeschirr spüle, tritt meine Tochter gegen das Tischbein. Tack, tack, tack. *Tack, tack, tack*. Sie fordert die Aufmerksamkeit ihrer Mutter.

Und die steht ihr zu.

»Mami? Was wollen wir machen?«

»Ich weiß nicht, Süße, es ist so scheußlich draußen. Aber wir könnten Schloss Drogo besichtigen.«

Tack.

»Nicht schlecht, aber die erlauben keine Hunde. Können wir bitte was anderes machen?« Sie schaut mich sehnsüchtig an. »Mit Felix und Randal?«

Ich überlege angestrengt. Man braucht nur auf einer guten Karte nachzuschauen oder in einem Reiseführer, da findet man unzählige verlockende Orte auf dem Dartmoor, Orte, deren Namen schon märchenhaft klingen – die Verlorenen Kreuze, Hameldown-Dolch, Quintin's Man –, aber heute reizen sie mich alle nicht. Trotzdem muss ich etwas mit Lyla unternehmen. Ich will nicht, dass sie den ganzen Tag allein zubringt und sich in ihre Bücher verkriecht. Nicht schon wieder.

Plötzlich kommt mir eine Idee.

»Ich weiß, was wir machen können«, sage ich und bringe ein Strahlen zustande. »Wir fahren raus und schauen uns Steine an.«

Ihre Miene hellt sich auf. Sie liebt die alten Steinkreise und Menhire.

»Merrivale? Scorhill?«

»Nein.« Ich mache es ein bisschen spannend. »Welche, die du noch nicht kennst.«

Jetzt strahlt sie. »Wo? Sag's mir!«

»Nein.«

»Sag schon, Mami!«

»Du machst dich bereit, ich packe uns ein kleines Picknick ein, und dann gehen wir auf Überraschungsfahrt. Zieh deine Stiefel an und den Mantel. Ansonsten kannst du so bleiben.«

Meine Tochter schaut an sich hinunter: Sie hat schwarze Jeans an, ein graues Hemd und darüber einen gelben Pullover. Lyla mixt die Farben oft wild durcheinander; ich bin nicht sicher, ob sie ein Gespür dafür hat, welche Sachen zusammenpassen und welche nicht, aber sie kann fast alles tragen. Genau wie ihr Vater, dem sie so ähnlich sieht mit den blauen Augen, den hohen, slawisch anmutenden Wangenknochen, der hellen Haut und dem tiefdunklen Haar. So schön. Ich weiß noch genau, wie ich ihn zum ersten Mal gesehen habe, im Pub, ich war siebzehn, und seitdem liebe ich ihn, den Jungen mit den blauen Augen, der mir die Tochter mit den blauen Augen geschenkt hat. Adam Redway, mein Jugendschwarm.

»Muss ich die Stiefel anziehen? Ich will keine Gummistiefel. Die kratzen.«

»Doch, musst du. Bei den Sümpfen ist es nass und matschig. Also los, hol deine Sachen, ich mache uns schnell ein paar Brote.«

»Erdnussbutter? Also ist es ein besonderer Anlass!«

Ich muss lachen. Lyla muss lachen. Wir nehmen auf *jeden* Ausflug Erdnussbutterbrote mit, so unweigerlich, dass es schon zum Familienwitz geworden ist. Lyla springt auf, rennt los und ruft ins Wohnzimmer, wo die Hunde liegen und dösen: »Felix! Randy! Wir gehen raus! Ein ganz großer Ausflug!«

Gleich darauf höre ich sie die Treppe hinaufstampfen und die Hunde hinterherjagen; eifrig klicken die Krallen auf den Holzstufen.

Es dauert kaum zehn Minuten, bis ich etwas Proviant in eine Tüte gepackt und den Rucksack in den Kofferraum gestellt habe; die Hunde springen auf die Rückbank und postieren sich links und rechts von Lyla, während ich den Motor anlasse. Wir machen uns einen schönen Tag, heute mal nicht auf Huckerby. Mein Ziel sind die Grey Wethers, zwei geheimnisvolle Steinkreise am äußersten östlichen Rand des Moors. Allein dorthin zu kommen wird schon ein Abenteuer. Wir werden den ganzen Tag brauchen. Und es wird trotz Kälte und trübem Licht ein guter Tag sein: draußen, mit den Hunden.

Als ich wende, sagt Lyla von hinten: »Weißt du, Mami … Ich hab einen Mann gesehen.«

Ich zuckele über den schmalen Weg zur Einmündung in etwas, das in den entlegenen Teilen des Dartmoors als Straße durchgeht. »Was sagst du, Süße?«

»Ich hab einen Mann gesehen.«

Alles in mir spannt sich an. Ich drossele das Tempo, um meine Tochter besser verstehen zu können. »Wann? Was für einen Mann?«

Ich suche ihren Blick im Rückspiegel, doch sie beugt sich über Felix und krault ihn hinter dem Ohr. Lange sagt sie gar nichts.

»Lyla?«

Mit vielleicht zehn Stundenkilometern fahre ich durch den winterlichen Dartmoor-Matsch, über winzige mittelalterliche Brücken, die nie für Autos gedacht waren.

Endlich: »Es war ein Mann, den du kennst. Ich hab ihn in Huckerby gesehen. In der Nähe von Huckerby.«

Wen meint sie? Es scheint wichtig zu sein, aber ich weiß nicht, warum. Im Prinzip kann sie jeden meinen; vielleicht hat sie auch geträumt.

»Wann, Lyla-Maus? Und wie sah der Mann aus?«

»Zwei- oder dreimal. Ich weiß nicht. Er war weit weg. Er sah …« Sie windet sich. »Ein bisschen sah er wie Papa aus. Sehr wie Papa. Und ich glaube, er war an dem Abend da, als du in …« Jetzt wird ihre Stimme dünn. »An dem Abend. Als du mich bei Tante Emma gelassen hast.«

So nennt sie unsere Nachbarin, Emma Spalding. An dem Tag, an dem ich abends in den See gestürzt bin, musste ich länger arbeiten; deshalb hat Emma auf Lyla aufgepasst. Emma ist wie eine Tante oder wie die Großmutter, die Lyla nie hatte. Adams Mutter ist schon vor Jahren gestorben, und meine Eltern leben beide nicht mehr.

Wir fahren weiter. Die Straßen versinken in Matsch und altem Laub. Was genau hat Lyla gesagt? Dass sie einen Freund von mir gesehen hat – an jenem Abend und auch danach noch. In der Nähe von Huckerby? Oder meint sie tatsächlich Adam? Ausgeschlossen. Mein eigener Mann verfolgt mich doch nicht. Aber vielleicht jemand, der ihm ähnlich sieht? Harry? Oder einer von seinen zahlreichen anderen Cousins? Redways gibt es übers ganze Moor verstreut.

Aber warum sollte überhaupt irgendwer mich verfolgen?

Meine Hände, die das Lenkrad fest umklammern, werden plötzlich müde. Ich fahre langsamer und blicke starr geradeaus. Versuche zu verstehen.

Die Bäume biegen sich im Wind, Fetzen von grauem Moos flattern ihnen voraus. Vögel sitzen zwischen die kahlen Zweige geduckt. Die einzige Farbe in all dem eintönigen Grau liefern die zitternden gelben Stechginsterbüsche.

Lylas Gesicht im Rückspiegel sieht aus wie festgefroren. Ich kenne diesen Zustand: Sie will nicht reden. Schlimmstenfalls verfällt sie in totales und anhaltendes Schweigen. Selbst gewähltes Stummsein. Auch ein Asperger-Symptom. Aber jetzt lasse ich das nicht zu. »Das ist wichtig, Lyla. Du sagst, du hast jemanden gesehen, den ich kenne.«

Schweigen.

Wir biegen in die Hauptstraße Richtung Widecombe und Fernworthy ein. Hier kann ich schneller fahren und bremse doch gleich wieder. Zu beiden Seiten der Fahrbahn stehen Moorlandponys. Der Wind zerzaust die vollen schwarzen Mähnen. Wenn sie so dastehen, kommen sie mir immer vor wie die Wächter des Moors, als verkörperten sie den wahren Geist dieser Gegend.

»Lyla? Bitte.«

Nichts.

»Lyla …«

»An dem Tag, an dem du mich zurückgelassen hast.« Jetzt sucht ihr bohrender Blick im Spiegel meinen. »Als du mich allein gelassen hast. Das musst du doch noch wissen.«

Und sofort erstarrt ihre Miene wieder. Sie ist blass und sieht zornig aus. Ich weiß, wenn ich jetzt auch nur noch eine Frage stelle, wird sie stunden-, wenn nicht tagelang kein Wort mehr sagen. Oder eine Woche lang. Dabei kann ich mich kaum bremsen, sie weiter auszufragen. Worum geht's? Was genau ist es, das sie mir sagen will und anscheinend nicht kann? Ist es so unaussprechlich, dass sie es nicht über die Lippen bringt?

Was sie bereits gesagt hat, ist schon schmerzlich genug. Offenbar gibt sie *mir* die Schuld an dem Unfall. *Ich konnte nichts dafür,* will ich ausrufen.

Da trabt schon wieder ein Pony über die Straße. Ich mache eine Vollbremsung. Sich unserer Nähe nicht bewusst, wie in einer anderen Welt, trottet es noch ein Stück am Straßenrand entlang, galoppiert schließlich davon und verschwindet hinter der nächsten Hügelkuppe. Die Mähne fliegt wie eine dunkle Flamme hinter ihm her.

Das Bild erinnert mich an meine Tochter, wie sie bei Wind und Wetter mit wehendem schwarzem Haar mit den Hunden herumtollt. Allein mit ihren Gedanken und Träumen, geheimnisvoll wie das Wetter jenseits der Haytor Rocks.

GREY WETHERS

Mittwochmittag

Eine Stunde sind wir bis hierher gelaufen, erst durch die Kiefernschonungen von Fernworthy, dann über freies braunes Moorland.

»Da«, sage ich.

»Wo?«

Ich zeige auf Grey Wethers, die beiden Steinkreise, die, noch kaum auszumachen, an einem Abhang stehen und ins Weite zu blicken scheinen. Grey Wethers ist einer meiner Lieblingsorte auf dem Dartmoor. Dieser stille doppelte Kreis hat etwas Poetisches – vor dreitausend Jahren errichtet von Menschen, die eine Landschaft zu nutzen und auf sie einzugehen wussten, um sie zu schmücken, nämlich mit einfachen Ringformen aus braunem Moorlandstein.

Für mich ist Grey Wethers so schön wie ein Palast oder Schloss. Ich komme nur deshalb nicht öfter her, weil man einen so weiten, langweiligen Fußweg zurücklegen muss, durch endlose Kiefernpflanzungen und dann über matschigen Boden, wo die Stiefel unverhofft in überwucherten Pfützen versinken und man sich an Felsbrocken die Schienbeine aufschürft.

»Wie findest du es?«, frage ich. »Schön, oder?«

Ich forsche in ihrem ausdruckslosen Gesicht nach einem Hinweis. Wen hat sie in Huckerby gesehen? Wenn es wirklich jemand war, den ich kenne, dann ist das Ganze umso seltsamer. Ich habe hier in der Gegend kaum Freunde und schon gar keine männlichen; meine alten Studienfreunde leben fast alle in London, einige auch über den Erdball verteilt.

Also muss sie einen Verwandten meinen. Und da kommen nicht viele infrage. Mein Bruder wohnt unten in Salcombe, im Haus meiner Mutter. Es ist uns ganz recht, dass wir nicht so dicht beieinanderhocken; so streiten wir uns weniger. Und mein Vater – der ist lange tot.

Es muss also jemand sein, der aussieht wie Adam, wie Lyla gesagt hat. Der Mann auf dem Moor. Kann es doch Adam selbst gewesen sein?

Nein, das ist absurd.

Schweigend gehen wir auf die Steinkreise zu. Die Hunde preschen voraus, und ausnahmsweise scheint Lyla sich nicht für deren Erkundungen zu interessieren.

Stattdessen späht sie, die Stirn leicht gerunzelt, erst zu den Steinen, dann zum Horizont. Irgendetwas nimmt sie wahr. Schließlich geht sie in die Mitte des näher gelegenen Kreises. Setzt sich hin.

»Ist alles in Ordnung?«

Sie nickt. Ich lasse mich im Schneidersitz neben ihr nieder. Der kalte Wind hat sich gelegt, und ein schwacher Strahl Januarsonne bohrt sich durch die Wolkendecke. Das Gras ist sehr trocken. Offenbar hat es hier schon seit Wochen nicht mehr geregnet. Das Wetter auf dem Dartmoor ist seltsam. Adam sagt, an manchen Julitagen kann es passieren, dass er Touristen zu einem Plätzchen am Fluss führt, wo sie sich in die Sonne legen, dann steigt er einen Tor hinauf und gerät in ein Schneetreiben, und wenn er ins Tal zurückkommt, sind die Kinder immer noch im Wasser und spielen in der Sonne.

»Wollen wir ein Brot essen?«

Lyla gibt ein leises *Bitte* von sich. Ich nehme den Rucksack ab und fische die Brotbox heraus, und eine Weile sitzen wir einträchtig schweigend da, essen unsere Erdnussbutterbrote und lauschen dem sanften Rauschen des Windes im Ried und dem Plätschern eines kalten Wasserlaufs irgendwo weiter weg.

Auch die Hunde höre ich; ausgelassen toben sie über den nächsten Hügel, jagen Kaninchen oder Feldhasen. Oder wühlen menschliche Gebeine aus einer Steinzeitgrabstätte. Steinkisten. Darin finden sich uralte Skelette, grausam gekrümmt und zusammengepresst, damit sie überhaupt hineingepasst haben: die Knie unter dem Kinn, als sei die Bestattung selbst noch eine Folter gewesen. Vielleicht haben sie damals auch Leute lebend begraben. Genau weiß das niemand.

Lyla lässt die Hand mit dem Brot sinken und sagt: »Tut mir leid, dass ich das mit dem Mann gesagt habe. Ich glaube, ich habe niemanden gesehen. Entschuldige, Mami. Mir war unheimlich.«

»Ach … Aha.«

Es wird immer wirrer. Manchmal fürchte ich, irgendwann aufzuwachen und festzusitzen; gefangen zu sein im Reich der Absonderlichkeit. Aber Lyla steht noch unter Schock. Ihre Mutter wäre beinahe gestorben – kein Wunder, dass sie verwirrt ist.

Sie beißt von ihrem Brot ab und kaut gründlich. Dann sagt sie: »Es ist schön hier. Es gefällt mir, dass es so still ist. Der Wald da drüben gefällt mir auch. Und Steinkreise gefallen mir immer.«

»Das freut mich.«

»Ich mag Scorhill und Totterton und Sourton und Buttern Hill und Mardon, alle, aber das sind nicht die besten. Weißt du, welchen ich am liebsten mag?«

»Nein …« Ich knülle die Folie zu einer Kugel zusammen und lege sie in die Brotbox. »Sag's mir.«

»Merrivale!« Jetzt strahlt sie.

Ich erwidere das Lächeln. Bei Merrivale waren wir schon mehrmals, das ist auf jeden Fall einer ihrer Lieblingsplätze. Merrivale mit seiner Steinkiste und den Steinreihen auf dem kahlen, zugigen Abhang.

»Warum magst du Merrivale?«

»Weil es früher Pestmarkt hieß. Das habe ich gelesen. Weißt du, wo der Name herkommt? Ich musste es nachschlagen.«

»Nein.«

Sie schaut mich mit großen Augen an. »Als der Schwarze Tod hier umging, haben die Leute Essen in den Steinkreis gelegt. Und ein bisschen später sind die anderen gekommen, die Leute von der Küste, die die Pest schon hatten, und haben das Essen genommen. Zum Bezahlen haben sie Gold und Silber in einen Trog mit Essig getan, und dann sind sie wieder gegangen. So haben sie versucht, es zu verhindern. Dass der Schwarze Tod sich weiter ausbreitet.« Sie blinzelt kurz und fährt fort: »Gut, oder? Ein Markt extra wegen der Pest. Hier zwischen den Steinen, damit die Leute sich nicht treffen mussten. Die haben sich nie gesehen. Ein bisschen, als wären sie alle Geister. Und dann das viele Gold und Silber in dem Essig.« Stirnrunzelnd spielt sie mit einem Grashalm. »Aber … es hat nicht funktioniert. Jedenfalls hab ich das gelesen. Der Schwarze Tod hat sich trotzdem auf dem ganzen Moor ausgebreitet. Die Leute sind alle gestorben. Es hilft noch nicht mal, das Gold in Essig zu legen. Alle sterben.«

Der Wind trägt den Duft von frisch geschlagenen Kiefern zu uns herüber. Ich weiß nicht, ob ich von Lylas langem Monolog – einem ihrer typischen Asperger-Vorträge – irritiert sein oder mich darüber freuen soll, dass sie überhaupt mit mir spricht.

»Bist du fertig mit Trinken?«

Sie nickt und drückt mir den leeren Saftkarton in die Hand.

»Danke, dass du mit mir hergekommen bist.«

»Na hör mal, das ist doch für mich genauso schön! Ich mag die Steinkreise auch sehr. Genau wie du.«

Sie nickt und schüttelt gleichzeitig den Kopf.

»Was ist?«

»Aber du hast dich geirrt, Mami. Geirrt.«

»Wieso? Womit habe ich mich geirrt?«

»Du hast gesagt, ich wär noch nie hier gewesen. Aber ich *war* schon mal hier. Genau hier, bei den Grey Wethers. Ich erinnere mich daran.«

Während sie spricht, fegt sie nicht vorhandene Brotkrümel von ihren Hosenbeinen. Wieder und wieder.

»Ich war schon mal hier. Mit Papa und dir.«

Sanft erwidere ich: »Nein, Süße, du warst noch nicht hier, jedenfalls nicht mit mir. Vielleicht mal mit Papa oder mit Onkel Dan, aber mit mir nicht.«

Lyla schüttelt den Kopf, hört auf zu fegen. »Ich *war* hier. Du hast es vergessen.«

»Nein, Süße, ich …«

Und jetzt fällt es mir ein. »Doch, natürlich … O Gott«, murmele ich. Lyla hat recht. Sie *war* schon hier. Adam hat mich hergeführt, um mir Grey Wethers zu zeigen, und ich hatte Lyla im Tragegestell auf dem Rücken. Sie war *neun Monate* alt.

Für einen Moment bin ich sprachlos.

Ich weiß, dass meine Tochter – wie viele andere, die sich im gleichen Bereich des Spektrums bewegen wie sie – in der Lage ist, sich an Dinge zu erinnern, die normalerweise weit außerhalb des menschlichen Erinnerungsvermögens liegen, aber es überrascht mich immer wieder. Und es freut mich. Sie hat Schwierigkeiten, aber sie hat auch besondere Gaben. Und das, so irritierend es auch sein mag, ist eine davon.

Lyla steht auf. Das Picknick ist vorbei. Wir machen uns auf den Weg zurück zum Auto.

»Hat's dir gefallen?«

»Ja. Danke, Mami. Guck, da sind Felix und Randal. Wir

haben doch noch Brote übrig! Wollen wir ihnen die geben? Bitte!«

Die Hunde kommen über braunes, windgepeitschtes Gras auf uns zugeprescht. Lyla holt die Box aus dem Rucksack, wickelt die übrig gebliebenen Brote aus und verteilt sie. Die beiden stürzen sich darauf, als hätten sie seit Urzeiten nichts mehr zu fressen gekriegt. Sicher wäre ihnen frisches Fleisch lieber, aber aus Lylas Hand würden sie auch Sand und Kies fressen: Sie sind ihr vollkommen ergeben.

Unser langer, kalter Fußmarsch zum Auto verläuft still, die Fahrt nach Huckerby verläuft still, alles ist still – bis Lyla anderthalb Kilometer vor unserem Zuhause fragt, ob wir noch zum Hobajob's Wood fahren können. Auch ein Lieblingsplatz von ihr: Da findet sie seltene Gewächse – Augentrost und Schachblumen – oder die schillernden Panzer namenloser blauschwarzer Käfer. Blumen und Insekten und verwitterte Tierkrallen.

Ich schaue in den Winterhimmel hinauf. »Es wird schon dunkel, Süße. Wir müssen zusehen, dass wir nach Hause kommen.«

»Ach bitte, Mami! Wir sind so nah dran.«

»Hm.« Der Tag war schön. Einer meiner besten seit dem Unfall. Plötzlich schwelge ich in reinem Mutterglück. Warum soll ich ihr nicht die Freude machen? »Na gut. Aber nur für ein paar Minuten. In einer halben Stunde ist es stockfinster.«

Ich parke in einer Haltebucht, und wir stapfen durch das kalte Tal zu dem dichten Wald aus krummen, moosbehangenen Eichen, die sich in den fahlen Winterhimmel zu krallen scheinen. Der Hobajob's Wood ist wie eine Miniaturausgabe des berühmten Wistman's Wood weiter oben auf dem Moor. Vielleicht nicht ganz so gespenstisch-märchenhaft, aber auch nicht ganz so touristisch. Versteckt eben.

Unser Geheimnis.

Die Hunde laufen voraus, setzen federleicht über große Felsbrocken. Sie kennen den Weg, und es scheint so, als witterten sie einen Dachs oder Fuchs. Suchend klopfe ich meine Taschen ab; ich wünschte, ich hätte eine Taschenlampe dabei. Noch zwanzig Minuten, dann ist das Tageslicht weg. Angst kriecht in mir hoch. Ich will nach Hause. Mich vor ein schönes prasselndes Kaminfeuer setzen. Das bisschen Milde, das der Tag zu bieten hatte, ist verflogen.

Vor uns liegt ein bitterkalter Winterabend auf dem Moor.

Wir sind zwischen den Bäumen angelangt. Kalte Zweige schrappen über meinen Anorak. Es muss jetzt unter null Grad sein: Die ewige Dartmoor-Feuchtigkeit wird im Hobajob's Wood zu gnadenlosem Frost. Zweige und Laub knistern und knarren unter unseren Schritten. Lyla setzt alles daran, die Hunde nicht aus den Augen zu verlieren; sie folgt ihnen zu der kleinen Lichtung mitten im Wald, wo sie immer ihre Schätze findet. Möglich, dass dort in der Steinzeit – vor Tausenden von Jahren – eine Behausung stand. Oder eine Grabstätte. Das weiß niemand.

Wir müssen eine Abtrennung überwinden, eine kleine Mauer, die zweihundert oder auch zweitausend Jahre alt sein könnte, danach geht es ein Stück hügelan, und dann senkt der Boden sich zur Lichtung hin wieder ab.

Die Hunde sind schon da. Im abnehmenden Licht sehe ich ihre Silhouetten im Kreis traben wie Wölfe in einem viktorianischen Bilderbuch. Sie bellen wie verrückt. Seltsam. Solche Laute habe ich noch nie von ihnen gehört. Was haben sie gefunden?

Lyla schaut mich ängstlich an.

»Was ist los mit Felix und Randal, Mama? Da ist doch irgendwas!«

Auf einmal möchte ich nur noch kehrtmachen und weglaufen, den ganzen düsteren Weg zurück zum Auto rennen. Es ist eisig. Es ist schon fast dunkel. Ich habe Angst vor ich weiß nicht was.

Aber Lyla soll von dieser Angst nichts spüren. *Hol die Hunde und fahr nach Hause. Jetzt.*

Als das Bellen noch ungebärdiger wird, läuft Lyla hin. Ich kann kaum noch etwas erkennen; dunkelgrau und schwarz bricht die Winternacht herein, und die moosbewachsenen Bäume machen sie noch dunkler.

»Mami!«

Der Schrei geht mir durch Mark und Bein.

Sie ist ein paar Meter vor mir auf der Lichtung. Ich schiebe Brombeerranken beiseite, um sie überhaupt sehen zu können. Die Hunde laufen unentwegt im Kreis herum und jaulen. Teuflisch. Vielleicht macht ihnen das Wetter Angst. Das viele Weiß um sie herum: Hier hat mitten im finsteren Wald dieses seltsame Dartmoor-Phänomen stattgefunden, es hat angefangen zu tauen, und dann hat plötzlich wieder einsetzender Frost alles mit einer dünnen Eisschicht überzogen. *Ammil.*

Im letzten, schräg einfallenden Tageslicht sieht das wunderschön aus. Ein Moorlandeissturm hat den Wald in eine Welt aus Glas verwandelt.

Meine Mutter war immer hingerissen, wenn es einen *Ammil* gab.

Während das Klagelied der Hunde ständig lauter wird, schaue ich mich in dem Wunderland um wie ein Kind am Weihnachtsabend: Sämtliche Zweige an sämtlichen Ästen noch der kümmerlichsten Bäumchen sehen aus wie Finger eines kandierten Skeletts; dünne, durchscheinende Knochen aus Zucker. Die Stechpalmenblätter sind in starre weiße Flammen verwandelt; zwischen den Bäumen hindurch sehe ich jenseits des Waldes Hochlandkühe über Gras trotten, das aus winzigen Kristallnadeln besteht.

Die Hunde hören einfach nicht auf. Wovor haben sie solche Angst?

»Guck mal, Mami!«

Lyla zeigt auf die Mitte der Lichtung. Da liegen mehrere tote Vögel und drei oder vier tote Mäuse, platt auf dem Rücken, die Pfoten in der Luft; wahrscheinlich sind sie dem Kälteeinbruch zum Opfer gefallen. Sie liegen mehr oder weniger in einer Reihe, aber das hat nichts zu sagen. Neben ihnen zieht sich eine Spur Hausmüll hin. Ganz normaler Abfall. Es ärgert mich jedes Mal, wenn Leute ihren Müll im Wald abladen. Und Lyla ärgert es noch viel mehr.

Manchmal weint sie sogar.

Aber irgendetwas ist komisch. Ich schaue mir die Müllspur auf dem überfrorenen Boden genauer an. Da liegt eine Haarbürste. In einem völlig unpassenden Pink und jetzt von einer dünnen Eisschicht überzogen.

Das ist meine. Ich bin ganz sicher. Ich vermisse sie schon seit einiger Zeit. Und als ich etwas näher herangehe, erkenne ich ein paar feine braune Haare zwischen den Borsten, in der Kälte wie zu Draht erstarrt; neben der Bürste gammeln zusammengeknüllte Kosmetiktücher mit roten Spuren, entweder Lippenstiftküssen oder Blut. Mich schaudert. Ist das Blut von mir? Und dahinten, unter dem Baum, ist das ein Tampon? Ein benutzter Tampon von mir? Ich muss sie in Tüten stecken und in den Müll werfen, um unsere Kanalisation zu schonen, aber warum liegt ein Tampon von mir hier draußen herum?

Mir wird schlecht. Ein Gefühl, als wäre ich überfallen worden. Oder vergiftet. Geschändet. Diese Gerüche, das Blut, die Haare, der Müll – *die* machen die Hunde verrückt, irritieren die beiden, die sich jetzt, knurrend und mit gesträubtem Fell, von der Lichtung zurückziehen.

Lyla ruft ihnen hinterher. Ich starre auf die Tücher, die so obszön mit meinem Blut beschmiert sind. Wer macht so was? Wer hat meinen Müll geholt, Haare von mir, meine Bürste, und hier draußen im Wald neben den traurigen erfrorenen Vögeln verstreut? Ich schaue meine Tochter an. Kann sie das gewesen sein? Ein Scherz, irgendein Ritual, ein Muster? Warum? Das passt nicht zu ihr, sie macht nichts heimlich, ist nicht hinterhältig. Außerdem wirkt sie genauso entsetzt wie ich.

»Was ist denn nur mit den Hunden?«, fragt sie, noch blasser als ohnehin schon. »Wo wollen sie hin?«

Das Blut pocht in meinen Ohren. War ich das womöglich selbst? Habe ich die Sachen hier hingeworfen oder versehentlich fallen lassen und es vergessen? Ist das die Amnesie? Aber warum dieser intime Müll? Blut, Tücher, Haare.

Plötzlich krallt Lyla sich mit eiskalten Fingern an meiner Hand fest und stößt einen Schrei aus.

»Mami! Da kommt jemand. Ich hör's!«

HOBAJOB'S WOOD

Mittwochabend

»Was? Wo?«

Ich umklammere die Hand meiner Tochter. Es ist jetzt so dunkel, dass ich die überfrorenen Zweige auf der gegenüberliegenden Seite der Lichtung kaum noch sehen kann.

»Was hörst du, Lyla?«

Sie schüttelt den Kopf und neigt ihn leicht, um konzentriert zu lauschen. Meine Frage steigt als Nebelwolke auf. Ein leichter Windstoß fährt in die Zweige, und es ertönt ein zartes, fast kitschiges Klirren. Es sind sicher fünf Grad minus. Wir müssen hier weg. Raus aus dem Wald, weg von diesem widerlichen Müll.

»Komm, Lyla.«

Sie schüttelt erneut den Kopf und sagt beinahe wütend: »Hör doch!«

Aber sosehr ich mich auch anstrenge, ich höre nichts Ungewöhnliches. »Da ist nichts. Niemand. Nun komm, Lyla …«

»Nein! Das ist er!« Jetzt schreit sie.

Sie hört zehnmal besser als ich. Die Angst ist wie Nadelstiche in den Fingerspitzen.

»Wer, Lyla? Wen siehst du?«

»Niemanden!«, flüstert sie schroff. »Aber ich *höre* ihn. Er ist da irgendwo, ich weiß es! Er beobachtet uns, Mami, das ist er, der Mann auf dem Moor. Im Eis.«

»Hör auf! Wir gehen jetzt. Wenn wir zu Hause sind, können wir die Polizei rufen.« Ich taste meine Taschen nach dem Handy ab. Natürlich habe ich es nicht dabei. Netz hätte ich hier draußen sowieso nicht, aber die Taschenlampe würde ich gern nutzen. Leider habe ich es im Auto gelassen, und wir müssen ohne Lampe auskommen.

»Los, Lyla. Lass uns gehen.«

»Und wenn er uns sieht? Wenn er uns unterwegs abfängt? Dann macht er es noch mal … Dann bringt er dich zu dem See.«

»Was redest du da?«

»Guck, Mami! Guck!«

Sie zittert vor Kälte – oder vor Angst. Hilflos schaue ich mich um. Alles ist still. Es ist, als kämen die kahlen, bemoosten Bäume auf uns zu; sie recken frostige dunkle Finger in den Himmel, als seien sie einmal ein Häufchen Betender gewesen, die von einem Feuer überrascht und zu Kohle verbrannt worden sind.

Ist da jemand zwischen den Bäumen? Oder etwas?

»Er ist ganz in der Nähe, Mami! Da, da drüben!«

Ich schaue in die Richtung, und einen Moment lang meine ich eine Bewegung wahrzunehmen, aber nein, da ist nichts. Hier gibt es nur uns und die Hunde und die toten Vögel und meine Bürste und einen ekligen benutzten Tampon.

Ein Knacken lässt meine Gewissheit bröckeln. Ein menschlicher Schritt.

»Mami!«

Lyla stürzt davon. Reißt sich von meiner Hand los und schlägt den Weg zum Auto ein, raus aus dem Wald. Sie ist viel schneller als ich; sie rennt so oft draußen herum. Aber ich darf sie nicht aus den Augen verlieren. Von ferne höre ich die Hunde; unter lautem Gebell jagen sie durch den Wald. Nicht uns hinterher, sondern jemand anderem. Oder sie werden gejagt.

»Felix!«, rufe ich. »Randal! Hierher!«

Lyla ist nur noch eine kleine Gestalt weit vor mir, schon verschwimmt sie mit der Dämmerung. Ich bleibe an Ästen und Brombeersträuchern hängen, reiße mir Hände und Hals auf, stolpere über kalte, moosbewachsene Steine. Dabei treibe ich mich selbst an; es ist so dunkel, ich sehe fast nichts, aber ich höre meine Tochter. Ich falle, krache mit dem Knie auf einen vereisten Baumstumpf. *Au. Verdammt!* Es tut so weh. Ich schreie gegen den plötzlichen Schmerz an und schaue nach vorn. Lyla ist stehen geblieben, mitten auf dem Weg, auf der Höhe eines kleinen Schildes.

Sie dreht sich um und ruft: »Er kommt, Mami! Er ist hinter dir! Gleich ist er da!«

»Lyla …«

»Dreh dich nicht um! Steh auf, Mami, steh auf!«

Hinter mir knistert und knirscht und knackt es; irgendwas Großes kommt da aus dem kalten Hobajob's Wood. Die Hunde? Oder jemand anders?

Jemand, den ich kenne.

Ich stemme mich hoch und renne weiter. Aber der Wald will uns nicht hergeben. Abgestorbene Äste blockieren den Weg, Eisstücke bersten unter meinen Schritten, während ich weiterlaufe und Nebelschwaden ausatme. Da vorn kommt die alte Mauer, sie ist mit neuen Eiszapfen bewehrt. Ich klettere hinüber, im Rücken nach wie vor die lauten Geräusche, aber ich fürchte mich zu sehr, um mich danach umzudrehen.

Da. Das Auto. Eine willkommene graue Gestalt im Fastdunkel. Lyla sitzt schon drin und presst das Gesicht an die Scheibe. Ihre Augen sind weit aufgerissen.

Der Türgriff ist so kalt, dass es wehtut, ihn anzufassen; ich reiße die Tür auf, lasse mich in den Sitz fallen und drehe den Zündschlüssel, doch Lyla schreit von hinten: »Warte, Mami, die Hunde! Wo sind die Hunde?«

»Die sind weggelaufen, aber sie finden allein nach Hause. Wir müssen fahren.«

»Nein! Er bringt sie um!«

Sie hat recht, sie hat nicht recht, sie schreit, ich mache die Tür wieder auf, schaue raus in die kalte Dunkelheit und sehe – was? Wen? Da, Felix taucht auf, hechtet über einen Zaun, der bestimmt anderthalb Meter hoch ist, und kommt zu uns. Nass und kalt und laut jaulend springt er über mich hinweg ins Auto und nach hinten zu Lyla. Offensichtlich in Panik.

Lyla schiebt ihn beiseite, um das Gesicht freizubekommen, und schreit. »Wo ist Randal? Ohne Randal fahren wir nicht!«

Ich höre etwas näher kommen.

»Wir können nicht mehr warten!«

»Da drüben!«

Verzweifelt starre ich zum Waldrand hinüber. Bäume wie düstere Säulen, geduckte Sträucher, diffuse Formen – viel zu dunkel, um irgendetwas sicher erkennen zu können. Es ist, wie noch einmal im schwarzen Wasser des Burrator Reservoirs zu versinken. Und die *Ammil*-Eisschicht, gerade erst entstanden, beginnt schon wieder zu schmelzen. Tropfen für Tropfen löst sie sich auf.

»Versteck dich, Mami! Duck dich, damit er dich nicht sieht!«

Das ist lächerlich. Natürlich wird er uns sehen. Er hat ja die Autotüren gehört. Aber was soll ich sonst tun?

Lyla ist den Tränen nahe. »Duck dich, Felix. Mami, bitte, *versteck* dich!«

Ich erfülle ihr den Wunsch, kauere mich in meinem Sitz zusammen. Vielleicht läuft er vorbei. Vielleicht hat er Randal. Vielleicht beobachtet er uns schon die ganze Zeit. Seit Wochen.

Sekunden verstreichen. Felix winselt. Lyla müht sich ab, ihn zu beruhigen.

Aus Sekunden werden Minuten. *Er ist da. Gleich macht er die Tür auf.*

Meine Finger sind wie meine Lippen taub vor Kälte. Ich atme so leise wie möglich. Und warte.

Nichts passiert. Die Stille hält an. Von wilder Panik zu totaler Starre. Das Einzige, was ich höre, ist die Kälte, eine hoher, metallisch singender Ton in meinem Ohr.

Je länger ich mich so zusammenkauere, desto mehr schmerzen mir sämtliche Glieder. Ich muss mich strecken. Seit zehn Minuten harren wir jetzt schon hier aus. Nichts ist passiert. War da überhaupt etwas? Mir kommen Zweifel. Die Bürste. Die Bürste habe ich auf jeden Fall gesehen und die toten Vögel und die Tücher – aber dieser blutige Tampon, war der wirklich von mir? War irgendetwas von den Sachen überhaupt von mir? Dafür gibt es keinerlei Beweis.

Vielleicht hatten wir einfach eine Panikattacke. Haben überreagiert. Es passiert ständig, dass Leute ihren Müll ins Moor kippen. Adam verabscheut sie dafür. Sagt, wenn er jemals jemanden dabei erwischt, hetzt er die Hunde auf ihn; sollen die Windhunde das Dreckschwein doch genüsslich in Stücke reißen, bis seine Lungen und Nieren über die Tors verstreut liegen.

Gerade als mir das einfällt, dringt ein vertrautes Knurren zu uns herein.

Ich öffne die Tür, und da steht Randal mit hängender Zunge, weiße Atemwolken vor dem offenen Maul. Leichtfüßig springt er herein und wühlt sich nach hinten, wo Lyla ihn krault und Felix ihn beschnüffelt. Verängstigt kommt er mir nicht vor. Nicht wie ein Hund, der auf Jagd war oder gejagt worden ist. Er ist einfach unser Hund. Randal. Und benimmt sich ganz normal.

Lylas Miene ist ausdruckslos. Die Angst hat sich gelegt.

»Jetzt fahren wir«, sage ich.

Sie nickt und schließt die Augen.

Wieder und wieder gehe ich das Ganze durch und komme

zu einem Schluss. Es war einfach ein Anfall von Panik. Wir sind *durchgedreht.* Das kann einem im Wald passieren. Im Dunkeln, wenn eine kalte Nacht anbricht. Man gruselt sich: Man sieht den Großen Pan. Das sagenumwobene Monster. Aber das Monster existiert immer nur in der eigenen Vorstellung, die aus Bäumen und Frost und toten kleinen Vögeln nackte Angst erschafft. Es war eine vereiste Null-acht-fünfzehn-Bürste. Die kann sonst wem gehört haben.

Ich drehe den Zündschlüssel im Schloss, und die Scheinwerfer leuchten uns den Weg nach Hause. Bäume werfen ihren Schatten auf die schmale Straße, von der wir schließlich in die Zufahrt nach Huckerby einbiegen. Wir kommen in eine warme Küche. Ich mache sämtliche Lampen an und setze Teewasser auf. Keine von uns sagt etwas. Die Hunde sind schnell gefüttert. Lyla ist kleinlaut, sie weicht meinem Blick aus. Als hätte sie ein schlechtes Gewissen oder fürchte sich immer noch. Still sitzt sie am Küchentisch, knabbert einen Keks und trinkt ein Glas Milch. Verrückt, aber plötzlich wünschte ich, ich hätte einen von Andys Steinen hier und könnte ihn an den Türsturz hängen. Damit er die Hexen fernhält, die bösen Geister des Dartmoors, die durch die Dornenhecken gekrochen kommen und zu uns hereinwollen.

Als draußen Autoscheinwerfer aufleuchten, hebt Lyla den Kopf. Ich höre ein vertrautes Motorengeräusch, das gleich darauf erstirbt.

Adam.

Noch während er die Tür aufreißt, klopft er sich Schnee von den Schultern. Er kommt herein, mustert uns kurz, und sein Blick sagt alles.

Wir haben beide Spuren von Matsch im Gesicht und an den Händen. Mein Hals ist von Zweigen und Brombeerranken zerkratzt.

»Großer Gott. Was ist denn mit euch passiert?«

Ich weiß nicht recht, was ich sagen soll. »Na ja, im Hobajob's Wood lag so viel Müll herum, Abfälle und Papiertücher – jedenfalls fanden wir's auf einmal sehr unheimlich, wahrscheinlich hat sich nur jemand einen Scherz erlaubt, vielleicht war's auch Zufall, aber gegruselt haben wir uns trotzdem …«

Ohne Vorwarnung bricht Lyla in Tränen aus. Zornig wedelt sie mit der Hand in meine Richtung. »Ich weiß nicht, Mami, es tut mir leid, aber ich dachte, ich höre ihn oder ich sehe ihn, ich dachte, er kommt und will dich wieder holen.«

Adam macht einen Schritt auf sie zu, doch sie wendet sich ab, schüttelt den Kopf und sagt: »Entschuldige, Papa. Entschuldige. Ich will jetzt ins Bett!«

Und damit springt sie auf und flüchtet die Treppe hinauf.

Die Hunde erheben sich, wie gewohnt, ebenfalls und preschen fröhlich hinterher. Kurz darauf hören wir, wie sie ihre Zimmertür zuschlägt.

Adam scheint ihr auch folgen zu wollen, doch ich hebe die Hand. »Warte – bitte. Lass sie erst mal in Ruhe. Sie hat Angst, weil – na ja, es war wirklich unheimlich. Ein Mann war nicht da, aber es lagen tote Vögel herum.«

»Es friert, es ist das Dartmoor, es ist Winter.«

»Ja, aber der ganze Müll, der da verstreut lag, überall – das Zeug sah aus wie aus unserem Bad.«

Er sieht mich skeptisch an. Ich rede einfach weiter.

»Ich hab mich gefragt, ob Lyla die Sachen dahin bringt – so, wie sie Sachen mit in ihre Hütte nimmt. Um Muster daraus zu legen. Aber sie will es nicht zugeben, es scheint ihr peinlich zu sein. Außerdem weiß ich nicht – sie hatte genauso viel Angst wie ich.«

»Du musst mir schon alles erzählen.« Er ist wütend, das sieht man ihm an. Aber in seinem Ausdruck liegt noch etwas anderes, etwas, das ich nicht deuten kann. »Erzähl mir die ganze Geschichte, Kath.«

Also fange ich an zu erzählen, und er rückt sich einen Stuhl zurecht und setzt sich. Ich erzähle ihm von unserem Tag bei Grey Wethers, den Steinen und dem Wald, und dann von dem Abstecher in den Hobajob's Wood; fasse zusammen, wie unheimlich das Jaulen der Hunde, die Tücher, die Vögel und der vertraute Müll in dieser Szenerie waren. Blut von mir, Lippenstift von mir, Haare von mir – alles in Linien und Kreisen angeordnet. Und ich räume ein, dass wir panisch geworden sind, dass wir plötzlich besessen waren von der Angst, dass ein imaginärer Mann hinter uns her sein könnte. Ein Gewalttäter.

Adam hört schweigend zu. Er steckt immer noch in der feuchten Rangerfleecejacke, so, als sei er nur kurz besuchsweise hier.

»Und das ist es«, schließe ich erschöpft und hoffe auf Verständnis, auf Mitleid. »Sie ist furchtbar erschrocken, ich meine, ich bin selbst furchtbar erschrocken. Ein benutzter Tampon? Haare, Blut? Vielleicht von mir?«

Mit undurchdringlicher Miene starrt er in meine Richtung. »Wir wissen nicht, ob das Zeug von dir war. Es kippen ständig Leute ihren Müll in den Wald.« Er zuckt die Achseln. »Halbstarke aus Princetown wahrscheinlich. Ein Haufen Vollidioten.«

»Ich weiß«, sage ich unsicher. »Das weiß ich alles. Aber mitten im Hobajob's Wood? Warum gerade da? Und Lyla hat *wirklich* Angst, dass etwas passiert, dass *mir* noch mal was passiert. Sie ist völlig durcheinander. Was sollen wir nur machen?« Ich wünschte, er würde kommen und mich in den Arm nehmen. Es wieder in Ordnung bringen, mein Mann sein, mir beistehen, mich umarmen und küssen. »Ob sie je darüber hinwegkommt? Werden wir uns je davon erholen?

Wenn sie merkt, dass ich nirgendwohin gehe – hört sie dann auf, sich solche Sachen auszumalen?«

Er ist unverändert sauer. »Nein«, sagt er kalt. »Sie wird sich nicht einfach so erholen.«

Schwerfällig steht er auf, geht zur Spüle und nimmt sich einen Plymouth-Aquarium-Becher von einem der Haken unter dem Wandbord. Leise und mit ungewohnt dunkler Stimme fügt er hinzu: »Die Lügerei hilft nicht, sie macht alles nur noch schlimmer.« Dann dreht er sich um und sieht mich an. »So, Kath. Die Zeit ist reif. Es gibt etwas, das du wissen musst. Es geht um deinen Unfall.«

HUCKERBY

Donnerstagmorgen

Adam macht Lyla für die Schule fertig. Seit dieser kryptischen Ankündigung gestern Abend hat er kein Wort mehr gesagt. Lediglich, dass ich jemanden treffen soll und dass diese Person es mir erklären wird. Spät am Abend habe ich ihn noch leise telefonieren hören; bei Eiseskälte draußen im Hof, weil dort oft der Empfang besser ist. Es klang, als treffe er eine Verabredung.

Nun steht er hier in der Küche und hilft Lyla in den Wintermantel. Als ein Auto durch überfrorenen Matsch in unseren Hof einbiegt, horchen wir alle drei auf. Adam geht an die Tür.

Und da ist sie. Tessa. Die Frau meines Bruders, meine Schwägerin, achtunddreißig Jahre alt. Die Frau, für die wir uns entschieden haben, als wir einmal wegen des Asperger-Verdachts bei Lyla eine Beratung wollten. Denn sie ist Psychologin. Sie lehrt an der Universität von Plymouth.

Sie kommt herein und stellt sich neben den Kühlschrank, an dem mit Magnetbuchstaben steht: *Ich hab dich lieb, Mami. Dein Felix.* Ein Spaß meiner Tochter, die gern so tut, als könnten Felix und Randal lesen und schreiben, als wären sie reale Freunde, die mit ihr sprechen und sie verstehen.

»Hallo, Kath«, sagt Tessa.

Ich antworte nicht. Stattdessen starre ich wütend zu meinem Mann, der mich kühl beobachtet.

Warum hat er Tessa Kinnersley nach Huckerby geholt? Wenn er mir etwas mitzuteilen hat, warum sagt er es mir dann nicht selbst? Warum Tessa dazubitten, eine Psychologin?

Als wäre ich verrückt.

Von Weitem höre ich die Hunde fröhlich bellen. Dass alles so normal scheint, regt mich auf.

Ich bin nicht verrückt. Mein Erinnerungsvermögen ist gestört, und ich habe Panikattacken, aber das war alles absehbar. *Leichtes Hirntrauma,* haben sie gesagt. *Stellen Sie sich auf Stimmungsschwankungen, Angstattacken, vielleicht auch depressive Verstimmungen ein; es wird Ihnen möglicherweise schwerfallen, alltägliche Aufgaben zu bewältigen; Sie sollten mit Schlafstörungen, nervösen Zuständen und wechselhaften Launen rechnen. Trotzdem können Sie davon ausgehen, dass Sie sich langsam, aber stetig erholen werden.*

Tessa macht einen Schritt auf mich zu. »Ich weiß, das ist jetzt komisch, Kath, und es tut mir auch leid, aber ich bin gekommen, um mit dir zu sprechen. Adam war der Meinung, dass es besser ist, wenn du es von mir erfährst.«

»Was soll ich denn erfahren?«

Sie wirft meinem Mann einen Blick zu. Er nickt kurz und redet dann wieder auf Lyla ein. Fragt, ob sie ihren Ranzen gepackt hat. Schiebt sie sanft aus der Küche, sagt, sie soll im Auto warten. Ich schaue ihr nach, aber sie geht, ohne sich auch nur nach mir umzudrehen. Was ist hier los? Die Hexensteine, das Symbol aus toten Vögeln, die Objekte im Wald – vielleicht bilde ich mir das alles nur ein; vielleicht ist das, was mir so zusetzt, tatsächlich eine Aneinanderreihung von Zufällen. Kann schon sein, dass Tessa jetzt die richtige Gesprächspartnerin für mich ist. Ein freundlicher Mensch. Eine ausgebildete Psychologin, die schon mit Gefängnisinsassen und für die Polizei gearbeitet hat.

»Kath.«

Die Stimme meines Mannes scheucht mich auf. Wie lange stehe ich schon so da? In sinnlose Grübelei versunken?

»Entschuldigung«, sage ich und bereue es sofort. Jetzt bin

ich in der Defensive. Dabei will ich mich eigentlich schützen. Die ganze Situation ist mir fremd. Bedrohlich. Ich bin die Frau, die im Wald panisch wird. Kann man so jemanden überhaupt ans Steuer lassen?

»Kath«, wiederholt Adam. »Das ist für uns alle nicht einfach. Aber Tessa ist unsere Freundin. Und sie ist ein Profi, das weißt du. Daher dachten wir, es wäre die beste Lösung. Weil – es ist wirklich wichtig. Es gibt bestimmte Fragen, die dir gestellt werden müssen. Ein paar Dinge über den Unfall, die du wissen solltest.«

Er kommt zu mir und legt mir in Beschützergeste einen Arm um die Schultern. Und ich wünsche mir nichts sehnlicher, als mich in diese Umarmung fallen zu lassen. Für immer. Das ist mein Mann: groß und stark, Nationalpark-Ranger, einer, der ertrinkende Touristen rettet.

Aber ich gebe mir einen Ruck und löse mich von ihm. Ich darf dem Gefühl der Auflösung nicht nachgeben, der Angst vor Steinen und Haarbürsten und toten Tieren. Ich muss vernünftig bleiben, bei Verstand. Denn wenn sie mir den Führerschein wegnehmen, könnte meine Ehe ernsthaft leiden, und das würde ich nicht verkraften. Ein paar Wochen lang war ich darauf angewiesen, dass Adam mich fährt, und es gab ständig Streit. Wie wäre das erst nach einem Jahr? Wieder nach Princetown zu ziehen kommt nicht infrage, wir fanden es alle drei schrecklich dort. Und die Ranger sind verpflichtet, auf dem Parkgelände zu wohnen. Außerdem braucht Lyla die Wildnis; sie fühlt sich hier wohl. Das Stadtleben war gar nichts für sie.

Wenn wir nicht jeder ein Auto haben, sind wir geliefert.

»Okay«, sage ich und setze ein Lächeln auf. So, wie meine Tochter ein Lächeln aufsetzt, weil sie manchmal nicht weiß, wie man lächelt. »Ich werde die Fragen beantworten. Und ich werde selbst Fragen haben.«

»Gut.« Adam tritt den Rückzug an. »Dann bringe ich jetzt Lyla zur Schule.«

Die Tür geht auf und wieder zu, und dann verliert sich das Grollen des Land Rovers in der Ferne.

Ich besinne mich auf meine Kinderstube und biete Tessa einen Tee an. Sie nickt und entschuldigt sich ein weiteres Mal, und ich merke, dass meine Abwehr bröckelt. Ein bisschen. Tessa ist eine gute Freundin oder zumindest eine der wenigen Freundinnen, die ich überhaupt noch habe. Damals, als ich überlegt habe, ob wir Lyla untersuchen und begutachten lassen sollen, und Adam so dagegen war, hat Tessa uns gut beraten.

Ich stelle die große braune Teekanne auf den Tisch.

»Kann ich dir erst einmal ein paar allgemeine Fragen stellen, Kath?«

»Natürlich. Klar.«

»Würdest du sagen, dass du glücklich bist – oder warst? Vor dem … Unfall? Zufrieden mit deinem Leben?«

Überrascht schaue ich ihr in die Augen. »Findest du wirklich, dass das eine allgemeine Frage ist?«

Betreten senkt sie den Blick. »Okay, es ist nicht einfach. Vielleicht versuchen wir es andersherum. Ich entwerfe zunächst mal ein Bild. Für uns beide.« Sie angelt sich ihre schicke Handtasche und holt ein schwarzes Notizbuch hervor.

»Du machst dir *Notizen?*« Jetzt sträubt sich doch alles in mir. »Ist das dein Ernst? Du bist nicht meine Ärztin, Tessa, du bist meine Freundin! Ich habe nach dem Unfall Heerscharen von Psychiatern gegenübergesessen. Worum geht's hier eigentlich? Für wen machst du diese Notizen? Für die Polizei?«

Den Stift gezückt, schlägt sie das Buch auf. »Nein«, sagt sie ruhig und legt eine Pause ein. Der Moorlandregen tickt gegen das Fenster. »Nein. Noch nicht, Kath. Das wollen wir doch alle vermeiden.«

Wieder fühle ich mich in der Defensive, und zugleich bin ich alarmiert. Die Polizei vermeiden? Wieso? Was hat die Polizei damit zu tun? Das ist doch längst erledigt. Darum hat Adam sich gekümmert. Als ich noch im Krankenhaus war. Warum also hat er jetzt Tessa hergeholt und lässt sie von Polizei reden?

Ich weiß es nicht. Aber ich muss ja glauben, dass mein Mann gute Gründe hat; dass er ganz in meinem Interesse handelt. Das muss er doch. Adam hat immer getan, was für Lyla und mich das Beste war.

»Als du Adam kennengelernt hast, warst du noch sehr jung, richtig?«

Ich zucke die Achseln. Was soll das? Tessa kennt unsere Geschichte so gut wie ihre eigene.

»Du bist mit meinem Bruder verheiratet, Tessa! Wozu fragst du nach diesen ollen Kamellen?«

»Einiges weiß ich, ja, aber …« Sie seufzt und sieht mich bedauernd an. »Ich möchte es von dir hören. Kann ich weitermachen? Bitte.«

Noch mehr Geheimniskrämerei. Dinge im Verborgenen. Ganz hinten im Küchenschrank.

Ich trinke einen Schluck Tee und seufze ebenfalls. »Ich war siebzehn. An einer privaten Mädchenschule in Totnes.«

»Okay. Und weiter?«

»Das muss Dan dir doch erzählt haben. Einmal sind wir heimlich abgehauen und ins Pub gegangen. Ich war minderjährig und habe mich natürlich nicht getraut, mir einen Drink zu bestellen – das wäre ja gegen die Vorschriften gewesen –, und da tauchte auf einmal dieser gut aussehende Typ auf. Adam. Er war achtzehn. Wir haben uns für den nächsten Tag verabredet, und von da an waren wir zusammen. Er hatte schon einen Job im Park, also er war in der Ausbildung. Und ich bin dann zur Uni gegangen.«

»Exeter. Ja.«

Ihr Lächeln soll mich wohl beruhigen. Aber ich bin nicht beruhigt.

»Wie du weißt, habe ich Archäologie studiert.«

»Hat dir das Spaß gemacht?«

»Klar. Ja. Sehr sogar.«

»Und du bist mit Adam zusammengeblieben?«

»Ja.« Bei der Erinnerung lächle ich unwillkürlich. »Die anderen an der Uni waren skeptisch. Ständig wurde gestichelt: *Das wird nicht halten. Spätestens Weihnachten ist Schluss.* Aber ich war sicher, dass sie sich irren, und sie haben sich geirrt, und es hat gehalten; wir waren einander treu und hatten jede Menge Spaß. Adam hat mich oft im Studentenheim besucht.« Ich suche Tessas Blick. »Manchmal sind wir den ganzen Tag im Bett geblieben. Nach ein paar Semestern haben wir uns verlobt. Und als ich meinen Abschluss hatte, haben wir geheiratet. Ein Jahr nach euch.«

Tessa macht sich Notizen. Das Januarwetter hört mit, es rüttelt am Fenster. Ob es auch hört, was ich nur denke und nicht sage? Den Zweifel, der mir hin und wieder zu schaffen macht: Habe ich einen so attraktiven Mann wie Adam Redway wirklich *verdient?* Ich weiß, ich habe die akademische Ausbildung mit in die Ehe gebracht, dazu den schon leicht stumpfen Glanz der Kinnersley-Familie, das war mein Beitrag zum ehelichen Güterstand, aber ich fand immer, dass ich den besseren Schnitt gemacht habe. Adam Redway: treu, stark, sexy – einhundert Prozent Mann. *Was findet er denn an der?* Im Laufe der Jahre, die unsere Ehe nun schon dauert, habe ich immer wieder erlebt, dass Frauen ihm schöne Augen gemacht haben.

Ist er mir treu geblieben? Steckt etwa Untreue hinter der

merkwürdigen Fremdheit, die im Augenblick zwischen uns herrscht? Nein. *Nein.* Das glaube ich nicht. Adam ist treu und ehrlich, und er liebt mich.

»Etwa in der Zeit, als du an die Uni gegangen bist«, sagt Tessa und schreibt immer weiter, »ist deine Mutter gestorben, oder?«

Das ist jetzt ein Kurswechsel. Wieder fühle ich mich vage angegriffen. »Hör mal, Tessa, entschuldige, ich möchte nicht unhöflich sein, ihr seid immer sehr nett zu uns, aber ... Verrätst du mir bitte mal, warum du hier bist?« Ich schaue zu der Uhr am Herd. »Ich muss auch mal arbeiten.«

»Ja, ich weiß, tut mir leid, Kath. Ich verstehe sehr gut, dass du irritiert bist. Aber ...« Sie legt den Stift weg und sieht mir in die Augen. »Ich muss die Leerstellen füllen, und dann kann ich es dir sagen. Es ist besser, wenn wir es soherum machen. Damit, also ...«

»Was? Was ist es denn, das du mir sagen musst?« Ich versuche, nicht auszurasten. Was kann so schlimm sein, dass Adam meine Schwägerin holt, die zufälligerweise Psychologin ist? Wozu braucht es dieses lange Vorgeplänkel – so, als müsste ich auf das Schlimmste vorbereitet werden?

Tessa ignoriert die Röte, die mir ins Gesicht steigt. Sie greift wieder nach dem Stift und sagt: »Bitte, Kath, so ist es am besten. Ehrlich.«

Ich mustere sie – die schicken Schuhe aus London, die Kaschmirstrickjacke – und sage widerwillig: »Ich war im zweiten Studienjahr. Meine Mutter ist in einem Ashram gestorben; sie war gerade in Indien. Typisch.«

»Wie meinst du das: typisch?«

»Sie war immer – na ja, *alternativ*. Du hast ihr von irgendeiner verrückten Religion erzählt, und sie ist drauf abgefahren. Reiki, Buddhismus, Wicca, Astrologie, Schamanismus, sich Kristalle in den Hintern schieben. Sie hat nicht etwa an bestimmte Sachen geglaubt, sie hat an *alles* geglaubt. Und irgendwann war sie alles gleichzeitig: Veganerin, Vegetarierin, Pescetarierin, Anhängerin der Lichtnahrung und Fan von Rib-Eye-Steaks. Und Rotwein. Für Wein war sie immer sehr zu haben.«

Tessa lächelt. »Fehlt sie dir?«

Ich lächle wehmütig zurück. O ja. Meine Mutter fehlt mir, bis heute. Mein Blick wandert zu dem Wandbord, wo eins der vielen Souvenirs von den Reisen steht, die sie allein unternommen hat; uns Kinder hat sie bei verdatterten, aber gutmütigen Verwandten abgegeben, und dann ist sie allein losgezogen. Was auf meinem Wandbord thront, ist eine grellbunte alte Puppe aus Grönland, eine Inuit-Geistpuppe, glaube ich, sie ist aus Federn und Vogelknochen gemacht und hat ein anzügliches Grinsen im Gesicht. Aus Walrosszahn grob zurechtgeschnitzte Zähne. Gelb und hässlich.

Adam verabscheut die Puppe, ich mag sie, weil sie von meiner Mutter ist. Exzentrische Dinge haben ihr immer gefallen: skurrile, kaputte, gespenstische Objekte; Zeug, das sonst niemand haben wollte. Und diese Nähe zur Kunst, die Neugier darauf, fehlt mir, mir fehlen ihr freizügiger, gedankenloser Überschwang und ihr unkonventioneller Geist, ihre Angriffslust. Und ich glaube, dass ich sie enttäuscht habe. Ich war so *normal,* so konservativ, so angepasst, und dennoch: Im tiefsten Innern habe ich sie trotz ihrer Selbstgefälligkeit und Feierfreude geliebt, ja verehrt.

Ich wünschte, ich hätte ihr das deutlicher zeigen können.

Als mein Blick auf Tessa fällt, wird mir bewusst, dass ich lange geschwiegen habe. Zu lange.

»Ja«, sage ich und seufze. »Ich vermisse meine Mutter. Ich vermisse sie jeden Tag, selbst jetzt. Es war schön mit ihr – meistens.« Mein Blick wandert zu der Inuit-Puppe mit ihren gelben Kettenraucherzähnen. »Sie war, wie sie war. Immer sie selbst. Sie ist in guten Verhältnissen aufgewachsen – du weißt ja, die Kinnersleys waren eine alte Familie mit Geld. Besonders gern hat sie von einem großen Haus in Dorset erzählt, das längst verkauft war. Aber zu ihrer Zeit und erst recht jetzt, zu Dans und meiner, war von dem Geld nicht mehr viel da. Und das, was noch da war, hat sie in Erfahrungen investiert, da war sie ganz entschieden. Alles wollte sie ausprobieren, überallhin wollte sie reisen, von Grönland bis Sambia, und das hat sie auch gemacht. Ihr Standardspruch war: Noch niemand hat auf dem Sterbebett gesagt, er hätte gern einen größeren Fernseher gehabt; die meisten trauern um das, was sie nicht gemacht haben. Und ich glaube, das stimmt. Oft wünschte ich, ich könnte nach diesem Motto leben, aber mir fehlt der Mumm. Oder das Geld.«

Ich atme tief durch. So lange am Stück habe ich, glaube ich, seit dem Unfall noch kein einziges Mal gesprochen.

Tessa nickt. Der Stift schwebt über dem Papier. »Deinen Vater hast du nicht gekannt?«

»Nein. Dan hat ein bisschen von ihm mitgekriegt; ich nicht. Er war Amerikaner, hat aber in London gelebt. Er hat in ihrem Leben keine besonders große Rolle gespielt und hat nie bei uns gewohnt, noch nicht mal irgendwo in Devon, und er ist gestorben, als ich knapp zwei war und Daniel fünf. Frag Dan mal nach der Beerdigung. Nach allem, was man so hört, ging es da ziemlich abgedreht zu. Sitars und Pentagramme – und eine kornische Harfe. Im Übrigen gab es für unseren Vater bald Ersatz.« Mir entfährt ein halb trauriges, halb bitteres Lachen. »Mutter hatte es nicht so mit – na, du weißt schon –, mit dem Häuslichsein; was sie auf keinen Fall wollte, war ein Mann im Haus, der sie vielleicht noch herumkommandiert hätte. Aber die Aufmerksamkeit von Männern hat sie immer genossen. Und sie hat sie gekriegt.«

Tessa schaut mich an. Mir ist klar, was sie denkt.

»Natürlich, Mutter war eine Schönheit, so hieß es immer, aber ihr Aussehen hat sie Dan vermacht. Ich schätze, ich habe eher ihre intellektuelle Neugier geerbt.«

»Verstehe, verstehe.«

Nach einem kurzen Blick auf ihr Notizbuch schaut sie mich wieder an, und ich meine in ihrem Ausdruck eine gewisse Verlegenheit wahrzunehmen. Also kommt jetzt eine heikle Frage.

»Lass uns noch ein bisschen bei deiner Mutter bleiben. Bei dem Erbe. Kränkt es dich, dass sie das Haus in Salcombe Daniel vermacht hat?«

Ich zucke zusammen. Denn es kränkt mich tatsächlich. Es hat mich damals gekränkt, und manchmal tut es das auch heute noch. Tessa schaut mich erwartungsvoll an. »Ja, das war schwierig. Emotional.« Es überrascht mich selbst, dass ich so ehrlich bin, so entschieden. »Das Haus war das Letzte, was Mutter noch besessen hat, und sie hat es *komplett* meinem Bruder vererbt, wahrscheinlich weil Salcombe ihm immer …«, ich male ironische Anführungszeichen in die Luft, »… so viel mehr am Herzen gelegen hat als mir. Ausgeglichen hat sie das angeblich durch Aktien und Antiquitäten, die an mich gegangen sind.« Ich starre auf den Dartmoor-Kalender an der Wand, das Bild von Kitty Jays Grab im Schnee, schön und traurig zugleich. »Die Aktien und Antiquitäten haben sich als wertlos erwiesen. Alles Zeug, das meine Mutter gekauft hat, wenn sie zugedröhnt war. Gott, sie war versessen auf Gras.« Ich verdrehe die Augen. »Meist hat sie es in Totnes gekauft, bei irgendwelchen Druiden. Ich hasse Drogen. Wirklich.«

Eifrig macht Tessa ihre Notizen. Wie eine Detektivin. Will sie vielleicht nur überspielen, dass ihr selbst nicht ganz wohl ist? Flüchtig schaut sie mich an.

»Also ärgerst du dich eigentlich noch? Über Dan und deine Mutter? Wegen des Hauses in Salcombe?«

»Ja. Nein. Ach, ich weiß nicht. Ein bisschen, ja. Aber nicht richtig – ich weiß, zwischen Dan und mir herrscht immer eine gewisse Spannung, wegen des Hauses und so weiter, aber trotzdem *liebe* ich meinen Bruder. Er ist extrovertiert – so ganz anders als ich. Er ist lustig. Vor allem aber haben wir zusammen diese Mutter ertragen, das verbindet, und zwar sehr, und natürlich ist es nicht seine Schuld, dass sie so schräg war.« Unsere Blicke begegnen sich. Ich fahre fort: »Und natürlich mag ich dich, Tessa, und eure beiden Jungs, und ja, so ist es nun mal. Dan hat das große Haus, und ihr kriegt das Geld und das gute Leben, und wir müssen hier zur Miete wohnen – aber als wir knapp bei Kasse waren, hat er uns was geliehen, und ihr habt Lyla und mir den Urlaub bezahlt, und das war ja eine Hilfe. Dan war immer eine große Hilfe.«

»Okay, ich verstehe«, sagt sie ausdruckslos. »Und damit kommen wir zu Lyla.« Sie nippt an dem Tee, der längst kalt sein muss. Meiner ist es jedenfalls. »Lass uns über sie sprechen. Und dann sind wir auch bald am Ziel.«

Am Ziel? Welchem *Ziel?* Die Spannung steigt – wie Schnee, der sich so lange auftürmt, bis schließlich das Dach einkracht.

»Du hast nur das eine Kind.«

»Ja. Wir hätten gern noch mehr gehabt, aber du weißt, wie krank Adam vor ein paar Jahren war. Hodgkin-Lymphom, er musste die Chemo machen. Und jetzt kann er keine Kinder mehr zeugen. Aber das ist in Ordnung, ihm geht's wieder gut. Und ich hänge so an ihr! Außerdem hat Adams Krankheit uns letztlich stärker gemacht.« Trotzig schiebe ich meinen Becher zur Seite. »Finanziell hat sie uns zurückgeworfen, das war schlimm – aber wir haben es durchgestanden. Es hat uns sogar noch mehr zusammengeschweißt, und wo stehen wir jetzt? Eine Familie, eine Einheit, das sind wir, und mir gefällt es so.«

»Okay. Jetzt meine letzte Frage, Kath.«

»Gut.«

»Wie kommst du mit Lylas Eigenheiten zurecht? Mit ihren Ticks?«

»Dem Asperger?«

»Eine offizielle Diagnose gibt es doch noch nicht«, sagt Tessa rasch. »Oder?«

»Nein, aber ich gehe davon aus, dass es das ist. Egal, es bedeutet einfach, dass bei uns manches anders abläuft. Nach wie vor hält sie Gedränge und Städte und laute Geräusche nicht gut aus, und neue Menschen machen ihr Angst, und sie liebt Tiere. Also leben wir hier, in der Natur, wo es still ist, wo wir Hunde halten können und wo es Pferde gibt. Es ist gut, wie es ist, alles ist gut. Oder war gut – bis zu dem blöden Unfall.«

Tessa nickt und legt den Stift weg. Wie es scheint, ist meine Sitzung beendet.

»Gut. Also. Würdest du in Anbetracht all dessen sagen, dass du vor dem Unfall am Burrator Reservoir im Großen und Ganzen glücklich warst? Oder zumindest zufrieden?«

»Ja«, erkläre ich entschieden, denn es ist wahr, und die Wahrheit lässt sich leicht aussprechen. »Das ist ja das Schlimme, Tessa. Daher kommen die Flashbacks und der Schrecken: dass ich um ein Haar alles verloren hätte. Ich habe einen Mann, den ich liebe, eine Tochter, die ich liebe, ein Zuhause, das ich liebe – und nur weil auf einer dummen Dartmoor-Straße ein dummer Eisklumpen lag, hätte ich beinahe alles verloren! Ich habe Glück gehabt. Eine zweite Chance bekommen. Einen Augenblick lang war ich medizinisch gesehen tot!« Ich schüttele den Kopf. Manchmal kann ich mein Glück selbst nicht fassen. »Sicher, das Leben könnte noch besser sein: Wir brauchen Geld, Lyla braucht Hilfe, es ist längst nicht alles perfekt, aber was bedeutet schon Geld im Vergleich dazu, lebendig zu sein? Noch niemand hat auf dem Sterbebett gesagt, er hätte gern einen größeren Fernseher gehabt.«

Tessa lächelt höflich, aber auf ihrem Gesicht liegt auch ein Hauch Traurigkeit. Eine Weile lauschen wir einfach dem Wind, der draußen im Hof lärmt wie ein Betrunkener, der aus dem Pub kommt. Ich muss an Lyla denken. Was sie wohl gerade macht? In der Schule. Sie sitzt bestimmt allein da. In der Gruppe, aber allein. Ohne jemanden, mit dem sie reden kann. Von niemandem beachtet. Ohne Freunde. Und ihre Gedanken wandern aufs Moor hinaus, zu ihren neuesten Vogelfedern und dem Fetzen Geweihbast, den ihr Vater gefunden hat.

»Dir ist bewusst, dass du an retrograder Amnesie leidest, oder? Infolge des Schädel-Hirn-Traumas.«

»Ja natürlich! Ich weiß, dass ich vieles aus der Zeit vor dem Unfall vergessen habe, das betrifft in etwa die letzte Woche davor, aber ein paar Bruchstücke sind mir geblieben, und die Psychiater im Krankenhaus sagen, es kommt alles wieder. Aber mein Gott – wie schön wär es, wenn ich den *Unfall* vergessen könnte! Ich sehe immer noch das Eis vor mir, das Schlittern, das Wasser – oh.«

Ich schließe die Augen, um die Bilder loszuwerden. Als ich sie wieder öffne, runzelt Tessa die Stirn.

»Also die Sache ist die: Vielleicht haben die Ärzte im Derriford Hospital dir nicht erklärt, dass man bei einer Amnesie auch vergessen kann, dass man Dinge vergessen hat. Das heißt, du kannst Gedächtnislücken haben, von denen du gar nicht weißt, dass sie existieren. Und der Verstand versucht, diese Lücken zu füllen.«

Mit einem Mal hat der Wind sich gelegt. Im ganzen Haus ist es still. Mir wird bewusst, dass die Hunde mit Adam und Lyla gefahren sein müssen. Zu hören sind nur die Dartmoor-Regentropfen am Fenster. Ein Tingeling-Geräusch. In mir steigt eine Angst auf, die zu gerinnen scheint. Irgendetwas Schreckliches kündigt sich an. Als käme eine Moorlandhexe an der Hecke entlanggekrochen. Und wir haben keine Hexensteine. Nichts haben wir, das uns die Hexen vom Leib halten könnte.

Ich ertrage es nicht länger.

»Okay, das reicht jetzt, Tessa. Sag mir, warum du hier in meiner Küche sitzt.« Ich bin kurz davor zu schreien. »Ich habe dir alles erzählt. Das meiste hast du ohnehin gewusst. Deshalb bin ich jetzt an der Reihe zu fragen. *Warum bist du hier?*«

»Weil«, sagt sie und sieht mich eindringlich an, »es kein Unfall war, Kath.«

»Was?«

»Den hat dein Verstand erfunden. Das Eis und so weiter – alles erfunden.«

»Was?« Panik steigt mir in die Kehle, ein beißender metallischer Geschmack. »Was soll das heißen? Ich war verletzt. Ich hatte überall blaue Flecken, die Ärzte haben mich untersucht. Das Auto liegt auf dem Grund des Burrator Reservoirs, verdammt. Ich musste mir ein neues kaufen!«

»Ja, das stimmt. Das Auto ist dort. Aber es ist dort, weil du in den See hineingefahren bist. Mit Absicht.«

Es ist ein Gefühl, als drehe sich mein ganzes Leben um diesen Augenblick. Ein ritueller Tanz. »Du meinst … Du meinst … Du kannst doch nicht ernsthaft …«

Tessa Kinnersley schüttelt den Kopf, und ich sehe das Mitgefühl in ihrem Blick. »Das war kein Unfall, Kath. Du hast versucht, deinen Mann und dein Kind zurückzulassen und dich auszulöschen. Alles auszulöschen. Du hast versucht, dich umzubringen. Wir wissen nur nicht, warum.«

Donnerstagvormittag

Totenstille. So empfinde ich es. Totenstille. So, als sei das Herz der Welt stehen geblieben.

Nichts. Nichts. Nichts.

Dann peitscht Regen gegen das Fenster, ein Geräusch mitten hinein ins Schweigen, und es bricht aus mir heraus.

»Wie kommst du dazu …?«

Tessa bleibt ruhig, wie es ihre Aufgabe ist. Sie ist nicht als Freundin hier, sondern als Profi. Als Psychologin.

»Es hat dich jemand gesehen.«

»Was?«

»Es gab einen Zeugen. Er war mit seinem Hund draußen am Burrator Reservoir. Da Vollmond war, konnte er auch spät am Abend noch alles deutlich sehen – wie du dein Auto gezielt ins Wasser gelenkt hast.«

»Aber …« Panik steigt in mir auf. Steigt wie das kalte schwarze Wasser, an das ich mich so gut erinnere. Oder doch nicht? »Aber … Nein. Niemals. Unmöglich. Da war Eis. Ich bin gerutscht.«

»Lies die Berichte, Kath. Sieh's dir an.« Tessa verschränkt die Arme, und als sie leise und freundlich weiterspricht, ist offensichtlich, dass ihre Tonlage mich beruhigen soll. »Schau im Internet nach, wie an dem Abend das Wetter war. Dreißigster Dezember. Es war ein trockener und eher milder Winterabend, wie wir sie manchmal haben. Zwölf Grad. Südwestwind. Da war kein Eis. Außerdem …«

Ich zucke zusammen. Innerlich.

»Außerdem verläuft rund um den See eine Mauer, das müsstest du wissen, Kath. Eine dicke Backsteinmauer, solide viktorianische Baukunst; viel zu massiv, als dass man sie einfach so mit einem Auto durchbrechen könnte. Du kennst dich am Burrator Reservoir gut aus. Eigentlich müsstest du dich an die Mauer erinnern.«

Sie hat recht. Ich erinnere mich. Da ist eine Mauer. Aber mein Verstand hat mir etwas anderes vorgegaukelt, einen anderen Ort, eine Stelle, an der ich versehentlich ins Wasser hätte rutschen können.

»Aber wie bin ich …? Ich versteh das nicht …« Ich schlucke. Bloß jetzt nicht weinen.

Tessa hört meine Frage heraus. »Es gab eine Baustelle. Ein Teil der Mauer sollte erneuert werden, und an der Stelle war eine Öffnung. So schmal, dass ein Auto gerade so durchgepasst hat. Die Wahrscheinlichkeit, dass man durch einen Eisklumpen oder was auch immer hätte ins Schleudern geraten und genau da durchrutschen können, war äußerst gering. Verschwindend gering. Aber du bist auch nicht ins Schleudern geraten, und Eis war auch keins da. Du hast den Wagen gezielt durch diese Öffnung gelenkt.«

»Da muss noch jemand im Auto gewesen sein.«

»Tut mir leid, aber das warst du. Es ist nur eine Person gesehen worden, eine Person, die am Steuer saß, und diese Person warst du. Du allein bist in den See gefahren; du allein bist wieder herausgekommen.«

»Das glaube ich nicht!«

Jetzt kommen mir doch die Tränen. Ich starre zum Kalender hinüber. Sehe verschwommen das eingeschneite Grab von Kitty Jay. Traurig heben sich die Blumen gegen das Weiß ab. An diesem so berühmten wie schönen Flecken ist die Asche meiner Mutter verstreut worden. Ich schrumpfe innerlich. Allein bei dem Gedanken möchte ich im Erdboden versinken. Welche Ironie! Was würde sie von mir denken? Wenn ich das wirklich getan hätte? So etwas Schreckliches. Selbstmord? Wie Kitty Jay? Meine Mutter hat das Leben geliebt, hat sich voll und ganz hineingestürzt, für Selbstmord hatte sie nur Verachtung übrig, und in diesem Sinn hat sie mich auch erzogen.

Es sprudelt nur so aus mir heraus: »Aber *warum* hätte ich mich umbringen sollen, Tessa? Warum um Himmels willen? Das ist doch das Letzte: Selbstmord. Egoistisch. Egoistischer als irgendwas sonst! Und ich war glücklich, wirklich. Ja, wir hatten Geldsorgen und Probleme mit Lyla, aber ich habe sie unendlich lieb – ich liebe meinen Mann, ich liebe meine Tochter!«

Jetzt schlägt das Wasser über mir zusammen, und durchs Autofenster dringt die Wahrheit ein. Natürlich, Adam weiß es! Daher seine Wut und die Distanziertheit der vergangenen Wochen! Und ich kann ihn verstehen. Was muss er von mir denken? Ich habe versucht, mich umzubringen, ohne dass ersichtlich wäre, warum. Ich war bereit, ihn als Witwer zurückzulassen, und, was noch schlimmer ist, viel schlimmer, das tiefste und schwärzeste Wasser von allen: Ich war bereit, Lyla ohne ihre Mutter zurückzulassen.

»Nein«, sage ich leise, aber trotzig. »*Nein.* Ich glaube das nicht. Das würde ich niemals tun. Nie würde ich Lyla ohne Mutter zurücklassen. Niemals. *Nie.* So bin ich nicht. So eine Mutter! Ich vergöttere Lyla. Ich würde sterben für meine Tochter. Aber nicht sterben und sie zurücklassen. Nein.«

Ich muss ein paarmal tief durchatmen, sonst zerspringe ich. Ich bin ein Monster. Ein Ungeheuer. Ein anzüglich grinsendes Ding aus toten Vögeln und verschmiertem Blut. Eine gruselige Inuit-Geistpuppe mit Federn und gelben Zähnen. Da sitze ich in dieser warmen, hellen Küche mit dem alten Mauerwerk und den *Welcome-to-Dartmoor*-Geschirrtüchern und bin doch ein Scheusal, eine Frau, die bereit war, ihre süße, empfindsame Tochter für immer zu verlassen … Nein.

»Das habe ich nicht getan, Tessa. Es muss eine andere Erklärung geben.«

Sie mustert mich nachdenklich, so, als sei sie nicht sicher, wie viel sie mir noch zumuten kann, dann greift sie in ihre Tasche, holt ein Blatt Papier hervor und legt es auf den Tisch. Als sie es vorsichtig auseinanderfaltet, kommt ein Bild zum Vorschein. Ein Scan oder eine Kopie. Ich erkenne etwas Handschriftliches, eine kleine, zögerliche Schrift, krakelig und fein.

Ich kenne sie. Diese Schrift erkenne ich auch, wenn ich sie über Kopf sehe, wie jetzt.

Es ist meine.

Behutsam klärt Tessa mich auf: »Das Original hat Adam. Das hier ist eine Kopie.«

Ich weiß, was ich gleich sehen werde; es liegt auf der Hand. Es braucht nicht ausgesprochen zu werden. Trotzdem muss ich es sehen, muss den Deckel draufmachen. Ihn festnageln, sodass auch kein Fünkchen Hoffnung mehr durchkommt.

Tessa schiebt das Blatt zu mir herüber. Mit zitternden Händen drehe ich es und lese meine eigene Schrift:

Ich hätte nicht tun sollen, was ich getan,
hätte mein Herz verschließen sollen.
So gehe ich nun. Gehe für immer.
Vergesst mich, wenn Ihr könnt,
denn vergeben, das weiß ich, könnt Ihr mir nicht.

Das sind meine Worte. Ich erinnere mich nicht daran, sie geschrieben zu haben, ich erinnere mich überhaupt nicht an sie, aber es ist meine Schrift. Das habe ich geschrieben.

Ich habe versucht, mich umzubringen.

Langsam schiebe ich das Blatt beiseite, lege die verschränkten Arme auf den Tisch und bette den Kopf darauf. Der saubere, klare Holzgeruch unseres Küchentischs steigt mir in die Nase. Wie viel Zeit habe ich hier verbracht, mit meinem

Mann, mit meiner Tochter, habe Abendessen gemacht, Wein getrunken, laut gelacht. An diesem Tisch waren wir eine Familie. Und jetzt breche ich an demselben Tisch still in Tränen aus. Ich weine und weine.

Tessa schweigt. Ich starre in das Dunkel zwischen meinen Armen und kann nicht aufhören zu schluchzen. Aber ich weine nicht um meinetwillen, ich weine, weil ich an Adam denke, an meine tote Mutter, an meinen Bruder, an dieses Haus, an das, was mich hier umgibt, die Wildblumen im Sommer auf dem Moor, das Mädesüß am Whitehorse Hill, den Fingerhut unten auf dem Broada-Sumpf, den Sonnentau, das Hirtentäschel, das Flohkraut und die Rosen – die vielen Blumen, die meine Tochter so liebt und die sie alle beim Namen kennt und ich nicht, die sie mir zeigt, die vielen Blumen und Felsen und Federn, die sie sammelt; ich weine, weine, weine, weil ich an meine Tochter denke, das kleine Mädchen, dem wehzutun ich imstande war, dem ich Schaden zufügen, das ich verlassen, dessen Leben ich ruinieren wollte; das Mädchen, das ich vor meinem inneren Auge in seinem Anorak allein auf unserem Hof stehen und sich fragen sehe, warum seine Mutter versucht hat, für immer zu verschwinden.

Sich umzubringen.

Mein Gott. Das ist zu viel. Meine Tränen fließen und fließen, während die Regentropfen gegen das Fenster ticken.

Wie lange ich so dasitze, den Kopf auf den Armen, ich weiß es nicht. Eine Stunde. Vielleicht auch länger. Aber so wie alles einmal sterben muss, versiegen irgendwann auch die hartnäckigsten Tränen, und ich hebe den Kopf. Tessa, die geduldig abgewartet hat, schaut mich freundlich an. Auf ihrem Gesicht liegt tiefes Mitgefühl.

»Es tut mir leid«, sage ich.

»WARREN HOUSE INN«

Montagmittag

Lyla ist in der Schule, und ich müsste eigentlich in Princetown sein, bei der Arbeit. Stattdessen parke ich unten an der Straße beim »Warren House Inn«. Das alte Haus steht keine hundert Meter weit entfernt, aber der Nebel ist so dicht, dass ich es kaum erkennen kann. Normalerweise sieht man es schon von Weitem, denn es ist meilenweit das einzige Gebäude überhaupt hier oben auf den kahlen Hügeln. Bei der Dartmoor-Suppe heute sieht es aus wie die vage, verschwommene, erst halb fertige Vorstellung, die jemand sich von einem Cottage macht.

Ich steige aus, schließe das Auto ab, zögere, starre irritiert auf meine Hand. Das mache ich sonst nie. An einem so abgelegenen Ort das Auto abschließen. Wir schließen hier draußen überhaupt nie etwas ab: weder Fahrräder noch Autos noch Häuser. Und wer soll schon diesen wertlosen alten Ford klauen? Ein Trupp Wiesel?

Einer von den struppigen Dartmoor-Ochsen?

Oder die Schafe?

Schafe sind hier irgendwo, unsichtbar im Nebel, aber ich höre sie: *Häh, häh, häh, häh, häh, häh*, als machten sie sich über mich lustig.

HÄH, Kath Redway, *HÄH*.

Darauf hat Lyla mich irgendwann gebracht, dass Schafe eher *häh* rufen als *mäh*, und seit sie das gesagt hat, kriege ich es nicht mehr aus dem Kopf, denn sie hat recht. Schafe lachen über uns, sie verspotten uns: *Häh, häh, häh*, seht sie euch an. Was macht die denn? Guckt euch die an, die schließt ihr Auto ab, *häh*. Warum macht sie das denn, *häh?* Hat sie vielleicht Angst, sie könnte wieder einsteigen und in einen Stausee fahren?

Häääh!

Meine Gedanken drehen sich im Kreis, ich komme da nicht heraus. Wie konnte ich das tun? Wieso habe ich versucht, mich umzubringen? Was habe ich an diesem schicksalhaften dreißigsten Dezember gemacht? Ich glaube es nicht und muss es doch glauben.

Auf dem Weg die neblige Moorlandstraße zum Gasthaus hinauf gehe ich alles noch einmal durch. Zum x-ten Mal heute Vormittag. Gestern bin ich es zweihundert Mal oder noch öfter durchgegangen. Seit Tessa da war, bin ich besessen davon.

An Weihnachten erinnere ich mich, sehr gut sogar. Es war schön. Wir haben das Gleiche gemacht wie immer. Arme Verwandte, die wir sind, haben wir uns nach Salcombe begeben und auf Kosten meines Bruders festlich geschmaust.

Es gab Gänsebraten wie bei Dickens. Und Lyla hatte die Gelegenheit, mit anderen Kindern zu spielen, mit ihren Rabaukencousins Oscar und Charlie – oder Foxtrott und Tango, wie Dan sie nennt. Sie sind acht und zehn, und sie nehmen Lyla, wie sie ist, denn sie sind mit ihr aufgewachsen: Wenn sie die Hände hektisch hin- und herdreht, wenn sie panisch wird, weil etwas kratzig ist, oder sich schüchtern mit einem dicken Lexikon unter den Tisch verzogen hat, wundern die beiden sich nicht, sondern lachen gutmütig, was Lyla ein Lächeln aufs Gesicht zaubert und sie dazu bringt, unter dem Tisch hervorzukommen und auf ihre eigene, besondere, lustige Art mit ihnen zu spielen, und so ist es Weihnachten immer. Zu Weihnachten ist Lyla glücklich.

Mir hat es dieses Mal auch gefallen. Ich erinnere mich an Cracker und Schlehdornschnaps und köstliche Schokolade, die mein Bruder aus einem Londoner Edelgeschäft mitgebracht hatte, und dann an eine satte, zufriedene Autofahrt heim nach Huckerby am zweiten Weihnachtstag – und daran, dass Adam an dem Abend noch Lyla und mich allein gelassen hat und für eine Woche weggefahren ist, um die Rangerunterkunft oben auf dem nördlichen Moor in Schuss zu bringen.

Und danach setzt er ein, der hässliche Nebel, der alles zudeckt, als sei eine Tür zugefallen; alles danach ist im gnadenlosen Dunst der retrograden Amnesie versunken, den Schwaden, die mein verletztes, nutzloses Hirn hervorbringt.

Vom zweiten Weihnachtstag an herrscht in meiner Erinnerung Leere. Vier Tage danach habe ich versucht, mich umzubringen, und ich habe keine Ahnung, warum.

Häh.

Als ich mich dem Pub nähere, sehe ich, dass die Tür zu ist. Hinter den Fenstern ist es dunkel. Es sieht aus, als hätten sie geschlossen. Das Torffeuer in diesem Pub ist, so heißt es, seit 1847 nie ausgegangen. Trotzdem machen sie an besonders öden Wintertagen manchmal einfach zu. Aber heute dürfen sie nicht geschlossen haben, ich brauche das Pub! Es ist der einzige Ort, an dem ich, wenn es einmal dringend ist, die Chance habe, meinen schwer zu erwischenden Mann anzutreffen.

Das ist kein Vorwurf, er ist nun mal Ranger. Ranger zu sein bedeutet, dass er für ein ziemlich großes Gebiet des Moors zuständig ist, ein Areal mit schäumenden Wasserläufen und Steinplattenbrücken, mit geheimen Dickichten und vergessenen Dörfern. Er ist ständig unterwegs, meist in entlegenen Gegenden, wo er keinen Empfang hat, sodass ich ihn nicht erreichen kann. Und jetzt will ich ihn unbedingt erreichen. Die Tage, seit Tessa da war, haben wir zugebracht, ohne das gravierende Thema anzusprechen: als existiere es nicht, als sei nichts geschehen. *Tee trinken und schweigen.* Ich weiß, dass Adam voller Groll ist, aber er verbirgt das sehr geschickt.

Heute Morgen habe ich es mir anders überlegt. Ich habe Lyla an der Schule abgesetzt, bin nach Princetown gefahren, ins Büro, habe meinen Computer hochgefahren und ein paar Sätze getippt: *Erstmals dokumentiert ist das Wort »Swaling« in einem Gedicht aus dem 13. Jahrhundert. Es bezeichnet das ebenso eindrucksvolle wie umstrittene Niederbrennen von Ginsterbüschen und Farnen, das in höheren Lagen des Moors alljährlich im Winter zu beobachten ist …* Und dann habe ich innegehalten und auf die dummen Worte gestarrt, die mit der klaffenden Leere in meinem Leben so gar nichts zu tun hatten, mit der offenen Wunde, die alles betrifft und sich jederzeit entzünden kann. Mir wurde klar, dass ich gehen und mit meinem Mann sprechen muss, und zwar sofort. Also habe ich mich entschuldigt und bin hier rausgefahren.

Genug Tee, genug Verleugnung. Genug imaginäre Männer auf dem Moor.

Was ich brauche, sind Fakten.

Ich drehe den rostigen Türknauf und trete ein. Das Pub ist offen, aber so gut wie leer. Auf der einen Seite sitzen ein paar Einheimische bei Whisky und Bier, auf der anderen döst ein riesiger Wolfshund vor dem nie verlöschenden Feuer.

Ich bezweifle die Geschichte vom ewigen »Warren House«-Feuer; es ist eine Lüge für die Touristen, aber wir lügen schließlich alle, um durchzukommen. Warum auch nicht? Ich wünschte, mir würden Lügen einfallen, die ich mir selbst erzählen kann. Wenn ich es könnte, würde ich mir nur zu gern für den Rest meines Lebens in die Tasche lügen: dass ich in Wahrheit nicht Selbstmord begehen, sondern den Stausee erforschen wollte. Dass ich sehen wollte, ob mein Auto oben bleibt. Dass ich zu dem Zeitpunkt in einem Paralleluniversum war. Dass ich nie versucht habe, mich umzubringen und meine Tochter im Stich zu lassen, *häh, häh, häh, häh, häh*. Mir ist schon wieder zum Weinen.

»Hallo, Katarina!«

Hinter dem Tresen ein freundliches Gesicht: Ron. Seit Jahrzehnten ist er Eigentümer des Ladens. Wenn nicht seit Jahrhunderten. Vielleicht hat er das Feuer 1847 selbst entfacht? Auf jeden Fall kannte er meine Mutter, die das verwunschene kleine Pub mit seinen Geistern und Legenden, den in den Wänden eingemauerten Katzen und dem Ausblick auf die Eisenzeitsiedlung geliebt hat. Er wusste, dass sie mich Katarina nannte, und er weiß, dass ich mich für die Abkürzung entschieden habe, Kath, weil Katarina mir zu abgehoben erschien. Damit zieht er mich auf.

»Hallo, Ron. Du kannst Kath zu mir sagen.«

»Nee. Das wär nicht richtig. Was würde deine Mutter davon halten?«

Dieses Gespräch haben wir bestimmt schon fünfhundertmal geführt. Im Augenblick ist es Balsam für meine Seele.

»Wie geht's dir, Kat? Ich hab von dem Unfall gehört.«

»Oh, ganz gut. Ich komme langsam wieder auf die Beine. Ein kleiner Trip auf die Malediven wär nicht schlecht.«

Er überlegt kurz. »Gehen die nicht so langsam, aber sicher unter?«

»Ein bisschen wie das Dartmoor im Januar.«

Lachend wendet er sich einem anderen Gast zu, hält ein Glas gegen das Licht und schenkt einen kleinen Gordon's ein. Ich sehe ihm bei der Arbeit zu, betrachte sein wettergegerbtes, grog-rosiges Gesicht. Wahrscheinlich hat er mich im Arm gehalten, als ich ein Baby war, als ich noch Katarina Olivia Mirabel Kinnersley hieß und nicht Kath Redway.

Ich bin abgekürzt. Eine Kurzfassung. Beschnitten. In sozialer Hinsicht bin ich abgestürzt. Aber das macht mir nichts aus. Denn ich wollte nie etwas anderes als ein ganz normales

Leben, ein normales Glück, meinen gewöhnlichen, gut aussehenden Mann und meine außergewöhnliche, schöne Tochter und die fröhlichen Hunde und das alte Haus – und trotzdem habe ich versucht, all das wegzuwerfen? Sie in eine ganz persönliche Hölle zu schicken, ohne mich?

Bloß jetzt nicht zusammenbrechen. Bloß nicht die Beherrschung verlieren.

Ob Ron weiß, was es mit meinem »Unfall« auf sich hat? Wie viele Leute wohl wissen, dass es in Wahrheit ein Selbstmordversuch war? Ich glaube nicht, dass das in der Zeitung stand, vielmehr denke ich, die Polizisten haben Adam einen Gefallen getan, einen Dartmoor-Gefallen unter Dartmoor-Leuten. Adam ist nämlich beliebt, der hübsche Kerl aus Chagford, ein Redway, Ranger im Nationalpark – die Moorlandleute sind eine verschworene Gemeinschaft.

Und ich gehöre nicht dazu. Ich bin eine von der Küste, wortgewandt und mit Verbindungen aufs Moor und stets willkommen – aber ich bin keine von ihnen. Und werde es auch nie sein.

»So, Kat, meine Liebe. Was kann ich dir anbieten?«

»Das Übliche.«

Er lacht. »Deinen Mann? Keine Ahnung, ob er heute vorbeigeschaut hat; ich war den ganzen Vormittag unterwegs.«

Wir nicken beide. Ron beugt sich vor und schaut zu einem der Männer drüben an den Tischen hinüber, einem Bauern, wie ich aus seinen schlammigen Stiefeln schließe. Er sitzt allein da und trinkt. Ich glaube, ich kenne ihn: auch ein Cousin von Adam. Davon gibt es so viele. So viele mit schwarzem Haar, den bemerkenswerten Augen und vorwitzig schräg stehenden Wangenknochen – den Zügen, die Lyla geerbt hat. Dieser hier ist der Sohn der verstorbenen Schwester von Adams Vater. Und ich meine mich zu erinnern, dass Adam und er nicht besonders gut miteinander auskommen.

»Hast du deinen Cousin gesehen, Jack?«

Jack nickt und trinkt einen Schluck Bier. »Adam? Ja. Vor 'ner Stunde. Ich glaub, er is oben beim Vitifer-Wassergraben. Irgendwas mit 'nem Schaf in 'nem Drahtzaun.«

Ron schaut mich an und zieht übertrieben die Schultern hoch, als wollte er sagen: *Und was nun?*

»Wie weit ist es bis zu diesem Wassergraben? Wo ist das?«

Er schüttelt den Kopf. »Halbe Stunde Fußmarsch, geradewegs übers Moor. Aber bei diesem Nebel solltest du den Weg nicht nehmen, Kath. Nach fünf Minuten hättest du dich verlaufen, und wir müssten den Rettungshubschrauber losschicken. Und das zahl ich mit meinen Steuern.« Er grinst.

Ich nicht. »Ich muss ihn unbedingt sprechen. Es ist wirklich sehr wichtig.«

»Nun mach mal halblang, Kath, ich bitte dich …«

»Doch. Bitte. Es muss sein! ES MUSS!«

Zu spät merke ich, dass ich schreie. Der Wolfshund hebt den herrschaftlichen Kopf, er wittert die Spannung, die sich in den Rauch des Torffeuers mischt. Es ist still geworden im Pub. Wahrscheinlich geht das Feuer gleich aus. Ich habe eine Szene gemacht. Ich mache keine Szenen.

Einen Augenblick lang empfinde ich nichts als Scham. Es herrscht gellendes Schweigen. Dann sagt jemand: »He, schon gut. Ich bring dich.« Jack. Er kommt rüber und stellt sein leeres Glas auf den Tresen. Grinst mich an. »Ich muss eh da lang, bei einem Kumpel Futter holen. Danke, Ron.«

Ron sieht erst ihn an, dann mich. Er blinzelt unsicher und zuckt schließlich die Achseln. »Du ähnelst deiner Mutter mehr, als ich dachte, Kath. Die hat kein Risiko gescheut.«

Jack schnappt mich beim Arm. Kurz darauf springe ich von Grasbüschel zu Grasbüschel und wate durch nebligen Sumpf, immer dicht neben Jack, der mich führt.

Ron hatte völlig recht. Ich hätte bei diesem Nebel keinen

Schimmer, wo ich langgehen muss. Ich wäre sofort vom Weg abgekommen, wäre knietief eingesunken, kopfüber in einen Graben gestürzt, durch eigene Dummheit ohnmächtig geworden und ertrunken. *Seht euch das an, sie hat schon wieder versucht, sich umzubringen. Und diesmal hat sie's geschafft.*

Häh.

Jack erzählt, dass er Schafe hält, was ich schon wusste. Während wir durch den Nebel wandern, redet er über nichts anderes als Schafe.

»Es heißt ja immer, Schafe sind dumm«, sagt er und hilft mir über einen Zaunübertritt. »Und genau so ist es. Das Einzige, was sie gut können, ist Sterben. Sie fangen sich einfach alles ein: Läuse, Zecken, Räude, Würmer, groß und fett wie Kinderarme.« Er lacht. Seine Hand hält meinen Arm umklammert, wandert aber manchmal auch, was mir viel zu nahe ist, zu meiner Taille. »Fußfäule, Traberkrankheit, Tetanus, Breinieren, Maul- und Klauenseuche, Lämmerruhr, Gasbrand, Pasteurella. Und falls das noch nicht reicht: Wenn sie's nicht geschafft haben, sich dadurch umzubringen, dass sie Kreuzkraut fressen oder sich bei Black-a-Tor in den Fluss stürzen und ersaufen, dann stecken sie den Kopf irgendwo durch einen Maschendrahtzaun. Die geborenen Selbstmörder.«

Ich verbiete mir, darauf anzuspringen. Kennt er meine Geschichte? Macht er sich über mich lustig? Ich bin mir ziemlich sicher, dass Adam und Jack Bryant einander nicht leiden können. Irgendeine alte Familienstreitigkeit.

Wieder wandert die Hand zu meiner Taille.

Tätschelt.

»Und dann die Teufelsanbeter.«

»Was?«

»Ja«, sagt Jack und führt mich über eine kleine Steinplattenbrücke. »Es gibt einen Haufen solches Zeug: komische Muster, Kreise, die in eine Wiese gebrannt sind; übel zugerichtete Tiere. Mit so was hat Adam doch ständig zu tun.« Jetzt bleibt er stehen und schaut mich an. Grinst scheinheilig. »Zum Beispiel diese Sache mit dem Fohlen. Mann! Hat er dir das nicht erzählt?«

»Nein.«

»Vielleicht wollte er zu Hause nicht davon anfangen. Eurer Kleinen keine Angst machen. Lyla?« Das Grinsen wird immer breiter. Er hat seinen Spaß, keine Frage. »Na egal. Jedenfalls hat er letzten Herbst ein Fohlen gefunden, das in der Mitte von so einem Kreis aus verkohltem Gras lag.« Jetzt lacht er laut. »Er hat mich angerufen und gefragt, ob ich ihm helfe. Das war vielleicht was. Das arme Fohlen. Sie hatten ihm die Zunge und die Augen rausgeschnitten, und die, du weißt schon, die Genitalien hatten sie auch abgeschnitten und ein Ohr. Und auf ein Bein war mit weißer Farbe so was Komisches gemalt, irgendein Symbol, ein Stern oder Muster.« Ich sehe nur Nebel, aber Jack kneift die Augen leicht zu und scheint den Horizont abzusuchen. Dann greift er nach meiner Hand. »Und das Verrückteste war, sie haben den Körper, der noch geblutet hat, also wahrscheinlich, als das Tier noch gelebt hat, über den Boden geschleift, mehrmals im Kreis und im Zickzack; so haben sie Muster aus Blut auf den Boden gemalt, der gefroren war, lauter Kreise und Sterne. Teufelssymbole, hab ich mir sagen lassen. So was Schräges hatte ich noch nie gesehen. Mir ist es echt kalt den Rücken runtergelaufen. War übrigens ganz bei euch in der Nähe, auf Pete Bickles Hof. Nicht weit vom Hobajob's Wood und von Huckerby. Das fand ich noch lustig, weil ich dachte, deiner Mutter hätte das bestimmt gefallen. War so schön gruselig, wenn du verstehst.«

»Was?« Ich starre ihn an. Die blauen Augen sind Adams sehr ähnlich, aber der Blick ist kalt. »Meiner Mutter? Du hast meine Mutter gekannt?«

»Klar hab ich deine Mutter gekannt, Kath. Damals, in der Jugend, als wir Cousins zusammen Chagford unsicher gemacht haben. Sie stand doch auf das ganze Heidenzeug. Weißt du das gar nicht? He, ich meine nicht, dass sie Tiere gequält hat oder so was.« Wieder lacht er. »Nur dass sie es immer mit diesen Symbolen hatte. Mit Zaubersprüchen. Geistern und Gespenstern, Tollkirschen, Zauberpilzen und so weiter. Nackt um Steine herumtanzen – was sie damals eben so gemacht haben auf dem Moor, die Hippies von Totnes. Ein Wunder, dass sie nicht an einer Grippe gestorben ist, deine Mutter, wenn man bedenkt, wie oft sie nackt bei den Tors rumgeturnt ist. Die haben immer gern gefeiert.«

Abrupt hält er inne, als wolle er meine Reaktion sehen.

Dann sagt er: »Da ist Adam … Jedenfalls glaube ich, dass er's ist. Scheißnebel.«

VITIFER-WASSERGRABEN

Montagnachmittag

Adam taucht aus dem kalten Nebel auf, wie wir auch für ihn auftauchen müssen. Er steht neben einem Drahtzaun, seine Miene ist ernst und abweisend. Vor ihm auf dem Boden liegt ein Schaf; es keucht, sein Kopf ist in wild verschlungenem Draht gefangen. Über das Fell ziehen sich Schlammspuren, und um den Hals, da, wo der Draht einschneidet, ist die Wolle blutig verfärbt. Ein Hinterlauf tritt mechanisch ins Leere.

»Hallo, Adam«, sagt Jack. »Deine Frau wollte zu dir. Ich hab sie hergebracht. Hoffe, das ist in Ordnung.«

Adam nickt nur.

Jack starrt auf das Schaf hinunter. »Diese dämlichen Viecher. Ist eins von Ryan Thorne, oder? Schwer zu sagen, bei dem vielen Dreck.«

Er beugt sich über das Tier und befreit eine Partie des Fells vom Schlamm. Ein roter Fleck kommt zum Vorschein.

»Ja. Von Thorne.«

So machen sie die Schafe hier draußen kenntlich. Eine Stelle am Fell wird eingefärbt. Lyla hat dazu ein Spiel erfunden: Für ein rotes Schaf gibt es einen Punkt, für ein blaues zwei und für eins mit rosa Fleck fünf. Wir spielen das manchmal mit ihr, weil man sie so, wenn sie in Träumereien versunken ist, kriegen kann. Das Einzige, was sie zum Reden bringt, sind klar strukturierte Spiele oder Zahlen. Muster. Wie das Muster aus meinen Badabfällen im Hobajob's Wood.

Jack und Adam tauschen ein paar Floskeln aus. Reden

übers Wetter. Ich beobachte das Schaf, und meine Gedanken wandern zum Hobajob's Wood und nach Huckerby.

Ich weiß immer noch nicht, ob womöglich Lyla meine Haarbürste an sich genommen und dort versteckt hat. Ebenso ist denkbar, dass ich selbst sie mitsamt Tüchern und Tampons auf der Lichtung entsorgt habe – in der Zeit, an die ich keine Erinnerung habe –, aber warum hätte ich das tun sollen? Ich bin ja noch nicht einmal sicher, ob es wirklich *meine* Bürste war – das Modell gibt es schließlich in jedem Supermarkt.

Was mich irritiert, sind die Spuren von Lippenstift auf den Tüchern. Und das Blut. Die Haare. Teile von *mir*. Das Ganze hatte etwas Rituelles. Wahrscheinlich ist das reine Paranoia, ich bilde mir etwas ein. Trotzdem raubt es mir den Schlaf. Ganze Winternächte lang liege ich da und starre an unsere Decke aus dem 15. Jahrhundert, während Adam neben mir leise schnarcht.

Das Gespräch zwischen Jack und Adam ist verebbt. Adam hat sich etwas gedreht und schaut zu mir herüber. Schweigend. Jack muss die Spannung spüren. Er lächelt bemüht, verabschiedet sich hastig und stapft durch den Nebel davon, ist schon Augenblicke später nicht mehr zu sehen. Und obwohl ich für Jack Bryant nicht viel übrighabe, würde ich am liebsten rufen: *He, geh nicht!*

Adam starrt mich an. »Was machst du hier? Mit Jack Bryant?«

Noch nicht einmal ein Hallo. Die Feindseligkeit ist mit Händen zu greifen.

»Er hat mir den Weg gezeigt. Ich wollte dich sehen. Er hat mich über sämtliche Schafkrankheiten aufgeklärt. Und sich über meine Mutter ausgelassen.«

Adam brummt etwas. Ich suche seinen Blick. Und wenn er noch so grimmig ist, ich brauche ihn.

»Wir müssen endlich reden, Adam. Ich meine, *richtig.*«

Nicht die Spur eines Entgegenkommens. Er schaut prüfend auf das Schaf hinunter und schweigt.

Die Höflichkeit, die wir in Huckerby an den Tag legen, ist hier wie weggeblasen, der schöne Schein, den wir um Lylas willen aufrechterhalten – dahin. Zum ersten Mal seit Tessas Besuch bin ich wirklich mit ihm allein. Plötzlich sehe ich seine Härte. Die Verachtung. Und kann sie ihm noch nicht einmal verübeln. Was, wenn er das mit mir gemacht hätte, wenn er versucht hätte, sich umzubringen, ohne Grund, wenn er Lyla, ein empfindliches Kind, im Stich gelassen und ihr aufgebürdet hätte, in dem Wissen aufzuwachsen, dass ihr Vater sie nicht einmal genug geliebt hat, um bei ihr zu bleiben? Ich würde ihn *hassen.* Hassen. Etwas in mir würde vermutlich wünschen, er wäre tot. Hätte Erfolg gehabt mit seinem Selbstmord.

Aber ich muss an Lyla denken. Um ihretwillen bin ich überhaupt hier. Es *muss* eine Erklärung geben für das, was ich Ende Dezember getan habe. Ich bin nicht verrückt, und mein Verhalten ist – oder war – selten unlogisch. Irgendeinen Grund muss ich gehabt haben, mein Auto ins Burrator Reservoir zu lenken. Da ich ein Schädel-Hirn-Trauma erlitten habe, 13–15 auf der Glasgow-Koma-Skala, kann ich mich nicht erinnern. Aber die Antwort wird sich zeigen.

»Adam, bitte, das geht so nicht weiter; ich kann nicht so tun, als sei nichts passiert. Keine Sekunde länger. Ich weiß, es sieht so aus, als hätte ich etwas Schlimmes getan, aber wir müssen darüber reden!«

Er zuckt die Achseln. »Wenn du meinst. Ich muss mich nur vorher um dieses Schaf kümmern.« Er sieht mich nicht an. »Es will nämlich *nicht* sterben. Es hat *nicht* versucht, sich umzubringen.«

Er tätschelt dem Schaf den Hals. Das Tier wirkt seltsam

friedlich, seine Augen glitzern. Es scheint sich damit abgefunden zu haben, dass es gefangen ist und sterben wird: zu verschlungen und verwickelt ist der Draht um seinen Hals.

»Sieht so aus, als hätte es die ganze Nacht hier gekämpft«, sagt Adam und schaut mich kurz an. »Ich hab mit Ryan gesprochen, dem Besitzer, auf dem Markt oben in Tavistock. Er sagt, ich soll tun, was nötig ist.«

Allmählich verstehe ich.

»Aber … Nein … Das geht doch nicht. Kannst du den Draht nicht aufschneiden?«

»Gestern Abend wär's noch möglich gewesen.« Er legt den hübschen Kopf schräg, was vielleicht so etwas wie Bedauern ausdrücken soll. »Jetzt ist es zu spät; es hat sich dagegengestemmt und so alles noch schlimmer gemacht. Der Draht hat sich tief in den Hals gegraben, es ist schon halb erdrosselt.« Ohne Eile geht er hinüber zu seinem Land Rover, der nur vage auszumachen ist. Ich höre ihn die Hecktür öffnen und im Inneren kramen und suchen. Dabei redet er die ganze Zeit weiter. »Im ›Warren‹ saßen welche beim Bier, die meinten, sie hätten es spät gestern Abend schreien hören. Hast du mal ein Schaf schreien hören?« Er kehrt mit einem doppelläufigen Gewehr zurück. Die blauen Augen mustern mich kühl, um seine Lippen spielt die Andeutung eines Lächelns. »Ja? Kath? Hast du das mal gehört?«

»Warte noch, bitte.«

»Klingt nicht angenehm. Ziemlich menschlich, wie von einem kleinen Kind.« Der Nebel wird immer dichter; man sieht höchstens zehn Meter weit. »Hört sich an wie ein Mensch, der Angst hat. Wie ein Kind, das erfährt, dass seine Mutter tot ist.«

»Hör auf, Adam. Es tut mir leid – aber genau deswegen müssen wir reden …«

Ich werde von einem Blöken unterbrochen. Das Schaf

kämpft um sein Leben. Es muss das Gewehr ja sehen; vielleicht weiß es, was das bedeutet. Ich knie mich neben das flach atmende Tier, streichle ihm den Kopf, wo das Fell trotz der blutenden Stellen merkwürdig rein und vertraut ist. Für mich sieht es so aus, als hätte der Draht sich gar nicht so tief eingegraben.

»Warte, Adam, ich glaube, wir können es retten.«

»Unsinn!«

»Nein, guck doch ... Du brauchst es nicht zu töten. Der Draht ist schon lockerer.«

Er wedelt zornig mit der Hand. Ein großer Mann mit einem Gewehr im dichten Nebel. Eine Hand, die nach mir auszuholen scheint. »Geh weg! Du immer mit deiner Rührseligkeit. Da ist nichts mehr zu machen.«

»Nein, Adam.« Mein Widerstand wächst. Ich will das nicht. Das Schaf muss nicht sterben. »Nein.«

»Das ist mein Job, Kath, das verstehst du nicht. Du verstehst überhaupt nichts. Das ist das Moor!«

Wir starren einander an.

»Geh weg!«

»Nein.«

»Geh *weg!!*«

Mir ist klar, dass es ihm nicht um das Schaf geht. Was jetzt hervorbricht, ist seine ganze Verachtung für mich.

Aber *mir* geht es um das Schaf – zumindest teilweise. Warum muss er immer so brutal sein? So rücksichtslos? Ich weiß, er ist auf einem Moorlandhof aufgewachsen; für ihn ist das Moor ein Ort, an dem gearbeitet wird. Ich weiß, seine Familiengeschichte hat ihn verhärtet. Aber manchmal geht es zu weit; ich habe das Funkeln in seinen Augen gesehen, als er einem Fasan, der beim Hound-Tor angefahren worden war, das Genick gebrochen hat; manchmal verrät dieses Funkeln so etwas wie Appetit. Freude am Töten, Lust an Blut.

»Geh weg. Jetzt. Dieses Schaf leidet. Du machst es nur noch schlimmer. Schalte doch mal deinen Verstand ein!«

Mir kommen Zweifel. Ich zögere, frage mich insgeheim, ob er doch recht hat. Denke ich rational? Ich bin diejenige, die ins Wasser gefahren ist. Ich bin die mit der Amnesie. Ich bin es, die alles falsch gemacht hat.

Kleinlaut rücke ich beiseite. Adam nickt, seine Miene entspannt sich. Er kommt näher und fixiert das Schaf, während er das Gewehr herumschwingt und aufklappt, zwei Patronen aus der Tasche fingert und in die Kammer schiebt. Dann lässt er die Läufe mit einem satten Klicken zuschnappen.

»Geh *zurück*. Wenn ich verziehe, kann's eine ziemliche Schweinerei geben.«

Er zielt. Mir ist immer noch nicht klar, ob das Schaf es kommen sieht: Vage blicken die großen, trägen Augen – mit beinahe kokettem Wimpernflattern – zu Adam auf. Kein Zwinkern, kein Zucken; vielleicht weiß das Tier tatsächlich, dass es sterben wird. Und akzeptiert es. Wie wir es am Ende vielleicht alle akzeptieren?

Das Gewehr wird ausgerichtet, Adam blinzelt am Lauf entlang, atmet ruhig und gleichmäßig.

Der Nebel verlangsamt alles.

Häh, häh, guckt ihn euch an, *häh*, den lässt das kalt. *Häh*, sie ist verrückt. Seht euch die beiden an.

Ich halte mir die Ohren zu, wie meine Tochter, wenn sie heulende Motoren hört oder lauten Beifall oder das Gekreische von Menschenmengen. Manchmal erschrickt sie sogar beim Klappern von Gattern oder Weiderosten. Lyla sagt, diese Geräusche seien schwarz und rot, Farben, die sie unheimlich findet, während ihre Lieblingsgeräusche blau und silbern sind.

Das Phänomen heißt Synästhesie. Ich habe es nachgeschlagen. Auch ein Symptom.

Das Schaf wartet. Ich will, dass das aufhört. Adam soll schnell machen; ich möchte wegschauen und kann doch nicht.

Ich muss zusehen.

Adam spannt den Abzug. Im selben Moment erhebt sich das Schaf, blökt verzweifelt und windet sich aus eigener Kraft aus dem Drahtgewirr, befreit sich …

»Adam!« Ich mache einen Schritt auf ihn zu. »Halt! Es ist frei! Lass es!«

Das Gewehr geht los. Weit hallt der Knall, und das Echo lässt die Schafe, die zugeschaut haben, verstummen und auseinanderlaufen; sie verteilen sich über die umliegenden feuchten Wiesen. Ich fühle etwas scheußlich Nasses: Meine Hosenbeine sind von oben bis unten mit Blut bespritzt. Entsetzt starre ich auf meine Jeans.

»Mein Gott, wie blöd kann man sein!« Halb lacht er, halb ist er wütend.

Benommen schüttele ich den Kopf, ringe mit aufsteigender Übelkeit. Ich bin klatschnass von Blut, und das Schaf ist tot, sein Kopf in zwei Teile geborsten, Schädel, Fleisch, Knochen – alles zerfetzt und vermengt mit dem Brei, der das Gehirn war. Ein schwacher Brandgeruch liegt in der Luft, und ich sehe aus, als sei ich durch glibberiges, gerinnendes Blut gewatet.

»Adam!« Zitternd schlage ich die Hand vor den Mund, versuche mich zu beherrschen. »Es war frei! Du hast es völlig grundlos erschossen.«

»Es wäre auf jeden Fall gestorben. Der Draht hatte zu tief ins Fleisch eingeschnitten.«

Ich bedecke beide Augen mit den Händen, weil ich weder das Schaf noch meinen Mann sehen will. »Tut mir leid«, sage ich schließlich; ich habe das Streiten so satt. »Tut mir leid, du hattest recht. Sieh dir meine Jeans an. Igitt.«

»Das lässt sich auswaschen. Blut ist kein Problem.« Er lächelt kurz, die erste freundliche Reaktion seit Langem. »Hör zu, Kath, ich muss das Tier ausbluten lassen, dann gibt es eine Menge gutes Fleisch. Das sollte nicht umkommen. *Das* wäre verkehrt. Willst du wirklich *jetzt* reden?«

Was ich wirklich möchte, ist zum Auto zurückkehren, nach Hause fahren und mich für eine Stunde in die Badewanne legen. Aber ich muss mich zusammenreißen.

»Ja. Deshalb bin ich hergekommen.«

»Okay.« Ächzend beugt er sich über das Schaf, das Gewehr hat er durch ein Messer ersetzt. »Okay, bitte. Rede du, während ich arbeite.«

»Während du ein Schaf schlachtest?«

»*Du* bist hier raufgekommen, Kath. Du hast mich unterbrochen. Du bist diejenige, die …«

… ins Wasser gefahren ist. Aber so weit geht er nicht, das erlässt er mir gnädig. Stattdessen hält er dem Schaf das Messer an die Kehle und setzt mit einer geübten Bewegung einen gruselig rot klaffenden Schnitt. Der Schafskopf fliegt zurück, und das Blut tritt aus, glitzernd und heiß ergießt es sich auf die Erde, um von ihr aufgenommen zu werden. Hier und da bilden sich rote Pfützen im Gras, und auf den Pfützen steht dampfender rosiger Schaum.

»Rede«, sagt er. »Wenn du mit mir reden willst, dann jetzt.«

»Also gut.« Ich knie mich neben ihn und spüre sofort den kalten Boden durch die nassen Jeans. »Ich möchte noch einmal über diese Tage sprechen. Sosehr ich mich auch anstrenge, ich kann mich an nichts erinnern. Also Weihnachten, ja, daran erinnere ich mich, und an den zweiten Weihnachtstag, aber danach ist Schluss. Das Erste, was ich wieder weiß, ist, wie ich im Krankenhaus aufgewacht bin. Nur traue ich meinen Erinnerungen nicht mehr, denn ich weiß ja, dass ich manches offenbar erfunden habe – den Eisklumpen zum Beispiel. Die Vorstellung, dass es ein Unfall war.«

»Was willst du denn von mir hören? Wenn du dich nicht erinnern kannst.«

»Wie bin ich gefunden worden? Nach dem Sturz?«

»Das habe ich dir schon vor Wochen erzählt.«

»Erzähl's mir noch mal!«

Er wischt das Messer an einem Tuch ab. Das Blut ist fast versiegt, nur einzelne Tropfen formen sich noch und fallen wie kleine rote Juwelen.

»Mitten in der Nacht bist du gefunden worden, am Burrator Reservoir. Von einem Wasserwerker, der bei der Suche geholfen hat. Du warst durchnässt. Du musst dich unter Wasser aus dem Auto befreit haben und ans Ufer geschwommen sein. Und rausgeklettert.«

»Aber warum hätte ich das tun sollen, wenn ich doch …?« So schwer es mir fällt, ich muss es aussprechen. »Wenn ich sterben wollte?«

Er seufzt. Er reibt sich die Stirn. Vielleicht um den Schmerz wegzuwischen, die Trauer darüber, dass ich zu so etwas imstande war.

»Wenn ich das wüsste. Wirklich, Kath, ich wüsste so gern, warum du das gemacht hast. Das eine wie das andere.«

Er weiß es vielleicht nicht, aber ich weiß etwas. Ich habe mich über Suizid schlaugemacht. Habe gegoogelt. Suizid. Überlebende von Suizidversuchen. Leute, die von Brücken, Häusern oder Klippen gesprungen und nicht gestorben sind, berichten, dass sie es im Augenblick des Sprungs – dem Moment, als es zu spät war – bereut haben.

Vielleicht war es bei mir das Gleiche: Vielleicht habe ich es in dem Moment bereut, als ich untergegangen bin, als ich das schwarze Wasser durch die Fenster hereinströmen sah. Vielleicht hatte ich in diesem letzten Moment Lyla vor Augen, Lyla allein in ihrer Hütte mit den Ketten aus Büroklammern; Lyla, wie sie sich die Karte anschaut, die sie mir zum Muttertag gemacht hat: mit einem gezeichneten Dinosaurier, der *rrroaah* macht, und einem großen roten Herzen für Mami – ihre tote Mami, die ins Wasser gefahren ist und sie zurückgelassen hat.

Mir läuft ein Schauer über den Rücken – vor Kälte und vor Reue. Beim Gedanken an meine Buße und weil ich trotz allem zweifle: Ich kann noch immer nicht glauben, dass ich mich wirklich umbringen wollte. Es muss eine andere Erklärung geben. Aber meine Gedanken verlieren sich im Dunkel, wie ein Moorlandnbach, der unten bei den Belstones in einem Sumpf versickert. Wo die Leute im Dorf sich zum Schlafen die Bibel auf die Brust gelegt haben, weil sie sich so vor dem Nebel und den Sümpfen fürchteten.

Neuerdings verstehe ich ihren Aberglauben manchmal. Und ihre Rituale.

Adam berührt mich am Arm. »He, Kath. Bitte. Was auch passiert ist, du bist am Leben, und Lyla braucht dich. Damit sie sich erholen kann. Also, komm.« Als werfe er mir einen Rettungsring zu. »Ich bringe dich erst mal zurück zum ›Inn‹. Ich muss das Schaf häuten, eine schreckliche Arbeit, aber das kann warten. Die Füchse werden es schon nicht holen. Fahr nach Hause, geh in die Wanne, zieh frische Sachen an.« Er zieht mich hoch. »Wenn du willst, können wir unterwegs noch reden.«

Langsam trotten wir über den aufgeweichten Weg zurück zum »Warren House Inn«. Allmählich lichtet sich der Nebel und enthüllt das Moor, das sich in großen Wellen vor uns erstreckt. Giftiges Gras, nasse Wüste.

»War ich bei Bewusstsein, als er mich gefunden hat? Beim See?«

»Ja, Kath. Hier links.«

»Und habe ich etwas gesagt?«

»Anscheinend nicht. Nur: *Hilfe, Hilfe*. Dann bist du ins Koma gefallen. Im Rettungswagen. Dein Bruder war der Erste, der gekommen ist. Mich haben sie nicht erreicht.«

»Daniel war der Erste? Ich dachte, das warst du?«

Er zuckt die Achseln. »Sogar das hast du vergessen. Am ersten Tag warst du noch ziemlich benebelt. Das hat sich im Laufe der ersten Woche gebessert.«

Also hatte Tessa auch damit recht. Meine Erinnerung hat in dem Versuch, die Heilung zu beschleunigen, Dinge erfunden. Ich weiß noch genau, wie Adam im Krankenhaus aufgetaucht ist, wie er mit Blumen, Pfirsichen und Büchern – Gedichten – in mein Zimmer kam. Wie ich geweint habe vor Glück, weil der erste Besucher, der kam, mein lieber Mann war, der seine wundersam errettete Frau sehen wollte.

Aber das ist alles Quatsch. Vielmehr war der Erste, der mich besucht hat, mein Bruder. Warum Daniel?

Weil Adam nicht zu erreichen war.

Adam zeigt nach vorn. »Da, das ›Warren House‹. Von hier schaffst du es allein. Folge einfach dem Fluss, folge immer dem Fluss. Ich muss zurück.«

Mein Mann war nicht zu erreichen. Unauffindbar. Die ganze Zeit nach dem zweiten Weihnachtstag war er weg.

Ich merke, dass ich dem nachgehen will, möglichst genau herausfinden, was passiert ist. Hilflose Verzweiflung nützt weder Lyla noch mir. Ich darf nicht so ängstlich sein. Also fasse ich meinen Mann beim Handgelenk. »Adam, ich weiß, dass du dich um diese Rangerhütte kümmern musstest. Du bist am zweiten Weihnachtstag abends dorthin gefahren, oder?«

»Ja, das war lange geplant«, antwortet er betont geduldig. »Ich hab's dir vor Weihnachten gesagt, und du hattest kein Problem damit. Du hast gesagt, ich hätte mir ein paar Tage nur für mich verdient. So, wie wir es manchmal machen.«

Das stimmt. Adam arbeitet mehr und verdient mehr Geld als ich. Im Sommer dauert sein Arbeitstag nicht selten vom Morgengrauen bis zum Sonnenuntergang, und wir haben schon früh entschieden, dass er zum Ausgleich hin und wieder eine kleine Auszeit nehmen soll, ein paar Tage ohne seine anspruchsvolle und zuweilen anstrengende Familie verbringen. Diese Dynamik gibt es bei uns, dieses Geben und Nehmen; so funktioniert unsere Ehe, das hält uns in der Spur.

Nur haben wir die Spur gerade verloren. Am Burrator Reservoir.

»Aber wo genau warst du in der Woche? Adam?«

»In der Old-Rangers'-Hütte. Die gehört dem Park.«

»Und wo steht sie?« Erst jetzt wird mir bewusst, dass ich nie danach gefragt habe.

»In Dixworthy.«

»Wo ist das denn?«

»Schwer zu beschreiben.«

»Warum?«

Er seufzt entnervt. »Ist das wichtig? Sehr abgelegen, auf dem nordwestlichen Moor. Zwischen, ich weiß nicht, Manaton und – na, da irgendwo. Brauchst du die Postleitzahl? Google Street View? Wozu soll das wichtig sein?«

Ich verstehe ihn ja. Wir sind Mann und Frau. Wir stehen inmitten von Nebelschwaden auf einem grauen Flecken Moor und streiten über den genauen Standort einer Rangerhütte, um zu klären, warum die Frau versucht hat, sich das Leben zu nehmen. Lächerlich. Aber ich will es trotzdem wissen.

»Warte«, sage ich. »Den Namen Manaton habe ich schon mal gehört. Das ist in der Nähe von Kitty Jays Grab, oder? Richtung Chagford?«

Schweigen. Für einen kurzen Moment ändert sich sein Ausdruck. Ich sehe etwas. Nur eine Andeutung, und dann ist es auch schon wieder weg. Aber ich habe es gesehen. Ganz sicher.

»Okay. Ich muss jetzt dieses Schaf häuten. Grüß Ron. Frag ihn, ob er etwas von dem Fleisch will.«

Damit wendet er sich ab und verschwindet in die Richtung, aus der wir gekommen sind.

Ich dagegen folge dem Weg hügelabwärts, immer am Fluss entlang. Nach ein paar Minuten bin ich am »Warren House Inn«. Keine Menschenseele weit und breit. Nur ein kleines, schwarzgesichtiges Schaf trabt unruhig vor dem weiß getünchten Haus hin und her. Es schaut mich an: die Blutflecken auf meinen Jeans, mein verzagtes Gesicht, das mit Schlamm beschmiert ist. Noch nicht einmal ein *Häh* hat das Schaf für mich übrig.

Einen Augenblick lang bleibe ich wie angewurzelt stehen. Wie ein Stein auf dunklem Dartmoor-Boden. Kalt und hart. Denn ich kenne Adam seit zwanzig Jahren. Und ich weiß jetzt, was das eben für ein Ausdruck auf seinem Gesicht war. Diese Andeutung.

Schuldbewusstsein.

SALCOMBE

Samstagvormittag

Es war unnatürlich still. Normalerweise erreichte der Geräuschpegel im Kinnersley-Haushalt samstags morgens, wenn Charlie und Oscar aufwachten, begriffen, dass Samstag war, und johlend beschlossen, mit Bananen einen *Star-Wars*-Lichtschwertkampf nachzustellen, seinen Höhepunkt.

An diesem Samstag saß Tessa Kinnersley in ihrem kleinen Arbeitszimmer, einer ausgebauten Dachkammer, am Schreibtisch und lauschte der seligen Stille. Sie seufzte in einem Gefühl, das an Zufriedenheit grenzte. Die Hauptarbeit für diesen Tag war getan: Sie hatte das Thema und die Eckpunkte für ihre Vorlesung im kommenden Jahr festgelegt. Die Psychologie des Bösen.

Jetzt trat sie, den warmen Becher zwischen beiden Händen, an das viktorianische Dachfenster, nippte an ihrem Biokaffee und schaute hinaus auf die Segelboote in der kleinen Marina und die bewaldeten Hügel am gegenüberliegenden Ufer. Auf der Promenade blieben Leute, die mit ihrem Hund draußen waren, stehen, um mit Bekannten ein paar freundliche Worte auszutauschen; ein junges Paar schlenderte Hand in Hand vorbei, machte vor den Schaukästen der Immobilienmakler eine Weile halt und zog schließlich stirnrunzelnd weiter.

Ein milder Wintertag an der Küste von Süd-Devon. Die Sonne fiel schräg herein: Wenn man sich genau in den Strahl stellte und die Augen schloss, konnte man meinen, es sei Frühling.

Wie viele friedliche Stunden sie wohl noch hatte? Kurz vor zehn hatte Dan die Jungs in seinen großen Lexus verfrachtet; der Film, den die beiden unbedingt sehen wollten, begann um die Mittagszeit, also würden sie wohl gegen drei zurückkommen. Oder gegen vier. Fast den ganzen Tag hatte sie das Haus für sich, ein herrliches Gefühl. Noch ein, zwei Stunden, dann ging sie vielleicht runter in den Deli, holte sich etwas von dem leckeren spanischen Schinken, Jamón Ibérico de Bellota, und machte sich zu Mittag ein schönes Sandwich.

Vorher allerdings musste sie einen anderen Appetit stillen: den, herauszukriegen, was es mit dem Selbstmordversuch ihrer Schwägerin wirklich auf sich hatte. Seit dem Vormittag, an dem sie Kath die schreckliche Wahrheit hatte beibringen müssen, war sie in umso größerer Sorge. Was blühte Kath, wenn die Erinnerungen wiederkamen? Und – vor allem – warum hatte sie das überhaupt getan?

Tessa kam zu keinem vernünftigen Ergebnis. Sooft sie auch zwei und zwei zusammenzählte, sie landete bei drei. Irgendein Element fehlte in der Geschichte, etwas Dunkles, das sie nicht erkannte. Wie geriet eine Frau von einem fröhlich-gemütlichen Weihnachtsfest mit Kindern, die sich lachend um die Zwei-Pfund-Münze im Pudding gebalgt hatten, binnen vier Tagen in das schwarze Loch, in dem sie Selbstmord begehen wollte?

Nachdem sie sich noch einen Kaffee gemacht hatte, kehrte Tessa an ihren Schreibtisch zurück und starrte auf den schwarzen Bildschirm. Hatte es im Verlauf der Weihnachtstage irgendwelche Anzeichen gegeben? Etwas, das hätte ahnen lassen, was kam? Ihr fiel beim besten Willen nichts ein. Vielmehr war es ein bemerkenswert harmonisches Weihnachten gewesen. Dan und Adam, die einander nicht sonderlich mochten, aber miteinander auskamen, wenn es sein musste, hatten im Zuge einer abstrusen Rugby-Debatte –

und bei einigen von Dans Zigarren, die sie im Garten geraucht hatten – zueinandergefunden. Kath war ihr entspannt vorgekommen; lächelnd hatte sie dagesessen und sich gefreut, dass Lyla Kinder zum Spielen hatte, und auch von der sonst obligatorischen Spannung zwischen ihr und Dan, dem ihr vorgezogenen Bruder, war nichts zu spüren gewesen.

Und die Kinder hatten wirklich *gespielt:* Verstecken im ganzen Haus, treppauf, treppab über fünf Stockwerke, vom Keller bis zum Dachboden; wildes Kreischen, gespielte Panik, wenn einer den anderen hinter dem Duschvorhang im Gästebad entdeckte.

Während die drei die Köpfe zusammengesteckt und das nächste Spiel ausgeheckt hatten, war Lyla unentwegt in Bewegung gewesen, hatte sich ständig um sich selbst gedreht. Die Psychologin in Tessa hatte diese seltsame Unruhe schon früh als eine Form des Stimming – der Selbststimulation – erkannt, als einen jener stereotypen physischen Ticks, die für Kinder irgendwo im autistischen Spektrum typisch waren, wobei dieses Sichdrehen wie ein Kreisel in Lylas Fall pure Freude bedeutete.

War sie unglücklich, zog Lyla eher eine Grimasse oder stieß eine Art Bellen aus. Oder sie ließ die Hände flattern wie kleine Vögel, auf und ab, auf und ab. Ihr Stimming konnte verstörend sein: unheimliche Mienen, manisches Händeflattern. Aber zu Weihnachten hatte sie keinen Ausdruck von Trauer gezeigt.

Weihnachten war schön gewesen. Und am zweiten Weihnachtstag hatten die Redways sich verabschiedet und bedankt und noch eine Kiste mit Resten für Felix und Randal in den zerbeulten Nationalpark-Land-Rover geladen. Als sie aus der Einfahrt in die Straße einbogen, hatte Lyla, flankiert von den Hunden, Charlie und Oscar fröhlich zugewinkt. Von der Rückbank.

Vier Tage später hatte Kath Redway ihren Wagen langsam und gezielt ins schwarze Nass des Burrator Reservoirs gelenkt.

Zwei plus zwei machte drei. Wo war das dunkle Element?

Tessa trank noch einen Schluck Kaffee, erweckte den Laptopbildschirm zum Leben und ging auf eine Seite, für die sie bereits ein Lesezeichen gesetzt hatte. Suizid. Ursachen. Warnzeichen.

> Einer von vier Menschen, die versuchen, Selbstmord zu begehen, hinterlässt einen Brief. Wird ein Brief hinterlassen, steigt die Wahrscheinlichkeit, dass der Selbstmord gelingt, signifikant ...

Kath hatte einen Brief hinterlassen. Und um ein Haar wäre ihr der Selbstmord gelungen. Was bedeutete, dass die nächste Information besonderen Anlass zur Sorge gab:

> Ein Drittel der Menschen, deren Suizidversuch misslingt, unternehmen innerhalb eines Jahres einen weiteren Versuch, und zehn Prozent derer, die damit drohen, sich das Leben zu nehmen, oder es versuchen, setzen dies irgendwann in die Tat um.

Gab es eine genetische Erklärung? Auf den ersten Blick nicht. Laut Dan hatte es bei den Kinnersleys weder seelische Erkrankungen noch jemals einen Suizid gegeben. Seine Mutter hatte, wie schon ihre Eltern, eine glückliche Kindheit gehabt. Die einzige in der Familie verbreitete Schwäche war ein Hang zum Alkohol, aber wie hatte Dan noch beim Öffnen einer zweiten Flasche Rioja gesagt? Nach modernen Maßstäben wären vor 1950 praktisch alle Alkoholiker gewesen.

Dan trank auf jeden Fall gern ein Glas, und wenn er trank

und sie deswegen stichelte, pflegte er zu erklären, Winston Churchill habe im Laufe seines Lebens zweiundvierzigtausend Flaschen Champagner geleert und zwischen silbernen Kübeln voll Pol Roger Réserve noch die Nazis geschlagen und den Nobelpreis für Literatur gewonnen.

Was den Vater der beiden anging, den Amerikaner, der sich nur ab und an mal hatte blicken lassen, der war bei einem Verkehrsunfall ums Leben gekommen. Keine Kneipentour, keine Promille, einfach Pech und, soweit Dan sich erinnerte, eine groteske Trauerfeier mit Hare Krishna und heidnischem Heulen unter Anleitung von Penny Kinnersley persönlich.

Tessa scrollte sich durch die Seite, bis sie fand, was sie gesucht hatte:

> Während der Schwangerschaft und im ersten Jahr danach ist das Risiko eines Suizids um das Fünf- bis Achtfache verringert.

Und weiter:

> Eine schwedische Studie (Berglund 1992) hat gezeigt, dass Kinder zu haben einen bedeutenden Schutz vor Suizid darstellt; Suizidalität scheint unter Eltern nur halb so verbreitet zu sein wie unter Menschen, die keine Kinder haben. Das gilt insbesondere für Eltern von jüngeren Kindern (unter 12) …

Nachdenklich lehnte Tessa sich zurück.
Deshalb ergab zwei plus zwei drei. Was fehlte, war Lyla. Tessa glaubte einfach nicht, dass Kath Redway ihr einziges Kind, ihre Tochter, zurückgelassen und damit noch tiefer in die Einsamkeit getrieben hätte. Kath liebte dieses Kind abgöt-

tisch – und die Kleine erwiderte die Liebe. Genau genommen sah Kath in Lyla den Sinn ihres Lebens. Ohne Lyla konnte Kath nicht sein.

Und tatsächlich war Lyla besonders liebenswert. Auf ihre ganz eigene Art. Als sie im vorweihnachtlichen Trubel einmal in Huckerby gewesen war, hatte Lyla ihr stolz die vielen Vogelfedern gezeigt, die sie gesammelt hatte, und dazu begeistert die Namen der verschiedenen Arten genannt. Dreißig oder vierzig lateinische Bezeichnungen, komplett richtig, und zugleich hatte sie sich ausgeschüttet vor Lachen; sich über ihre eigene Marotte lustig gemacht.

Anrührend. Und süß. Wenn man dieser Kleinen den Raum ließ, sie selbst zu sein, kam das Lächeln ganz von allein, dann funkelte ihre Klugheit, dann lachte sie, und ihr hübsches Gesicht glühte vor Eifer. Wenn es einem gelang, ihre extreme Schüchternheit zu durchbrechen, begegnete man Lyla Redways innerer Schönheit, und welche Mutter wendete sich davon ab? Kath bestimmt nicht.

Der Kaffee war kalt. Trotzdem trank Tessa das bittere Zeug und starrte gedankenverloren auf die sonnenbeschienenen Dächer von Salcombe und die blaue Kingsbridge-Mündung. Eine Idee nahm Gestalt an.

Konnte es mit Adam zu tun haben? Er war ein bisschen plötzlich verschwunden, so unmittelbar nach Weihnachten. Allerdings kam das bei den Redways öfter vor. Ab und zu verbrachten sie eine Woche getrennt voneinander; zugleich liebten sie einander, und beide liebten sie Lyla. Zwischen ihnen war alles in Ordnung. Einige Jahre zuvor hatte Adam die Krankheit durchgestanden, und Kath hatte ihn dabei unterstützt.

Untreue? Kurz erwog sie das, aber dann verwarf sie es. Ja, Adam sah gut aus, und es gab sicher Frauen, die an ihm interessiert waren, aber sie hatte nie auch nur das Geringste in dieser Richtung mitbekommen. Nicht einmal ein Gerücht, und im Winter gab es auf dem Dartmoor unzählige Gerüchte über Untreue hier oder da. Die Leute hatten nichts Besseres zu tun.

Was war es also?

Tessa klappte den Rechner zu und rief sich noch einmal die Einzelheiten jenes Tages ins Gedächtnis. Am Nachmittag vor dem Suizidversuch hatte Kath Lyla zu einer Freundin gebracht. Emma Spalding. Die Spaldings waren die nächsten Nachbarn und zudem die Vermieter der Redways; Huckerby gehörte ihnen.

Laut Emma war Kath' Anfrage überraschend gekommen, aber nicht ungewöhnlich gewesen: Sie bat häufiger um Hilfe, und Emma hatte Lyla gern bei sich. Manchmal kam Lyla auch ganz allein angelaufen, so, wie sie es mochte, querfeldein von Huckerby direkt über das wilde Moor, immer in Begleitung ihrer Beschützer Felix und Randal. Wenn sie so unverhofft auftauchte, setzte Emma ihr Kekse und Milch vor, und dann gingen sie zu den Stallungen, wo die Pferde der Spaldings standen.

Lyla liebte die Pferde. Stunden konnte sie damit zubringen, sie zu striegeln und zu füttern, ihnen die Mähne zu kämmen oder sich um sie zu kümmern, wenn ihnen etwas fehlte. Einmal hatte Emma Spalding Tessa gegenüber bemerkt, sie sei sicher, dass der Zustand der Pferde sich in Lylas Gegenwart bessere, so, als verfüge das Mädchen über eine besondere Gabe. Etwas Unheimliches. Magisches.

Aber Tessa glaubte weder an Gaben noch an Zauberkräfte oder das Unheimliche an sich. Der Verstand war eine Maschine, die menschliche Seele ein Programm. Ihre Vorlesung über das Wesen des Bösen war so angelegt, dass sie genau das zeigte: dass für menschliche Grausamkeit und kriminelles Handeln immer Gene und Umgebung, Natur und Erziehung, die Eltern und der Planet – sowie deren komplexe Interaktion – verantwortlich waren.

Was hieß, dass es für Kath' scheinbar so unsinnige wie herzlose Entscheidung, sich umzubringen und ihre kleine Tochter ohne Mutter zurückzulassen, eine logische Erklärung geben musste.

Und die Lösung des Rätsels lag irgendwo oben auf dem Moor. Verborgen, aber auffindbar.

Tessa starrte aus dem Rundbogenfenster ihres Arbeitszimmers. Eben war auf dem Dach nebenan eine Möwe gelandet. Ein großer grauer Vogel, der entschieden den Kopf schüttelte, als sage er stumm ein ums andere Mal: NEIN, NEIN, NEIN.

Samstagnachmittag

Das Handy klingelte mitten in den Roman hinein. Auf dem Display erschien: KATH.

Angst durchfuhr Tessa wie ein Stich, als sie das Gespräch annahm. Sie setzte sich auf und legte das Buch beiseite.

»Hallo, Kath! Alles in Ordnung?«

»Ja. Ja, mir geht's gut. Ich wollte nur schnell etwas fragen. Also Dan etwas fragen. Aber er geht nicht ans Telefon.«

Sie klang angespannt. Aber seit dem Vorfall am Burrator Reservoir klang sie immer angespannt. Kein Wunder. Tessa sah kurz auf die Uhr, es war zwanzig nach vier.

»Wahrscheinlich sitzt er gerade am Steuer. Er war mit den Jungs in Plymouth im Kino, ein Raumschifffilm oder irgendwas mit Dinos. Hauptsache 3-D, alles andere ist ihnen egal.«

Kath lachte.

»Also hat er sein Telefon wahrscheinlich ausgemacht«, fuhr Tessa fort. »Damit ist es ihm heiliger Ernst, wenn er die Jungs im Auto hat.«

»Ja«, sagte Kath. Und nichts weiter.

»Worum geht's denn? Ich kann ihm die Frage ausrichten, wenn er kommt, oder ihm sagen, dass er dich anrufen soll – es wird nicht mehr lange dauern.«

»Okay, gut.«

Kath verstummte. Wenig überzeugend.

Vor ihrem geistigen Auge sah Tessa die Schwägerin in dem Langhaus auf dem Moor sitzen. Hier unten mochte es sonnig sein, aber da oben konnte es regnen, hageln, neblig sein oder gar schneien. Keine fünfzig Kilometer entfernt und trotzdem eine andere Welt. Eine kältere, härtere Welt.

»Kath?«

»Ich wollte ihn nur etwas fragen, was diesen bestimmten Tag betrifft. Ich habe nämlich herausgefunden, dass er der Erste war, der mich im Krankenhaus besucht hat.« Ihre Stimme drohte zu kippen.

Sanft fragte Tessa nach: »Und das hattest du vergessen?«

»Ja! Ich war felsenfest davon überzeugt, dass Adam als Erster bei mir war! O Gott, Tessa, mit meinen Erinnerungen geht es drunter und drüber; ich hab das Gefühl, mein Verstand ist in alle Richtungen verstreut – wie ein Haufen Spielsachen. Wie damals, als Lyla drei war, du weißt schon, wenn die Kleinen innerhalb von fünf Minuten das ganze Wohnzimmer verwüsten. Und jetzt will ich Ordnung schaffen, die Spielzeuge an ihren Platz räumen, jedes in die richtige Kiste. Ergibt das einen Sinn?«

»Natürlich. Und so wird es auch kommen, Kath. Die Erinnerungen kehren zurück; mit der Zeit heilt das Gehirn. Aber du musst ihm Zeit lassen.«

»Ja, ja, ich weiß«, seufzte Kath. »Danke, Tessa. Ich muss jetzt Lyla suchen gehen. Sie ist Gott weiß wo unterwegs, und es wird bald dunkel! Aber …«

»Na?«

»Könntest du Dan bitte fragen, wann an dem Tag er bei mir war? Ich möchte die Abfolge wissen. Was war wann? Nur für mich. Vielleicht kann er mich anrufen.«

»Klar, natürlich.«

Sie verabschiedeten sich.

Tessa streckte sich wieder auf dem Sofa aus, griff nach ihrem Buch und kam genau zwei Absätze weit, dann war es mit der unnatürlichen Stille an diesem Samstag vorbei, denn Dan und die Jungs kreuzten auf: ein plötzlicher Schwall von Energie, lautes Hallo, eiliges Jacken-Wegpfeffern, *Mama, Mama! Der Film war super! Die hatten so Helme aus Licht* und, und, und …

Es dauerte eine Stunde, bis sie ihren Mann allein zu fassen bekam. Die Jungs saßen im Wohnzimmer vor einem Computerspiel, Dan und sie hatten sich auf einen heißen Tee in die große helle Küche zurückgezogen.

»Nach dem Film waren wir in einem kleinen Laden, in dem eine Lostrommel stand. Da hat Oscar doch wie aus dem Nichts gesagt, wenn wir gewinnen, kauft er eine Schnee-Eule und drei Mikroschweine für Charlie und dich und mich, und meins soll rote Borsten haben und nachts bei mir schlafen.« Dan lachte. »Ehrlich, wo nehmen die so was her? Scheint so, als wären Kinder die besten französischen Surrealisten. Ein Jammer, dass sie irgendwann in der Realität ankommen müssen.«

Tessa lachte auch. Dann sagte sie: »Kath hat angerufen.«

»Ach ja?« Sein Lächeln erstarb. »Stimmt was nicht?«

»Nein, nein, alles okay. Aber sie hatte eine Frage wegen – also zu jener Nacht oder eigentlich dem Tag danach.«

»Und? Frag einfach. Ich würde alles tun, um ihr zu helfen, das weißt du. Aber mir fällt so gar nichts ein. Für dieses Rätsel gibt es wohl keine Erklärung. Na, egal, frag!«

»Sie meinte, dass du der Erste warst, der sie im Krankenhaus besucht hat. Du und nicht Adam. Das hatte sie vergessen – natürlich aufgrund der Amnesie. Und nun wollte sie die Abfolge klären, die Lücken in ihrer Erinnerung füllen. Also um welche Zeit du da warst und so weiter.«

Dan runzelte die Stirn. »Gute Frage.« Dann zog er die Brauen noch höher. »Gott. Keine Ahnung. Das war alles ziemlich chaotisch, es verschwimmt in meiner Erinnerung.«

»Du warst geschäftlich in London«, half sie nach.

»Ja. Lass mich kurz überlegen.« Er trat ans Fenster und schaute hinaus auf den hinteren Garten, auf die Schaukel, die winterliche Dämmerung, das Rosa und Dunkelgrau, die den schönen Tag ablösten. »Also der Anruf vom Krankenhaus kam morgens, und ich bin die M4 runtergebrettert, ja, genau, das weiß ich noch, ich glaube, ich habe vom Chiswick-Kreisel bis Plymouth gerade mal drei Stunden gebraucht. Scheiße. Glück gehabt, dass ich nicht geblitzt worden bin. Gut, das heißt also, dass es so gegen Mittag gewesen sein muss.« Er zuckte die Achseln. »Nützt das was? Ich ruf sie nachher an, versprochen. Ich muss sowieso wegen der Geburtstage mit ihr reden. Wegen Charlie und Lyla.«

Tessa zuckte zusammen. *Die Geburtstage.* Da sie nur zwei Tage auseinander waren, feierten Charlie und Lyla normalerweise zusammen, auf dem Moor oder unten an der Küste. Das war praktisch, und es war eine Hilfe für Lyla *und* Kath, weil dadurch die Tatsache, dass Lyla wenige bis gar keine Schulfreunde hatte, verschleiert wurde. Wenn ihre Cousins und deren Freunde dabei waren, fiel Lylas Einsamkeit weniger auf. Dieses Jahr hatte Dan aber andere Pläne. Tessa schüttelte den Kopf. »Muss das wirklich sein? Kann das nicht noch ein Jahr warten?«

»Ich habe ihm das Disneyland Paris versprochen. Gott weiß warum. Wirklich blöd. Aber da komm ich nicht mehr raus, und er ist ganz versessen darauf, genau wie Oscar: Vorhin im Auto ging es um kaum was anderes. Außerdem ist alles gebucht – wir machen's auf der Rückreise, wenn wir aus dem Urlaub kommen, von den Kanaren. O ja, ein bisschen Sonne im Winter!«

»Aber Lyla …«

»Ich zahle ihnen das Disneyland. Sie könnten übers Wochenende hinkommen.« Dan strahlte übers ganze Gesicht. »Ich lade sie ein! Lyla und Kath, sogar Adam, natürlich zahle ich das.«

»Du weißt genau, dass Adam das nicht annehmen wird. In seinen Augen wäre das ein Almosen, dafür ist er zu stolz. Und er wird den Geburtstag seiner Tochter mit ihr zusammen feiern wollen. Wie jeder Vater.«

Dan zuckte die Achseln. *Ja. Ich weiß.* »Vielleicht feiern wir einfach noch mal, wenn wir wieder da sind?«

»Hm.« Tessa überlegte. »Wir könnten es wahrscheinlich noch mal im ›Two Bridges‹ machen; da feiern sie immer gern, und sie mögen den schaurigen Weg zum Wistman's Wood. Was meinst du?«

»Gut.« Dan schaute zu ihr herüber, runzelte noch einmal die Stirn – und drehte sich um, denn etwas lenkte ihn ab. »Herrgott noch mal, was ist denn jetzt los? Jungs! Foxtrott, Tango! Aufhören!«

Damit stürmte er hinaus, um die Geschwisterrangelei im Wohnzimmer zu beenden. Tessa hörte Charlie *Gib's mir wieder, gib's mir wieder!* rufen. Das Ganze klang nicht allzu dramatisch. Am schlimmsten waren die Kämpfe, die still abliefen: Das hieß in der Regel, dass Charlie Oscar würgte, bis er kurz vorm Ersticken war. Oder umgekehrt. Es war erstaunlich, wie oft die Brüder, die einander so offensichtlich liebten, erbittert übereinander herfielen.

Während sie die Teebecher zur Spüle trug, ging ihr Dans Antwort noch einmal durch den Kopf. Kath' Abfolge. Irgendetwas daran war merkwürdig. Passte nicht. Aber was?

Sie wusch den ersten Becher gründlich und stellte ihn auf das metallene Abtropfgestell. Während sie sich des zweiten Bechers annahm, starrte sie hinaus in den Garten, sah die Schaukel und die Bälle und das große Plastikauto, in dem ein Kind sitzen konnte, wobei die Jungs dafür eigentlich schon zu groß waren.

Das Auto. Das war es. Dan hatte gesagt, er sei auf dem Weg von London nach Plymouth so schnell gefahren, dass er leicht hätte geblitzt werden können.

Den Becher noch in der Hand, hielt Tessa inne. Schaute auf den Sonnenuntergang. Dan hatte gesagt, er sei zu schnell gefahren, aber das stimmte nicht. *Denn er war nicht mit dem Auto nach London gefahren.* Sie erinnerte sich genau an das Gespräch spätabends am zweiten Weihnachtstag. Er hatte keine Lust auf den Feiertagsverkehr und den Stau auf der M5 gehabt und sich entschieden, mit der Bahn zu fahren.

Warum log ihr Mann? Und ausgerechnet in diesem Punkt? War das einfach die allgemeine Verwirrung, die sie alle ergriffen hatte?

Nachdenklich stellte sie den zweiten Teebecher ab. Aus dem Wohnzimmer drang immer noch Gestreite herüber.

Gib her, gib her, gib her!

BURRATOR

Sonntagmorgen

Ich bin da. Bin zurückgekehrt. An den Tatort.

Schwarz und glatt steht das Wasser unter einem sehr grauen Himmel. Meine Hände stecken, geschützt vor der Kälte, tief in den Anoraktaschen. Ich starre auf die Lücke in der Granitmauer, durch die ich in jener Nacht vor drei Wochen mein Auto gelenkt habe.

Sie ist für ein Auto gerade eben groß genug. Was bedeutet, dass Tessa recht hatte. Um da durchzukommen, muss man geschickt manövrieren. Was auch heißt: Ich muss es aktiv getan haben. Ich bin gezielt zwischen den Mauerbruchstücken hindurch ins tiefe, eisige Wasser gefahren, um auch sicher zu sterben.

Langsam gehe ich etwas näher heran. Vorsichtig. Als könnte ich hineinfallen. Als könnte ich auf die Wahrheit stoßen.

Ich will die Wahrheit wissen, aber ich fürchte mich davor.

Irgendjemand hat die Lücke mit Maschendraht geschlossen. Vermutlich, um es Nachahmern schwer zu machen, um andere sechsunddreißigjährige Dartmoor-ein-Kind-Mütter davon abzuhalten, ohne ersichtlichen Grund in den Stausee zu fahren, wobei ich mich frage, warum sie nicht einfach die Reparatur zu Ende gebracht haben.

Die kaputte Mauer erinnert an die im Krieg zerstörten Kirchen, die als rauchschwarze Ruine konserviert werden, um als Mahnmal zu dienen.

Vielleicht ist der Kommune auch einfach das Geld ausgegangen, oder die Bauarbeiter haben Urlaub. Denn das hier ist kein Mahnmal: Kein Mensch erinnert sich daran. Das weiß ich, weil ich endlich den Mut aufgebracht habe, im Internet nach meinem mysteriösen Selbstmordversuch zu forschen. Eine einzige kleine Notiz habe ich gefunden. Auf der Webseite einer Lokalzeitung.

Sie taucht, der Netzlogik folgend, noch an anderen Stellen auf, aber immer in der ursprünglichen Fassung, weder erweitert, noch aktualisiert. Außerdem hat Adam verhindert, dass das Ereignis auf Facebook Thema wurde; um meinen Ruf zu retten, hat er unseren Social-Media-Auftritt streng überwacht.

Also gibt es, abgesehen von Gerede, das Polizisten oder Krankenschwestern verbreitet haben könnten, nichts als diesen einen Artikel.

Ich hole mein Telefon hervor und lese den abgespeicherten Text.

UNFALL AM BURRATOR RESERVOIR
Am 30. Dezember hat eine Sechsunddreißigjährige nur knapp überlebt, nachdem ihr Wagen in den als landschaftlich besonders reizvoll geltenden Stausee Burrator Reservoir gestürzt war. Zu dem Unfall kam es vermutlich gegen 21 Uhr, wobei das Opfer, dem Vernehmen nach ortsansässig, erst in den frühen Morgenstunden des 31. Dezember geborgen werden konnte. Die Frau wurde ins Derriford Hospital, Plymouth, gebracht. Inzwischen ist ihr Zustand stabil.

Es folgt noch ein kurzer Absatz, und das war's. Das ist mein Schicksal, die öffentlichkeitstaugliche Kurzfassung meines grausamen Lebens und seines Beinahe-Endes.

Ich trete an die Mauer heran, lege das Telefon auf den glatten, kalten viktorianischen Stein und schaue aufs friedlich stille Wasser.

Alles ist in winterlicher Ruhe erstarrt. Kein Vogelzwitschern, keine quakenden Enten, das Wasser spiegelt den niederdrückenden leeren Himmel. Der Wald am gegenüberliegenden Ufer, über dem die grauen Kuppen des Sheepstor aufragen, steht tiefschwarz und reglos. Niemand duckt sich hinter die alten Bäume, um mich zu beobachten. Niemand sieht mich.

Es ist schwer, sich diesen Ort als Schauplatz dramatischen Geschehens vorzustellen. Aber er war es. Ich versuche, mir den Abend auszumalen, mir mich selbst am 30. Dezember vorzustellen: wie ich langsam die B3212 entlangfahre, kurz nach dem kleinen Spar-Markt in Dousland in die Abzweigung Richtung See einbiege und auf das Ufer zurolle. Was hatte ich an, war ich geschminkt, wie habe ich mich für dieses Date zurechtgemacht? War ich aufgeregt, habe ich gezittert, stand ich neben mir wie ein Zombie? Hatte ich Hunger oder Durst, habe ich geweint?

Eine eisige Brise bricht die schwarze Wasserfläche auf, überzieht sie mit kleinen Wellen, die sich mit leisem Klatschen an der Mauer brechen. Dann erstirbt der Wind, und alles wird wieder still. Als warte die Welt darauf, dass ich es herausfinde.

Ich versuche, meinen Gesichtsausdruck in diesem letzten Augenblick heraufzubeschwören. Habe ich an Lyla gedacht?

Betrunken war ich nicht, das weiß ich. Die Tests im Krankenhaus haben einen kaum messbaren Blutalkoholspiegel und keinerlei illegale Substanzen nachgewiesen. Ich war also nüchtern. Als ich es getan habe. Nicht einmal diese Ausrede habe ich.

Ich lese den Text auf meinem Telefon noch einmal, starre auf die Wörter, als könnten sie sich auf wundersame Weise zu einer Antwort transformieren. Aber stattdessen ergeben sich immer neue Fragen. Warum dachte ich, die Straße sei an dem Abend vereist gewesen? Ich habe mehrfach nachgeschaut, wie die Witterung tatsächlich war. Mild und trocken, wie Tessa gesagt hat. Kein Eis, auf dem ich hätte wegrutschen können, kein Frost, nichts dergleichen.

Vollkommen trocken.

Rätsel, tief und schwarz wie der See. Und Adam macht sie noch schwärzer. Seine Miene war schuldbewusst, da bin ich mir ganz sicher. Und normalerweise ist Adam ein offenes Buch. Ein ehrlicher Mann. Er lügt selten, wenn überhaupt jemals.

Das ist einer der Gründe, warum ich ihn liebe.

Woher also dieses Schuldbewusstsein? Was hält er vor mir verborgen? Fühlt er sich für meinen Selbstmordversuch verantwortlich im Sinne von: *Ich hätte etwas unternehmen müssen?* Was jeder denkt, der erleben muss, dass jemand aus seinem Umfeld versucht, sich das Leben zu nehmen. *Ich hätte reden, da sein, nach Weihnachten mal anrufen müssen.* Auch deswegen finde ich Selbstmord so übel, auch deswegen kann ich nicht glauben, dass ich das wirklich getan habe: Ein Selbstmord infiziert jeden Nahestehenden für den Rest seines Lebens mit dem Zwang, sich Vorwürfe zu machen. Das würde ich Adam nicht antun, und Lyla würde ich es auch nicht antun.

Ein Krächzen lenkt mich ab, und ich blicke auf. Fünf Raben schweben am blassgrauen Himmel, fünf kreuzförmige Gestalten drehen Kreis um Kreis. Jagen sie, oder paaren sie sich, oder was tun sie? Ich kann ihr Verhalten nicht deuten – Lyla könnte das. Sie mag Krähen und Raben, Saatkrähen und Elstern, die Wintervögel. Sie sagt, sie seien unter dem Namen Corviden bekannt und sehr klug. Also wissen die Corviden vielleicht Bescheid, vielleicht waren sie an dem Abend da, die Wintervögel, die Krähen und Raben. Denn sonst weiß niemand etwas, und niemand hat etwas gesehen.

Aber jetzt sieht mich jemand.

Auf dem Hügel zu meiner Linken steht jemand und schaut in meine Richtung. Wahrscheinlich ein Mann. Vor den grauen Wolken ist die Gestalt nur eine Silhouette, der schwarze Umriss eines Menschen, aber die Haltung legt nahe, dass er ein Fernglas an die Augen hält. Etwas beobachtet. Vielleicht ein Vogelfreund: Davon gibt es am Burrator Reservoir viele. Leute, die nach Raub- und Wasservögeln Ausschau halten.

Der Mann geht ein paar Schritte weiter. Gezielt. Diesen Gang kenne ich. Die Haltung, das Kreuz.

Das ist Adam.

Und, da bin ich sicher, er beobachtet mich und nicht irgendwelche Vögel. Er muss mir gefolgt sein. Mein Mann stalkt mich also. Vielleicht denkt er, er tut mir einen Gefallen. Beschützt mich vor mir selbst. Vielleicht dachte er, ich würde noch einmal ins Wasser fahren.

Ärger kocht in mir hoch. Das geht so nicht. Wer weiß, vielleicht macht er das schon seit Wochen. Es verwirrt mich. Es ist verdächtig.

Zornig tippe ich auf meinem Handy herum, ohne ihn aus den Augen zu lassen. Er soll sehen, dass ich ihn anrufe. Ich will seine Reaktion testen.

Aber natürlich gibt es keinen Empfang. Wenn man auf dem Dartmoor wirklich mal Empfang braucht, hat man keinen. Das ist wie ein überkommenes Gesetz, eingeführt von einem der altkornischen Minenparlamente, die im Mittelalter die Herrschaft über das Bergwerk Methral Brook und die Great Week Mine hatten: Wenn man ihn braucht, kein Empfang. Deshalb schreie ich nun hügelan wie eine Verrückte: »Adam!«

Die Gestalt rührt sich nicht.

»Adam! Ich sehe dich! Adam!«

Meine verzweifelten Rufe verhallen ohne Echo. Die Gestalt entfernt sich.

»Adam!«

Hat er mich überhaupt gehört? Jetzt ist er weg. Am Ende war es gar nicht Adam. Aber ich bin sicher, dass er es war. Was hat er da oben gemacht? Nach mir ausgespäht? Mich überwacht? Er hat gesagt, er müsse Lyla vielleicht bei den Spaldings lassen – manchmal muss er auch sonntags arbeiten. Zeitweise arbeitet er *täglich*.

Wie auch immer, auf mich muss niemand aufpassen, und ganz bestimmt muss niemand mich beschatten, als sei ich eine Kriminelle. Oder eine Frau, die kontrolliert werden muss, weil sie womöglich noch einmal ins Wasser springt.

Aber die Konfrontation muss warten, vorher habe ich noch etwas Dringenderes zu erledigen. Etwas, das noch einmal ganz anderen Mut erfordert. Ich gebe mir einen Ruck und scrolle ans Ende des Textes auf meinem Handy. Dort wird der einzige Augenzeuge genannt.

Brian Angove.

VENNER

Sonntagvormittag

Das Haus zu finden ist nicht schwer. Der Weiler Venner, etwa einen Kilometer vom Burrator Reservoir entfernt, besteht aus ganzen sechs Cottages. Er ist so klein, dass es hier weder eine Kirche noch ein Pub oder einen Laden gibt. Nur die paar reetgedeckten Häuser schicken dünne Rauchfahnen in den weiß-kalten Himmel. Wie Bleistiftkrakel auf einem leeren Blatt.

Laut Google heißt Brian Angoves Cottage »The Mallards«.

Und da ist es. Am Zaun ein kleines Schild mit einer blauen Ente, weiter hinten im Garten ein rot getünchtes Haus. Bei gutem Wetter muss es hier wunderschön sein; das sind die Stellen, an denen Touristen stehen bleiben, um ein paar Handyfotos zu machen, bevor sie zielstrebig fünf Kilometer weiterwandern, zu dem einen bestimmten Gastropub, wo Exmoor-Lamm angeboten wird.

Auch hier steigt eine Rauchfahne in den Himmel. Also ist Brian Angove zu Hause. Ich schlucke meine Angst herunter, öffne das knarrende kleine Tor und folge dem Weg, wobei ich im Rhythmus meines wild pochenden Herzens zähle – eins, zwei, drei –, bis ich schließlich den schmiedeeisernen Türklopfer betätige.

Es tut sich nichts. Mein Blick wandert zu den Fenstern. Die Scheiben sind so alt und dick, dass ich nicht erkennen kann, ob dahinter jemand steht. Eine einzelne Krähe hockt, den Kopf schräg gelegt, auf einem Telegrafenmast und beobachtet mich neugierig. Vielleicht ist sie mir vom See bis hierher gefolgt.

Ich klopfe noch einmal, wieder ohne Erfolg. Niemand da. Mit einem Seufzer mache ich, halb enttäuscht, halb erleichtert, kehrt und will zum Auto gehen.

»Hallo? Kann ich Ihnen helfen?«

Das ist er. Ich erkenne das Gesicht; ich habe im Internet ein Foto gesehen. Er ist Mitglied des Grafschaftsrats im Ruhestand. Siebenundsechzig, aber, wie es aussieht, gesund und munter. Brian Angove trägt eine blassblaue Strickjacke und eine braune Cordhose; aus dem dunklen Innern des Hauses ertönt Hundegebell.

Blinzelnd schaut er mich an. Es scheint ihm zu dämmern. »Ach du meine Güte. Ich weiß, wer Sie sind.«

Ich zucke die Achseln.

»Bitte«, sagt er. »Kommen Sie rein. Ich habe eben Tee gemacht. Darjeeling.«

Ich folge der Einladung und betrete das duftende kleine Haus, in dem überall alte Fotos, sonnengebleichte Turnierrosetten und verblassende Kinderfotos drapiert sind. Er nimmt mir den Anorak ab, hängt ihn in einen Schrank und führt mich durch den Flur in die Küche, an einen ordentlichen Tisch, wo er Tee in Porzellantassen mit Blümchendekor gießt und zwischendurch kurz innehält, um zu sagen: »Ich hätte auch was Stärkeres da, Mrs …«

»Redway. Kath Redway.«

»Ja genau, das war's. Redway, natürlich.« Sein Lächeln ist freundlich. Er möchte helfen, aber ich sehe auch Mitleid.

»Tee ist wunderbar«, sage ich. »Sehr freundlich, vielen Dank. Ich störe wirklich nur ungern.«

»Sie stören überhaupt nicht«, erwidert er. »Ich bin allein. Gerade sonntags. Ich unterhalte mich sehr gern mit Ihnen, wenn das etwas nützt. Wenn das nicht komisch klingt.« Er errötet. »Unter den gegebenen Umständen, äh …«

»Nein, nein, überhaupt nicht«, beeile ich mich zu sagen,

denn ich fürchte, wenn ich auch nur einen Augenblick zu lange warte, könnte ich aufspringen und weglaufen. Ich fürchte mich vor dieser Begegnung, seit ich herausgefunden habe, wer der Augenzeuge war.

»Mr Angove …«

»Brian.«

»Ich weiß nicht, ob Ihnen die Fakten rund um meinen Fall bekannt sind. Sie wissen schon. Meinen …« Nur mit Mühe bringe ich das Wort heraus. »… Suizid. Die Fakten rund um meinen Suizidversuch. Also …«

Sein freundlicher Blick hält meinen fest, und wieder sehe ich Mitleid. Besser als Hass, nehme ich an. Oder Geringschätzung. Für die Frau, die versucht hat, ihre Tochter mutterseelenallein zurückzulassen.

»Ich weiß nur, was ich gesehen habe, Kath. Was ich bei der Befragung auch der Polizei gesagt habe. Mehr nicht.«

»Dann erzähle ich Ihnen wohl am besten noch ein wenig von mir.« Meine Worte sprudeln wie ein kleiner Dartmoor-Fluss. »Ich habe bei dem Unfall ein Schädel-Hirn-Trauma erlitten und kämpfe seitdem mit einer retrograden Amnesie. Das heißt, ich kann mich, was die Tage davor betrifft …«, wieder bringe ich es nicht heraus, »… bevor ich das getan habe, an kaum etwas erinnern. Eigentlich an gar nichts.«

»Ich verstehe, ich verstehe sehr gut, seien Sie unbesorgt. Meine Frau hat während ihrer letzten Jahre an Gedächtnisverlust gelitten.« Sein Ton ist weich. Traurig. »Sie hatte Alzheimer; es hat sehr früh angefangen. Ich kenne mich damit also aus, und ich verurteile niemanden. Nach dem, was Sie mir erzählt haben, nehme ich an, Sie möchten noch einmal von mir hören, was genau ich gesehen habe?«

»Ja«, sage ich. Sehr leise. »Ja bitte.«

Er schenkt Tee nach. Und erzählt alles, was ich erwartet

habe; alles, was die anderen auch sagen. Ein milder, trockener Dezemberabend. Kein Eis, kein Frost. Er war mit seinem Hund draußen am Stausee. Hat auf dem Damm den Meavy überquert und ist in Richtung Eichenwald weitergegangen. Und dann hat er mich und mein Auto gesehen. Einen alten Toyota. Der auf der Straße stand. Neben dem Damm; gleich am See.

»Ich habe gehalten?«

»Ja. Deswegen bin ich stehen geblieben und habe rübergeguckt. Im Winter kommen nicht oft Leute abends zum Reservoir.«

»Und war ich allein im Auto?«

Er runzelt die Stirn. »Wollen Sie es so genau wissen?«

»Ja.«

»Nun also. Ich weiß, dass mir das ein bisschen merkwürdig vorkam. Jemand allein in einem Auto, abends im Dunkeln am Reservoir. Und Sie haben aufs Wasser geschaut. Kerzengerade haben Sie dagesessen und sich nicht gerührt. Wie in konzentriertes Nachdenken vertieft.«

Eins irritiert mich. »Wie konnten Sie überhaupt etwas sehen, wenn es doch dunkel war?«

»Es war Vollmond, und die Wolkendecke war aufgerissen. Sie hatten eine Kapuze auf. Von einem Anorak vielleicht. Aber ich habe Sie im Profil gesehen.«

»Ganz sicher mich?«

»Wie die Polizisten, die mich befragt haben, sagten: Wer sonst hätte es sein sollen?«

Ich starre in meinen Darjeeling. Er ist gut. Edler Tee. Edler als der, den wir kaufen. Mit richtigen Blättern. Ich spüre den Drang, die Tasse zu schwenken, damit sie herumwirbeln – wie meine Mutter damals, wenn sie mal wieder eine heidnische Anwandlung hatte und, unter dem Grinsen der afrikanischen Masken an der Wand, abends bei Kerzenschein in dem Haus in Salcombe ihre sämtlichen Hippiefreunde um die Tarotkarten versammelte. Der einzige Unterschied ist, dass ich in die Vergangenheit schauen möchte. Nicht in die Zukunft.

Ich sehe Brian in die Augen.

»Und was geschah dann?«

Er schüttelt den Kopf. Langsam. Mit bedauernder Miene. »Sie sind direkt ans Reservoir herangefahren. Was mich etwas beunruhigt hat, denn da war gerade die Lücke in der Mauer. Aber Sie haben ja wieder angehalten.«

»Und dann?«

»Ich habe noch eine Weile zu Ihnen hinübergeschaut, aber Sie haben einfach so dagesessen. Und leider muss ich sagen«, er wird rot und seufzt, »es wurde mir langweilig. Ich dachte mir, Sie meditieren vielleicht oder denken über etwas nach. Das gibt's. Leute kommen runter zum Reservoir, um in Ruhe nachzudenken. Das Wasser hat etwas Beruhigendes, nicht wahr? Es ist friedlich. Deshalb bin ich irgendwann mit Delilah weitergegangen. Unsere gewohnte Runde. An Sie habe ich gar nicht mehr gedacht – erst als ich oben angelangt war, da, von wo aus man runterschauen kann. Da habe ich es gesehen.« Er zuckt die Achseln. Sein Ausdruck ist schmerzlich. Das muss der Augenblick gewesen sein. »Ich konnte es gar nicht glauben.« Jetzt schließt er die Augen, als bete er stumm, dann schlägt er sie wieder auf und schaut mich an. »Ich habe gesehen, wie Sie langsam durch diese Lücke ins Reservoir gefahren sind. Direkt ins Wasser. Einfach so. Es war furchtbar, unbegreiflich. Ich sage das nicht gern, aber es war beinahe wie ein Traum. Ein Albtraum.«

Fängt er jetzt an zu weinen? Fange ich an zu weinen?

Wir trinken beide einen Schluck Tee, dann fährt er fort: »Am meisten hat mich überrascht, wie leise es war, wie still das vonstattenging. Nicht laut, nicht dramatisch. Es war ein ruhiger, milder Abend, und Sie sind in dieses Wasser gefahren, und das Auto ist leise und sehr schnell untergegangen. Schon im nächsten Augenblick war es, als wären Sie nie da gewesen. Hätte ich es nicht gesehen, es hätte nie jemand davon erfahren. Für immer verschwunden. Im Bruchteil einer Sekunde.«

Ich sage nichts. Die Stille ist schwer zu ertragen.

»Kath?«

»Entschuldigung, ja. Tut mir leid.« Ich möchte das ausblenden, mich dem schrecklichen Bild – wie das Auto untergeht – entziehen. *Im Bruchteil einer Sekunde.* »Und was ist dann passiert? Nachdem ich ins Wasser gefahren bin? Was kam dann?«

Traurig, kummervoll sieht er mich an. »Na ja. Ich war wie erstarrt. Bestimmt eine Minute lang habe ich mich nicht vom Fleck gerührt.«

»Warum?«

»Ich stand unter *Schock*, leider – aber dann bin ich sofort nach Hause gelaufen. Das Handy hatte ich nicht dabei, da unten hat man ohnehin meist keinen Empfang, deshalb musste ich nach Hause laufen. Leider bin ich mittlerweile nicht mehr sehr schnell. Als ich hier war, habe ich sofort die Feuerwehr gerufen, und von da an haben die Rettungskräfte übernommen.«

»Und das war gegen einundzwanzig Uhr?«

Er nickt. »Soweit ich weiß, haben sie alles abgesucht und Taucher eingesetzt, aber Sie sind natürlich erst Stunden später gefunden worden. Am anderen Ufer des Sees, im Wald. Sie müssen geschwommen sein.«

»Ja, das muss ich wohl.«

Ihm ist anzumerken, dass es ihn immer noch schmerzt, nicht zu mir gekommen zu sein, nicht nach mir geschaut zu haben. Bevor ich diese schreckliche Sache gemacht habe.

Über die Teetasse hinweg suche ich den Blick des einzigen Augenzeugen.

»Es ist nicht Ihre Schuld, Brian, kein bisschen. Woher hätten Sie das denn wissen sollen? Niemand konnte es wissen.«

Er nickt. Wir sehen einander kurz in die Augen. Die Tassen quietschen auf den Untertassen.

Meine düstersten Befürchtungen werden mehr als erfüllt. Was Brian erzählt, ist schlüssig und macht das Ganze noch schlimmer. Ich bin zum Burrator Reservoir gefahren, *und ich habe darüber nachgedacht*. Ich habe geschwankt, gezögert, gezweifelt. Ich muss da im Auto gesessen, an Lyla und Adam gedacht und abgewogen haben, ob ich ihnen das antun kann, ob ich es durchziehen, meine Familie zerstören kann. Und ich habe mich entschieden: Ja, das kann ich ihnen antun. Und dann habe ich mein Auto ins Wasser gelenkt, und es ist auf den Grund des Stausees gesunken, wo die Polizeitaucher es gefunden haben. Wahrscheinlich wird es für immer dort unten bleiben, zur Behausung für Aale und Forellen werden, rosten, bis nichts mehr davon übrig ist.

»Danke«, sage ich.

Offenbar mit gequälter Miene, denn Brian erwidert sofort: »Es tut mir unendlich leid, dass ich nicht aufmerksamer war, dass ich nicht zu Ihnen gekommen bin und Sie angesprochen habe, als Sie da in Ihrem Wagen saßen, und … Ja, es tut mir sehr leid. Und ich bin sehr froh, dass Sie am Leben sind.«

»Ja.«

Was soll ich weiter sagen? Wieder herrscht Schweigen. Peinliches diesmal. Zeit zu gehen. Ich schiebe meinen Stuhl zurück, doch Brian bedeutet mir, ich solle warten, er werde meine Jacke holen. Und damit verschwindet er.

Ich stehe auf und trete an das Fenster, das nach hinten rausgeht, auf einen schlichten Garten. Wieder – wie immer –

habe ich das Gefühl, nach etwas Ausschau zu halten, aber nicht zu wissen, wonach.

Es trifft mich ohne Vorwarnung. Ein Geruch, süßlich, an der Grenze zum Ekligen. Und da ist die Quelle: Auf einem Regal steht neben ein paar Kochbüchern ein kleiner Becher mit Duft spendenden Halmen. Es ist ein schwerer zitroniger Duft. Dieser Geruch. Was ist das? Ich weiß es nicht, aber er löst eine Erinnerung aus. Ein Teilchen des mentalen Puzzles; ein Bruchstück jenes Abends. Die Erinnerung an einen Mann in einem Auto. Mit mir. Der Mann ist wütend, er schreit, sein Blick ist stechend. War das an dem Abend, an dem ich ins Burrator Reservoir gefahren bin? Sicher, so muss es sein. Es fühlt sich richtig an. Die Ärzte sagen, die Erinnerungen kommen wieder, unversehens, und das könnte das erste wichtige Bruchstück sein.

Meine Knie werden weich, mir wird schwummrig, ich stütze mich mit einer Hand an der Wand ab.

»Alles in Ordnung?«

Brian kommt mit meinem Anorak.

»Ja«, sage ich und drehe mich um. »Entschuldigung. Ich dachte nur gerade, ich hätte mich an etwas erinnert.«

»Etwas von dem Tag?«

Ich erröte, ohne zu wissen, warum. »Ja.«

Brian hilft mir in die Jacke, wir gehen durch den Flur, und ich mache den ersten Schritt ins Freie, will mich verabschieden, da fragt er: »Ist es das erste Mal, dass Ihnen eine Erinnerung an den Tag gekommen ist?«

»Ja, aber es ist kaum der Rede wert. Ein winziges Fitzelchen. Ein Gesicht in einem Auto. Eigentlich gar nichts.«

»Haben die Ärzte gesagt, dass irgendwann alles wiederkommt?«

Ich nicke. Zögere. »Ja. Aber stückchenweise. Nach dem Zufallsprinzip.«

Er lächelt mitfühlend. »Meine Frau hat, noch relativ zu Beginn ihrer Krankheit, festgestellt, dass sie mit bestimmten, na ja, Techniken Erinnerungen zurückholen konnte. Meditieren könnte helfen. Fotos anschauen. Assoziieren. Natürlich nur«, er schaut mir prüfend in die Augen, »wenn Sie die Erinnerungen überhaupt zurückholen *wollen.*«

Wir verabschieden uns mit einem Händedruck. Die Tür fällt ins Schloss, und ich gehe über die Straße zu meinem Auto. Meine Gedanken kreisen um das Burrator Reservoir. Als ich jünger war, bin ich öfter dort gewesen. Der Blick hat mir gefallen, übers Wasser, zum Wald hinüber und oberhalb davon auf den Sheepstor. Es war ein Ort, den ich aufgesucht habe, wenn ich über etwas nachdenken wollte. Offenbar wollte ich an dem bewussten Dezemberabend über meinen Tod nachdenken, darüber, wie ich es mache. Denn es war niemand da, der mich aufgehalten hätte. Adam war weg. Er hat mich in der dunkelsten Zeit des Jahres mit Lyla allein gelassen.

Adam.

Fast hätte ich es vergessen. Die Gestalt oben auf dem Hügel. Das *war* Adam. Sofort ist die Wut wieder da. Wie lange macht er das schon? Mir folgen?

Ich schaue auf mein Telefon. Hier ist der Empfang gut. Ich wähle seine Nummer, rechne wie üblich mit der Mailbox: *Hallo, hier ist Adam Redway. Wahrscheinlich bin ich gerade auf dem Moor unterwegs. Bitte hinterlassen Sie eine Nachricht.*

Er meldet sich. »Hallo, Kath.«

»Warum verfolgst du mich?«

Er schweigt. Lange. Verblüfft oder schuldbewusst. Ich weiß es nicht. Er sagt kein Wort.

Wütend setze ich nach: »Sag's mir! Warum? Ich hab dich heute gesehen. Auf dem Hügel. Warum verfolgst du mich?«

»Was erzählst du da, zum Henker?«

»Das warst doch du, oben auf dem Hügel. Das ist gruselig. Falsch. Das ist Stalking. Hör auf damit.«

Er atmet schwer, als suche er fieberhaft nach einer passenden Lüge. Im Hintergrund höre ich den Wind. Er ist immer noch draußen.

Ich warte darauf, dass er *Burrator* sagt, ohne dass ich das Wort ins Spiel bringe. Dann wüsste ich, dass er's war.

»Ich verfolge dich nicht, Kath, ich mache überhaupt nichts dergleichen. Mein Gott. Das ist doch komplett verrückt! Ich stalke doch nicht meine eigene Frau! Dazu habe ich überhaupt keine Zeit! Ich arbeite!«

»Das glaube ich dir nicht …«

»Hör zu. Ich bin oben in Throwleigh und helfe Nigel. Hier gibt es noch mehr illegale Müllplätze, und dieses beschissene Dachdämmungszeug bringt die Ponys um – wenn du willst, schicke ich dir ein Foto. Würde dir das als Beweis reichen?«

»Ich habe dich gesehen! Wie du zu mir runtergeschaut hast. Mit einem Fernglas!«

»Nein, hast du nicht! Es sei denn, du wärst hier auf dem Hof gewesen, Herrgott. Schluss damit, Kath!«

Ich umklammere das Telefon so fest, ich könnte es glatt kaputt machen. Oder etwas anderes. Meine Fingerknöchel sind weiß vor Anspannung. Warum war mein Mann nicht der Erste, der mich im Krankenhaus besucht hat?

Das muss ich jetzt rauskriegen. »Was hast du an dem Abend gemacht, Adam? Warum musstest du eine ganze Woche wegfahren? Direkt nach Weihnachten?«

»Ich habe die Rangerhütte repariert. Das habe ich dir doch gesagt.«

»Du allein?«

Im Hintergrund ist das Wiehern von Ponys zu hören. Adam übertönt sie ebenso wie den Wind. »Eigentlich sollte Dez mitkommen. Dez Pritchard. Aber er hat abgesagt, hatte irgendwie Weihnachtsstress.« Er hält kurz inne und seufzt. »Was an Weihnachten eben so für Scheiß passiert, so was kennst du doch, oder?« Das soll spöttisch klingen, tut aber trotzdem weh. »Also ja, ich war allein. Ein bisschen Ruhe und Frieden für mich. Ein Mal.«

Ich drücke das Telefon so fest an mein Ohr, dass es wehtut. Ich bin wütend, aber auch verwirrt. Mein Mann war also während der ganzen Zeit nach Weihnachten nicht nur unerreichbar – *er war allein*. Das habe ich nicht gewusst. Ich dachte, er sei mit anderen zusammen gewesen, jedenfalls war es so geplant. Dass da etwas dazwischengekommen war, wusste ich nicht. Das muss etwas zu bedeuten haben. Er kann sonst wo gewesen sein. Er kann alles gemacht haben. Er hätte nach Hause kommen können. Er hat kein *Alibi*.

Bevor er auflegen kann, frage ich noch einmal nach. »Nur damit ich das richtig verstehe: Du bist lieber allein da oben geblieben, als abends zu Lyla und mir nach Hause zu kommen?«

Wo auch immer er ist, der Wind im Hintergrund heult, aber Adam ist lauter. »Ein paar Tage, Kath, ja! Einfach mal ein bisschen Zeit für mich. Weg von Huckerby. Warum hätte ich denn nach Hause kommen sollen? Die Fahrt von Manaton runter ist im Winter mühsam, die Hälfte der Straßen stand unter Wasser, das hätte Stunden gedauert. Und außerdem: Wen kümmert's? Wieso muss ich mich rechtfertigen? Du weißt, dass ich seit drei Jahren keinen Scheißurlaub hatte, dass ich kein einziges Mal vom Dartmoor weggekommen bin. Drei Jahre am Stück! Das ist dir klar, Kath, oder?«

Ob ich will oder nicht, ich zucke zusammen. Es stimmt. In den vergangenen drei Jahren war ich mit Tessa, Dan und den Jungs im Sommer in Portugal. Dan hat Lyla und mich eingeladen.

Adam verweigert sich diesen milden Gaben; er ist nie mitgekommen. Er nimmt kein Geld von Dan. Aber er erklärt sich, wenn auch widerstrebend, damit einverstanden, dass wir mitfahren, damit Lyla Kinder zum Spielen hat und weil sie sonst gar keinen Sommerurlaub hätte.

Und während wir auf Reisen sind, bleibt er auf dem Moor und arbeitet. Fünfzehn Stunden am Tag. Die langen, anstrengenden Sommerschichten.

Mein Ärger verraucht. Oder meine Entschlossenheit.

Ich schlage vor, dass wir später weiterreden, und beende das Telefonat, bevor ich unserer Ehe noch größeren Schaden zufüge.

Als ich endlich im Auto sitze, starre ich eine Weile nur auf die Regentropfensprenkel auf der Windschutzscheibe. Wie gern würde ich Adam glauben. Und zugleich möchte ich ihm überhaupt nicht glauben. Mich zerreißt das schlimmste Dilemma: Wenn ich ihm glaube und er heute nicht am Burrator Reservoir war, muss mein Zustand sich verschlechtern, statt besser zu werden. Dann sehe ich Dinge, die nicht da sind – wie bestimmt auch im Hobajob's Wood. Wenn ich ihm aber *nicht* glaube, ist mein Mann nicht nur ein Lügner, sondern wird noch zu etwas ganz anderem. Etwas viel Schlimmerem.

Und ich kann nicht anders, als mich zu fragen, wo er an dem Abend, an dem ich in den See gefahren bin, war.

Genug. Ich schnalle mich an, drehe den Zündschlüssel. Gebe Vollgas und rase los. Am Ortsausgang kommt mir ein Gedanke, der noch unheimlicher ist. Brian Angove hat gesagt, an dem Abend sei ich gefahren wie jetzt. Ich sei schnell in den See gefahren, hat er gesagt. Was, wenn ich gar nicht beschleunigen wollte; was, wenn ich etwas ganz anderes vorhatte, bremsen zum Beispiel? Wegfahren?

Einer hätte es wissen müssen; der einzige Mann, der sich um mein Auto gekümmert hat.

Adam.

Er hat den Toyota in Schuss gehalten, hat ständig daran herumgebastelt; so haben wir Geld gespart. Eine richtige Werkstatt mit ausgebildeten Mechanikern können wir uns nicht leisten, und er weiß alles über Motoren. Alles. Er ist auf einem Bauernhof aufgewachsen. Da waren ständig Traktoren und Anhänger zu reparieren oder alte Motorräder flottzumachen.

Ist es denkbar, dass er über Weihnachten etwas an dem Auto verändert hat? An den Bremsen, am Gaspedal? Sodass es gefährlich war, damit zu fahren? Ich verstehe nicht genug von Autos, ich könnte das nicht beurteilen, außerdem liegt das Auto am Grund des Sees und kann nicht untersucht werden. Aber möglich wäre es. Auf jeden Fall. Adam hätte das nur getan, wenn er hätte sicher sein können, dass ich Lyla nicht bei mir habe. Also hätte er in der Woche – an dem Tag – nach Huckerby kommen oder jemanden beauftragen müssen, es genau in dem Moment zu tun; jemanden, der mich hätte beobachten müssen. Vielleicht hatte ich überhaupt nicht die Absicht, ins Wasser zu fahren, aber mein Auto war so präpariert.

Wie von selbst fährt meine Hand zum Mund, als sei ich im Begriff, etwas Schreckliches auszusprechen.

Nein. Das kann ich meinem Mann nicht unterschieben, das kann ich noch nicht einmal *denken*. Welches Motiv hätte er denn haben sollen, warum hätte er es darauf anlegen sollen, mich loszuwerden? Darauf, dass ich einen tödlichen Unfall baue? Meine Gedanken wirbeln umher wie die Flocken in einem Dartmoor-Schneesturm oben auf dem Skirr Hill. Und während ich über die Landstraße brettere, sitzen auf den Telegrafenmasten die Krähen und beobachten mich.

Schwarze Federn, schwarze Augen.

PRINCETOWN

Montagnachmittag

Adam blies warme Luft zwischen seine Hände. Er stand auf dem zugigen Schulhof der Princetown Primary und wartete auf Lyla. So, wie seine Oma auf ihn gewartet hatte, als sie noch fahren konnte.

Seine Mutter hatte ihn selten von der Schule abgeholt: zu traurig oder zu betrunken, weil sie so traurig war. Oder bedröhnt von den Pillen, die sie schläfrig und apathisch und fahruntauglich machten, aber auch die Demütigungen in ihrer Ehe besser ertragen ließen. Sein Vater war auch nie gekommen: Der war dauernd weg gewesen, auf irgendeiner Baustelle oder, wahrscheinlicher, bei irgendeiner Frau. Wenn er nach Hause kam, hatte er gegrinst, aber er hatte nie jemanden an dem Spaß teilhaben lassen. Weil es nie Spaß für irgendwen sonst gewesen war.

Er nickte anderen Eltern, die ins Gespräch vertieft beisammenstanden, zu und fragte sich, ob er das Muster durchbrochen hatte. Das Muster des schlechten Vaters. Den ewigen Kreislauf, das immer neue Aufwühlen des Wassers in einem Mühlbach. Bis zu diesem letzten Weihnachten hätte er gesagt, ja. Denn er *war* ein guter Vater, ein guter Ehemann: Er arbeitete, so viel er nur konnte, er versorgte und beschützte, er hatte seit dem Hochzeitskuss keine andere Frau mehr geküsst.

Und nun? Seit Kath ins Burrator Reservoir gefahren war, benahm Lyla sich manchmal, als sei *er* schuld an diesem Unheil. Dann schob sie, wenn er sie trösten wollte, seine Hand weg oder zuckte zurück, wenn er ihr einen Kuss geben wollte. Zuweilen lag dann echte Angst in ihrem Blick, so, als wisse sie etwas über ihn, das er selbst nicht wusste.

Wie sehr wünschte er sich die alten Zeiten zurück! Er wollte nicht in diesem furchtbaren Princetown herumstehen und auf das Gefängnis starren, das über der Stadt aufragte wie der Palast eines irren Tyrannen.

Man konnte das Gefängnis in Princetown nicht ignorieren. Während er seine kalten Hände rieb, dachte er an all die alternden Insassen. Die Vergewaltiger, die Pädophilen, die Mörder. Schon vor längerer Zeit war das Gefängnis von Kategorie A auf Kategorie C heruntergestuft worden, doch viele von den ganz üblen Burschen waren geblieben, weil man davon ausging, dass sie für einen Fluchtversuch zu alt und zu faul waren. Zu verkommen, moralische Wracks. Harmlos böse.

Vielleicht standen diese Typen gerade in ihren Zellen am Fenster und starrten zu ihm herüber, fragten sich, was er hier machte. Vielleicht warteten sie schlicht auf den Tod, auf den Augenblick, da sie neben den napoleonischen Soldaten begraben wurden – im Schatten der düsteren Kirche, in der es so feucht war, dass im Hauptschiff Gräser und Farne aus den fast meterdicken Steinwänden sprossen.

Als sie in Princetown gewohnt hatten, war Kath geradezu besessen gewesen von diesem Gefängnis; es hatte sie bis in ihre Träume verfolgt. Also hatte er sich bemüht, einen anderen, besseren Ort zum Leben zu finden. Ihr Budget war begrenzt, deshalb hatte er lange gesucht – bis schließlich ein Freund seines Onkels Eddie ihn mit den Spaldings bekannt gemacht hatte, und die hatten ihnen Huckerby angeboten.

Er hatte zugegriffen. Er. Adam. Der Mann in der Familie. Er hatte sie gerettet. Und jetzt wurde ihm die Schuld zugeschoben. Jetzt wurde er von seiner Tochter, seinem einzigen Kind, entfremdet?

Das drohte ihn aus der Fassung zu bringen. Er sah auf die Uhr, und dann hörte er etwas. Die ersten Kinder kamen aus dem Schulhaus wie ein Wirbelsturm, wie die wilden Wasser des West Dart, die fröhlich unter dem Crockern Tor vorbeitosten, aber Adam wusste, dass er noch warten musste.

Denn es war zu *früh*.

Lyla war ein Regelmensch. Gab es Regeln oder Vorschriften, musste sie diese befolgen. Ohne Wenn und Aber. Alles andere versetzte sie in Panik. Auch deshalb ging es ihnen draußen in der Wildnis viel besser – jedenfalls war es ihnen bis Weihnachten besser gegangen –, in dem Langhaus von Huckerby, an dem er Wochen, Monate, Jahre herumgebaut hatte, um es wasserdicht zu machen und mit etwas Komfort auszustatten. Es war ein gutes Zuhause für seine Kleine, die dort nach Herzenslust draußen herumstromern konnte, ohne befürchten zu müssen, dass sie irgendwelche Regeln verletzte.

Regeln erfüllten sie mit Sorge. Regeln mussten befolgt werden. Vor allem die, der zufolge die Schule um 15.25 Uhr zu Ende war. Und aus irgendeinem Grund kamen die Kinder an diesem Tag um 15.16 Uhr nach draußen.

Er schaute sich um. Die anderen Eltern verschwanden schnell; bugsierten ihren Nachwuchs ins Auto und fuhren davon.

15.17 Uhr.

15.18.

Die Aufsicht führende Lehrerin kehrte ins Gebäude zurück. Der letzte Viehbauer nahm seine hübsche Tochter bei der Hand und steuerte auf den Ausgang zu. Im Vorbeigehen nickte er Adam zu.

»Alles klar, Adam? Soll kalt werden, wie man hört.«

Adam lächelte höflich. Nun war er allein. 15.20 Uhr. Am Fenster des Schulsekretariats tauchte ein Gesicht auf. Die Frau beäugte ihn neugierig.

Und wandte sich schnell wieder ab.

15.22 Uhr.

15.23.

15.24.

Inzwischen waren wirklich alle weg. Bis auf Adam und die Mörder im Gefängnis. Endlich erschien Lyla in der bunt bemalten Schultür und schaute sich besorgt um. Langsam kam sie auf ihren Vater zu.

»Wo sind die anderen? Warum sind sie gegangen? Das ist nicht erlaubt.«

Adam griff nach ihrer Hand, doch sie klappte mit den Fingern. Besorgtes Stimming. »Sie dürfen sie nicht einfach gehen lassen. Die Schule ist um fünfundzwanzig zu Ende. Ich hab versucht, sie davon abzuhalten.«

»Was?«

»Ich hab versucht, es den anderen Kindern zu erklären. Dass sie gegen die Regel verstoßen!«

Innerlich zuckte er zusammen, doch auf dem Weg zum Auto brachte Adam ein Lächeln zustande. »Wahrscheinlich hat eine Lehrerin gesagt, dass sie gehen dürfen. Vielleicht hast du das nicht gehört. Aber«, er holte tief Luft, »was haben denn die Kinder gesagt?«

»Ach, wie immer. Sie haben über mich gelacht.« Es war beinahe ein Flüstern, sanfter und trauriger als der Sommerwind in den Skaigh Woods, so leise, dass es ihm das Herz zerriss. »Das macht nichts, Papa. Sie lachen immer über mich, das bin ich gewohnt. Weißt du, wie sie mich nennen?«

Adam war nicht sicher, ob er es wissen wollte. »Wie nennen sie dich, Lyla?«

»Das Mädchen-das-nicht-da-ist. Ein Junge hat das mal gesagt, und jetzt sagen sie es alle. Ich bin das Mädchen-das-nicht-da-ist.«

Es versetzte ihm einen tiefen, schmerzhaften Stich. »Süße.«

Er versuchte, lässig zu klingen. »Wenn jemand dich ärgert, sagst du's mir, versprochen?«

»Sie ärgern mich nicht, Papa, sie beachten mich einfach nicht. Deshalb bin ich auch in den Pausen immer allein. Am Springbrunnen. Oder in der Ecke, wo mich keiner sieht.«

»Du spielst nie mit den anderen?«

»Die machen so komische Spiele. Ich hab versucht, sie zu verstehen, wirklich. Ich wollte mitmachen, aber sie haben mich ausgelacht.« Sie lächelte traurig und schaute gleich darauf strahlend zum Himmel, folgte einem Vogel mit dem Blick, lächelte tapfer über etwas, das Adam nicht sah. »Aber sie können ja nichts dafür, wenn ich ihre Spiele nicht verstehe. Ein Junge hat gesagt, ich bin wie die Hexe, die im letzten Haus des Dorfs wohnt und mit der niemand spricht. Das war ein Scherz, oder, Papa?« Als sie zu ihm aufblickte, war ihr der Kummer, den sie so sehr zu verbergen suchte, deutlich anzusehen.

Er gab sich Mühe, den eigenen Kummer nicht zu zeigen. *Mädchen-das-nicht-da-ist*. Grausam war das, grob. Und es passte genau. Manchmal, wenn sie beide auf dem Moor unterwegs waren, wenn sie bei den hohen Granitfelsen wanderten oder im Eichenwald von Soussons standen und sie den hübschen Kopf neigte und die blauen Augen zukniff, sah er seine schöne, exzentrische Tochter unhörbaren Geräuschen lauschen, den Klängen des Moors, Feldmäusen unter den Witchbeams, Schmetterlingen im Geißblatt, und hatte das Gefühl, dass sie nicht da war. Dass sie irgendwo anders war. Und niemand wusste, wo.

Sie kletterten in den Range Rover. Adam ließ den Motor an, und sie rollten aus Princetown hinaus. Lyla war verstummt. Adam sah in den Rückspiegel. Sie starrte auf etwas, das sie in der Hand hielt. Kurz wurde ihm unheimlich, als er erkannte, was es war.

Ein Hexenstein. Ein glatter Stein mit einem ausgespülten Loch. Ein Stein, der Böses fernhalten sollte. So ein Ding hatte er seit Jahren nicht gesehen.

»Wo hast du den denn her, Süße?«

Lyla hob den Kopf, fing seinen Blick im Spiegel auf, zuckte die Achseln und sagte: »Irgendwoher.«

»Erzählst du's mir?«

Sie schüttelte den Kopf. Und drehte den Stein hin und her. Wieder und wieder.

»Du weißt, dass das ein besonderer Stein ist, oder?«

Keine Antwort.

Er legte nach. »Früher haben die Leute sich solche Steine über die Tür gehängt oder an besondere Stellen gelegt. Weil sie dachten, die Steine hätten Zauberkräfte. Oder so was Komisches.«

Lyla drehte den Stein und murmelte: »Ich finde dauernd solche.«

Seine Anspannung wuchs. »Wo? Wo findest du sie?«

Wieder ein Achselzucken. »An so Stellen.«

»Was für Stellen?«

Aus Einsilbigkeit wurde Schweigen. Lyla schaute weg. Ihm war klar, dass sie nichts mehr sagen würde. Eine Weile, vielleicht einen ganzen Tag lang. Nichts zu machen. Er schaute auf die Moorlandstraße vor sich und warf hin und wieder einen Blick auf die Landschaft, sah Sonnenlicht und Wolkenschatten einander über die grauen Senken jagen und meinte, den Wind in dürren Farnen und Heidebüschen seufzen zu hören. Eben noch ein Glitzern auf silbrigen Birkenzweigen, dann plötzlich alles dunkel.

Das Schweigen war nicht auszuhalten.

»Weißt du, dass deine Urgroßmutter solche Steine gesammelt hat?«

Lyla antwortete nicht. Adam redete mit sich selbst.

»Sie hat die ganzen Legenden und Geschichten gekannt. Schade, dass du ihr nicht mehr begegnet bist, sie war eine großartige Frau. Meine Oma. Molly Redway. Du hättest sie bestimmt gemocht.«

Lyla antwortete nicht. Adam fuhr. Er kannte die Straße in- und auswendig, er hätte praktisch mit geschlossenen Augen weiterfahren können. Und so hing er seinen Erinnerungen nach. War wieder sieben. In Großmutter Mollys gemütlichem kleinen Haus bei Doccombe. Sein Rad lehnte am Gartenzaun, und er saß drinnen bei ihr, und sie erzählte ihm Geschichten. Manchmal besuchte er sie zusammen mit seinen Cousins, Jack und Harry und Neil, aber normalerweise fuhr er allein zu ihr.

Denn er war der Einzige in der Familie, der sich wirklich für ihre Geschichten interessierte. Die Geschichten waren toll: Sie lenkten ihn von dem Unglück zu Hause ab. Und es waren so viele. Geschichten über den Walla Brook, den Fluss der Fremden; die Voogas, die kleinen Höhlen, in denen die Bergarbeiter bei Lydford Unterschlupf gefunden hatten und in denen Kobolde lebten; Geschichten über den Amicombe Hill, die Teufelskuppel, in kalten Winternächten. Es hieß, dass man in solchen stillen Nächten, wenn die tiefen Moorwassergruben den sich wölbenden Mond spiegelten, den Teufel und seine Hexen heulen hörte. Es hieß auch, dass der Teufel einmal auf dem Weg nach Widecombe im »Tavistock Inn« eingekehrt war und mit Scheinen bezahlt hatte, die sich am nächsten Tag in welke Blätter verwandelt hatten.

Und so ging es immer weiter. Jeden Abend eine andere Geschichte. Geschichten über Flüche, über Ertrinkende und Sümpfe, Geschichten über den Dart, der immer neue Opfer forderte: *Brichst jedes Jahr ein Herz, o Dart, Dart.* Und danach kamen die endlos vielen Wintergeschichten über vermeintliche Geister: Geistergestalten auf den Straßen, Geisterhände, Geistersoldaten, Geisterbäume, Geister vom Sheepstor bis Lustleigh. Und wenn sie ihre Geschichten erzählt hatte, lachte Molly schallend und kochte noch einen Tee, und Adam lachte auch und fühlte sich geborgen, denn das alles gab es ja gar nicht. Das waren nur Märchen, das wusste jeder: Es gab keine Hexen unterhalb des Vixen Tor. Jedenfalls nicht mehr.

Er hatte gelacht und von dem Früchtekuchen gegessen, den seine Oma gebacken hatte, und sich bei ihr sicher und wohl gefühlt, so, wie er sich auf dem Hof von Onkel Eddie sicher und wohl fühlte und niemals bei sich zu Hause, wo seine Mutter, immer eine Flasche in Reichweite, still vor sich hin weinte oder auf dem Sofa eingeschlafen war und auf ein Kissen sabberte, während sein Vater ständig weg war und seine große Schwester gar nicht mehr auftauchte, denn die war nach Bristol gegangen, wo sie Arbeit gefunden hatte.

Und zehn Jahre später hatte er Mollys Geschichten Kath' Mutter erzählt, die gar nicht genug kriegen konnte von dem Zeug. Nur hatte Penny Kinnersley bei diesen Gelegenheiten im Pub von Chagford nicht gelacht. Stattdessen hatte sie mehr von dem teuren Wein bestellt und sich die Dartmoor-Erzählungen mit ernster Miene angehört, als lerne sie daraus bedeutende Dinge. Penny Kinnersley, die gern Karten legte und zum Mond betete. Penny Kinnersley, die gewollt hatte, dass ihre Asche am Grab von Kitty Jay verstreut wurde. Penny Kinnersley, die sich mit Hexensteinen ausgekannt hatte. Und mit dem Vixen Tor.

Adam bremste scharf und hielt. Die letzte Aufgabe für diesen Tag: Bargeld fürs Feuerholz abgeben. Auf dem Dartmoor wollten alle Bares sehen.

Er drehte sich zu seiner Kleinen um, die angeschnallt auf der Rückbank saß. Sie hatte den Hexenstein abgelegt, ihn in eine Reihe aus Filz- und Bleistiften und Radiergummis eingefügt. Natürlich: ein Muster. Sie machte aus allem Muster. Aber dieser Stein … Das war neu. Wo hatte sie den her?

»Ich muss eben mal in das Haus da. Geht ganz schnell. Willst du mit?«

Lyla schüttelte den Kopf und schob den Hexenstein etwas nach links, um dem Muster den letzten Schliff zu geben.

Adam öffnete die Tür. Draußen war es bitterkalt. Im Laufschritt näherte er sich der Tür und klingelte, aber das einsam stehende Haus der Pritchards schien verlassen. Also steckte er den Umschlag mit dem Geld in den Briefkasten. Geld, das er verdient hatte. Als ihm Kath' jüngste Anschuldigung einfiel, stieg erneut Groll in ihm hoch. *Du stalkst mich.* Was erwartete sie denn? Was sollte er machen? Nicht auf sie achtgeben? Nicht aufpassen?

Ja, es war so: Er blieb dran, achtete auf sie, beobachtete. Er machte seinen Job, tat, was auf dem Hof getan werden musste. Auf dem Moor. Er tötete das sterbende Schaf.

Verarbeitete, was übrig blieb. Beschützte Kath vor sich selbst. Rettete die Familie. Brachte sie durch die schlechte Zeit. Denn er war ein guter Ehemann und Vater. Und manchmal musste ein guter Mann hässliche Dinge tun.

Und manchmal musste ein Mann schweigen über das, was er tat, auch wenn er wusste, dass es falsch verstanden werden konnte.

Trotzdem wogte der Groll in ihm. Schmelzwasser nach einem Moorlandwinter. Und er konnte nichts dagegen tun. War es *jetzt* an der Zeit, Kath zu erzählen, was sie, noch leicht umnebelt, gesagt hatte, als er zu ihr ins Krankenhaus gekommen war? Danach war sie gleich wieder eingeschlafen, und offenbar hatte sie keine Erinnerung daran.

Er hatte es nicht vergessen.

Es tut mir so leid, Adam, der Sex, ich wollte das nicht. Es waren die Augen. Sie haben mich so an etwas erinnert. Es ist meine Schuld.

Aber so eifersüchtig er auch war, er konnte es ihr nicht erzählen. Denn dann brach sie vielleicht endgültig zusammen. Und Lyla brauchte ihre Mutter mehr denn je; jedenfalls benahm sie sich seltsamer denn je. Mit wem hatte Kath Sex gehabt? Und warum war sie danach ins Wasser gefahren? Gab es da überhaupt einen Zusammenhang? Er dachte an das alte Auto. Ständig hatte er alles überprüft, die Karre war kaum noch mehr gewesen als ein Wrack. Aber in jener Woche war er nicht da gewesen.

Der Türgriff war eisig.

»Alles klar, Lyli?«

Seine Tochter nahm kaum Notiz von ihm. Sie starrte auf den Hexenstein.

Adam atmete tief durch, ließ den Motor an und fuhr weiter über schmale Kopfsteinpflasterstraßen, kam an dem Schild mit der Aufschrift *Mehr fürs Moor* vorbei, bretterte über ratternde Weideroste – ein Geräusch, bei dem Lyla sich die Ohren zuhielt. Immer weiter fuhr er, fraß Kurven, schaute in den Rückspiegel. Lyla starrte nach draußen in das leere Nichts, das sich bis nach Blackdown erstreckte.

Als er ihrem Blick folgte, merkte er, dass sie nicht einfach vor sich hin starrte, sondern ein Moorlandpony beobachtete, das ein paar Hundert Meter entfernt über das graue Gras jagte. Er bremste und tat es ihr gleich. Er mochte die Ponys genauso wie sie. Diese Geschöpfe waren schon so lange hier, wahrscheinlich länger als die Menschen. Und sie lebten nach ihrem eigenen Gesetz. Manchmal tauchten Hunderte Dartmoor-Ponys auf einmal auf wie aus dem Nichts; er hatte das schon ein paarmal gesehen. Es war ein großartiger Anblick: eine gewaltige Herde, die vor etwas Unsichtbarem davonzugaloppieren schien, als hätten die Tiere auf dem Moor einen

Geist gesehen, etwas Urzeitliches, längst Vergangenes, von dem allein sie noch wussten.

Beim Anblick des Ponys kam ihm eine ungute Erinnerung. Er schauderte. Das war die einzige Aufgabe, die ihm zu hart gewesen war. Ponys töten.

Es musste fünfzehn Jahre oder noch länger her sein, sie waren noch keine zwanzig gewesen. Adam, sein Onkel und seine Cousins – Neil, Alec, Jack, wer auch immer gerade konnte – waren angeheuert worden, um Moorlandponys zu erschießen. Weil die von Natural England es so wollten. Die Halbblüter sollten getötet werden, damit die echten Dartmoor-Ponys erhalten blieben und die Wiesen nicht übermäßig abgegrast wurden. Es war ein schrecklicher Job gewesen, den niemand haben wollte, aber die Redways hatten das Geld gebraucht. Und mit blutigen Arbeiten dieser Art hatten sie Erfahrung.

Jack war regelrecht scharf darauf gewesen; der brauchte immer Geld.

So hatten sein Onkel, seine Cousins und er eine ganze Woche draußen beim Kes Tor zugebracht oder bei der Bronzezeitsiedlung Grimspound oder den alten Schienensträngen bei den Steinbrüchen südlich von Princetown; querfeldein waren sie gefahren und den Ponyherden gefolgt, hatten verängstigte Tiere eingekesselt, Stuten und Hengste in dunkle Steinbrüche getrieben, felsige Sackgassen. Und dann waren der Onkel, die Cousins und er mit ihren Bolzenschussgeräten ausgestiegen, um die dreckige Arbeit zu erledigen.

Es gab eine erprobte Methode. Grausam und hinterhältig.

Erst lockte man die Tiere mit einem Pfefferminzbonbon auf der flachen Hand, und irgendwann fasste ein Pony Zutrauen, kam näher, außer Sichtweite der Herde, und senkte den Kopf, um die Süßigkeit von der Hand zu fressen. In dem Moment platzierte man den Lauf auf der weichen Stirn, sechs, sieben Zentimeter oberhalb der Augen, unter der schönen Mähne. Das war die Schwachstelle. Der wunde Punkt. Bum.

Sie hatten ihre ältesten Klamotten getragen, denn am Ende waren sie über und über mit Blut und Hirnmasse bespritzt gewesen.

Manchmal hatten sie auf diese Weise auch ein Fohlen töten müssen, und wenn dann die Stute dazukam, das Fohlen auf schlammigen Boden und Gras sinken sah und ihr verzweifeltes Mutter-Wiehern anstimmte – das war das Schlimmste gewesen: ein scheußliches Geheul. Dann hatten sie manchmal auch die Mutter töten müssen. Die Klagelaute waren einfach nicht zu ertragen gewesen.

Mit Macht riss Adam sich von der schrecklichen Erinnerung los. Das Pferd war weg. Lyla hatte sich vom Fenster abgewandt. Er fuhr weiter und warf einen Blick in den Rückspiegel.

»Ich möchte dich etwas fragen, Lyla.«

Sie verzog das Gesicht, sagte aber nichts.

»Warum bist du manchmal so … na ja, komisch zu mir?«

Sie schüttelte den Kopf. »Binichnich.«

»Doch«, erwiderte er, »bist du. Seit Weihnachten. Seit Mamis … Unfall. Du bist irgendwie anders. Mir gegenüber. Genau wie Mami.«

Als er in den nächsten Gang schaltete, sagte sie: »Bin ich nicht.«

»Doch. Bist du.«

»Nein.«

Sinnlos. Es war ein Gefühl, wie durch Morast zu waten. »Lyla, bitte. Ich will dir doch nur helfen. Wenn dir etwas Kummer macht, dann erzähl es uns. Erzähl's mir. Wir haben dich lieb. Wir wollen nicht, dass du Angst hast. Du kannst es uns sagen.«

Schweigend schüttelte sie den Kopf und schaute an ihm vorbei auf den Vorhang aus Winterregen, der vor ihnen niederging; den Kopf drehte sie so, dass er das Glitzern in ihren Augen nicht mehr sah. Sie wirkte jünger, als sie war. Bald wurde sie zehn, ihr zehnter *Geburtstag* stand bevor, und Kath wollte trotz seines Einspruchs eine Feier organisieren. Wer sollte denn kommen? Kath behauptete, die Eltern von zehn Kindern hätten schon mündlich zugesagt, und das hatte sie auch gleich Lyla erzählt, die sich erst gewundert und dann wie wild gefreut hatte, aber er nahm an, dass diese Eltern sich zunächst nur deshalb so entgegenkommend gezeigt hatten, weil sie mit dem seltsamen kleinen Mädchen Mitleid hatten.

Wenn es so weit war, würden die Kinder die Feier ganz von selbst ablehnen. *Mit der spielen wir nicht.* Dann würden die Absagen, die Ich-kann-*doch*-nicht-Ausreden und Entschuldigungen eintrudeln. Eine nach der anderen. Und Lyla noch mehr kränken.

Er beschloss, einen weiteren Anlauf zu wagen.

»Wie gesagt, manchmal hilft es, Sachen zu erzählen. Mehr will ich gar nicht sagen.«

»Was?«

»Sag es uns, wenn dich etwas bedrückt …«

»Nein, Papa, bitte.«

»Was?«

»*Frag* nicht immer so viel. Du willst es nicht wissen. Du willst es gar nicht wissen!«

Er verstand überhaupt nichts mehr. Was wollte er nicht wissen? Was wusste *sie?* Schon öfter hatte er sich gefragt, ob Lyla an jenem Abend etwas gesehen oder mitbekommen hatte. War sie womöglich Zeugin von Kath' Untreue geworden, dem Schlüssel zu allem? Jedenfalls schien seine Tochter mehr zu wissen, als sie zugab. Vielleicht war es ihr zu schrecklich, als dass sie darüber hätte reden können.

»Lyla …«

»Nein, Papa. Lass es!«

Fürs Erste gab er die Fragerei auf. Sie führte nicht weiter, das war klar, vielleicht machte sie sogar noch etwas kaputt. Außerdem waren sie fast zu Hause. Der Sonnenuntergang über Hexworthy bot einen wilden, herrlichen Anblick. Grelles Orange verschwamm und ging in Rot und Schwarz über. Er parkte den Land Rover, und sie gingen mit schmatzenden Schritten über den Hof. Kath' Auto war nirgends zu sehen.

Lyla rannte voraus. Sie war inzwischen sehr schnell. Er rief seinem davonstiebenden Kind nach: »Denk dran, die Uniform auszuziehen!«

Schon hatte sie die Tür aufgerissen und war ins Haus gestürmt. Sie schlossen nie ab. Im abnehmenden Winterlicht ging Adam um das Auto herum, um die Einkäufe aus dem Kofferraum zu holen. Er griff nach den Lidl-Tüten und hielt plötzlich inne: Seine Tochter in der Küche sang. Ein Lied. Lyla sang gern. Sie hatte eine schöne Stimme, nur war sie meistens zu schüchtern und achtete darauf, dass niemand zuhörte. Zum Beispiel mochte sie die Songs von Seth Lakeman, besonders: *The Streamers*, *Band of Gold* und, ihr Favorit, *The White Hare*. Das Kitty-Jay-Lied sang sie zum Glück nie. Die Melodie war zu schräg, der Text zu heftig. Viel zu heftig.

Aber das Lied jetzt kannte er nicht: Dieser Text war ganz anders.

Oder?

Um die langweilige Aufgabe möglichst schnell abhaken zu können, packte er so viele Tüten, wie er nur tragen konnte, und ging, den Blick zu Boden gerichtet, schwankend auf die Küchentür zu. Plötzlich sah er, nicht weit von der Vordertür, eine tote Ratte auf dem Boden liegen; ihr Gesicht war zu einem gespenstischen Grinsen verzerrt, so, als sei sie unter großen Schmerzen gestorben. Vergiftet, kein Zweifel. Aber wer hatte sie da abgelegt? Genau vor ihrer Tür?

Seine Kleine sang.

Und jetzt erkannte er das Lied. Und auf einmal war die Kälte draußen auch in ihm, kroch ihm Finger und Arme hinauf und wollte zu seinem Herzen, das sich zusammenzog.

Inmitten der Nacht ein blaues Flämmchen erwacht,
Ich bitt dich und fleh, geh weiter, ach, geh

Eine völlig irrationale Angst ergriff Adam. Zum ersten Mal überhaupt fürchtete er sich vor etwas, das er nicht mit dem Verstand erfassen konnte; es war, als erzähle seine Oma ihm eine ihrer albernen Schauergeschichten und er glaube ihr jedes Wort. Erst der Hexenstein und nun das.

Lyla sang es noch einmal:

Inmitten der Nacht ein blaues Flämmchen erwacht,
Ich bitt dich und fleh, geh weiter, ach, geh

Sein Herz klopfte so wild, dass es wehtat. Denn er kannte dieses alte Lied von Molly; ein- oder zweimal hatte sie es gesungen. Eine alte Dartmoor-Weise. Und er hatte sie total vergessen, ebenso wie die Tatsache, dass seine Oma sie gesungen hatte. Niemand sonst hätte sie noch gewusst, da war er sicher. Molly hatte ihm die Legende von den Leichenkerzen mit der blauen Flamme erzählt, das fiel ihm jetzt wieder ein: die Geschichte von dem schwebenden blauen Licht, das nachts am Fenster erschien und einen Tod ankündigte. Das hatten die Leute nur gesungen, wenn sie glaubten, dass jemand sterben würde. Seine Oma hatte ihm das Lied vom blauen Flämmchen inmitten der Nacht vorgesungen, als er sieben oder acht gewesen war. Seitdem hatte er es nie wieder gehört. Und nur ein paar Wochen nachdem Molly das Lied gesungen hatte, war seine Mutter gestorben. An einem Krebs, der von einem Tag auf den anderen festgestellt worden war, einem von der Sorte, die Leute binnen Wochen auszehrte und fraß, so, als wären sie nie da gewesen. Wie eine Flamme von zwei Fingern gelöscht wurde. Und ein paar Jahre später war sein Vater mit einer neuen Frau, mit der er sich wahrscheinlich ohnehin schon lange getroffen hatte, nach Exeter gezogen, und Adam war zu seiner Freude bei Onkel Eddie untergekommen.

Im Lauf der Jahre hatte er das seltsame alte Lied – und wie seine Oma es gesungen hatte – vergessen, aber jetzt fiel es ihm wieder ein. Jetzt sang seine neunjährige Tochter dieses Lied. Mit wehmütiger Miene stand sie in der schummrigen Küche, schaute zum Fenster, hinter dem der Wintertag langsam verging, und sang das Lied von einem Tod, der zu ihnen kam.

Inmitten der Nacht ein blaues Flämmchen erwacht,
Ich bitt dich und fleh, geh weiter, ach, geh

Adam schüttelte sich kurz, dann wandte er sich ab und machte die Küchentür zu. Dabei fiel sein Blick auf die tote Ratte, die ihn angrinste, dass die gelben Zähne blitzten.

HEXWORTHY

Dienstagnachmittag

Gedankenverloren sehe ich zu, wie die Hunde vorausstoben übers offene Moor. Wir gehen mit strammem Schritt. Emma Spalding ist dafür viel passender angezogen als ich: Jägerstiefel, grüne Barbour-Jacke, dicker Schal. Sie ist eine richtige Landfrau, groß und robust, Mitte fünfzig; selbstbewusst geht sie übers Moor, als gehöre von Ashburton bis Bridestow alles hier ihr.

Ich habe Jeans an und abgetragene Wanderstiefel, die auch noch undicht sind. Neue können wir uns nicht leisten. Aber das ist mir egal. Ich bin einfach froh, draußen zu sein. Gestern habe ich den ganzen Tag damit zugebracht, Einladungen für Lylas Geburtstagsfeier zu gestalten. Vor ein paar Tagen habe ich mündliche Einladungen ausgesprochen und viel positive Resonanz bekommen, aber ich wollte es offiziell machen. Also habe ich stundenlang am Laptop gesessen und kleine Vögel und Fische gezeichnet, etwas Lyla-Typisches, um zu zeigen, dass meine Tochter keine wunderliche kleine Einzelgängerin ist, sondern etwas ganz Besonderes, ein – wenn sie die Chance bekommt – wunderbares, lustiges, liebenswertes Mädchen. Dann habe ich die Kuverts mit den Karten zugeklebt, frankiert und nach Princetown zur Post gebracht, und als ich sie in den Briefkasten warf, habe ich ein kleines Gebet gesprochen. Letztlich habe ich fast allen aus der Schule eine Karte geschickt, über dreißig Kindern, in der Hoffnung, dass von den zwölfen, deren Eltern bereits zugesagt haben, acht oder neun auch wirklich kommen.

Ich hebe den Blick. Emma ist schon ein ganzes Stück voraus. Mit großen Schritten stakse ich über Erdwellen und Farnbüschel, um sie einzuholen. Von hier oben schaut man auf die reetgedeckten Häuser von Hexworthy, das weiß getünchte »Forrest Inn«. Weiter in der Ferne erhebt sich der Buckland Beacon mit seinen Zehn-Gebote-Steinen, Felsen, in die vor langer Zeit ein durchgeknallter Landbesitzer das Wort Gottes gemeißelt hat.

Du sollst nicht töten.

Während wir weitergehen, wandert mein Blick immer wieder zum Beacon hinüber, und mir kommt in den Sinn, dass ich als Teenager ein paar Jahre lang in die Kirche gegangen bin. Vermutlich nur, um meine Mutter zu ärgern; ein schwächlicher Akt der Rebellion. Christentum! Abrahamitische Religionen! Patriarchat! Mutter hat sich entsprechend aufgeregt; ihr wäre es wahrscheinlich lieber gewesen, ich hätte Dämonen angerufen. Oder wäre nackt um die Felsen auf dem Scorhill getanzt – wie sie und ihre Freunde aus Totnes.

Neuerdings verfolgen mich die Erinnerungen an jene Zeit, an meine Kirchgänge, daran, wie ich das Tamburin geschlagen habe; sie machen mir bewusst, dass ich eine Todsünde begangen habe. Einen versuchten Selbstmord.

Hier sei festgehalten, dass die Ordnung für das Begräbnis der Toten für jene, welche Hand an sich gelegt, keine Gültigkeit hat.

»Hallo, Kath? Alles klar?«

Ich schaue Emma an und zwinge mich zu lächeln. »Ja, ja. Ich hab mich nur gerade gefragt, wo die Hunde sind. Ach, warte, da hinten, das ist Randal!« Er ignoriert mein Rufen und rast, die Ohren angelegt, weiter. Wahrscheinlich wittert er ein Kaninchen oder einen Feldhasen. Oder er folgt der

Hundeerinnerung an einen Geruch, an etwas, das längst nicht mehr da ist.

»Die haben ihren eigenen Kopf, eure Hunde«, sagt Emma Spalding. »Außer natürlich, wenn Lyla dabei ist.« Sie lacht kernig. »Eurer Tochter gehorchen sie aufs Wort, als wär sie eine Feenkönigin.«

Mit einem Nicken schaue ich mich um. Das tue ich in letzter Zeit oft. Ich lasse den Blick über das Moor schweifen, als sei etwas hinter uns her, etwas, das schnell ist und sehr zielstrebig. Im Moment sieht es aus, als sei Regen hinter uns her: Schwarze Wolken türmen sich drohend am Himmel.

»Danke, dass du mitgekommen bist, Emma. Das Wetter ist ja nicht gerade toll.«

»Ach was«, erwidert sie. »Ich bin heilfroh, mal vom Hof wegzukommen. Den ganzen Vormittag hab ich am Telefon gehangen. Ich brauche eine Genehmigung, um ein paar Büsche und Farne abzubrennen. Du kannst dir nicht vorstellen, wie langwierig so was ist!« Sie setzt eine pseudopedantische Miene auf und ahmt die Verwaltungsangestellte nach, die sie am Telefon hatte: »In Heidelbeergebieten mit einer Fläche von über zwanzig Hektar darf das Gebüsch nur einmal in achtundsiebzig Monaten niedergebrannt werden.« Sie haut ihren Wanderstock auf einen Ginsterbusch am Wegesrand. »Die *verstehn* das nicht. Seit Tausenden von Jahren kümmern sich die normalen Leute ums Moor. Wir haben das Moor praktisch *gemacht*. Und dann kommen die vom Umweltamt und behaupten, sie wüssten es besser. Tss. Guck dir dieses viele Heidekraut an, das Zeug gehört weggebrannt!« Emma streicht die graue Strähne zurück, die der Wind ihr über die Augen geweht hat. »Entschuldige! Ich bin schon wieder am Meckern, ach … Landwirtschaft auf dem Moor ist *wirklich* ein hartes Geschäft. Aber das ist nun mal unsere Leidenschaft. Oder?«

»Ja sicher.« Ich würde ihr gern überzeugender beipflichten, aber im Stillen höre ich meine Tochter schimpfen. Lyla findet das Swaling schrecklich, manchmal weint sie sogar, wenn sie nur daran denkt. Weil dabei Tiere sterben, auch kleine Vögel; weil die Gegend nach einem Swaling noch wochenlang verkohlt ist und überall Asche herumfliegt und einen einhüllt; die Asche von toten Wesen.

»Kath?«

»Entschuldige …«

Ich bin doppelt abgelenkt. Selbst während ich an Lyla denke, suche ich die Wiesen nach Hinweisen auf unsere ausgelassenen, aber auch mordlustigen Hunde ab. Ich höre sie bellen, sehe sie aber nirgends. Auf dem Dartmoor kann die wahllose Grausamkeit der Natur jederzeit durchbrechen, auch während eines ganz normalen Nachmittagsspaziergangs.

»Du wolltest mich etwas fragen«, sagt Emma gerade, als ein Hund – Randal – kurz in Sichtweite kommt und sofort fröhlich bellend wieder davonjagt.

»Ja.« Ich gebe mir einen Ruck, nehme allen Mut zusammen. Es muss ein. Das Wasser muss zurückgehen. Tors und Hügel müssen wieder auftauchen. Ich glaube, es tut sich was, aber ich brauche noch Hilfe, brauche weitere Fakten. »Es geht um den Tag, als …« Auch wenn es schwerfällt, ich schlucke Scham und Verlegenheit herunter. »Den Tag, an dem ich das gemacht habe.«

Emmas Miene bleibt unbefangen. »Um ganz ehrlich zu sein: Darauf warte ich schon lange, Kath.«

»Okay. Kannst du mir erzählen, wie ich war, als ich zu euch rüberkam?«

»Wann?«

Ich bleibe stehen und starre sie an. Perplex. »Entschuldige – was? Was meinst du mit ›wann‹?«

»Du warst an dem Tag zweimal da.«

Als sie meine Verblüffung sieht, reißt sie die Augen auf.

»Weißt du das denn nicht mehr?«

Ich bin fassungslos. Noch etwas, das in den uferlosen Küchenschränken meiner Mutter untergegangen ist. Noch ein Glas Manuka-Honig, von dem ich nicht mehr wusste, dass ich es besitze. »Nein, ich erinnere mich nicht. O Gott, das macht mich fertig. Erzähl's mir, bitte, unbedingt: Ich versuche ja gerade, alles wieder zusammenzukriegen.«

»Also gut. Wollen wir uns vielleicht hier mal hinsetzen? Im Windschatten? Deine beiden Wildfänge kommen noch früh genug zurück.« Sie zeigt auf einen Vorsprung im Granit des kleinen Tors zu unserer Linken. Und als wir uns auf dem kalten, feuchten Stein eingerichtet haben, höre ich ihr zu. Sehr genau.

»Lyla ist gegen Mittag rübergekommen«, erklärt sie, »allein mit Felix und Randal. Davor hattest du angerufen und gefragt, ob das in Ordnung ist. Du hast gesagt, du müsstest noch was besorgen oder so. In Tavistock? Egal, Lyla wollte jedenfalls nicht mit.«

Ich nicke. Klar. Lyla mag weder Städte noch viele Menschen auf einem Haufen. Früher hat sie häufiger vor dem Einkaufen einen lautlosen Anfall hingelegt, hat sich in ihrer Hütte versteckt. Sich gekrümmt wie ein Fötus und sich schlicht geweigert. Manchmal mussten wir sie nehmen und mehr oder weniger mit Gewalt ins Auto verfrachten.

»Also …« Ich will diese neue Information unbedingt mit den anderen verknüpfen, weiß aber noch nicht, wie das passen soll. »… wie lange war Lyla beim ersten Mal da?«

»Ein paar Stunden. Vier vielleicht? Wir haben bei den Pferden ausgemistet. Es war nett. George und ich waren ja über Weihnachten weg; wir waren gerade erst einen Tag wieder da, und sie hatte uns gefehlt!«

»Und als ich mit meinen Besorgungen fertig war, bin ich gekommen und habe sie geholt?«

»Ja.«

»Ich versteh das nicht.«

Geduldig wiederholt Emma: »Du hast Lyla an dem Tag zweimal bei uns gelassen, Kath. Einmal nachmittags und dann noch mal später, am Abend.«

Kopfschüttelnd spähe ich über die Ginsterbüsche hinweg. Vermutlich hat irgendwo unten Richtung Scorriton schon ein Bauer gezündelt. Jedenfalls steigen dort über einer langen, dünnen Linie orangefarbener Flammen weiße Rauchwolken in den Himmel. Ich stelle mir Lyla vor, wie sie dorthin starrt, stelle mir vor, wie sie an die vielen kleinen Moorlandtiere denkt, die Feldmäuse, die bei lebendigem Leib verbrennen; die Vögel, die sich in den Dornen verfangen.

Meine Verwirrung ist tief wie ein Minenschacht. Wenn ich Lyla bereits einmal bei den Spaldings gelassen habe – warum um alles in der Welt hätte ich das am selben Tag noch mal tun sollen? Warum Emma das zumuten? Die Spaldings meinen es so gut mit uns. Als Adam krank war, haben sie uns die Hälfte der Miete erlassen. Auf keinen Fall will ich ihnen zu viel aufhalsen. Ich drehe mich zu Emma um.

»Also habe ich Lyla am Abend noch mal gebracht? Was für einen Eindruck habe ich da auf dich gemacht?«

Eine seltsame Pause tritt ein. Meine Freundin schweigt. Ich nicht.

»Bitte, Emma, ich muss das wissen! Ich habe diesen Versuch unternommen. Diese schreckliche Sache. Und ich kann mich überhaupt nicht erinnern, warum. Was es auch ist – noch schlimmer kann es doch gar nicht werden.«

Leise antwortet sie: »Du warst den ganzen Tag irgendwie, hm, seltsam. *Abwesend?* Trifft es das?«

»Weiß ich nicht. Was meinst du genau?«

Rastlos wirbelt der Wind die Farne auf. Ungeduldig, als rechne er mit etwas Schlimmem. Emma lächelt vage. Verbindlich.

»Du warst aufgeregt, Kath. Ich wusste, dass du seit Weihnachten mit Lyla allein gewesen warst. Wir wussten, dass Adam weg war, und irgendwie habe ich es darauf zurückgeführt. Du warst einsam, abgeschnitten von allem. Es hatte nach dem zweiten Weihnachtstag so viel geregnet – wir haben auf der Rückfahrt einige Wiesen gesehen, die unter Wasser standen. Der Raybarrow Pool sah aus wie der Bristolkanal.«

»Aber mit Regen habe ich kein Problem. Ich bin oft mit Lyla allein. Wir sind gern allein in Huckerby. Ich verstehe nicht, warum mich das so hätte mitnehmen sollen.«

Die grauweißen Schwaden über dem Swaling versperren die Sicht. Ich kann nichts erkennen. Gar nichts.

»Da muss noch irgendwas anderes sein, Emma. Was habe ich gesagt, wie habe ich ausgesehen? Gib mir einen Anhaltspunkt, irgendwas!«

»Also gut, Kath. Meine Liebe.« Mütterlich legt sie mir eine Hand auf die Schulter. »Du warst aufgeregt, aber auch eine Spur … na ja … *freudig* erregt.«

Es wird immer verwirrender. Ich öffne den Mund, bringe aber nichts heraus. Schweigen macht sich zwischen uns breit, bis Emma sich schließlich genötigt fühlt fortzufahren.

»Was ich sagen will: Du warst irgendwie aufgekratzt, wie ein junges Mädchen, besonders das erste Mal, als du rüberkamst, um Lyla zu holen. Ich nehme an, du hattest etwas getrunken; du hattest noch Weinspuren auf den Lippen.« Sie zuckt verlegen die Achseln. »Du warst nicht betrunken. Eher, na ja, wie gesagt. Aufgekratzt.«

Was soll das heißen? Verzweifelt hake ich nach: »Und das zweite Mal? Als ich Lyla wieder zu euch gebracht habe? Wie war ich da?«

»Du warst schicker.«

»Ich hatte mich umgezogen?«

»Ja, du hattest ein neues T-Shirt an, schicke Schuhe, neue Jeans.«

»Was?«

»Hör zu, Kath, das geht mich überhaupt nichts an. Du bist meine Freundin. Ich verurteile niemanden, schon gar nicht Adam oder dich. Jede Ehe ist anders, jede Ehe ist auf ihre Weise kompliziert. George und ich hatten weiß Gott auch unsere Probleme.« Sie erhebt sich. »Wir sollten jetzt gehen. Da kommen auch die Hunde, gerade richtig.«

Felix und Randal springen uns mit begeistert wehenden Ohren entgegen.

Für mich ist noch vieles unklar. Auf dem Weg zurück nach Huckerby hake ich nach.

»Du wolltest eigentlich noch etwas sagen, Emma.«

Sie schweigt.

»Bitte, Emma. Ich drehe noch durch. Ich muss wissen, was an dem Abend los war. Egal, wie unangenehm es ist – es nicht zu wissen ist noch viel schlimmer.«

Seufzend schlägt sie ein paarmal mit ihrem Stock auf welke Farnbüschel ein, als wolle sie sie umbringen. »Ich muss zurück«, sagt sie. »Die Pferde füttern sich schließlich nicht von allein.«

Ein freudiges Hecheln zu meiner Linken lenkt mich ab. Ich drehe mich um. Felix. An seinen Zähnen klebt Blut. Randal und er müssen ein Kaninchen erwischt haben; wahrscheinlich haben sie einen Lauf gefressen oder ein Auge und es dann verbluten lassen. Oder sie haben es gleich getötet. Alles blutet aus, mir bleibt kaum noch Zeit.

Adam gefällt es, dass die Hunde jagen. Ihm gefällt, dass sie töten.

Adam, Adam, Adam. Ist er der Mann auf dem Moor, oder

hat da jemand anders gestanden, der mich sehen wollte? Und was hat er mit mir gemacht?

Ich weiß es nicht. Und bald muss ich die Geburtstagsfeier für meine Tochter bewältigen. Gehe ich unter in Angst und Verwirrung wie in schwarzem Wasser? Ich fühle mich von allen Seiten beobachtet: von den Hunden, den Vögeln. Nein, sie gucken nicht, natürlich nicht. Ich muss mich zusammenreißen, die Luft anhalten, mich aus dem Auto, das in die Schwärze sinkt, befreien.

Noch einmal laufe ich ein paar Schritte, um Emma einzuholen, und ich greife ihre Hand.

»Bitte, Emma, bitte! Erzähl mir alles. Ich muss es wissen. Oder ich drehe durch.«

Sie stößt einen gewaltigen Seufzer aus, nickt aber. »Also gut. Okay. Aber nimm das bitte nicht zu schwer, es ist nur eine Erinnerung. Wie gesagt: Du hast dich ein bisschen seltsam benommen, irgendwie aufgedreht, du hast so vor dich hin geredet – ganz sicher war ich nicht, aber irgendwas hast du gemurmelt.«

»Was habe ich gemurmelt?«

»Ein bisschen fahrig warst du. Hast gesagt, du hättest mit Adam gesprochen oder müsstest ihn sehen oder so. Irgendwas war vorgefallen.«

»Was denn?«

»Das weiß ich nicht. Aber du hast gesagt, du würdest dich mit jemandem treffen. Und du hast das ›Two Bridges‹ erwähnt. Das Hotel.«

Der Wind flaut ab. Genau im richtigen Moment.

Ich schaue sie an. »Mit wem wollte ich mich treffen?«

Emma kann mir kaum in die Augen sehen. Ihr Blick geht über meine Schulter in Richtung Küste, als sie schließlich sagt: »Mit deinem Bruder. Du hast gesagt, du würdest dich mit deinem Bruder treffen.«

Meine Gedanken sind ein Strudel; der Wind wirbelt tote Farnwedel auf.

»Mit meinem *Bruder?* Aber der war in London! Und Adam war weg. Dan. Mein Bruder?«

Emma geht weiter. Ich stehe da wie angewurzelt. Überlege.

Daniel Kinnersley. Mein Bruder. Der Adam nicht leiden kann. Der das Haus geerbt hat. Der Liebling meiner Mutter. Mein gut aussehender, reicher und großzügiger Bruder, den ich, ob ich will oder nicht, manchmal beneide.

Warum hätte ich mich mit ihm treffen sollen?

Nichts passt zusammen, und doch liegen die Puzzleteile alle vor mir. Entweder ist hier ein anderer Mann im Spiel, oder es gibt an meinem Bruder oder meinem Mann eine Seite, von der ich keine Ahnung hatte. Derer ich sie nie verdächtigt habe.

Und jetzt fange ich an, Verdacht zu schöpfen. Gegen beide.

SALCOMBE

Dienstagabend

Tessa sah zu, wie ihr Mann Wein nachschenkte. Daniel Kinnersley sah, wie sie ihm zusah.

»Das ist ein Imperial Reserva. Den lasse ich nicht umkommen.« Er drehte die Flasche auf dem Tisch so, dass sie das Etikett sah. »Hier! Compañía Vinícola del Norte de España – zweitausendvier! Solchen Stoff servieren sie im *Himmel*.«

»Ich nehm dich beim Wort«, sagte sie und nippte lächelnd an ihrem Weißwein. Aus Rotwein machte sie sich nichts, aber Dans Begeisterung gefiel ihr. Sie mochte seine Energie, seinen Drive, seinen Ehrgeiz, seine Lust auf die Welt und auf sie. Mit Daniel Kinnersley zusammen zu sein war aufregend und sexy. Es gab mehr als genug sexfreie Ehen; ihr war wohl bewusst, dass sie es gut hatte.

»So«, sagte er, »ich räume eben ab. Du hast stundenlang in der Küche gestanden, um ein leckeres Essen zu machen, da ist es nur fair, wenn ich mir die drei Minuten nehme, die Spülmaschine einzuräumen.«

Er griff sich die Dessertteller mit den letzten Tiramisu-Schlieren und verschwand pfeifend damit in Richtung Küche.

Im Großen und Ganzen zufrieden, lehnte Tessa sich zurück.

Da ihr Flug am nächsten Morgen zeitig ging, hatten sie die Jungs früh ins Bett geschickt und die Gelegenheit genutzt, um sich ein tolles Abendessen mit Kerzenschein und Silberbesteck und gutem Wein und Schwertfischsteaks in Kapernsoße zu gönnen. Es war ein neues Rezept gewesen, und sie hatte das Ergebnis durchaus überzeugend gefunden.

Es lebte sich ziemlich gut auf dieser Welt. Das ganze große Haus glänzte. Hinter den Esszimmerfenstern sprenkelten die vielen Lichter der Marina die schwarze Winternacht. Die Koffer waren gepackt. Auf den Kanaren wartete die Sonne und auf dem Rückweg das Wochenende im Disneyland Paris. Die Maschine ging am nächsten Morgen um zehn, was bedeutete, dass sie um sechs losfahren mussten, aber das war es wert. Sonne im Winter!

Der einzige Wermutstropfen war, dass Kath ihr nicht aus dem Kopf ging. In ihrem gemieteten Haus in der Einöde da oben auf dem Moor. *Kath*. Die jetzt eine Geburtstagsfeier für ihr einsames kleines Mädchen ausrichten musste. Außerdem nagte nach wie vor diese Lüge an ihr: dass Dan behauptet hatte, er sei mit dem Auto aus London gekommen, wo sie doch wusste, dass er mit der Bahn gefahren war.

Gelöst pfeifend kehrte er ins Esszimmer zurück, setzte sich an den schimmernden Mahagonitisch und kippte genüsslich den letzten Schluck Wein. Träge und entspannt griff er hinter sich nach einer neuen Flasche. »Ja, ja. Es ist die zweite.« Er grinste herausfordernd. Sorglos. »Wusstest du, dass Winston Churchill sechzehn Pints Whisky und einen Kübel Absinth am Tag getrunken hat und trotzdem Papst geworden ist? Nachdem er zum Mond geflogen war?«

Sie konnte nicht anders als lachen und hatte den Impuls, ihn zu küssen. Doch dann fiel Kath ihr wieder ein. Wie konnte sie es sich hier mit ihrem Mann gut gehen lassen, in diesem großen Haus, mit tollem Essen und bester Laune und der Aussicht auf einen Winterurlaub schon in ein paar Stunden, während Dans einzige Verwandte in Verwirrung und Elend unterging?

Und das arme kleine Mädchen.

Und dieser brütende, irgendwie unheimliche Mann.

»Dan.« Sie sah ihm zu, wie er mit großer Geste die zweite Flasche öffnete, am Korken schnupperte, sein Glas füllte. Es hörte sich nach Luxus an, dieses tiefe Gluckern: So klang Geld, so klang Dans Erfolg als Bauträger und Projektentwickler, so klang ihr Wohlstand, ihr Glück. Zu großes Glück vielleicht. »Meinst du, wir könnten Kath noch mehr unterstützen? Es geht ihnen wirklich nicht gut. Könnten wir nicht noch mehr für sie tun?«

Er warf ihr einen scharfen Blick zu. »Zum Beispiel?«

»Ich weiß nicht. Eine Therapie bezahlen. Irgendwas.«

»Es gibt keine Therapie, das hast du selbst gesagt.« Er seufzte. »Geht's nicht mal einen Abend ohne dieses Thema? Musst du immer wieder davon anfangen?«

»Sie ist deine Schwester, Dan! Ich mache mir Sorgen um sie. Und um Lyla. Ich versuche ihnen zu helfen: Adam hat mich darum gebeten, und du warst auch der Meinung, dass es gut ist, wenn ich es ihr beibringe.« Als Dan etwas sagen wollte, hob sie die Hand. »Wir können nicht einfach wegschauen. Irgendwann wird sie sich wieder erinnern, und das wird schrecklich sein. Was auch immer sie dazu getrieben hat, sich umbringen zu wollen – was ist, wenn es wieder hochkommt und ihr den Rest gibt? Was, wenn sie vorher schon einen Zusammenbruch hat, der noch schlimmer ist? Ich möchte wissen, warum sie es getan hat, *bevor* die Erinnerung wiederkommt und sie umhaut.«

In seinen Augen glitzerte der Alkohol, aber er war völlig klar. Und er wurde sarkastisch. »Okay, gut. Schön für dich.« Er gähnte. »Aber, mein Gott, Tessa, dieses endlose Herumstochern und Bohren, dieses Sherlock-Getue bringt doch nichts. Warum ist sie da reingefahren, wer hat wann was getan – wem nützt denn das?« Er schüttelte den Kopf. »Vielleicht sollten wir einfach akzeptieren, dass sie mal ausgerastet ist. Und sie hat Glück gehabt, sie ist am Leben. Also: nach vorn schauen.«

»Das will ich ja, Dan, ich höre mit dem«, sie malte mit zwei Fingern Anführungszeichen in die Luft, »Herumstochern auf, wenn ich alles durchforstet habe.«

»Natürlich, Liebste. Ganz wie du willst.«

Er kostete den Wein und nickte anerkennend.

Tessa, die ihm gegenübersaß, beobachtete ihn. Ein Mann, der das Leben in vollen Zügen genoss. Und warum auch nicht, dachte sie. Das hatte er sich verdient. In jungen Jahren hatte er geackert wie ein Pferd, um die Firma aufzubauen. Sieben Tage die Woche hatte er gearbeitet, die Jungs hatte er kaum gesehen. Jetzt hatte er Handlanger, und das Geschäft forderte ihn nicht mehr so; jetzt konnte er es sich bequem machen, auch mal die Beine hochlegen und ein besserer Vater sein. An den Wochenenden mit zum Fußball gehen, richtige Urlaube machen. Am nächsten Morgen ging es auf die Kanaren, in eine Villa mit großem blauen Pool. Es ging ihnen so gut. Zu gut. Das ließ ihr keine Ruhe.

»Hast du manchmal ein schlechtes Gewissen, weil deine Mutter das Haus dir vermacht hat, Dan? Während Kath praktisch nichts bekommen hat?«

Wieder sah er sie scharf an. »Wie bitte?«

»Dieses Haus. Wir hatten damit einen so guten Start. Verglichen mit Adam und Kath. Hast du deswegen manchmal ein schlechtes Gewissen?«

Eine Weile sah er sie einfach nur an. Dann nickte er. »Ja sicher, ich habe ein schlechtes Gewissen deswegen. Natürlich. Aber man macht sich ja auch seine Gedanken. Wahrscheinlich hatte Mutter ihre Gründe.«

»Gründe?«

»Ja, ihre Gründe.«

»Zum Beispiel?«

Ihr Mann ging einfach darüber hinweg. Stattdessen hob er seinen schimmernden Wein gegen das Kerzenlicht und studierte den dunklen Rotton vor dem hellen Schein. »Ausgezeichnet«, sagte er. »Ganz ausgezeichnet. Tempranillo, Graziano. Mazuelo. Wie eine Gedichtzeile aus Prozentigem.«

Tessa unterbrach ihn. »Dan? Was soll das heißen? *Gründe?*«

»Was ich meine, ist: Wer weiß schon, warum Mutter es so entschieden hat? Sie kann alle möglichen Gründe gehabt haben. So war sie nun mal, das hat ihren besonderen Charme ausgemacht. Sie war immer ein bisschen abgedreht. Vielleicht hat sie wirklich gedacht, diese Aktien und Gemälde und komischen Antiquitäten wären genauso viel wert wie das Haus, wer weiß das schon? Und zum Schluss war sie völlig durch den Wind, es war eine Katastrophe, ehrlich. Da hat sie auf Goa gelebt und sich orange angemalt. Ist langsam am Krebs zugrunde gegangen und hat nur noch vom Teufel geredet.«

Kopfschüttelnd stellte er sein Glas ab. »Im Übrigen, Liebste: Ich versuche ja, ihnen Geld zu geben; ich versuche zu helfen, aber Adam ist zu stolz. Er nimmt einfach nichts an. Und dafür hat er meinen Respekt, und ich werde ihm nicht zu nahe treten. So gesehen – was könnte ich denn noch tun?«

Kath nickte nachdenklich. Er hatte recht. Was konnten sie noch mehr tun? Als Adam krank gewesen war, hatten sie Kath stillschweigend Geld zugesteckt, aber mehr war auch nicht möglich gewesen. Kath hatte sich dagegen gesträubt. Und wenn ihm der Verdacht käme, dass sie finanziell unterstützt wurden, würde Adam sich furchtbar aufregen. Das würde die Kluft zwischen Dan und ihm nur noch mehr vergrößern.

Sie trank einen Schluck Sauvignon Blanc. Dachte an Dans Mutter, seine Familie. Und wieder an Kath.

Dan streckte eine Hand über den Tisch und griff nach ihrer. »He, Süße, ich weiß, dass du dir Sorgen machst, aber Kath ist zäh, sie hat viel mehr Kraft, als du denkst. Ehrlich. Die erholt sich schon wieder.«

»Das *ist* es ja gerade. Sie ist zäh, sie hat Kraft, und sie ist klug. *Ich versteh's nicht.* Warum hat sie das gemacht? Dieses Schreckliche?«

Er verzog leicht genervt das Gesicht, doch seine Finger blieben mit ihren verhakelt. »Vielleicht ist ihr über Weihnachten einfach alles zu viel geworden. Ich meine, wer könnte ihr's verübeln? Das Scheißwetter da oben, die endlosen Winter. Ich würde mir schon im November 'nen Strick nehmen.« Er drückte ihre Hand. »Können wir jetzt bitte damit aufhören? Es wird allmählich anstrengend. Sollen wir Schluss machen? Ins Bett gehen?«

»Es ist erst zehn!«

»Oder hättest du's lieber in der Küche?«

Wieder musste sie lachen. Und es törnte sie an. Sie grinste. »Lass mich noch meinen Wein trinken, alter Verführer.«

»Du hast zehn Minuten.«

Sie war leicht benebelt. Der Wein und der Gedanke an Sex ließen ihre Grübelei verschwimmen. Sie hatte das vage Gefühl, als hätte sie noch etwas fragen wollen. Warum er, was die Fahrt zu Kath ins Krankenhaus betraf, gelogen hatte. Wo er doch mit dem Zug gefahren war. Genau. Diese Lüge. Warum hatte er da gelogen? Aber mit dem Denken war es jetzt so eine Sache, und sie war in Stimmung. Es war nicht so wichtig. Diese Frage konnte warten.

Und auch wieder nicht.

»Eins noch, Dan. Eins wollte ich dich noch fragen.«

»Mhm?«

»Es geht um den Tag, an dem sie Kath, du weißt schon, gefunden haben und du schnell zu ihr gefahren bist, ins Krankenhaus.«

»Mhm.« Er drückte den Korken in die Flasche.

»Na ja, du hast gesagt, du wärst gerast wie ein Verrückter, aber ich versteh's nicht ganz.«

Hätte sie bloß dieses dritte Glas nicht getrunken! Aber da sie nun einmal mit dem Thema angefangen hatte, musste sie es auch zu Ende bringen. »Weil du nämlich … an dem Tag nach Weihnachten gar nicht mit dem Auto gefahren bist. Du bist mit dem Zug gefahren. Weißt du noch? Wir haben darüber gesprochen. Du wolltest dir die M5 ersparen. Das Auto stand hier. Wie konntest du also rasen?«

Dan, der mit dem Rücken zu ihr stand, kontrollierte, ob der Korken richtig in der Flasche saß. Langsam stellte er die Flasche ins Regal. Dann drehte er sich um. Lächelte. »Ich bin mit Alex Delaney gefahren. Das ist einer von den Entwicklern in Truro. Der hat so einen super Aston Martin. Und er hat mich ans Steuer gelassen!« Dan lachte. »Er ist sowieso runtergefahren, und ich dachte, das geht schneller als mit dem Zug. Erinnere mich dran, dass ich mir einen Aston Martin kaufe, wenn ich achtundfünfzig bin. Fast noch besser als Sex. Fast, Süße.«

Log er? Schon wieder? Wahrscheinlich. Sie wusste es nicht. Vielleicht wollte sie es auch nicht wissen. Vielleicht sollte sie es gut sein lassen. Er hatte ja recht. Noch ein paar Stunden, dann flogen sie in den Urlaub. Sonne und Cocktails und die Jungs glücklich im Pool.

Er zog sie an sich, und seine Lippen trafen auf ihre. Beim zweiten Kuss schmolzen ihre Zweifel dahin. Ihr Telefon klingelte. Es lag auf dem Tisch und drehte sich um sich selbst. Von Weitem las sie KATH auf dem Display. Vielleicht war es einfach an der Zeit, Kath zu vergessen. Wenigstens für ein, zwei Wochen. Sie würde sie anrufen, wenn sie zurückkamen.

Ja. Es wurde Zeit, dass sie sich ihren Söhnen widmete. Ihrem Mann. Seinen Küssen. Denn er wusste, wie er sie küssen musste. Dan Kinnersley wusste immer, wie er sie küssen musste. Sie war eine glückliche Frau. Sie hatte alles. Warum wollte sie es zerstören?

Jedenfalls wollte sie nicht, dass er mit dem Küssen aufhörte. Er brachte sie in die Küche, trug sie beinahe. Auch als er sie – geschickt – auszog, hörte er nicht auf, sie zu küssen. Und dann drängte er sie gegen den Kühlschrank. Hob sie auf den Marmortresen. Derber als sonst. Viel derber.

Als wollte er, dass sie alles, worüber sie gesprochen hatten, vergaß.

HOTEL »TWO BRIDGES«

Samstagvormittag

Ich sitze vor dem Hotel im Auto, lese Mails und sehe meine letzten Hoffnungen dahinschwinden.

> Liebe Kath, ich fürchte, wir müssen absagen. Daisy geht es heute überhaupt nicht gut, daher …

> Hey, K., Sorry, dass es so spät kommt!!! Nancys Schwester hat heute Ballett und …

> Nancy will mit, und außerdem ist da noch eine andere …

Und eine so förmlich, dass es schon komisch ist:

> Liebe Mrs Redway, ich bedaure, Ihnen mitteilen zu müssen, dass Gabriella entgegen unserer ursprünglichen Hoffnung die freundliche Einladung zum Geburtstag Ihrer Tochter nicht annehmen kann …

Die letzte lese ich gar nicht mehr. Der Betreff reicht mir: Tut mir sehr leid …

Stattdessen klappe ich das Handy traurig zu und starre hinüber zum Hotel, zu der kleinen Steinplattenbrücke und der neueren, georgianischen. »Zwei Brücken« mitten auf dem Moor. Diese windschiefe, dreihundert Jahre alte ehemalige Poststation inmitten von rauem Moorland – am Ufer des Dart an die Hauptstraße durch die karge Wildnis gebaut – war einst der Mittelpunkt des geschäftigen Treibens auf dem Moor: Im

Hof standen dicht gedrängt die Postkutschen, die Bauern saßen zu Pferd, und die unerschrocken reisenden Frauen in ihren pfirsichfarbenen und lila Seidenschuhen ließen sich von Trägern in Weste und Nagelschuhen aus ihrem Einspänner helfen. Jetzt sind statt ihrer Busreisegesellschaften und Wanderer hier, Vogelfreunde und Outdoorsportler, und das alte Gasthaus mit seinen ausgestopften Fasanen hinter Glas, den alten Pendeluhren aus Widecombe und den Glasgravuren, die Queen Victoria zeigen, eignet sich bestens für Kindergeburtstagsfeiern … nur dass das heute keine Feier wird.

Ich zähle zusammen, wie viele Absagen wir bekommen haben, wie viele Rückzieher und wie viele Zusagen. Vor ein paar Tagen waren wir schon nur noch bei sechs Zusagen, das war okay, nicht umwerfend, überhaupt nicht, aber auch nicht peinlich. Aber mit diesen letzten Doch-Absagen und späten Überhaupt-Absagen (Haben die sich alle getroffen und darüber geredet, was für eine komische, traurige Feier das werden könnte; haben sie sich verabredet, nicht zum Geburtstag von der Verrückten zu gehen?) bleiben gerade mal noch zwei Kinder, die zugesagt haben. Genau, wie Adam es hat kommen sehen.

Und wenn gar niemand kommt? Das wäre eine furchtbare, nie zu verwindende Kränkung. Und es ist zu spät, um alles abzublasen. Ich habe für die sechs Kinder Tischkärtchen gebastelt und kleine Tüten mit Mitgebseln vorbereitet. Dann kriegen drei Kinder eben jeweils zwei.

Wenn die beiden denn auftauchen.

Ich reiße mich gewaltig am Riemen, greife mir den Geburtstagskuchen, den ich gestern gebacken habe – auf dem zwischen lauter Zuckervögelchen und -hasen in rosa Glitzerschrift steht: *OMG, du bist ZEHN!*, und den zu machen mich mindestens drei Stunden gekostet hat –, steige aus und betrete das Hotel.

Mein Blick wandert nach links, und ich zucke zusammen. Eine ganze Ecke des Gastraums ist für uns reserviert. Im »Two Bridges« werden viele Kindergeburtstage gefeiert, und sie machen es immer gleich. Ich habe für circa acht Kinder und ein paar Erwachsene Essen bestellt; vor drei Tagen haben sie mich um eine ungefähre Zahl gebeten. Nun sind auf dem langen Tisch zwölf Teller und zwölfmal durchsichtiges Besteck und mit Frischhaltefolie abgedeckte Platten mit Sandwiches und Würstchen und Chickenwings arrangiert, und an den Stühlen sind blaue Luftballons befestigt, und mir zieht sich das Herz zusammen. Es wird so trübselig aussehen. Drei Kinder, die sich am Ende einer Tafel drängen, die für zwölf festlich eingedeckt ist.

Das ist das letzte Mal, dass ich für meine Tochter eine Geburtstagsfeier ausrichte. Sie ist zehn. Bei den Geburtstagen, die dann kommen, ist das nicht mehr üblich, oder? Der nächste Höhepunkt ist der achtzehnte.

Und wie es aussieht, wird ihre letzte Kindergeburtstagsfeier zu einer Qual.

Kann ich irgendetwas tun? Ich habe Lyla nichts von der Flut von Absagen erzählt, weil ich dachte, sechs wären genug. Sechs Kinder wären immer noch eine ausreichend lebhafte Gesellschaft.

Und jetzt?

Ich platziere den Kuchen auf dem Tisch, ignoriere die erwartungsvoll lächelnden Frauen hinter dem Tresen, gehe noch mal nach draußen in die winterliche Sonne und wähle eine Nummer. Emma Spalding. Vielleicht kriege ich ein paar Erwachsene zusammen, um die Runde aufzufüllen? Warum bin ich nicht früher darauf gekommen?

Ihre Antwort ist so kurz wie enttäuschend. »Tut mir leid, Kath, aber wir sind auf dem Weg nach Exeter. Eine Verabredung mit dem Verlobten meiner Tochter. Sonst wären wir sehr gern gekommen, natürlich, wir hängen doch an Lyla, aber …«

»Schon gut«, sage ich, »verstehe. Aber danke, dass ihr gekommen wäret.« Nachdem das Gespräch beendet ist, stehe ich da und schaue die Straße Richtung Princetown entlang. Die sogenannte Feier beginnt in einer halben Stunde. Nein, in einer Viertelstunde. Und es werden – bestenfalls – drei verschämte Kinder an einem für zwölf gedeckten Tisch sitzen. Adam hatte so recht; er hat mich gewarnt. Wir hätten lieber etwas anderes machen sollen, einen besonderen Film anschauen, Reiten, Klettern, aber ich wollte nicht, dass meine Tochter an ihrem zehnten Geburtstag das einzige Kind und damit einsam ist. Nun wird sie die Einsamkeit umso deutlicher zu spüren bekommen.

Ein verräterisches Getriebegrummeln. Das sind sie, Adam und Lyla. Sie hat ein langes schwarzes Kleid mit Spitzenmanschetten an, das gut zu ihrem dunklen Haar passt. Hübsch sieht sie aus. Schon deutet sich die elegante junge Frau an, die sie einmal sein wird. Und sie ist sichtlich aufgeregt, hüpft auf und ab – ihr positives Stimming – und wirbelt, graziös wie eine Ballerina, herum. Sie wird ein bildschönes, gertenschlankes junges Mädchen sein und den Jungen gefallen. Wird sie damit überhaupt etwas anfangen können? Ich war unbeholfen, ihr Vater war unbeholfen. Ich fürchte, sie wird superangespannt sein, schüchtern und spröde. Es könnte passieren, dass sie aus reiner Schüchternheit ihr Leben lang keinen Freund hat – oder dass sie sich vor Einsamkeit mit jedem einlässt. Mit einem Junkie, einem Kriminellen, egal, wem. Die toten Vögel fallen mir ein, die sie zu einem Muster arrangiert hat, und die wachsende Zurückhaltung und Wachsamkeit, die sie ihrem Vater ebenso entgegenbringt wie mir. Es wird schlimmer mit ihr. Ich muss etwas tun.

»Mami, Mami, kommt Lottie? Und Simon? Wie du's gesagt hast? Kommen sie alle? Wie viele kommen?«

Sie ist glücklich und aufgekratzt, seit Jahren hat sie nicht mehr ohne die Cousins an ihrer Seite Geburtstag gefeiert, daher ist ihre Aufregung nur allzu verständlich. Das Ganze hier findet nur für sie statt.

Diese vielen Kinder kommen nur wegen ihr!

»Hast du Callum auch wirklich gefragt? Und Zvetlana? Was ist mit Ali? Und Jojo?« Während sie in die Hände klatscht, steht hinter ihr Adam und starrt mich bitterböse an. *Das ist dein Werk, Kath, deins ganz allein.*

Unfähig, ihre Aufregung länger im Zaum zu halten, stürmt Lyla an mir vorbei ins Hotel. Sie kennt sich hier aus, wir haben schon mehrmals mit Charlie und Oscar hier Geburtstag gefeiert, mit Dan und Tessa und anderen Eltern, sodass es bis zu der großen Wanderung zum Wistman's Wood immer laut und trubelig war. Meine Mutter hat den Wistman's Wood geliebt. Ich nehme an, sie ist gern mit Männern dorthin gegangen.

Adam trägt Lederjacke und schwarze Jeans. Die Bartstoppeln sind so finster wie seine Miene. »Wie viele?«, fragt er.

Hilflos zucke ich die Achseln. »Zwei.«

Seine blauen Augen fixieren mich vorwurfsvoll. *»Zwei?«*

»Hoffe ich. Sie haben die Einladung noch nicht bestätigt.«

»Mein Gott, Kath. Du musst es abblasen.«

»Dafür ist es zu spät! Es geht gleich los, um elf, habe ich geschrieben!« Ich schaue auf die Uhr und erschrecke. »In fünf Minuten.«

»Herrgott.« Er atmet geräuschvoll aus. »Herrgott noch mal, ich hab dich gewarnt.«

»Ich weiß.«

Er hat ja recht. Schon wieder habe ich einen furchtbaren Fehler gemacht. Ich bin eine schlechte Mutter. Vielleicht hätte ich mit meinem dummen Hang zum Selbstmord nie ein Kind kriegen sollen. Ich bin unfähig. Sie sollten Lyla von mir wegholen. Ich bin eine Gefahr für meine Tochter, ich stehe ihrem Glück im Weg. Ich bin eine Plage. Eine Verrückte.

Adam legt mir eine Hand auf die Schulter. »Na komm. Machen wir das Beste draus.«

Und so gehen wir hinein. Lyla sitzt schon am Tisch und wippt auf ihrem Stuhl auf und ab. Selig, dass sie an diesem Tag Freunde haben wird. Viele Freunde, zwölf Kinder, die den Bann brechen und ihrer Isolation ein Ende machen. Heute beginnt ihr neues Leben. Zehn Jahre alt!

Adam und ich setzen uns links und rechts von ihr an die lange, verwaiste Tafel. Lyla plappert drauflos, wer wohl alles kommt, und immer so weiter, und wir geben uns Mühe mitzuplappern, aber in Wahrheit denken wir über das viele Essen nach, das wahrscheinlich übrig bleiben wird. Eine der jungen Frauen vom Tresen kommt herüber und gratuliert Lyla mit großem Hallo, und Lyla lächelt schüchtern und versteckt sich hinter mir, und ich schaue die junge Frau an und ziehe die Schultern hoch, und sie lächelt unsicher, lässt den Blick über den Tisch wandern und sagt: »Ein paar Leute erwarten Sie wohl noch.«

Ich sage gar nichts, bleibe stumm wie meine Tochter. Adam erwidert: »Zu essen haben wir jedenfalls genug.«

Die Zeit vergeht. Adam und ich reden über die Hunde. Adam steht auf und geht zum Tresen und telefoniert. Bereitet er seine Flucht vor? Will er mich mit der Katastrophe, die ich angerichtet habe, allein lassen?

Lyla und ich sitzen da und starren auf die Chickenwings. »Hast du Hunger?«, frage ich. »Wir können auch anfangen, bevor die anderen kommen.«

»Nein«, sagt sie. »Wir müssen warten. Es wäre unhöflich, schon zu essen, wenn noch nicht alle da sind. Das hast du selbst gesagt, so sind die Regeln. Wir müssen warten, bis alle da sind.« Ihr Ton verrät ihre wachsende Anspannung. Kommen alle?

Immer wieder springt sie auf und schaut aus dem Fenster, wartet darauf, dass Autos vorfahren, dass ihre vermeintlichen Freunde kommen. Der Parkplatz ist leer. Ein paarmal läuft sie auch zur Tür und starrt nach draußen. Die Frauen am Tresen beobachten sie.

Schließlich kommt sie zurück an den Tisch. Setzt sich und späht zu dem Kuchen hinüber. Kein positives Stimming mehr; stattdessen unverhohlene Angst. »Wo bleiben sie denn? Sie kommen doch, oder, Mami? Callum? Zvetlana?«

Ich werfe einen Blick über die Schulter zu meinem Mann, der gerade wiederkommt und einen ärgerlichen Seufzer notdürftig unterdrückt. Die Frauen hinter dem Tresen wissen nicht recht, was sie tun sollen; etwas verlegen schauen sie zu uns herüber, sehen sich die Feier an, die nicht stattfindet; das kleine Mädchen am Ende der Tafel mit den Luftballons und dem Kuchen und den glitzernden Tüten mit Mitgebseln für Kinder, die ganz offensichtlich nicht aufkreuzen werden.

»Die meisten haben einen weiten Weg, Lyla. Und dann das Wetter und alles.«

Was rede ich da? Es ist ein strahlender Tag, kalt, aber sonnig; das Wetter ist kein bisschen problematisch. Lylas Blick sagt mir, dass sie meine Lügen durchschaut; ich sehe erste Anzeichen von Tränen in ihren Augen. Tapfer kämpft sie dagegen an, versucht sogar zu lächeln. Es ist das Lächeln, das einer Grimasse ähnelt, starr und linkisch.

Was machen wir nur?

Ein Geräusch zieht uns alle magisch zum Fenster. Hoffnung keimt auf. Ein großer SUV rollt auf den Parkplatz. Es sieht so aus, als säßen Kinder auf der Rückbank. Adam und ich tauschen hoffnungsvolle Blicke. Mir ist, als kenne ich das Auto, ich habe es schon vor der Schule stehen sehen. Ja, ich erkenne es. YES!

Lyla jubelt. Endlich: ihre ersten Gäste. Wir gehen nach draußen, um sie willkommen zu heißen. Willkommen! Kommt rein, es gibt Kuchen und Chickenwings und für die Großen Prosecco!

Zwei blonde Erwachsene und zwei blonde Kinder steigen aus, und Lyla winkt den Kindern zu, überwindet ihre Schüchternheit, schlägt sich wacker, verhält sich erwachsen. Sie freut sich so, dass Gäste kommen, dass überhaupt Gäste kommen; freut sich, dass sie Freunde hat, überhaupt Freunde. Aber die beiden Jungen schauen sie nur konsterniert an.

Sie sind mindestens ein Jahr jünger. Ich kenne sie vom Sehen aus der Schule, aber sie sind nicht in Lylas Klasse.

Lyla hört auf zu winken, ihr Strahlen erlischt. Da steht sie in ihrem Festtagskleid.

Die Jungen runzeln die Stirn, sagen etwas zu ihrem Vater, und der Vater zuckt die Achseln und lächelt uns kurz und distanziert zu, und dann schlägt die glückliche Familie den Weg über die Steinplattenbrücke ein.

Sie kommen nicht zu Lylas Feier, niemand kommt zu Lylas Feier, es wird halb zwölf, es wird viertel vor zwölf. Das Sonnenlicht ist grausam grell, ruhig erstreckt sich das Moor vor uns, und in der Ferne erheben sich die Tors, trotz der Sonne düster und mächtig. Reglos steht Lyla da, starrt auf den leeren Parkplatz, auf nichts, auf niemanden. Adam will sie in den Arm nehmen, doch sie entwindet sich ihm, und so macht er kehrt, wirft mir einen bösen Blick zu und geht wieder nach drinnen, wo die Tafel wartet. Verwaist. Mit Luftballons, die einsam schweben. Mit dem Kuchen, von dem niemand isst.

Es ist nicht zu ertragen.

Wind fährt ihr in das dunkle Haar. »Niemand«, sagt Lyla leise. »Niemand ist gekommen. Niemand kann mich leiden, Mami, gar niemand.«

Am liebsten würde ich sie fest in den Arm nehmen und alle Traurigkeit aus ihr herauspressen. Aber das kann ich nicht. Das ist es eben. Das ist das Schlimmste am Mutter- oder Vatersein: die Einsicht, dass man, wie sehr man es auch versucht, wie viel Mühe man sich auch gibt, wie sehr man sich auch anstrengt, seinem Kind Glück nicht garantieren kann. Man kann es nicht vor Traurigkeit bewahren.

Ein paar Tränen laufen Lyla über die Wangen, und sie wischt sie mit den Manschetten ihres festlichen Kleides weg. So stehen wir beisammen, Mutter und Tochter, und ihre Hände flattern, und sie grimassiert und redet hektisch und schnell: »Keiner mag mich. So ist es immer, ich mag die anderen, aber sie mögen mich nicht. Das kommt, weil ich sie nicht verstehe, stimmt's?« Sie blickt zu mir auf. »Ich möchte sie verstehen, aber es funktioniert nicht. Ich versuche zu lächeln, und ich versuche zu reden, aber ich schaffe es nicht.«

Schon stehen ihr wieder Tränen in den Augen. Und dass sie so tapfer ist, macht es nur noch schlimmer.

Sie schluchzt. »Was meinst du: Wenn ich sterben würde, könnten die anderen mich dann besser leiden? Hättest du mich noch mehr lieb? Kurz bevor ich sterben würde?«

Fassungslos starre ich sie an. Ich bin entsetzt, will es aber nicht zeigen. Die Kiefern biegen sich im Wind; ich selbst habe das Gefühl, mich in diesem Sturm von Trauer zu biegen. Mich zu krümmen und zu brechen. Lyla zieht die Nase hoch und starrt zu Boden, und dann kickt sie mit ihrem feinen Schuh kleine Steinchen beiseite.

»Ich hab's wirklich versucht. Ich wollte mitmachen. Aber sie haben mich ausgelacht. Alle. Also hab ich es wohl falsch gemacht. Es ist meine Schuld.«

Ein Auto biegt in den Hotelparkplatz ein. Ein Nationalpark-Land-Rover. Die Leute, die da aussteigen, kenne ich. Das sind keine Kinder, keine Gäste, das sind Freunde von Adam: Suzie, die Rangerin aus Ashburton, mit ihrer Partnerin, Alice, und Gavin Davidson. Sie lachen. Alle haben sie etwas in der Hand. Sie winken uns zu.

Und dann fahren kurz nacheinander noch zwei Autos vor, und Leute steigen aus. Ron vom »Warren House«. Dez Pritchard und seine Freundin. Und Tom, ein Schafzüchter, der in der Nähe von Gidleigh wohnt und den Adam schon seit Jahrzehnten kennt. Schließlich noch Harry, Adams Cousin, der mir das Auto verkauft hat, und er muss in Huckerby vorbeigefahren sein, denn er hat Felix und Randal mitgebracht.

Sie kommen zu uns herüber, lächeln, umarmen uns. Die Hunde fegen zu Lyla, und sie hockt sich hin und umarmt beide, und sie lecken ihr die Tränen von den Wangen. All die Erwachsenen wuscheln Lyla durchs Haar, und jetzt ist sie überhaupt nicht mehr schüchtern; sie ist viel zu sehr mit ihren Hunden beschäftigt, ihren geliebten Hunden, und Ron sagt: »Hallo, Lyla Redway! Wir haben gehört, dass hier eine ganz besondere Person Geburtstag feiert! Das heißt ja wohl, dass jetzt Party angesagt ist!«

Und ich stehe da und freue mich wie verrückt und bin meinem Mann unendlich dankbar. Das hat er hingezaubert. Er hat die Leute angerufen und einen Plan B gehabt. Er hat diesen Tag gerettet, mein schöner, treuer, liebevoller, einfallsreicher Mann. Es ist nicht die Art von Feier, die uns vorgeschwebt hat, aber Adam hatte recht, eine solche Feier hätten wir nie hinbekommen, denn Lyla hat keine Freunde. Sie wünscht sich welche, aber es gelingt ihr nicht, Freundschaften zu schließen; sie ist so einsam, wie ein Kind es nur sein kann. Dagegen fühlen Erwachsene sich zu ihr hingezogen;

sie hat etwas an sich, das Erwachsene wahrnehmen und schätzen.

Hunde auch. Und Vögel und Ponys und Mäuse.

Die Feier ist nicht mehr wiederzuerkennen. Als ich den Gastraum betrete, stehen Bier- und Weinflaschen auf dem Tisch, während von den Kindersachen nicht viel geblieben ist. Die Leute haben sich gesetzt, und es sind so viele, dass die Tresenfrauen nicht mehr verlegen gucken; sie lachen, machen Scherze, erkennen Bekannte, tratschen ein bisschen und schaffen noch ein paar Stühle heran.

Es wird angestoßen, Lyla sitzt, die Hunde zu ihren Füßen, am Ende der Tafel, und als wir *Happy Birthday* singen, lächelt sie schüchtern, und die ganzen Chickenwings sind weg, und auch die Würstchen und dicken Schinken-Tomate-Sandwiches sind aufgefuttert, und wir bestellen noch eine Runde Bier. Die Stimmung ist bestens.

Bald mischt die Geburtstagsgesellschaft sich mit den anderen Gästen, die auf ein Glas eingekehrt sind. Suzie unterhält sich angeregt mit einer der jungen Frauen hinter dem Tresen, flirtet wahrscheinlich, aber das macht nichts, alles ist gut. Adam sitzt, sein Bier in der Hand, an der Stirnseite der Tafel und singt Passagen aus *The White Hare*, dem Seth-Lakeman-Song, der damals, in unserer Anfangszeit, *unsere* Musik war, unser Song. Danach kommen andere Melodien – alte Volkslieder, die ich noch nie gehört habe, aber ich singe trotzdem mit.

Die gute Laune steckt an. Ich merke, wie ich nach und nach alles vergesse, von den Hexensteinen über die Panikattacke im Hobajob's Wood und dem Verdacht gegen Adam bis hin zu der befremdlichen Vorstellung, dass ich hier gewesen sein soll, um mich mit meinem Bruder zu treffen. Für den wunderschönen Bruchteil eines Tages ist das alles weg. Überlagert. Wir singen. Lyla lächelt.

Als uns kein Lied mehr einfällt, sagt Adam: »Okay. Los, Leute. Jetzt gehen wir im Wistman's Wood Kobolde gucken! Das gehört dazu!«

Und alle stehen auf und lachen, und Lyla rennt mit Felix und Randal voraus, und wir Erwachsenen laufen hinterher, auch wenn Ron meiner Meinung nach schon etwas angegangen ist. Adam und ich haben uns als Letzte erhoben, und ich lege einmal kurz den Arm um ihn und gebe ihm einen Kuss auf das stoppelige Kinn.

»Danke, Adam. Ich bin so dankbar, dass du das gemacht hast.«

Er lächelt und geht zum Tresen. Dort holt er seine Brieftasche hervor und spricht eine junge Frau an. Sie ist klein und blond. Hübsch. Sie bindet sich gerade die Schürze um, so als beginne ihre Schicht eben erst. Mir fallen die blauen Flecken an ihrem Hals auf, wie Abdrücke von Fingern. Sie hat ein Nasenpiercing, einen silbernen Ring. Und sie trägt so ein Halsband aus Spitze, wie sie gerade in sind.

Bevor sie Adams Kreditkarte in das Lesegerät schiebt, wirft sie einen Blick darauf.

»Adam Redway?«, sagt sie beiläufig.

»Mhm.«

»Sie sind Nationalpark-Ranger, oder? Der berühmte, der die Touristen gerettet hat.«

Verlegen schüttelt mein Mann den Kopf. Und lacht.

»Sie waren vielleicht dreißig Zentimeter tief eingesunken. Ich bin nicht Superman.«

»Ach?« Sie lächelt. »Kann es sein, dass ich Sie hier in der Gegend hab wandern sehen? Wenn ich's schaffe, bin ich auch manchmal unterwegs.«

»Ja, kann sein. Allerdings ist das mein Job.«

Die Frau gibt ihm Karte und Quittung.

»Ich bin sicher, dass ich Sie vor ein oder zwei Wochen

beim Hobajob's Wood gesehen hab. Als der plötzliche Frost kam. Es war ja so kalt – ich musste umkehren.«

Adam greift nach der Karte. Ohne auch nur mit der Wimper zu zucken, obwohl ihm klar sein muss, dass ich das alles höre. Und seine Unbefangenheit ist absolut glaubwürdig.

»Nee, das muss 'ne Verwechslung sein. Nicht im Hobajob's. Dort geh ich nie wandern, ich bin lieber oben auf den Tors, wo es ordentlich weht. Das ist meine Welt. Ach, und wo wir schon vom Wandern reden: Wir haben noch 'ne Tour zum Wistman's vor. Danke für alles hier.«

Die Frau nickt und stellt das Kartenlesegerät weg. Dabei errötet sie leicht und runzelt die Stirn. Schaut Adam, der zum Ausgang schlendert, hinterher. Erst als sie sich wieder umdreht, kriegt sie mit, dass ich auch da bin. Neugierig starrt sie mich an. Als erkenne sie mich vage wieder, ohne mich genau einordnen zu können. Und mit dieser Miene entschwindet sie durch eine Tür hinter der Bar.

Verlegen oder beschäftigt, was auch immer.

Was war das? Ich bin nicht sicher. Jedenfalls glaubt diese Frau, sie hätte Adam im Hobajob's Wood gesehen. Und er ist dort praktisch nie, außer er will Lyla einsammeln und zum Tee nach Hause holen. Aber er war im Hobajob's Wood, und zwar offenbar an dem Tag, als es den Blitzfrost gab, den *Ammil* – bestimmt hat sie das gemeint.

Also war er es vielleicht. Der meinen Müll dort verstreut hat. Mein Blut, meinen Tampon. Und gleichzeitig weiß ich, dass das absurd ist. Warum sollte mein eigener Mann mir Angst einjagen wollen? Und seiner Tochter?

Ich trete ins Freie, wo es trotz Sonne kalt ist. Die anderen haben schon die Straße überquert, klettern über Zaunübertritte, gehen den Hang hinauf Richtung Wistman's Wood, der sich in ein eigenes kleines Tal duckt. Man braucht eine halbe Stunde bis dahin, aber die Anstrengung lohnt sich. Gerade so kann ich Lyla noch erkennen, wie sie fröhlich zwischen den anderen umherspringt.

Meine Tochter ist glücklich. Die Hunde sind bei ihr.

Ich will die Straße überqueren, den anderen hinterher, doch etwas lenkt mich ab. Ein paar Meter weiter steht ein Buswartehäuschen mit zerfledderten Plakaten an den Wänden; ein Relikt aus der Zeit, als es auf dem Dartmoor noch so etwas wie öffentlichen Nahverkehr gab. In dem Häuschen steht eine verrostete Bank, manchmal suchen Wanderer hier Schutz vor dem Regen.

Auch heute sehe ich durch das zersprungene, schmutzige Fenster jemanden dort sitzen und vor sich hin starren. Nur ist es kein Wanderer, kein Kletterfreak in Regenjacke, kein Vogelfreund mit teurem Fernglas.

Ich erkenne das Profil einer Frau. Eher einer alten Dame.

Mich schaudert. Ich reiße eine Hand vor den Mund.

Das ist meine Mutter.

Mir ist klar, dass ich halluziniere; ich weiß, das ist eine Erscheinung, eine Ausgeburt meines beschädigten Hirns.

Aber das ändert nichts daran, dass ich wie angewurzelt dastehe und durch die ramponierte Fensterscheibe eines Dartmoor-Wartehäuschens meine Mutter sehe. Ausdruckslos starrt sie auf die Straße, wartet auf einen Bus, der nie kommen wird.

Und jetzt dreht sie zu meinem Entsetzen den Kopf und schaut in meine Richtung. Neugier liegt auf ihrem Gesicht, so als wundere sie sich, mich hier zu sehen; wenn auch nicht allzu sehr. Sie steht auf. Sie verlässt das Häuschen, kommt auf mich zu, spricht mich an.

Nein.

Das darf nicht passieren. Eiseskälte durchfährt mich. Ich wende mich ab, halte mir mit zitternden Händen die Augen zu. Als ich wieder hinschaue, ist das Gesicht weg.

Aber ich habe es gesehen, das weiß ich: Ich habe meine Mutter gesehen. Ich halluziniere Tote.

Und jetzt höre ich die Stimme. Dünner als früher, aber unverkennbar.

»Katarina? Liebes?«

Nein. Das ist zu viel. Mehr als zu viel. Ich renne los, renne, renne, renne, über die Straße, renne vor Mama weg über die kleine Brücke und zurück ins warme Hotel.

Den Wistman's Wood schaffe ich nicht. Gar nichts schaffe ich. Ich werfe mich auf ein Ledersofa, rolle mich ein wie ein Embryo und versuche mich zu beruhigen, warte darauf, dass das Herzklopfen nachlässt. Unfähig, mir zu erklären, was das eben war. Ich habe einen Geist gesehen, ich verliere den Verstand.

Die junge Frau mit den blauen Flecken poliert träge ein Glas, und währenddessen mustert sie mich neugierig.

MORICE TOWN, PLYMOUTH

Mittwochvormittag

Tessa und Kath standen nebeneinander und schauten hinaus auf die gewaltigen Mauern und die Stacheldrahtspirale, die sich darauf entlangwand wie die Weihnachtsdeko in einem Albtraum. Marineflaggen flatterten eifrig im Wind; riesige Betonhangars wölbten sich über das dunkle Wasser des Tamar: Behausungen für die Atom-U-Boote mit ihren Missiles, die dort für die weltweite Zerstörung von Städten bereitlagen. Wenn auch gut verborgen.

»Sieht aus wie das Gefängnis in Princetown«, sagte Kath leise.

»Genau das habe ich auch gedacht«, erwiderte Tessa. »Wir, also viele von uns, mussten vor einem Monat hierher umziehen, weil der Campus saniert wird. Und als ich hier reinkam und aus dem Fenster geguckt habe, dachte ich: O Gott, ich bin wieder in Princetown. Die reinsten Gefängnismauern. Möchtest du einen Kaffee?«

»Wie?«

»Bevor wir reden. Ich kann uns Kaffee holen lassen. Gleich um die Ecke ist ein kleiner Laden, wo sie einen tollen Flat White machen.«

Kath war blass. Ihr Ausdruck verwirrt. »Was ist denn ein Flat White?«

Tessa rief ihre Assistentin an, die eine Tür weiter saß und prompt erschien. Beflissen, gut gelaunt.

»Hallo, Sara, könntest du bitte mal zu Drake's runtergehen und mir einen Flat White und …?« Tessa wandte den Kopf.

Kath fuhr zusammen und zupfte nervös am Ärmel ihres weiten Pullovers.

Tessa wollte so gern helfen. Irgendetwas tun. »Möchtest du einen Kaffee, Kath?«

»Oh, äh, ja, gern einen Cappuccino. Danke.«

Kath bekam einen Stuhl angeboten. Ihren eigenen Drehstuhl zog Tessa vom Schreibtisch weg, damit das Ganze weniger förmlich wirkte.

Was auch immer Kath dazu veranlasst hatte herzukommen, Tessa wollte, dass sie sich entspannte, sofern das überhaupt möglich war; das Gespräch sollte nicht nach einer Befragung oder, noch schlimmer, Beratung aussehen, nach *Therapiesitzung* oder *psychiatrischer Sprechstunde.*

Kath lächelte unglücklich. »Danke, dass du dir Zeit für mich nimmst.«

Tessa winkte ab.

»Ach was, mach dir darüber keine Gedanken. Mittwochs vormittags habe ich immer Luft, kein Seminar, keine Vorlesung; da sehe ich mir auf Facebook Katzenvideos an.«

Kath riss die Augen auf. »Ehrlich?«

»Das war ein Scherz.«

»Oh, okay.« Kath lachte scheu. »Mein Gott, Tessa, ich habe noch nicht mal mehr Humor! Ich erkenne weder Sarkasmus noch Ironie. In meinem Kopf herrscht Chaos. Es ist so viel passiert, und ich habe es nicht geschafft, jemandem davon zu erzählen. Von all dem Zeug.« Sie hielt kurz inne und errötete leicht. »Ich muss einfach reden. Muss es endlich jemandem erzählen. Dir.«

»Nur zu, leg los.«

»Ja, ich … Also, ich meine, es gibt so vieles, also zum Beispiel das im Hobajob's Wood. Das ist der Wald in der Nähe von Huckerby, weißt du? So ähnlich wie der Wistman's. Es war eiskalt, es gab einen *Ammil*, einen richtigen *Ammil*, und ich war mit Lyla und den Hunden unterwegs, und wir sind zu dieser Lichtung gekommen, genau in der Mitte vom Wald, und … und da lag Müll herum, der war überfroren, und es sah so aus, als wäre es unserer, aus *unserem Haus:* eine Bürste mit Haaren von mir dran, Kosmetiktücher mit Blutspuren, solche Sachen, noch schlimmere Sachen. Und Lyla hatte das Gefühl, sie sieht jemanden, und überhaupt sagt sie öfter, dass sie einen Mann auf dem Moor sieht. Manchmal meint sie auch, es könnte Adam sein. Ich weiß nicht, wieso, aber diese Frau im ›Two Bridges‹ hat gesagt, sie hätte Adam ungefähr zu der Zeit im Hobajob's gesehen. Was hat das zu bedeuten? Außerdem bin ich fast sicher, dass Adam mich beobachtet. Mich verfolgt. Ich hab ihn am Burrator Reservoir gesehen. Und es gibt noch so viel anderes, Tessa, so viel. Es geht alles in die Brüche.« Eine kurze Pause trat ein. »Alles.«

Tessa war wie vor den Kopf geschlagen.

Kath hob den Blick und sah sie an. Sie war bleich. »Und weißt du, was das Schlimmste ist? Ich dachte immer, ich kann was vertragen, kann Sachen verkraften. Ich bin mit Lyla zurechtgekommen, bin klargekommen, als Adam so krank war, aber jetzt – jetzt bin ich nur noch ein Häufchen Elend. Offenbar reicht es nicht, die anderen zu lieben. Diesmal nicht.«

Mitten hinein in die lähmende Stille kam Sara mit dem Kaffee. Auf den Pappbechern prangten ein Bildnis von Sir Francis Drake und der Slogan *Wir kapern dich.*

Dankbar für dieses Stück Normalität, nahm Tessa ihren Flat White entgegen und nippte daran. Sie war verwirrt und voller Mitgefühl. Wie sollte sie reagieren? Wieder zog Kath nervös ihren schlabbrigen Ärmel lang. Der Pullover sah aus, als müsste er mal ersetzt werden. Auch Kath' Mantel an der Garderobe hatte schon bessere Zeiten gesehen. Tessas Gewissen meldete sich. Wieder einmal.

Dan und sie hatten alles, Kath und Adam hatten so gut wie nichts, und selbst für das bisschen, das sie hatten, strampelten sie sich ab. Dan und sie hatten zwei fröhliche, lebhafte Jungen; Kath hatte eine schöne, aber schwierige Tochter. Dan und Tessa gönnten sich dreimal im Jahr Urlaub: eine Woche Skifahren, vierzehn Tage unter mediterraner Sonne, ein Städtetrip nach Barcelona, New York oder Siena. Erst am Abend zuvor waren sie via Disneyland Paris aus dem Winterurlaub auf den Kanaren zurückgekommen.

Kath war kurz nach Weihnachten lange allein gewesen und hatte versucht, sich umzubringen. Und jetzt stand sie möglicherweise wieder kurz vor einem Zusammenbruch.

»Und, was meinst du?« Kopfschüttelnd stellte Kath ihren Kaffeebecher ab. »Vielleicht brauche ich einfach andere oder mehr Medikamente?«

»Hm. Ich fürchte, das ist das Einzige, was ich nicht bieten kann.« Jetzt schüttelte Tessa den Kopf. »Ich bin Psychologin, nicht Psychiaterin; Medikamente verschreiben können nur Psychiater. Was ich aber tun kann, ist Empfehlungen aussprechen und überweisen, und …« Sie berührte Kath kurz am Arm. »… ich kann *zuhören.* Ich habe den ganzen Vormittag Zeit, ich kann auch die Nachmittagstermine absagen, auf jeden Fall möchte ich helfen. Lyla und Adam und dir. Ihr liegt uns am Herzen. Wenn ihr was braucht, müsst ihr es uns sagen. Oft tut es ja schon gut, sich einfach mitzuteilen. Allerdings muss ich es ganz in Ruhe hören, langsam und der Reihe nach, so gut du dich eben erinnerst.«

Kath nickte nur, und dann – endlich, in letzter Minute – berichtete sie in einem stockenden, aber verständlichen Monolog von ihren Erinnerungen an einen Mann in einem Auto und an einen Streit oder eine irgendwie intensive Interaktion und dass diese Erinnerungen merkwürdigerweise mit dem Geruch von Zitronen verknüpft waren. Sie erzählte, dass Lyla neuerdings ihren Eltern gegenüber eine seltsame Wachsamkeit an den Tag legte, besonders, und umso befremdlicher, ihrem Vater gegenüber. Sie berichtete auch, dass Adam sie einmal am Burrator Reservoir beobachtet hatte.

Und dann erzählte sie noch einmal und verständlicher von jenem unheimlichen Nachmittag im Hobajob's Wood, von dem zum Muster angeordneten Müll, den Tüchern, der Haarbürste und sogar einem gebrauchten Tampon. Sie beschrieb, wie Lyla und sie in Panik geraten waren, weil sie meinten, da sei ein Mann hinter ihnen her, wo doch in Wahrheit gar niemand gewesen war. Wobei die Bedienung im »Two Bridges« behauptet hatte, Adam zu genau jenem Zeitpunkt, nämlich an dem Nachmittag mit dem Blitzfrost, in dem Wald gesehen zu haben.

Kath schüttelte den Kopf. »Es ist nur so – selbst wenn Adam nicht da war, selbst wenn wir uns einfach in die Vorstellung, dass da jemand ist, reingesteigert haben, die Bürste kann trotzdem meine gewesen sein; die Haare sahen aus wie von mir, und mir ist ein paar Wochen vorher genau so eine abhandengekommen. Aber wer soll sie in den Hobajob's gebracht haben? Lyla? Ich selbst? Adam? Vielleicht war es Lyla. Sie liebt diesen Wald, sie rennt da ständig hin. Aber warum dieses ganze Zeug? Es war so unheimlich! Und Lyla benimmt sich überhaupt komisch. Vor ein paar Wochen habe ich gesehen, wie sie bei uns im Hof tote Vögel zu einem Muster angeordnet hat.« Kath schüttelte sich kurz. »Gruselig. Ganze Reihen und Spiralen mit toten kleinen Augen. Irgendwie musste ich an die Bücher denken, die meine Mutter immer gelesen hat, über Hexerei und Zaubersprüche und Symbole. Und an den alten Kram, den sie uns hinterlassen hat. Die Masken aus Namibia im Flur und so weiter. Das Zeug, das sich nicht verkaufen ließ.«

Tessa nickte. Sie wusste nicht recht, was sie sagen sollte.

Noch suchte sie nach irgendeiner rationalen Erklärung, die helfen konnte, ihre Schwägerin zu stabilisieren. »Und was sagt Adam?«

»Der will von alldem nichts wissen. Er sagt, er folgt mir nicht. Streitet ab, dass er an dem Tag im Hobajob's war.«

»Und zu dem Müll auf der Lichtung?«

Kath zuckte die Achseln. »Irgendwelche Leute, sagt er, haben wohl ihren Müll dorthin geworfen. Vielleicht hat er ja recht. Und das Muster, das Lyla gelegt hat, war seiner Meinung nach Zufall. Weil sie so was häufig macht; sie mag eben Muster.«

»Und das stimmt?«

»Ja.« Kath seufzte. »Ja, es stimmt. Aber sogar Adam ist *ein bisschen* verunsichert: Lyla singt nämlich jetzt manchmal Lieder, die wir gar nicht kennen, von denen wir nicht wissen, wo sie sie herhat. Lieder über den Tod. Einen bevorstehenden Tod. Und eigentlich weiß ich gar nicht, ob ich Adam trauen kann, ob ich meinem eigenen Mann trauen kann; er kommt mir so vor, als hätte er ein schlechtes Gewissen, und es hat sich herausgestellt, dass er an den Tagen nach Weihnachten allein war, er hat also kein Alibi. Und Lyla sagt immer, dass sie ihn auf dem Moor sieht, in der Nähe von unserem Haus; das hat sie auch gesagt, als sie die Vögel da so hingelegt hat.«

Als sie sah, dass Tessa einhaken wollte, hob sie kurz die Hand und fuhr fort: »Mir ist auch klar geworden, dass Adam der Letzte war, der etwas an meinem Auto gemacht hat, zum Beispiel die Bremsen repariert. Hat er da was gedreht? Ist er um jenen Tag herum noch mal nach Hause gekommen und hat sich an meinem Auto zu schaffen gemacht? Wollte er, dass ich verunglücke? Und warum rede ich überhaupt von *Alibi?* Das ist alles völlig absurd – und trotzdem macht es mir Angst, Tessa. Es macht mir Angst und verunsichert mich. Total.«

Tessas Sorge wuchs, doch das wollte sie nicht zeigen. »Und weiter? Du hast gesagt, da gibt es noch mehr?«

Für einen Moment schloss Kath die Augen, so, als wolle sie eine Erinnerung ausblenden, und dann erwähnte sie die Geburtstagsfeier, die so schiefgegangen war.

Tessa zuckte zusammen. »Ach, das tut mir so leid. Wären wir bloß da gewesen!«

»Egal«, sagte Kath, »nun ist es ja vorüber. Im Übrigen hat Adam die Sache gerettet. Er hat all seine Freunde und Cousins angerufen, und die sind gekommen und haben dafür gesorgt, dass Lyla Spaß hatte. Leider war es genau da, dass diese Tresenfrau gesagt hat, sie hätte Adam im Hobajob's Wood gesehen, und nach dem Essen haben alle zwischen Moos und Bäumen im Wistman's Wood Verstecken gespielt, wie es sich für eine ordentliche Kindergeburtstagsfeier gehört.«

»Das klingt gut. Der Wistman's ist toll, da müssen wir unbedingt auch bald mal wieder mit den Jungs hin.«

Das interessierte Kath offensichtlich wenig. Sie sah Tessa eindringlich an. »Ja sicher, aber das ist einer der Gründe, warum ich unbedingt mit jemandem reden muss, vor allem mit dir – das war nämlich noch nicht alles. Es gibt *noch* ein paar Sachen. Aber es fällt mir sehr schwer, sie zu erzählen.« Sie verstummte.

Das Schweigen zog sich hin. Tessa wartete. Es war offensichtlich, dass Kath Zeit brauchte.

Um den Druck aus der Situation zu nehmen, schwang Tessa sich auf ihrem Drehstuhl herum und schaute aus dem Fenster. Gerade verließ ein großes Kriegsschiff Devonport in Richtung offene See. Diese Schiffe irritierten sie immer wieder. Sie waren so riesig, stachlig und feindselig mit all ihren Antennen, die pure Aggression. Seit sechs Jahren arbeitete sie nun schon in Plymouth, aber daran hatte sie sich noch nicht gewöhnt. Krieg im Frieden, das Böse hinter Mauern.

Aber so war es. Das Böse wurde hinter Mauern versteckt: U-Boote in Betonbunkern. Tessa konnte sich nicht vorstellen, dass Adam etwas mit Kath' Selbstmordversuch zu tun hatte – das mit dem Auto und dass er angeblich ein Alibi brauchte, das ging nicht auf, es gab kein Motiv, niemals hätte er Lylas Leben aufs Spiel gesetzt –, aber genauso wenig konnte sie sich vorstellen, dass Kath ohne jeden Grund versucht hatte, sich das Leben zu nehmen.

Außerdem konnten Lylas Verwirrung in Bezug auf ihren Vater und ihre Skepsis ihm gegenüber gleich abgehakt werden. So reagierte, vermutete Tessa, ein Kind, das beinahe seine Mutter verloren hätte und jemanden brauchte, dem es die Schuld daran geben konnte. Wer eignete sich da besser als der andere Elternteil; der zweite, der für das Kind sorgte? Die geliebte, gefährdete Mutter konnte es ja nicht sein; also grollte man dem Vater.

Das Kriegsschiff war schon weit draußen. Unterwegs zum kalten, wilden Atlantik.

Schließlich meldete Kath sich wieder zu Wort, wenn auch nur mit einem Flüstern.

»Gut, also. Ich muss es erzählen. Zwei Sachen, und du sollst sie beide hören.«

Als ihre Schwägerin sagte: »Erinnerst du dich daran, dass ich bei Emma Spalding war?«, spürte Tessa, wie sie selbst nervös wurde.

»Nein, aber erzähl.«

»Jedenfalls war ich dort. Danach habe ich auch versucht, dich anzurufen, weil ich es dir so schnell wie möglich erzählen wollte, aber ihr seid in Urlaub gefahren, und da hat es irgendwie nicht gepasst.«

Tessa beugte sich vor. »Was hat Emma dir erzählt?«

»Sie hat gesagt, dass ich an dem Tag, an dem … ich in den Stausee gefahren bin, zweimal bei ihr war.«

»Und?«

Kath schaute auf ihre ausgetretenen Turnschuhe.

»Ich war aufgeregt, sagt sie. Zurechtgemacht. Irgendwie aufgekratzt. Und ich war ... Ich hab was gesagt, irgendwas über den Tag.«

»Was denn?«

Da Kath immer leiser wurde, lehnte Tessa sich noch weiter vor.

»Kath?«

»Emma sagt, ich hätte ihr erzählt, dass ich vorhätte, im ›Two Bridges‹ Dan zu treffen, deinen Dan, meinen Bruder. An dem Abend, an dem ich ins Burrator Reservoir gefahren bin.« Sie war den Tränen nahe. Ungläubig starrte sie Tessa an. Hilflos, unsicher, verletzt. »Wie kann das sein? Wieso wollte ich mich, drei Stunden bevor ich versucht habe, mich umzubringen, mit *Dan* treffen? Wo? Warum? Und wie überhaupt? Er war doch in London, oder nicht? Was hat das zu bedeuten?«

Tessa starrte Kath an. Sie starrte durch Kath hindurch. An Kath vorbei. Versuchte, gar nicht zu reagieren, ihre eigene Irritation nicht zu zeigen. Stattdessen würde sie sich professionell geben. Irgendwie.

Kath richtete sich auf, straffte sich. Sie war noch nicht fertig.

»Und da ist noch etwas. Das Schlimmste von allem. Du wirst denken, ich bin verrückt geworden, und vielleicht bin ich das ja auch.«

»Bitte.«

»Ich habe meine Mutter gesehen. Auf dem Moor. Ja, meine Mutter. Mir ist klar, dass das eine Halluzination war, eine Erscheinung, aber ich habe sie gesehen.«

Es wurde wieder bedrückend still im Raum. Tessa zog die Brauen hoch. »Du hast einen Geist gesehen?«

Kath schaute prüfend auf ihre Hände, auf die nicht ganz sauberen Nägel.

»Genau. Hab ich. Es war nach dem ›Two Bridges‹, nach der Feier, ich wollte den anderen hinterher zum Wistman's Wood und bin an dem alten Bushäuschen vorbeigekommen. Dem mit der kaputten Scheibe. Da habe ich durchs Fenster geguckt und meine tote Mutter gesehen, nur dass sie viel älter war. Sie saß auf der Bank, und dann hat sie sich zu mir umgedreht …«

Tessa fuhr zurück und hielt die Luft an.

»Und das war zu viel, Tessa, zu viel für mich, das ging überhaupt nicht. Ich bin einfach losgerannt – so schnell ich konnte, zurück ins ›Two Bridges‹. Weil ich einen Geist gesehen hatte, weil es mit mir so weit gekommen war! Und du bis die Erste und Einzige, der ich das erzähle, denn wenn ich das jemand anders erzähle, werde ich für unzurechnungsfähig erklärt, dann nehmen sie mir Lyla weg, oder?«

Sie sah ihre Schwägerin eindringlich an.

»Das *ist* ein Nervenzusammenbruch, oder? Tessa? Es wird nicht besser mit meinem Gehirn, sondern ich drehe vollends durch!«

»Nein, warte …«

»Weil: Wenn ich nicht durchdrehe, muss es ja so sein, dass mir etwas zustoßen wird.«

»Wie bitte?«

»Denk doch mal nach. Die Hexensteine, das Lied über den Tod, das Muster aus Vögeln. Das Blut, die Haare im Hobajob's? Fragst du dich da nicht …?«

»Was soll ich mich fragen?«

Eine leichte Röte stieg Kath ins Gesicht.

»Bist du schon jemals auf die Idee gekommen, an Hexerei zu glauben?«

Tessa sagte erst einmal gar nichts. Ein Schiffshorn tönte in die Stille. Wahrscheinlich eine von den großen Fähren Richtung Royal William Yards.

Schließlich murmelte sie: »Ich bin nicht sicher, ob ich dich richtig verstanden habe.«

Kath wurde lauter. »Nur um das klarzustellen, ich meine nicht, ob du an alte Frauen glaubst, die auf Besenstielen herumfliegen, oder so was. Was ich meine, ist: Glaubst du, dass es in *irgendeiner* Form Hexerei gibt, dass das funktioniert? Eine Verhexung, ein Fluch? So eine Art von Hypnose? In deren Folge das Böse Macht über dich gewinnt? Oder der Wahnsinn?« Sie schüttelte den Kopf und fügte hinzu: »Ich habe nämlich das Gefühl, dass mein Selbstmordversuch, diese ganze schreckliche Verwirrung, irgendwie mit meiner Mutter zu tun hat. Vielleicht habe ich mir deshalb eingebildet, dass ich sie sehe. Sie hatte es ja immer mit solchen Sachen; eine Zeit lang war das genau ihr Ding: Hexerei, Wicca. Auf ihren Reisen hat sie dieses ganze unheimliche Zeug zusammengekauft. Inuit-Puppen, afrikanische Zaubersprüche. Wir hatten zum Beispiel einen keltischen Steinkopf, der war das einzig Wertvolle, aber wer weiß, was aus ihren alten Büchern über Dämonologie und diesen ganzen Zaubersachen geworden ist? Einige Stücke waren aus dem sechzehnten Jahrhundert. Die haben wir nicht geerbt.« Kath blickte auf. Sie wirkte zutiefst verstört. »Entschuldige, Tessa. Ich weiß, das hört sich alles vollkommen irre an, aber genau so fühle ich mich manchmal: wie mit einem Zauberspruch belegt. *Verhext*. Ich bin so erschöpft, so müde, und trotzdem habe ich immer diese Träume, als würde sämtliche Energie aus mir herausgesaugt. Die Vergangenheit hat mich voll im Griff; es hat irgendwie mit meiner Mutter zu tun.« Ihr Ton wurde schärfer. »Es klingt irre, aber trotzdem: Das – eine Verhexung oder so etwas – wäre wenigstens eine *Erklärung;* es würde erklären, warum ich ins Burrator Reservoir gefahren bin. Richtig?« Jetzt schaute sie Tessa offen an. »Eine andere Erklärung gibt es nämlich nicht, es sei denn, Adam hätte damit zu tun, aber welches Motiv hätte er haben sollen? Welches Motiv hätte *ich* denn gehabt?« Ihr Blick hielt Tessas fest. »Das heißt, vielleicht bin ich verhext worden. Hypnotisiert. Irgendetwas hat mich dazu verdammt, das zu tun. Eine Art Zauberkraft. Aber ganz real. Und sie wirkt immer noch. Entweder das, oder ich bin verrückt. Oder beides, mein Gott.«

Tessa erhob sich, machte einen Schritt auf Kath zu und legte ihr eine Hand auf die Schulter. Als könnte sie sie so, durch einen festen Griff, im Boden verankern, in der Realität. »Moment«, sagte sie, »warte. Es braucht wirklich keine Magie, um zu erklären, was geschehen ist. Es gibt eine rationale Erklärung. Für alles.«

»Ach ja?«

Tessa zwang sich zu einem Lächeln. Es kam nicht von innen. »Zuerst einmal musst du wissen, dass es bei einem Schädel-Hirn-Trauma, auch einem leichteren wie deinem, nicht selten zu Halluzinationen kommt.«

Kath neigte skeptisch den Kopf. »Ja?«

»Ja. Das ist ganz normal. In keiner Weise alarmierend. Vergiss nicht, dein Kopf ist mit großer Wucht auf das Lenkrad gekracht; du hattest Glück, dass das Koma nicht noch länger angehalten hat.«

»Sagst du das jetzt auch nicht nur, um mich zu beruhigen?«

»Nein!« Tessa setzte sich wieder und unterstrich, was sie gesagt hatte, mit einer entschiedenen Geste. »Ganz und gar nicht. Es *gibt* Halluzinationen. Das ist die Erklärung für die Sache im Hobajob's Wood. Möglicherweise erklärt es auch, warum du Adam am Burrator Reservoir gesehen hast. Auf jeden Fall aber erklärt es, dass du deine Mutter gesehen hast. Du bist nicht verhext, du hast ein Schädel-Hirn-Trauma.«

Ihr war bewusst, dass sie etwas improvisierte, dass sie strenge Theorie mit einer Portion Wunschdenken vermengte und damit den Drang, das alles rundweg abzulehnen, überspielte, aber im Moment ging es ihr vor allem darum, Kath zu beruhigen.

»Das ist wie ein Trauerprozess, Kath. Auch da kommt es vor, dass einem die Verstorbenen kurz nach ihrem Tod noch einmal erscheinen. Das ist sogar sehr verbreitet, wahrscheinlich ganz normal. Sieh es doch mal so: Du wärst beinahe gestorben. Daher trauerst du in gewisser Weise um dich selbst, und obendrein hast du schlimme Schuldgefühle, denn wir wissen immer noch nicht, warum du in diesen See gefahren bist. Wenn du das alles zusammennimmst, ist es nicht erstaunlich, dass du mental so angeschlagen bist. Aber es wird besser werden. Es ist ein Heilungsprozess, du wirst dich erholen. Vertrau mir. Das ist keine Magie, das ist Wissenschaft.«

Kath sah sie ruhig an, immer noch skeptisch, aber nicht mehr so verzweifelt.

Tessa nutzte die Gelegenheit. »Es ist auch sehr gut möglich, dass dein Gehirn aktiv versucht, dir etwas mitzuteilen. Die Erinnerungen an den Abend, an die ganze Woche sind ja da, in deinem Unterbewusstsein; die wollen an die Oberfläche. Möglicherweise hilft Meditieren, so was in der Art, Yoga, Achtsamkeit. Da gibt es verschiedene Techniken, ich mache mich dazu mal schlau. Wir gehen da zusammen durch.«

Als Kath jetzt nickte, lag ein Funken Hoffnung in ihrem Blick. »Okay, ich versuch's. Ich werd's versuchen.«

»Gut. Und versuch auch, sachlich zu bleiben. Du kriegst das Puzzle nur zusammen, wenn du noch weitere Teile hast. Vielleicht hat Dan dich an dem Tag aus London angerufen, und du hast es vergessen. Und dass Adam ein schlechtes Gewissen hat, liegt nahe; er macht sich Vorwürfe, weil er an dem Abend nicht für dich da war. Und vielleicht – wahrscheinlich – sind all die anderen Dinge lauter Zufälle, die sich aus deiner sehr speziellen Situation ergeben haben.« Noch ein etwas aufgesetztes, ermutigendes Lächeln. »So. Bewahr die Ruhe, kümmer dich um Lyla, und wenn du möchtest, setzen wir uns bald wieder zusammen.«

»Okay, ja.« Kath sah auf die Uhr. Sie benahm sich ganz normal, keinesfalls so, als hätte sie eben die Vermutung geäußert, unter dem Einfluss eines dunklen Fluchs zu stehen. »Ich danke dir, Tessa. Das war sehr wichtig für mich. Auch wenn ich mich anhöre wie eine komplett Wahnsinnige. Aber jetzt muss ich gehen.« Sie lächelte matt. »Ich soll zwar zurzeit nur halbtags arbeiten, aber ich darf das nicht überstrapazieren. Sie sind alle sehr nett zu mir. Manchmal tut das richtig weh, ich schäme mich so. Also ist das Mindeste, dass ich mich erkenntlich zeige.«

Als sie beide standen, umarmte Kath sie kurz und sagte: »Tut mir leid, dass ich das über Dan gesagt habe. Dass er da irgendwie beteiligt ist. Emma war sich ja gar nicht sicher.« Und nach einer kurzen Pause fügte sie hinzu: »Du hast wahrscheinlich recht. Das findet alles nur in meinem Kopf statt, und es dauert einfach, bis es wieder heilt, oder?«

»Genau, das ist die richtige Einstellung«, sagte Tessa und bereute es sofort. Da versuchte sie doch tatsächlich, ihre eigenen Ängste mit einer Floskel wegzureden. Aber Kath hatte die Floskel nicht bemerkt. Sie umarmte sie noch einmal. Fester. Und dann war sie weg.

Tessa sank auf ihren Stuhl und dachte nach.

Tatsächlich hatte sie für die meisten Dinge eine Erklärung. Für die absurde Idee, es könnte ein Fluch im Spiel sein; für die Halluzinationen. Für Lylas Fremdeln und ängstliches Verhalten dem Vater gegenüber.

All das war traurig und unangenehm, aber man konnte es neurologisch und psychologisch erklären.

Eins allerdings konnte sie sich nicht erklären.

Wofür sie keine Erklärung hatte, das war das Verhalten ihres Ehemannes.

Mittwochmittag

Sie öffnete die Webseite, für die sie zuletzt ein Lesezeichen gesetzt hatte, und überflog hastig noch einmal, was da stand.

Sie war schon auf fünf Seiten gewesen und hatte in etliche ihrer Bücher geschaut. Im Wesentlichen schrieben alle das Gleiche.

> Konfabulation, Desorientiertheit, Wahnvorstellungen und Halluzinationen treten nach schweren Hirnverletzungen ausgeprägter auf, sind aber durchaus auch schon nach leichten bis mittelschweren Hirntraumata beobachtet worden …
> Einsamkeit und soziale Isolation können ebenfalls dazu beitragen und sollten möglichst gemildert werden …
>
> Halten die Symptome länger als drei Monate an oder verstärken sich sogar, müssen neuerliche Untersuchungen durchgeführt und gegebenenfalls erschwerende Faktoren berücksichtigt werden …

Es war also, wie sie angenommen hatte; viele der Probleme, die Kath hatte, waren zu erklären und vorherzusehen gewesen, nicht zuletzt wegen des einsamen Lebens da draußen auf Huckerby. Manche Symptome schienen jedoch ominös. Sie konnten auf eine tiefer liegende Störung oder ein bislang unbekanntes neurologisches Problem hindeuten. Vielleicht musste Kath noch einmal zum MRT. Vielleicht entwickelte sie eine Psychose?

Tessa hoffte inständig, dass das nicht der Fall war. Einen ernsthaften Zusammenbruch von Kath würden die Redways nicht überstehen; was sollte dann aus der kleinen Lyla werden? Und was war mit den Asperger-Symptomen, die sie verstärkt zeigte? Den neu hinzugekommenen Ängsten und Phobien? Und nun waren die unausweichlichen Zweifel wieder da. Nachdenklich lehnte Tessa sich auf ihrem Drehstuhl zurück.

Dieses Wort, das Kath verwendet hatte: *Alibi.*

Sie selbst hatte es auch benutzt. In Bezug auf ihren eigenen Mann. Ein paar Tage zuvor, im Stillen. Kurz vor dem Einschlafen, nachdem sie Sex gehabt hatten. *Alibi.*

Zu dem Zeitpunkt hatte sie sich noch aktiv etwas vorgemacht: Sie hatte *versucht,* das andere zu vergessen, aber das ging jetzt nicht mehr. Nicht nach dem, was Emma Spalding Kath erzählt hatte.

Alibi.

Hatte Dan wirklich ein Alibi für den Tag, an dem er angeblich im Wagen seines Kollegen so schnell aus London gekommen war, um seine Schwester im Krankenhaus zu besuchen?

Sie musste die Wahrheit herausfinden. Aber wie?

Falls er log, war es sinnlos, Dan zu fragen. Aber sie konnte auch nicht einfach diesen Kollegen anrufen und sich erkundigen, denn wenn es eine Finte war, ein Flunkerei, eine DICKE, FETTE LÜGE, hatte Dan den Typen instruiert. Und indem sie den Mann anrief, machte sie sich selbst zur Schuldigen, zu der, die herumschnüffelte und ihre Ehe untergrub. Dann würde Dan sauer sein. Umso mehr, wenn er doch die Wahrheit gesagt hatte.

Was absolut möglich war.

Gab es irgendeine Möglichkeit, eine Bestätigung für seine Geschichte zu bekommen, ohne dass sie Verdacht erregte?

Ihr Blick wanderte zum Bildschirm, zu der Medizin-Seite. Erfasste Bilder von Stethoskopen, Ärzten, Rettungsfahrzeugen.

Krankenhaus. Das Derriford Hospital, Plymouth.

Sie hatte die Nummer in den ersten Tagen nach Kath' Selbstmordversuch so oft gewählt, dass sie sie immer noch auswendig wusste. Und sie hatte sie in ihren Kontakten gespeichert. Abbey Ward. Akutmedizinische Station.

Kurz zögerte sie, wog das Telefon in der Hand. Als halte sie ihre Ehe in der Balance.

Ein weiteres Kriegsschiff fuhr hinaus. Bereit, die Nation zu verteidigen. Grau und unversöhnlich.

Tessa wählte.

»Hallo?«

»Hallo, ist da die Abbey Ward?«

Im Hintergrund waren die Geräusche des Krankenhausbetriebs zu hören. Die Schwester schien in Eile.

»Ja, wer ist denn da?«

»Dr. Kinnersley. Dr. Tessa Kinnersley. Ich habe als Psychologin im Allgemeinen Krankenhaus Exeter gearbeitet. Jetzt lehre ich an der Universität Plymouth.« Mit dem Doktortitel trug sie etwas dick auf, ließ schamlos ihre Autorität spielen, aber das war ihr egal. »Ich müsste mit Schwester Sally sprechen. Sally Davis. Ist das möglich?«

»Dr. Tessa Kinnersley, sagen Sie?«

»Ja.«

»Gut. Ich glaube, Sally ist gerade in der Pause … oder,

nein, da ist sie. Ich hole sie eben, ja?« Die Stimme entfernte sich.

Tessa wartete. Klopfte mit einem Bleistift auf die Schreibtischplatte.

»Hallo? Hier ist Sally Davis.«

»Hallo, Sally, hier ist Dr. Tessa Kinnersley. Psychologin …«

»Nein, nein, schon gut. Ich weiß, wer Sie sind, natürlich. Gott, ja, war das nicht Kath Redway, dieser Unfall am Burrator Reservoir?« Sally hatte einen angenehm weichen walisischen Akzent, einen fast singenden, warmen Tonfall. »Wie geht es ihr? Ich erinnere mich gut an ihre arme Tochter, so ein hübsches Mädchen. Wie geht es der Kleinen? Wie geht's der Familie?«

»So weit gut. Kath erholt sich, hat aber noch mit Gedächtnislücken zu kämpfen. Die Erinnerungen kommen nur stückchenweise zurück. Das ist ja nach einem Hirntrauma normal. Es braucht Zeit, wie Sie sicher wissen, Zeit und Fürsorge.«

Sally Davis murmelte ein paar teilnahmsvolle Worte und fragte dann: »Kann ich Ihnen irgendwie weiterhelfen?«

»Ja, deshalb rufe ich an. Kath hat überhaupt keine Erinnerung an die ersten Stunden, die sie wieder bei Bewusstsein war, und wir glauben, es könnte ihr helfen, über den Ablauf der Ereignisse möglichst genau Bescheid zu wissen.« Als sie sich so lügen hörte, errötete Tessa. Ihr Blick wanderte zu der gerahmten Promotionsurkunde an der Wand. »Soll heißen, wir hätten sehr gern so eine Art Ablaufplan: wer sie wann besucht hat und so weiter.«

»Ach, das ist einfach!«, rief Sally. »Ich hatte Dienst! Sie war meine Patientin, ich habe das Protokoll da.«

Das Bleistiftklopfen beschleunigte sich. Im Takt mit Tessas Herzschlag.

Was würde sie jetzt zu hören bekommen?

Schon war Sally wieder am Apparat. »Ja, hier hab ich's. Wir haben eine Weile gebraucht, um sie zu identifizieren, aber sobald das geklärt war, haben wir Leute angerufen. Den Ehemann natürlich, aber den haben wir nicht erreicht, und dann …«

»Ja?«

»Wenn ich mir die Nummer ansehe, würde ich sagen, die Nächste waren Sie. Sie wohnen doch in Salcombe? Aber auch da ist niemand rangegangen.«

»Das stimmt. Ich war mit den Kindern unterwegs.« Tessa wünschte, sie hätte noch einen Kaffee in Reichweite, ihr Mund war so trocken. »Ich war mit ihnen bei meiner Familie, also bei den Großeltern in Shropshire. Über Neujahr.«

»Okay, ja, gut – erreicht haben wir dann den Bruder von Kath, Dan, also Ihren Mann. Auf dem Handy.«

»Und wann war das?«

»So gegen elf Uhr dreißig.«

Elf Uhr dreißig.

Elf Uhr dreißig.

Immer fester hieb Tessa den Bleistift auf den Tisch. Tapp, tapp, tapp. Sie verspürte den unwiderstehlichen Drang, das Ding in Stücke zu brechen und diese Stücke gegen die Scheißwand zu schmettern.

Elf Uhr dreißig.

»Aha«, sagte sie, so ruhig es ihr möglich war. »Elf Uhr dreißig. Und wann ist er dann gekommen? Er war ja wohl der Erste, der sie besucht hat.«

»Ja. Gegen Mittag war er da, ungefähr eine halbe Stunde nachdem wir ihn angerufen hatten. Er meinte, er sei in der Nähe gewesen.«

Übertrieben langsam wiederholte Tessa: »In der Nähe.«

»Ja genau. Ich weiß noch, er hat uns erzählt, dass er auf

dem Dartmoor war. In diesem Hotel in der Nähe von Princetown. ›Two Bridges‹ heißt es, glaube ich.« Und nach einer kurzen Pause fragte sie: »Hilft Ihnen das weiter?«

Tessa klopfte nicht mehr mit dem Stift. Im »Two Bridges«? Das war zu viel. Sie spürte etwas Dunkles heraufziehen, wenn es auch noch nicht greifbar war. Irgendetwas ganz Übles lauerte da. Sie legte den Stift weg und fragte: »Hat danach schon mal jemand gefragt, Sally?«

»Wie meinen Sie das?«

»Hat schon mal jemand nach Ihrem Anruf bei Kath' Bruder gefragt?«

»Äh«, Sally zögerte, »nein. Ich glaube nicht. Warum? Ist das für Kath' Erinnerung relevant? Wir standen ziemlich unter Strom. Ehrlich gesagt waren wir froh, dass wir überhaupt jemanden erreichen konnten. Wir haben uns voll auf Kath konzentriert.« Sie seufzte. »Ich hoffe so sehr, dass es auch der Kleinen besser geht. So ein süßes Mädchen. Wie kommen sie zurecht? Erholt sich auch die Kleine?«

»Ja«, sagte Tessa. »Das tut sie. Und diese Information könnte uns sehr helfen. Vielen Dank, dass Sie sich die Zeit genommen haben!«

Damit beendete sie das Gespräch und legte das Telefon weg.

In der Nacht, in der seine Schwester versucht hatte, sich das Leben zu nehmen, war Dan auf dem Dartmoor gewesen. Und nicht nur auf dem Dartmoor, sondern auch noch in der Nähe der Redways. Im Hotel »Two Bridges«. Und die ganze Zeit über hatte er diesbezüglich gelogen. Alle hatte er angelogen: sie, Kath, alle. Also hatte Kath doch recht gehabt. Es gab tatsächlich ein Muster. Und das wurde Stück für Stück offengelegt. Wie ein verschüttetes Mosaik, das nach und nach freigekratzt wurde.

Ein Geräusch lenkte sie ab. Sie schaute aus dem Fenster.

Die kleine Cremyll-Fähre, die seit gefühlten tausend Jahren auf dieser Flussmündung verkehrte, kam durch den Hafen getuckert. Suchte sich ihren Weg vom Barbican Theatre zum Royal William Victualling Yard. Vorbei an den riesigen Betonbunkern, in denen die Atom-U-Boote lagen. Dunkel und gut verborgen.

BLACK TOR

Donnerstagnachmittag

Ich muss es machen wie die Ponys, wie Adam gesagt hat: hinschauen, wie die Ponys übers Moor kommen, von Grasbüschel zu Grasbüschel, und so die Pfützen aus übel riechendem Matsch ebenso vermeiden wie die plötzlich sich auftuenden Gräben, in denen man sich die Schienbeine aufschlägt.

Genau so mache ich es, steige vorsichtig von Erdklumpen zu Erdklumpen. Dabei schaue ich immer wieder nach vorn, über grüne Hügel und Senken hinweg zu dem Kirchturm in der Ferne und dem Dorf, das sich um ihn drängt. Ich befolge Tessas Rat. Ich will versuchen, der Lösung des Rätsels durch einsame Spaziergänge näher zu kommen. Und durch Meditation.

Heute mache ich eine ausgedehnte Runde von Huckerby über mehrere Hügel bis zum Black Tor und zurück. Ich bin diesen Weg schon sehr oft gegangen und kenne den Bach, etwa einen Schritt breit, den ich überwinden muss, um weiterzukommen. Als ich springe, flattern ein paar dunkle Vögel erschrocken auf; es sieht aus, als würde Ruß über den Himmel gestreut.

Im Fliegen krächzen und schreien die Vögel aufgeregt. Als sei ich das Raubtier, das hinter ihnen her ist, das sie töten will, um sie in Linien, Reihen und Kreisen anzuordnen. Nur fühle ich mich nicht wie ein Raubtier. Alles andere als das. Ich bin nichts als eine einsame Gestalt auf dem kahlen Moor. Eine verhexte Frau, im Bann von Erinnerungen ebenso wie vom Fehlen von Erinnerungen.

Nein, natürlich nicht: Ich bin nicht verhext, das ist Unsinn. Das darf ich nicht einmal mehr denken. Ich muss beherzigen, was Tessa gesagt hat, und das Ganze begreifen. Logisches Denken war mir immer selbstverständlich; ich war Wissenschaftlerin, Archäologin. Es muss einen Grund dafür geben, dass ich in den Stausee gefahren bin, aber – ich könnte so laut schreien, dass die Vögel von Yelverton bis Salcombe erschrecken – *ich weiß nicht, warum ich versucht habe, mich umzubringen*. Ich kann noch immer nicht glauben, dass ich versucht haben soll, mich umzubringen. Irgendwer hat mir etwas angetan.

Adam? Jemand anders?

Ich bleibe stehen, atme ein paarmal tief durch und schaue nach Norden, um mich zu orientieren. Rund um den Funkturm von Princetown sammelt sich Nebel. Wie schnell solche Nebelwolken auf dem Dartmoor entstehen! Es ist nur noch die Spitze des Turms zu sehen, alles unterhalb ist schon vollständig eingehüllt. Das heißt, die ganze Stadt ist, wie so oft, in einen gemeinen, kalten Dunstschleier gehüllt. Die Häftlinge, die Vergewaltiger und Kindermörder, sind dazu verdammt, in kühles graues Nichts zu starren. Was wie eine Extrastrafe sein muss.

Meine Schritte beschleunigen sich wie von selbst. Früher bin ich gern übers Moor gewandert, jetzt ist es mir immer mehr zuwider. Wer ist hier draußen unterwegs? Jeder könnte hier sein. Irgendein Mann, ein Mörder. Oder noch ein Geist. Aber es ist niemand zu sehen. Nicht einmal Schafe sind da, die *häh* rufen könnten. Und zu hören ist nur das Schmatzen meiner Schuhe bei jedem Schritt den nächsten Hügel hinauf. Gleichzeitig gehe ich noch einmal die Fakten durch, die ich habe – die Fetzen, die mir präsent sind. Sie ähneln Scherben aus einer Grabung. Und ich bin ausgebildete Archäologin. Ich kann sie zusammenfügen.

Unter den wenigen Fakten, die ich habe, ist einer, mit dem ich mich noch gar nicht befasst habe: der Abschiedsbrief.

Ich hätte nicht tun sollen, was ich getan,
hätte mein Herz verschließen sollen.
So gehe ich nun. Gehe für immer.
Vergesst mich, wenn Ihr könnt,
denn vergeben, das weiß ich, könnt Ihr mir nicht.

Vage erinnere ich mich, das geschrieben zu haben. In Huckerby. Ich habe eine visuelle Erinnerung daran, wie meine Hand diese Worte zu Papier bringt. Mehr aber auch nicht. Mir fehlt jeder Kontext, jedes Szenario. Ich weiß nicht, was ich anhatte, als ich das geschrieben habe, geschweige denn, was mir durch den Kopf ging. Was wollte ich damit sagen? Was ist dieses »das«, vor dem ich mein Herz hätte verschließen sollen? Und warum ist oder war es so unverzeihlich?

Nur noch ein paar Meter bis zur Kuppe des nächsten Hügels, und während ich die ersteige, reißt die Nebelwand nach Süden hin dramatisch auf, von einem Augenblick zum nächsten, wie es fürs Dartmoor typisch ist.

Wo ich stehe, treiben die Wolken noch als grauer Sargdeckel über dem Moor dahin, aber weiter unten, Richtung Küste, bricht jetzt die Sonne durch und scheint auf den herrlichen Flickenteppich aus Feldern, auf das sanfte, liebliche Tiefland. Für einen Moment habe ich das Gefühl, mich inmitten eines Paradieses zu befinden. In Eden. Das Moor als Ganzes mag ein Gefängnis sein, mit Viehgattern als Gitterstäben, aber da draußen ist es wunderschön.

Und ich habe das erfahren und werde es wieder erfahren. Ich werde die Misere überwinden, das ist mein fester Entschluss. Ich will es um Lylas willen.

Plötzlich bin ich durchdrungen von diesem Vorsatz und

kann es kaum erwarten, nach Hause zu kommen. Lyla in den Arm zu nehmen.

Zum Glück kenne ich eine Abkürzung. Es ist nicht der Weg, den ich mir vorgenommen hatte; stattdessen werde ich am Devonshire-Wassergraben entlanggehen, vorbei am Weiler Whiteworks mit seinen halb vergammelten Schornsteinen und Abraumhaufen und einer Ansammlung verfallener Scheunen.

Es gibt so viele verlassene Gebäude in dieser Gegend, auch Originallanghäuser wie unseres in Huckerby. Sechshundert Jahre alt. Tausend Jahre alt. Da haben einst lachende Kinder und kleine Lämmer gelebt, und heute finden sich außer Unkraut und Disteln höchstens noch tote Kaninchen.

Die Scheunen starren mir entgegen. Als würden sie mich kennen. Als wüssten sie über mich Bescheid. Oder als würde ich sie kennen.

Hinter dem letzten kleinen Haus mit blinden Fenstern hüpfe ich über einen weiteren Bach und umrunde eine kleine Gruppe von Kiefern, in deren höheren Zweigen sich Nebelreste verfangen haben wie kalter Rauch. Gleich muss Huckerby in Sicht kommen. Mein Haus. Wo Lyla wartet. Das Mädchen, das ich retten werde. Indem ich es herausfinde. Indem ich das Rätsel löse, das ich mir selbst bin.

Aber ich sehe nicht Huckerby. Als ich die letzte graue Baumreihe umrunde, erblicke ich, im dahinziehenden Nebel gerade so auszumachen, die Gestalt eines Mannes. Er steht mit dem Rücken zu mir und schwingt eine Axt. Wie besessen, brutal, rücksichtslos.

Das ist Adam.

Ich bin sicher, dass er es ist. Die Schultern, die Statur, das dichte dunkle Haar.

Aber warum? Wieso? Sofort ist die Angst wieder da. Warum ist er hier draußen? Wo ist Lyla? Eigentlich müsste er zu

Hause sein. Mein Mann mit seinem dunklen Schopf ist mit einer Axt auf dem Moor unterwegs. Und ich muss ihm gegenübertreten, ich kann nicht einfach weglaufen, weggelaufen bin ich genug, also gehe ich auf ihn zu, steuere durch Nebelschwaden auf meinen Mann zu, der wie ein Wahnsinniger mit dem Beil ausholt, als wollte er ein Pony totschlagen, es köpfen.

»Adam?«

Es ist ein Gefühl, als hätte ich meinen Mann bei etwas Schlimmem erwischt, bei etwas, das alles erklärt. In diesem Augenblick könnte mein ganzes Leben auf den Kopf gestellt werden.

Der Mann im Nebel dreht sich um.

Es ist Harry Redway.

»Kath?«

Ich komme mir vor wie ein Idiot, wenn auch nicht wie eine Verrückte. *So* komplett abwegig war der Gedanke nicht. Harry hat die gleiche Statur wie Adam, das gleiche dunkle Haar. Ähnliche Lederjacke, ähnliche Stiefel. Andere Jeans. Durch den Nebel – von Weitem – ähnelt er ihm sehr. Jetzt, da ich näher komme, sehe ich natürlich, dass dieser Mann jünger ist.

Und trotzdem stimmt etwas nicht. Harry wirkt, als hätte er etwas zu verbergen. Dieser Cousin ist einer der Nettesten unter den Redways: so normal. Er ist immer schnell mit einem Scherz zur Stelle, immer schnell bereit, im »Warren House« eine Runde zu schmeißen, immer schnell mit einer neuen Freundin zu sehen, wenn die vorige ihm langweilig geworden ist. Allein ist er nie lange.

Aber hier ist er allein.

Mit einem großen Beil in der herunterbaumelnden Hand, allein mitten auf dem öden Moor, und er guckt, als suche er nach Ausflüchten.

»Hallo, Kath.«

»Hallo, Harry.«

»Ist mit dem Auto alles klar?«

Ich nicke. Sage »Ja« und »Danke«. Erwähne die Kupplung. Aber das Gespräch hat etwas Absurdes. Die Klinge seines Beils ist so riesig.

»Was machst du hier?«

Harry schaut auf das Beil in seiner Linken und reißt die Augen auf, als wundere er sich darüber. »Ach so, na ja. Swaling.«

»Was?«

»Die Bowens haben mich gefragt, ob ich aushelfen kann, die Nachbarn von den Spaldings.«

»Ich versteh nicht.«

Allmählich kehrt sein typisches Grinsen zurück, wenn auch etwas gezwungen. »Ich muss eine Brandschneise schlagen, den Ginster stutzen, verstehst du? Damit es nicht gleich bis nach Brixham brennt. Das muss man machen, bevor sie mit dem Swaling anfangen.«

Eine Brandschneise? Das kann sein. So etwas habe ich schon gesehen. Es ist so umstritten, ja verhasst, dieses Swaling: dass die Leute immer wieder im Winter das Moor anstecken, mit großen, wütenden Feuern mutwillig Büsche und Gräser niederbrennen. Eher aussichtslos versuchen die Behörden es mit endlosen Regeln und Vorschriften im Zaum zu halten.

Hier oben habe ich allerdings noch nie etwas von einem Swaling mitbekommen, und ich habe schon viele gesehen. Von klein auf habe ich solche Feuer beobachtet, denn meine Mutter war begeistert davon. Regelrecht geliebt hat sie die rituellen Winterfeuer. Sie hat uns ins Auto gepackt und ist mit uns raufgefahren auf die Hügel, um uns die richtig großen zu zeigen. Wie in Trance stand sie da in dem roten

Schein. Wie in Anbetung geradezu. Sie fand das so ursprünglich, so *authentisch.* Eine dreitausend Jahre alte Tradition, vorchristlich und immer noch lebendig. Sie liebte die alten Geschichten, die sich darum rankten: wie die Kinder nach dem Swaling losgeschickt wurden, um die verkohlten Ginsterzweige aufzuklauben, denn die konnten noch verfeuert werden; wie die Mönche dafür gebetet haben, dass es dem Feuer gelingen möge, die Schlangen zu vertreiben. Und den Teufel.

Der Geruch dieser Feuer, die mir als achtjährigem Kind riesig erschienen, gewaltig mit den drei Meter hohen Flammen, ist mir lebhaft in Erinnerung: eine Mischung aus dem süßlichen, kokosähnlichen Duft der Ginsterblüten und der beißenden Note von Asche und Ruß. Von verbrannten Tieren.

Harry hebt das Beil. »Falls ich dich erschreckt habe, tut's mir leid.«

»Nein, nein, schon gut. Nett, dich zu sehen.«

»Gleichfalls, gleichfalls. Aber na ja …«, er nickt in Richtung Ginster, »… ich muss mal weitermachen. Ich will endlich zu Potte kommen. Aber sag Adam, dass ich am Wochenende auf ein Pint reinschaue.«

Ich nicke. »Ja natürlich, entschuldige. Ein Mann, ein Job. Ich richte es Adam aus.« Wir winken einander zu, und ich laufe weiter. Nach ein paar Hundert Metern drehe ich mich noch einmal um. Harry steht wieder mit dem Rücken zu mir. Schneidet und hackt an den Ginster- und Heidebüschen herum. Schlägt eine Brandschneise.

Harry Redway?

Mein Geist ist in Aufruhr. Am liebsten würde ich den ganzen Weg zurück nach Huckerby im Laufschritt zurücklegen, denn ich habe das Gefühl, dass Erinnerungen wiederkehren, dass mein Verstand versucht, sich selbst zu reparieren, wie

Tessa es vorhergesagt hat. Den Moment, dieses sich öffnende Fenster, will ich nutzen. Ich habe es nicht mehr weit, den letzten schlammigen Weg habe ich hinter mir gelassen, jetzt muss ich die Helligkeit nutzen, die durchbricht wie die vorhin über dem Black Tor, als der Nebel aufriss und den Blick freigab auf das Paradies.

Die Küche ist gut geheizt und leer.

Während ich den Kessel mit Wasser fülle, höre ich etwas aus dem Wohnzimmer, und kurz darauf erscheint Adam mit einer Flasche Bier in der Hand. Er mustert mich ungerührt bis verächtlich, und dann geht er wieder, zurück in Richtung Wohnzimmer, so, als sei ich noch nicht einmal eine kurze Begrüßung wert.

Als hätte ich schon wieder etwas verbrochen.

Egal. Im Augenblick kratzt mich das nicht.

Ich lehne mich rücklings an die Spüle, schlürfe Tee und denke nach. Atme tief. Eine Form der Meditation, wie Tessa mir empfohlen hat. Ich erinnere mich an diesen Geruch: Kokos und Asche. Die dunkle Note des feuergepeinigten Moors. Und ich sehe es vor mir: mich als Mädchen in Lylas Alter, wie ich neben meiner Mutter stehe und in die sinnlosen Flammen starre. Wie ich mich an Mamas Hand klammere, weil ich nicht verstehe, wieso Leute das schöne Moorland mutwillig in Brand gesetzt haben.

Ich sehe es deshalb so lebhaft vor mir, weil der Geruch so stark mit der Erinnerung verknüpft ist. Gerüche *wecken* Erinnerungen.

Das ist meine Chance. Warum bin ich darauf nicht früher gekommen? Ich leide an einem leichten Hirntrauma, und das ist heilbar.

Ich gehe zur Speisekammer und öffne die schwere Holztür. Da ist sie, eine alte Plastikzitrone voller Saft. Seit dem Erlebnis im Haus von Brian Angove habe ich Zitrusgerüche bewusst gemieden, weil mir davon so flau geworden ist. Aber vielleicht sollte ich mich *zwingen*, mich dem Geruch stellen? Ich schnappe mir ein Geschirrtuch vom Herd und spritze ein paar Tropfen Zitronensaft darauf. Dann drücke ich die Nase in die feuchte Baumwolle und nehme den intensiven Zitrusduft auf.

Am Anfang: nichts. Verschwommenes. Nichts.

Zitrone.

Wieder und wieder atme ich tief ein. Inhaliere das zitronige Aroma. Atme ein, atme aus, immer so weiter. Und dann passiert etwas. Es funktioniert. Ich sehe mich, und zwar ganz anders als gedacht. Vollkommen anders als gedacht.

Mit Adam hat es nichts zu tun.

Ich bin im »Two Bridges«. Um die Mittagszeit. Es ist der Tag, an dem ich versucht habe, mich umzubringen, da bin ich sicher.

Ich trinke ein Glas Wein und dann wieder nicht. Warum? Weil ich das Pub eilig verlasse. Und als ich das Pub verlasse, sehe ich ein anderes Auto vorfahren. Aber obwohl ich ihn kenne, gehe ich nicht zu dem Fahrer hinüber. Stattdessen ziehe ich den Kopf ein und laufe schnell zu meinem eigenen Auto, damit er mich nicht sieht.

Warum?

Ich weiß es nicht. Die großzügige Erinnerungsschleuder ist schnell zum Stillstand gekommen, wie ein Spielautomat, der nichts mehr ausspuckt. Ich atme tief, ein und aus, nehme den Duft auf, aber das Einzige, was ich sehe, ist ein aufrecht stehender Stein. Irgendwo auf dem Moor, mit einer ungewöhnlichen Form, nach unten hin dicker. Diesen Stein kenne ich nicht.

Und das war's. Das Bild von dem Stein löst sich auf, und plötzlich stehe ich einfach nur in meiner Küche und halte mich an einem mit Zitronensaft getränkten Geschirrtuch fest. Aber mein Geist hält noch etwas anderes fest: das erste bedeutsame Puzzleteil.

An dem Tag, an dem ich versucht habe, mich umzubringen, war ich im »Two Bridges«. Und da war ein Mann, den ich kenne.

Am Steuer jenes Wagens saß Dan, mein Bruder. Und ich bin vor ihm weggelaufen.

HUCKERBY

Donnerstagnachmittag

Gedankenverloren stehe ich da und halte das Geschirrtuch unter fließendes Wasser, um den Zitronensaft auszuspülen. Was hat das alles zu bedeuten? Dan und Harry und der Stein, den ich nicht erkannt habe? Wo ist das?

Auch von dem Kalender an der Wand her starrt mich das Dartmoor an. Das Foto, das Schnee und Blumen am Grab von Kitty Jay zeigt. Der letzten Ruhestätte jener legendären Selbstmörderin; dem Ort, an dem die Asche meiner Mutter verstreut worden ist.

Mir war immer schleierhaft, warum sie sich ausgerechnet für das Grab von Kitty Jay entschieden hat. Eigentlich hat es ihr da nie gefallen. Viel lieber mochte sie den Wistman's Wood. Oder das Meer bei Salcombe. Und trotzdem war sie in dem Punkt ganz entschieden. Meine Asche sollt ihr am Grab von Kitty Jay verstreuen.

Hat sie die Legende geglaubt? Ging es darum?

Vielleicht.

Vor dreißig Jahren haben Archäologen das Grab eröffnet, die ungefähr zweihundert Jahre alten Gebeine einer jungen Frau gefunden und gemutmaßt, dass der Legende eine wahre Geschichte zugrunde liegt, dass das Mädchen, das sich umgebracht hat, weil seine Liebe nicht erwidert wurde und es in Unehren schwanger geworden war, tatsächlich da begraben lag, genau an einer Wegekreuzung. Es war Tradition, Selbstmörder an Wegekreuzungen zu beerdigen, damit sie, wenn sie wieder hochkamen, um Leute zu verfolgen, nicht wussten, welche Richtung sie einschlagen sollten.

In früheren Zeiten hätten sie mich, wenn ich die Sache am Burrator Reservoir zu Ende gebracht hätte, an einem ähnlichen Ort verscharrt.

Aber was stehe ich hier herum? Ich verfüge über ein entscheidendes neues Fitzelchen Wissen, das muss ich Tessa sagen.

Rasch trete ich ans Fenster, um besseren Empfang zu haben, und wähle die Nummer in Salcombe.

Sie geht sofort ran.

»Tessa? Ich habe eine neue Erinnerung.«

»Was?«

»An den Tag, an dem ich es getan habe. Ich habe einen Erinnerungstrick versucht. Zitrone. Assoziationen. Und es hat funktioniert, mir ist eine Erinnerung gekommen, und ich bin sicher, dass sie echt ist.« Ich stocke.

»Und?«

Einmal tief Luft holen, dann sage ich: »Dan war da. Am ›Two Bridges‹. An dem Tag, an dem ich in den See gefahren bin. Ich weiß, dass er da war, weil … ich selbst da war. Und zwar am *Nachmittag,* Tessa. Und aus irgendeinem Grund wollte ich ihn nicht sehen, ich bin weggelaufen, um ihm nicht zu begegnen.« Ich klinge angespannt, das höre ich selbst, aber auch klar und deutlich. »Und ich habe keine Ahnung, warum. Also …«

»Sie weiß es.«

Ich fahre herum. Da steht Adam, an den Türrahmen gelehnt. Ich nicke. Als hätte ich verstanden, was er meint. Das habe ich nicht.

Er trinkt einen Schluck Bier und wiederholt: »Sie weiß es.« Und mit feindseliger Miene fügt er hinzu: *»Sie weiß, was du getan hast.«*

Das klingt bedeutungsvoll und ominös zugleich. Ich sage Tessa, dass wir später noch einmal telefonieren können, und wende mich meinem Mann zu. »Entschuldige, Adam, aber was meinst du?«

Er wischt sich mit der Daumenrückseite Bier von den Lippen. »Rate doch.«

Die Flasche billiges Lidl-Bier ist fast leer. Ich schaue ihn an und dann die Flasche. Er trinkt nie allein, zu Hause und schon gar nicht nachmittags.

»Lyla«, sagt er nur. »Lyla weiß es. Jemand in der Schule hat es ihr gesagt.«

Ohne den Blick von mir zu wenden, nimmt er einen kräftigen Schluck aus der Flasche.

»Ich hab versucht, ihr einzureden, dass das nicht stimmt, aber sie glaubt mir nicht. Und sie hat wieder dieses … Wie nennst du es noch? … dieses Stimming gemacht. Den ganzen Tag.«

Mein Blick bleibt an seinem hängen. Meine süße Tochter. Sie weiß über meinen Selbstmordversuch Bescheid. O Gott.

»Ist es schlimm?«

»Heute Nachmittag im Auto, als wir vom Lidl kamen. Da hat sie sich die ganze Zeit geschaukelt, immer vor und zurück, vor und zurück. Wie ein Roboter. Ein paarmal hat sie sogar den Kopf gegen das Fenster geschlagen.« Unverwandt starrt er mich an. »Also, Kath, ja. Ich würde sagen, mit dem Stimming ist es schlimm. Sehr, sehr, sehr, *verdammt* schlimm.« Er setzt das Bier ab. Hebt es wieder.

Sein Ausdruck ist so aufgebracht, so grimmig, dass ich mir plötzlich vorstelle, wie er die braune Flasche am Spülenrand zerschlägt, um sie in eine scharf gezackte Waffe zu verwandeln, die er mir in das betretene Gesicht rammen kann. Ich ducke mich nicht weg. Obwohl mir nach Wegducken zumute ist.

»Woher weißt du, dass sie es weiß? Hat sie irgendwas Konkretes gesagt? Wo ist sie überhaupt?«

»Mit den Hunden draußen. Sie wollte an die Luft. Wird wohl bald zurückkommen, zum Tee, da kannst du sie selbst fragen. Und mal ein bisschen Zeit mit ihr verbringen.« Er trinkt einen Schluck Bier. »Wann hast du das letzte Mal mit Lyla über den ganzen Scheiß geredet, hm? Seit dieser absurden Geburtstagsfeier?«

Das regt mich trotz aller Schuldgefühle auf, denn es ist unfair. Er hat zu der Feier gar nichts beigetragen, weil er sich mit so etwas nie abgibt. Sicher, er hatte recht, ich habe die Sache falsch eingeschätzt, aber ich habe es wenigstens *versucht*. Immer bin ich diejenige, die Dinge versucht: Alles Organisatorische überlässt er grundsätzlich mir; alles Formale, das mit Lyla zu tun hat.

Ob Schuluniformen oder Klassenausflüge, das ist alles meine Sache. Dazu die zahllosen Versuche, sie dazu zu bewegen, ein Instrument zu lernen oder Theater zu spielen oder Fahrrad zu fahren – alles habe ich probiert, und mit allem bin ich gescheitert, denn das Einzige, was ihr Spaß macht, ist, April-Kaulquappen aus dem Taw in Schraubgläser zu füllen und die Falken zu beobachten, die über dem Chinkwell Tor kreisen. Und in ihrer Hütte zu sitzen und blau-silbernen Klängen zu lauschen.

Verzweifelt schaue ich Adam in die Augen. Mein kleiner Sieg in Sachen Erinnerung beim Geruch von Zitronen erscheint mir plötzlich banal. Ich fühle Verzweiflung, aber auch Zorn. Und der wird immer größer, bis er es mit seinem aufnehmen kann. »*Ich* versuche es wenigstens, Adam! Ich versuche, sie mit anderen zusammenzubringen. Wann bist *du* das letzte Mal mit ihr zu einer Spielverabredung gegangen oder ins Kino oder hast irgendwas Normales mit ihr gemacht?«

»So was mache ich nicht«, sagt er. »Weil sie es nicht mag, verdammt. Es hat überhaupt keinen *Sinn*.« Noch ein Schluck

Bier, doch der hindert ihn nicht am Weiterreden. Schnell und gnadenlos, fast ist es ein Schreien. »Eine Einzelgängerin, das ist sie, unsere schöne Tochter, lass ihr das doch. Lass sie sein, wie sie ist; lass sie sie selbst sein; lass sie übers Moor wandern und die verdammten Hügel hochkraxeln und nach Nachtschwalben Ausschau halten. Das habe ich auch gemacht – sie ist meine Tochter.« Er spricht so schnell, das tröpfchenweise Bier von seinen Lippen spritzt. »Sie ist ein Vater-Kind – ist es das, was dich kränkt? Dass ich ihr Vater bin? Hättest du gern einen anderen gehabt? Einen reicheren? Wie deinen Bruder? Wolltest du mit einem anderen vögeln?«

»Was? Das ist doch lächerlich.«

Wie konnte es so weit kommen? Wir haben einander geliebt! Jetzt aber bin ich wütend, empört, im Verteidigungsmodus. Nur habe ich nichts, was ich im Kampf einsetzen könnte, keine Waffe. Mir bleiben nur Vermutungen, Unterstellungen. Adam auf dem Hügel am Burrator Reservoir. Adam, der an meinem Auto geschraubt hat. Die Bemerkungen von Emma Spalding.

Ich bin eine Selbstmörderin. Ich bin an einer Wegekreuzung wieder hochgekommen und habe mir die Erde aus dem Gesicht gewischt. Und jetzt weiß ich nicht, welche Richtung ich einschlagen soll.

Adam greift in den Kühlschrank und holt sich ein neues Bier heraus. Wirft die Tür, die Flasche in der Hand, krachend zu. Wie viel hat er getrunken? Er lässt es zwar selten so weit kommen, aber er braucht nicht viel, um hinüber zu sein. Das Schaf fällt mir ein, das er oben auf dem nördlichen Moor so beiläufig erschossen hat; es schien lakonisch, und doch war es Gewalt. Mein Blick fällt wieder auf den Wandkalender, das traurige, schöne Grab im Schnee, ganz in der Nähe von da, wo er die Tage nach Weihnachten verbracht hat.

»Adam …«

Er öffnet die Flasche und wirft den Kronkorken in die Spüle. Ein lautes Klirren. »Was? Was kommt jetzt?«

»Als du da oben warst. Nach Weihnachten. In Man… sowieso. In der Nähe von Kitty Jay, wo Mamas Asche verstreut ist …«

Da ist es wieder. Schuldbewusstsein.

Er wendet sich ab, schaut zur Küchentür. Von ferne höre ich die Hunde bellen. Lyla kommt. Wahrscheinlich. Jetzt sieht er mich wieder an.

»Warst du die ganze Zeit da oben? Die ganze Woche? Mir ist nämlich so eine Erinnerung gekommen. An einen Mann in einem Auto. An dem Abend. Warst du das?«

Einen Augenblick lang ist alles still. Dann knallt er die Flasche auf den Tresen, dass es dröhnt. Im Hof bellen die Hunde, aber Lyla ist noch nicht aufgetaucht. Wahrscheinlich ist sie in ihre Hütte gegangen. Ich hoffe, sie ist in ihre Hütte gegangen. Denn ich will nicht, dass sie uns hört. Hört, wie ihr Vater auf ihrer Mutter herumhackt.

»Zum Henker, Kath, hör endlich mit dieser Scheiße auf! Ich bitte dich! Ich *war* nicht da. Ich verfolge dich nicht. Ich bin nicht zwischendurch nach Hause gekommen. Das ist totaler Schwachsinn! Ich arbeite sechzehn Stunden am Tag.« Er fährt sich über die Lippen und macht sofort weiter. »Ich hab so die Schnauze voll. So kann das nicht weitergehen. Ich kann nicht mehr so tun, als wär ich nicht sauer. Meine Tochter, mein einziges Kind, ist traumatisiert. Sie sitzt im Auto und schaukelt vor und zurück; sie kratzt sich. Sie hat Angst vor mir, ihrem Vater! Sie gibt *mir* die Schuld an deinem Zustand. Warum?? Warum macht sie das? Weil du getan hast, was du getan hast. Und jetzt hat jemand ihr die ganze Wahrheit erzählt, und es ist noch viel schlimmer geworden.«

Seine Augen glühen. Ich ducke mich, weiche zurück. Groß

und bedrohlich ragt er über mir auf, die Bierflasche in der Hand, jederzeit bereit auszuholen.

»Du! Du bist diejenige, die es immer schlimmer macht. Du, Kath, du. *Du* hast versucht, dich umzubringen. Deshalb ist deine Tochter so verängstigt, so hilflos, deshalb macht sie das Stimming und schaukelt und klappt mit den Fingern. Deshalb ist sie traurig und eingeschüchtert und legt Kreise aus toten Vögeln und wird immer einsamer. Es gibt keinen anderen Grund. Das liegt alles an dir. Weil du beschlossen hast, dass wir leiden sollen, Lyla und ich. Weil du dein Auto in den See gelenkt hast. Weil du entschieden hast, dass Lyla und ich nichts wert sind. Das warst du. *Du!*«

HUCKERBY

Donnerstagabend

Er hat mich mit Vorwürfen förmlich gespickt. Ich bin am Boden zerstört, ich halte es hier nicht mehr aus. Tür auf, und raus in den Hof! Es dämmert bereits. Mir stehen Tränen in den Augen. Adam hat recht. Es ist meine Schuld. Ich muss meine Tochter suchen gehen. Sie in den Arm nehmen. Mich entschuldigen. Die Hunde habe ich gehört, also ist sie wohl in ihrer Hütte. Dahin verzieht sie sich, wenn sie allein sein möchte.

Lylas Hütte befindet sich hinter der verfallenen Scheune; sie hat sie sich aus Brombeerranken, Ebereschen- und Haselnusszweigen zusammengebaut. Adam hat ihr geholfen. Stunden und Tage haben sie damit zugebracht, das Grünzeug zu schneiden und eine kleine belaubte Höhle zu erschaffen, in der sie allein sein kann. Adam hat Bodenplanken und Plastikplanen angebracht, damit sie trocken bleibt, ich habe ihr Kissen und Decken gegeben. Sogar ein kleines Tor hat Adam gemacht. Es hängt in quietschenden Angeln.

Jetzt ist es verschlossen. Ich klopfe an. »Kann ich reinkommen?«

Ihre Stimme ist fast nur ein Piepsen. »Ja.«

Ich öffne das Tor und krieche ins Innere. Da sitzt sie im Schneidersitz; rotes T-Shirt, dünne blaue Kapuzenjacke, schwarze Leggings. So klein, so verletzlich. Ihr müsste kalt sein, aber anscheinend friert sie nicht. Felix und Randal sind bei ihr, einer links, einer rechts von ihr, dösen sie vor sich hin.

Sie weicht meinem Blick aus; sie liest, obwohl es schon

ziemlich schummrig ist. Das Buch liegt aufgeschlagen auf ihrem Schoß.

Rund um sie her sind ihre Schätze versammelt. Ein paar prächtige Eisvogelfedern. Wildblumen aus dem letzten Sommer. Größere und kleine Steine, winzige Muscheln. Auf einer Art Wandbord liegen in langen ordentlichen Reihen Vogeleier, blassblau, rohweiß und gelb; alle kaputt, denn ein Ei, in dem noch Leben ist, würde sie niemals nehmen. Links von ihr stehen Bücher, Lexika in durchsichtigen Plastiktüten, die sie vor dem Nasswerden bewahren sollen. In einer offenen Schachtel liegt ein Otterschädel.

Und die leichte winterliche Brise bringt Bewegung in alles, entlockt den Büroklammerketten das leise Klingeln, das sie so mag. Zart, beinahe geisterhaft.

Es macht Lyla großen Spaß, diese Ketten aus Büroklammern zusammenzufügen und zu Schlingen zu knüpfen, die sie in ihrer Hütte an die kleinen Zweige hängen kann. Es sind ihre ganz eigenen Windspiele, die ihren persönlichen Lieblingsklang hervorbringen.

Tingeling. Tingeling.

Plötzlich schaut sie in meine Richtung. »Ich habe heute viel gelesen. Ganz, ganz viel. Soll ich's dir erzählen?«

»Okay.«

Sie streicht sich eine dunkle Strähne aus der Stirn. Jetzt erst dämmert mir, dass sie geweint hat. Ihr Gesicht ist leicht gerötet. Ich möchte sie halten und drücken, aber ich habe Angst, meine Schuld und mein böses Wesen könnten auf sie überspringen wie das Übel auf dem Pestmarkt.

Felix, der aufgewacht ist, sieht mich aufmerksam an.

»Was hast du gelesen, Süße?«

Merkwürdig ruhig und unaufgeregt sagt sie: »Alles über Selbstmord. Alle Fakten dazu, warum Menschen sich umbringen.«

Jetzt schauen ihre feuchten, traurigen Augen mich direkt an.

»Gladiatoren. Ich habe etwas über Gladiatoren gelesen: Die haben sich umgebracht, indem sie den Kopf zwischen die Speichen von Wagenrädern gesteckt haben. Das habe ich auf Google gelesen. Sie fanden nämlich, dass das besser wäre, als den Römern zu gehorchen und in der Arena zu kämpfen, bis sie tot umfallen. Manche haben sich auch einen Speer in den Rachen geschoben.«

»Lyla!« Ich weiß nicht, wie ich dem ein Ende setzen soll. Wir versuchen schon, ihren Zugang zum Netz zu kontrollieren, aber im Augenblick – wie soll ich das machen? Und Adam hat offensichtlich recht: Es muss ihr jemand was erzählt haben. Über mich und das, was ich getan habe. Aber davon will ich sie abbringen; will sie ablenken. »Bitte, Süße, es wird schon dunkel. Das kannst du mir auch später noch erzählen.«

Sie schüttelt den Kopf und setzt ihren Vortrag fort, schnell und präzise. Und während sie spricht, wedelt sie unaufhörlich mit der rechten Hand. »Es gab einen Mann, der hat sich mit einem Brillenglas erstochen. Und ein anderer – der hat kochendes Wasser getrunken, und eine hat sich einen Besenstiel in den Hals gesteckt, und eine andere hat sich Stopfnadeln in den Bauch gestochen, um sich umzubringen, und von einem Mann habe ich gelesen, einem Mann in Amerika, der hat versucht, sich umzubringen, indem er Säure getrunken hat, und das hat nicht geklappt, und da hat er angezündete Feuerwerkskörper geschluckt, um sich umzubringen.«

Jetzt flattern ihre beiden Hände auf und ab, auf und ab, und sie verzieht das Gesicht und zischt: »*Sss*, Mami, *sss*, Mami. Stell dir das vor, das muss komisch gewesen sein, ich meine, wie hat das wohl ausgesehen, kamen da Funken aus seinem Mund, sind die Feuerwerkskörper in ihm drin explodiert?« Sie muss meine besorgte Miene sehen, aber sie hört nicht auf, sie macht immer weiter, wie in Trance. »*Sss.* Und ich habe gelesen, dass es in England seit dem sechzehnten Jahrhundert Selbstmorde gegeben hat. Die ersten sind auf den South Downs bekannt geworden – das ist in Sussex –, und es gibt auch Tiere, die Suizid begehen, Schweine zum Beispiel oder Makaken, *sss,* ich habe gelesen, dass Makaken sich umbringen, das sind Affen, und die meisten Selbstmorde werden ganz spontan begangen, die Leute denken höchstens fünf Minuten darüber nach, bevor sie es tun. *Sss. Sss. Sss.* Und dann und dann – dann habe ich gelesen, dass im alten China, wenn ein Mann gestorben ist, die Witwe Blattgold geschluckt hat, bis sie daran gestorben ist, weil sie nicht mehr länger leben wollte. Sie hatte niemanden mehr, den sie lieb haben konnte, deshalb hat sie Blattgold geschluckt, das hat sich in ihrem Mund zusammengeklumpt. Sie haben Gold geschluckt, damit sie sterben, und, und, und …«

Ihre Hände flattern und flattern, sie zittert am ganzen Leib, und dann ballt sie die Hände zu Fäusten und kneift die Augen fest zu und holt weit aus. Unvermittelt geht sie auf mich los, schlägt auf mich ein, so fest sie nur kann, schlägt mich auch auf den Kopf. Ihre Augen sind jetzt weit aufgerissen, in ihrem Blick flackert Zorn.

Ich versuche, die Schläge abzuwehren. Die Hunde verziehen sich. Und sie schlägt immer weiter auf mich ein.

»Warum hast du das gemacht? Warum hast du das gemacht, warum, warum, warum, Mami? Warum hast du mich allein gelassen, warum hast du versucht, mich allein zu lassen? Hast du mich denn nicht lieb? Du hast mich nicht lieb, du kannst mich gar nicht lieb haben. Ich hab dich lieb, aber du hasst mich, du magst mich nicht. Du bist meine Mami, aber du kannst mich nicht lieb haben, stimmt's, weil: Du hast mich hier zurückgelassen. Du magst mich nicht, du hast mich allein gelassen, und du hast versucht, für immer wegzugehen, weil du mich nicht leiden kannst, du findest mich seltsam, du wolltest mich allein in der Ecke stehen lassen, du bist genau wie die anderen, du wolltest weg, weg, weg, wolltest weg! Warum, warum, warum? *Warum?*«

Und dann stößt sie mich weg und hebt den Blick zu den Tingeling-Ketten, die von der Decke ihrer Hütte hängen, und über ihre Wangen laufen Tränen, und sie wimmert und schluchzt.

Ich kann nichts tun, gar nichts, denn sie hat recht. Ich habe versucht, mich zu zerstören; habe versucht, sie zu zerstören; habe versucht, alles zu zerstören. Und jetzt zerstöre ich diese Familie ein zweites Mal.

SALCOMBE

Freitagabend

Tessa Kinnersley saß in ihrer schönen, teuren Edelstahl-und-Granit-Küche und wartete darauf, dass die Frau an der Rezeption des »Two Bridges« antwortete.

»Nein«, sagte die Frau schließlich. »Der Name Kinnersley steht für die Nacht nicht hier drin. Dreißigster Dezember, ja?«

»Ja.« Stirnrunzelnd sah Tessa zum Fenster. Es war Februar. Draußen war es inzwischen vollkommen dunkel. »Sicher? Vielleicht hat mein Mann eine Firmenkarte benutzt, es ist wirklich wichtig, wir brauchen eine Kopie der Rechnung. Und er ist sich ganz sicher, dass er in der Nacht bei Ihnen war.«

Die Frau seufzte. Unüberhörbar genervt.

»Tut mir leid, aber – ja, ich bin sicher. Die einzigen Gäste in der Nacht waren ein Paar aus Deutschland, die hießen Schwartz, eine einzelne Frau mit Namen Dickinson und …«, jetzt verstummte sie, wohl weil sie Mühe hatte, etwas zu entziffern, »… ein weiteres Ehepaar, Japaner. Kein Kinnersley und keine Buchung auf eine Firma. Tut mir leid.«

Das *Tut mir leid* kam mit Nachdruck. Es hieß: *Gib endlich Ruhe!*

Tessa verstand.

»Okay, vielen Dank. Ich hoffe, ich habe Sie nicht zu lange aufgehalten. Das muss dann wohl eine Verwechslung sein.«

Sie legte auf. Diese Information machte das Ganze nur noch rätselhafter. Kath war wieder eingefallen, dass sie Dan nachmittags an jenem Tag am »Two Bridges« gesehen hatte, und da diese Erinnerung gezielt durch den Geruch von Zitrone ausgelöst worden war, konnte man ihr wohl trauen. Tessa hatte die Literatur dazu studiert: Bei Patienten mit Hirntrauma und langsam wiederkehrenden Erinnerungen kam es häufig vor, dass sie verstörende Assoziationen hatten, die sich erst erschlossen, wenn die neuronalen Netze geheilt waren. Und Gerüche waren in besonderer Weise mit Erinnerungen verknüpft: Wenn es darum ging, tief verschüttete Erinnerungen freizulegen, war der gezielte Einsatz von Gerüchen eine anerkannte, professionelle Technik.

Dan war also wahrscheinlich am Tag von Kath' Selbstmordversuch in dem Hotel gewesen und am nächsten Tag auch. Was fehlte, war die Nacht. Wo war er in den Abendstunden gewesen? Wo am frühen Morgen? Was hatte er gemacht? Genau zu der Zeit, als Kath ins Burrator Reservoir gefahren war? Und vor allem: Warum war Kath vor ihm weggelaufen?

Tessa schaute auf die Uhr an ihrem teuren Herd. Datum und Uhrzeit in rot leuchtenden Ziffern. Es war erst eine Woche her, dass sie mit den Jungs im Disneyland Paris in einer Geisterbahn mit animierten Piraten gefahren waren und über Kapitän Hook und den Papagei mit seinem ewigen *Grrrr* gelacht hatten.

Und doch konnte es schon in wenigen Minuten vorbei sein mit ihrer Ehe, dieser Familie; mit allem konnte es vorbei sein. Mit dem Haus, ihrem Leben hier, ihrem Glück. Vorbei. Sie schätzte, dass es noch ungefähr drei Minuten waren, bis ihr Mann nach Hause kam: Er hatte von der Tankstelle aus angerufen. Seine zweitägige Geschäftsreise war vorbei, er freute sich auf zu Hause.

Wieder schaute sie zur Uhr. Zu dem roten Leuchten, das schwach pulsierte. Sie hatte absolut richtiggelegen. Drei Minuten waren vergangen, und sie hörte das große Auto in die Einfahrt einbiegen und das Garagentor mit dunklem Surren hochfahren. Der Motor erstarb. Gleich würde der Schlüssel im Schloss zu hören sein. Der strahlende, erfolgreiche Ehemann kehrte heim zu seiner geliebten Familie.

Tessas Blick fiel auf ihr Glas Rotwein. Sie hatte es nicht angerührt.

Wenn ihre Ehe zu Ende ging, wollte sie, dass das nüchtern geschah. Aus den richtigen Gründen.

Sie musste klar sein. Oder?

Sie trank einen großen Schluck Wein.

Dan kam durch den Flur. Sie hörte seine Schritte im Wohnzimmer, wo er wahrscheinlich mit ihr rechnete.

»Ich bin in der Küche!«, rief sie. Laut. Zu laut.

Es kaschierte ihre Angst.

Kurz darauf erschien er in der Tür, lächelte, sah gut aus: der Mann, den sie bis vor Kurzem begehrt hatte. Aus dem Nichts tauchte plötzlich ein anderes Disneyland-Bild vor ihr auf: Dan und die Jungs, wie sie bei Mickey Mouse Eis kauften und herumalberten. Dan, wie er Oscar durchs Haar fuhr. Konnte dieser Mann etwas mit Kath' Selbstmordversuch zu un haben? Was hatte er getan, dass seine Schwester ihm hatte ausweichen wollen?

»Hallo, Liebes.« Er hob eine Hand und glättete sein Haar, das dunkel war und nass vom Regen. »War ein harten Tag. Eine furchtbare Fahrt. Ich brauch jetzt dringend einen Klaren.«

Wie üblich ging er direkt an den Schrank und nahm einen großen Tumbler heraus. Dann holte er eine Flasche aus dem Regal und goss sich großzügig Gin ein. Dazu gab er Eiswürfel bis zum Rand und Fever Tonic. Das zuckerfreie.

Es war sein Abendritual. Er dachte, dies sei ein ganz normaler Abend.

Die ganze Zeit, während er am Kühlschrank zugange war, starrte Tessa ihn an. Er ahnte nichts.

»Wo sind die Zitronen? Wohin verschwinden die immer? Ah, warte, hier, da bist du ja, du kleine Zitrusschlampe. Ziehst da hinter der Milch deine Show ab.«

Er ließ die Zitronenscheibe in seinen Drink gleiten und drehte sich um, registrierte lächelnd ihren Wein und machte es sich am Küchentresen bequem.

»Ich servier dir auch was Stärkeres, wenn du willst. Um den Winterblues fernzuhalten.«

Sie ignorierte das Angebot und lächelte nicht. Er zuckte die Achseln. Stattdessen fixierte sie ihn und sagte sehr ruhig: »Erzähl mir, wie es an dem Tag nach Kath' Unfall wirklich war, Dan.«

Mit erstauntem Stirnrunzeln erwiderte er ihren Blick. Und dann lachte er.

Die Eiswürfel in seinem Glas klirrten, als er es lachend ansetzte und trank.

Show, dachte sie, *alles Show. Das Stirnrunzeln, das Lachen, das Sichwundern.* Sie schwieg. Wartete darauf, dass er begriff.

Sein Lachen erstarb. »Was? Warum schon wieder diese Geschichte, verdammt?«

»Erzähl's mir.«

Er kippte seinen Gin. »Mein Gott, das reicht jetzt! *Ça suffit.* Ich *hab's* dir erzählt, Heiliger!«

»Was hast du mir erzählt?«

»Dass ich schnell zurückgefahren bin. Mit dem Typen mit dem Aston.«

Sie nickte. »Und wenn ich den anrufe, diesen reichen Kerl in Padstow, bestätigt er die Geschichte dann?«

Das Stirnrunzeln kehrte zurück. »Ja natürlich! Weil's die verdammte Wahrheit ist. Was soll diese Detektivscheiße, Herrgott? Weißt du was? Du solltest dir eine Lupe kaufen. Eine Sherlock-Holmes-Mütze. Es mit Kokainspritzen versuchen.« Er sah sie an. »Ach komm, Tessa. Scherz! Ich mache Quatsch. Können wir's jetzt gut sein lassen?«

Düster schüttelte Tessa den Kopf. »Als du mir die Geschichte das erste Mal erzählt hast, meintest du, der Typ wohnt in Truro, nicht in Padstow.«

Einen langen Augenblick war Dan still. Dann lachte er, schon leicht angeschlagen vom Gin. »Ach verdammt, ich hab's eben vergessen! Außerdem: Das interessiert doch kein Schwein. Padstow. Fowey. St. Mawes. Irgend so was mit Jacht-Heinis in Deckschuhen. Einer von diesen reichen Orten an der kornischen Küste.«

»Und welcher?«

»Ich weiß es nicht! Und, meine verehrte Gemahlin, ich weiß es deshalb nicht, weil er mich abgesetzt hat. Er hatte noch eine Stunde zu fahren, die A30 runter …« Er seufzte herablassend. »Mein Gott, Tessa, ich lüge in dieser Sache nicht. Ich lüge doch nicht, was den Tag angeht, an dem meine Schwester beinahe gestorben wäre. Das ist nicht mein Stil.«

Doch, du lügst, dachte Tessa. Ich weiß es. Ich muss es nur beweisen. Und dann verlasse ich dich vielleicht.

Aber noch während sie das dachte, begann ihre Entschlossenheit zu bröckeln. Sie dachte an ihre Jungs, die bei einem Freund übernachteten: Wollte sie, dass die beiden in ein zerrüttetes Zuhause zurückkehrten? In ein Haus ohne Vater, mitten hinein in eine Scheidung oder noch Schlimmeres? Der Papagei fiel ihr ein. *Grrrr.*

Sie sah Charlie vor sich, wie er über den Papagei lachte; Dan, wie er Charlie das Haar zauste.

Noch ein Schluck Wein. Sie fürchtete sich, aber ihre Entscheidung war gefallen. »Es sind nicht nur deine Lügen«, fuhr sie fort. »Es gibt Zeugen. Augenzeugen. Ich habe Beweise.«

Und als sie das sagte, beobachtete sie zum ersten Mal etwas anderes in Dans Blick: ein kurzes Aufflackern von Angst.

Schnell knüpfte sie an, nutzte den Moment: »Deine Schwester hat dich in deinem Lexus beim ›Two Bridges‹ vorfahren sehen. An dem Tag. Diese Erinnerung ist ihr gekommen. Das heißt, du warst im ›Two Bridges‹. Am dreißigsten Dezember. Sie wollte dir aber nicht begegnen und ist dir ausgewichen. Warum?«

Dan schüttelte den Kopf. Mit verächtlicher Miene leerte er sein Glas und ging zum Regal, um die Ginflasche zu holen.

So hat er es schon öfter gemacht, dachte Tessa. Er schindet Zeit, um Lügen zu erfinden, irgendwelche Erklärungen zusammenzuschustern. Wie ein Schauspieler, der sich kurz in die Kulisse zurückzieht.

Und dann war es so weit. Sein Glas war aufgefüllt, und er kam an den Tisch.

»Herrgott, Tessa, meine Schwester hat eine Amnesie. Du bist Psychologin. Sie hat ein Hirntrauma. Sie ist überhaupt nicht sie selbst.« Mit einem halben Lächeln trank er von seinem kalten Gin. »Du hast mir erzählt, dass sie Halluzinationen hat: Hat sie nicht sogar gedacht, sie hätte unsere tote Mutter an der Bushaltestelle gesehen? Vielleicht sieht sie bei Vollmond Hexen über Huckerby fliegen, verdammt, wie kommst du dazu, auch nur im Ansatz auf ihre …«

»Sie hat die Wahrheit gesagt, da bin ich ganz sicher. Weil ich, wie du sagst, Psychologin bin. Das ist mein *Job.*«

»Schon, aber du bist schließlich keine verdammte Gedankenleserin. Mein Gott, ich habe wirklich genug von dieser Detective-Chief-Inspector-Kinnersley-Scheiße. Schmeiß deine Beweissicherungstüte weg und komm zur Besinnung!« Jetzt brüllte er fast, echter Zorn bebte in seiner Stimme, Zorn, der sie einschüchtern sollte, damit sie Ruhe gab. »Hör auf damit, Tessa. Hör auf!«

War das eine Drohung? Tessa richtete sich auf und machte sich auf alles gefasst. Er schwieg jetzt, zog ein grimmiges Gesicht. Wartete darauf, dass sie aufgab. Aber sie würde nicht aufgeben. Es wurde Zeit, dass sie es zu Ende brachte. Ihn mit dem Beweis konfrontierte, den er nicht einfach wegwischen konnte.

»Du musst mich jetzt ausreden lassen, Dan, und du musst zuhören. Da ist nämlich noch mehr.«

Und diesmal war sie sicher; sie sah es: ein Aufblitzen von tief sitzender Angst. Dazu ein aufgesetztes Lächeln. Unecht. Und er trank viel zu schnell viel zu viel Gin. Er trank immer schnell, aber das überbot er jetzt noch. Seine Nerven lagen blank. Sie setzte alles auf die eine Karte.

»Ich habe mit der Schwester auf der Akutmedizinischen Station im Derriford Hospital telefoniert. Schwester Davis. Erinnerst du dich an den Namen?«

Die Augen ihres Mannes zuckten, einmal, noch einmal, und dann schüttelte er entschieden den Kopf.

»Nein.«

»Sie ist jung. Waliserin. Sie war es, die dich angerufen hat, Dan, aus dem Krankenhaus, die dich angerufen und dir gesagt hat, dass Kath dort ist und im Koma liegt. Offenbar hat sie erst gegen *elf Uhr dreißig* bei dir angerufen. Und um die Mittagszeit warst du bei Kath am Bett. Wahrscheinlich würde man es in einer halben Stunde von London-Mitte nach Plymouth schaffen, allerdings müsste der Aston Martin von deinem Freund dann … ungefähr tausend Stundenkilometer Durchschnittsgeschwindigkeit gehabt haben, und dann hättest du vermutlich recht, dann wärst du sicher das eine oder andere Mal geblitzt worden, oder?«

Von seinem Lächeln war nichts mehr übrig. Dan sah nicht gut aus. Um seinen einen Mundwinkel zuckte es leicht. Tessa zwang sich zur Ruhe und sammelte sich. Jetzt musste sie die

Überzeichnung bringen; die brauchte sie, um ihm ein Geständnis zu entlocken. Die Wahrheit. Endlich.

»Ich habe bei Schwester Davis nachgefragt, Dan. Sie hat noch sämtliche Notizen zu dem Fall, es ist alles in der Krankenhausakte festgehalten. Sie hat aus dem Gespräch mit dir zitiert, es ist alles dokumentiert. Und du hast ihr gesagt, wo du dich aufgehalten hast, als sie dich anrief; du hast ihr gesagt, wo du bist.« Eine lange taktische Pause. »Du warst im Hotel ›Two Bridges‹. In der Nacht, in der Kath ins Burrator Reservoir gefahren ist. Es ist alles schriftlich festgehalten. Im Krankenhaus. In der Akte.«

Der Kühlschrank summte. Es war das einzige Geräusch im Raum. Dan blieb vollkommen stumm. Er trank den letzten Schluck Gin und starrte in sein Glas.

Tessa wartete.

Irgendwann stand er auf, ging zum Tresen und schenkte sich einen dritten großen Williams ein, diesmal jedoch mit einem Ausdruck von Resignation. Schwerfällig stützte er die Hände auf den Tresen und lehnte sich vor. Er war besiegt, sie hatte ihn, hatte bewiesen, dass er log. Sie hatte *gewonnen.*

Und doch lag das Schlimmste noch im Dunkeln. *Warum* log er? Ihr war immer noch nicht klar, in welcher Weise er in die Sache verwickelt war. Hatte er sich an dem Abend mit Kath getroffen, und wenn ja, was hatte er gemacht, gesagt oder enthüllt? Und warum war sie regelrecht vor ihm weggelaufen?

»Setz dich, Dan. Es ist mir sehr ernst. Entweder bist du jetzt ehrlich, oder ich rede nie wieder mit dir. Dann reiche ich die Scheidung ein und kämpfe mit dir um die Jungs. Und ich werde sie kriegen. Auch das Haus nehme ich. Alles nehme ich.«

Dan setzte sich. Gehorsam, still, wie ein gescholtenes Kind. Ein anderer Mann. »Na los«, sagte er leise.

»Ich muss es wissen«, sagte sie. »Hier geht's nicht um eine abgedroschene Lüge unter Eheleuten, Dan Kinnersley. Es geht um eine Lüge, die mit dem Fast-Ertrinken deiner Schwester zu tun hat.«

Er blinzelte kurz und sah sie an, als verstehe er nicht. Und dann keuchte er auf. »Mein Gott! Du glaubst *wirklich,* dass ich etwas damit zu tun habe, oder? Du denkst, dass das alles irgendwie mit Kath' Selbstmordversuch zu tun hat. Du denkst, ich bin die Ursache, du denkst ...«

»Natürlich denke ich das!« Jetzt schrie Tessa. Es war ihr egal, ob die Nachbarn die Polizei holten – die kam wahrscheinlich sowieso; vielleicht kamen sie ihren verlogenen Ehemann holen. »Was erwartest du denn, was soll ich denn denken, verdammt? Du erzählst Lügen darüber, wo du an dem Abend warst, als deine Schwester ins Wasser gefahren ist; du behauptest, du wärst in London gewesen, dabei warst du auf dem Dartmoor.« Sie schlug auf den Tisch, so heftig, dass ihr die Hand wehtat. »Und dann ist noch nicht mal belegt, dass du in diesem Hotel gewesen bist. Ich habe mit der Frau an der Rezeption gesprochen, du bist da nicht als Gast registriert. Es bleibt also völlig unklar, wo du in der Nacht warst; das Einzige, was wir wissen, ist, dass du vom Abend bis zum nächsten Vormittag irgendwo in der Nähe von Kath gewesen bist, *genau zu der Zeit,* als sie aus vollkommen unerklärlichen Gründen versucht hat, sich umzubringen. Und wir wissen, dass sie Angst vor dir hatte, denn sie ist vor dir weggelaufen.« Tessa lehnte sich vor. Sie spie die Worte förmlich aus. »Was hast du also *gemacht,* Dan? Hast du dich an dem Abend mit ihr getroffen? Hast du irgendwas gesagt oder getan? Was zum Henker hast du deiner Schwester angetan, dass sie versucht hat, sich das Leben zu nehmen? Was hast du gemacht?«

Bei dieser letzten Frage schwenkte sie zornig den Arm und

fegte das Weinglas vom Tisch, ließ es voller Befriedigung auf dem Steinboden in tausend Scherben zerspringen – so, wie sie am liebsten auch diese Ehe hätte in Scherben gehen lassen.

So. Passiert. Kaputt. Scheiß drauf.

Doch es war, als hätten der Lärm und der Schreck etwas in ihr geklärt. Sie spürte, wie sie sich beruhigte. Und als sie sich beruhigt hatte, stellte sie fest, dass Dan ihr in die Augen sah. Mit einem Ausdruck, den sie an ihm noch nie wahrgenommen hatte. Nie.

Traurig. Resigniert.

»Okay. Du hast recht.«

»Womit hab ich recht?«

»Ich habe gelogen, was den Abend angeht.«

Sie starrte ihn an. »Wieso? Erzähl mir alles!«

»Ich habe gelogen. Es tut mir leid. Ich habe gelogen. Die ganze Zeit. Ich lüge seit einem Jahr.« Er suchte ihren Blick, sah sie forschend an, Mitleid heischend. »Aber bitte glaub mir. Mit dem, was Kath passiert ist, hatte ich nichts zu tun, gar nichts. Ich habe sie weder an dem Abend noch an dem Nachmittag gesehen. Ich habe sie nicht gesehen, und ich habe kein Wort mit ihr gesprochen.«

»Aber was war denn dann, verdammt? Warum warst du im ›Two Bridges‹, wenn du gar nicht als Gast dort registriert bist? Warum lügst du? Worum geht's?«

Er nahm sein Glas und trank Gin. Langsam, einen Schluck nach dem anderen.

»Ich treffe mich mit dieser Tresenfrau aus dem ›Two Bridges‹. Der Blonden. Seit einem Jahr. Kennengelernt habe ich sie, als wir letztes Jahr den Kindergeburtstag dort gefeiert haben.«

Tessa lehnte sich zurück. Sie war fassungslos. Wusste nicht, ob sie verletzt sein sollte oder erleichtert. Das war es also. Das. *Die* Nummer. Dieser Scheiß. Das war die ganze Erklärung. Eine völlig banale Affäre.

Aber: Es *war* eine Affäre. Er schlief mit dieser Frau, der mit den Piercings, den Tattoos; der kleinen Blonden. Tessa erinnerte sich an sie; sie war oft genug im »Two Bridges« gewesen.

Dan zuckte die Achseln, seine Miene war ausdruckslos. »Normalerweise fahre ich mit ihr in irgendein anonymes Hotel, irgendwas an der Autobahn, Tavistoc, Okehampton, das sind so die Orte. Manchmal bin ich auch mit ihr im Cottage in Brixham. Wenn es nicht vermietet ist.« Er war klug genug, sich leicht zu ducken, als er das sagte. »An dem Nachmittag habe ich sie abgeholt, und wir sind nach Brixham gefahren. Am nächsten Tag hatte sie aber Frühschicht, also habe ich sie wieder aufs Moor gebracht und bin in ihrem Zimmer geblieben. Sie hat ein Zimmer im ›Two Bridges‹, weil sie dort arbeitet, es ist ja so abgelegen.« Er trank noch mehr Gin Tonic, schloss die Augen und rieb sie sich mit müden Fingern, und dann sah er sie wieder an. »Deshalb war ich am nächsten Morgen da, obwohl ich nicht als Gast registriert bin.«

Ein ganzer Wust an Emotionen hatte Tessa verstummen lassen. Schmerz, Trauer, Bestürzung. Sie hatte Dan geliebt. Wahrscheinlich liebte sie ihn immer noch. Liebe verging nicht von einem Moment zum nächsten. Ihre Beziehung war immer gut gewesen, bis zu diesem Tag. Sie hatte geglaubt, sie seien glücklich; sie *waren* glücklich. Sie hatten ein erfülltes Sexleben. Jedenfalls hatte sie das angenommen. Und das alles war plötzlich Lüge.

»Warum sie, Dan?«

»Wie bitte?«

»Ich möchte es wissen. Warum sie? Ein junges Mädchen. Eine Kellnerin. Dieses Mädchen. Ist sie überhaupt schon zwanzig? Geht's um den intellektuellen Austausch?«

»Bitte! Nicht so.«

Tessa schnaubte. »Scheiß doch drauf. Sag's mir! Warum sie? Einfach nur, weil sie jünger ist? Einen schöneren Körper hat als ich, keine Kinder, keine Dehnungsstreifen, ist es das? Werde ich dir zu alt?«

»Bitte!«

»Sag's mir!«

Er schüttelte den Kopf. »Hör auf.«

Zornig hob Tessa die Hand. Sie war kurz davor, ihm eine runterzuhauen. Er sah sie an, schaute auf die Hand, die Drohgebärde – und plötzlich verstand sie: Die Piercings waren es, die Tattoos, das schwarze Halsband mit dem kleinen Ring dran.

»O Scheiße, es ist der andere Sex, oder? Bei ihr kriegst du harten Sex, richtig? BDSM, das ganze Zeug. Bondage, Peitschen. Das hast du immer gewollt, und ich mochte es nicht genug. Also hast du's dir woanders geholt.«

Jetzt konnte er ihr noch nicht einmal in die Augen sehen. Das war's, sie hatte recht.

Sie stellte sich vor, wie ihr Mann in ihrem Cottage in Brixham diese junge Frau fesselte, wie er Handschellen am Bett fixierte. An dem Bett, das sie zusammen gekauft hatten.

Scheißkerl.

Dan wich ihrem Blick beharrlich aus. Er trank Gin. Auf einmal kam ihr die Küche zu groß vor. Das ganze Haus kam ihr riesig vor, von Trauer ausgehöhlt. So viel Geld – und doch solche Trauer. Was fingen sie jetzt an? Was passierte jetzt mit ihnen allen? Sie fühlte nichts als eine gewaltige Müdigkeit.

»Geh. Schlaf irgendwo anders«, sagte sie. »Raus hier. Schlaf im Gästezimmer. Komm mir nicht zu nahe.«

Ihr Mann zögerte, so, als wolle er noch etwas sagen, doch dann nahm er gehorsam sein Glas und trat unterwürfig den Rückzug an.

Als sie sicher sein konnte, dass er weg war, ging Tessa zur Spüle und holte den Handfeger aus dem Unterschrank. Sorgfältig kehrte sie das zersprungene Glas zusammen. Die Teile waren so weit verstreut, überall blinkte und glitzerte noch etwas. Ein einziges kaputtes Glas – und so viele Scherben; ein einziges kaputtes Glas, und man hätte tausend Adern aufschneiden können.

Samstagvormittag

Sie begegneten einander in der Küche. Dan hatte die Nacht im Gästezimmer verbracht. Tessa hatte nahezu gar nicht geschlafen, hatte wieder und wieder ihr Kissen umgedreht, immer auf der Suche nach einer Lösung. Gefunden hatte sie keine.

Jetzt schlichen sie in der Küche umeinander wie Vertreter zweier unterschiedlicher Spezies, die im Zoo versehentlich in denselben Käfig gesteckt worden waren. Sie machte Toast. Er machte Kaffee. Es war halb neun. In einer Stunde würde er losfahren, die Jungs bei dem Freund abholen, und sie würde die Treppe raufgehen, in ihr Arbeitszimmer, an ihren Schreibtisch, zu ihrem geliebten Fenster, zu ihrer Arbeit und den Büchern, in ihr normales Leben.

Nur dass es nicht mehr normal war. Alles war anders, auch wenn alles aussah wie immer.

Tessa beobachtete ihren Mann, der das Sieb der Kaffeemaschine ausklopfte. Würde sie ihm je verzeihen können? Sie hatte keine Ahnung. Noch nicht. Glaubte sie ihm? Wahrscheinlich, vielleicht, möglicherweise. Bei seiner Unschuldsbekundung in Bezug auf Kath hatte er ehrlich gewirkt. Also war es einfach eine Affäre. Eine erbärmliche kleine Angelegenheit. Aber es blieb Verrat. Ein ganzes Jahr voller hässlicher Lügen.

Tessa aß ihren elenden Toast; Dan goss Kaffee in einen Becher. Tessa fragte sich, wie viele Ehen wohl in einer Küche endeten. Viele wahrscheinlich. Sie stellte sich Dan in Brixham vor, in dem Cottage, das sie gemeinsam gekauft hatten. Hatten seine kleine Schlampe und er dort zusammen gekocht? Natürlich hatten sie das. Vielleicht hatte er sie über den Tisch gelegt und geküsst. Vielleicht hatte er sie auf dem Tisch gevögelt. Hart. Hatte sie an einer verdammten Schranktür festgebunden oder was solche Leute eben machten.

Sie stellte sich die beiden zusammen vor. Den doppelt so alten Mann und die schräge Teenager-Kellnerin.

Scheißkerl.

Dan war derjenige, der das Schweigen brach. »Das ist unerträglich, Tessa. Ich muss es wissen: Glaubst du mir?«

Sie zuckte nur die Achseln. Es fiel ihr schwer, ihren Zorn zurückzuhalten. Wütend war sie, und zugleich total erschöpft. Sie wünschte, sie hätte die Marmelade dicker auf ihren Toast gestrichen. Aber aufstehen, zum Schrank gehen und das Glas noch einmal hervorholen, das schaffte sie nicht. Über Nacht war alles so schwer geworden, so sinnlos, so fürchterlich vorhersehbar: der reiche, gut aussehende verheiratete Mann, der die schmutzige kleine Kellnerin vögelte. Was für eine Enttäuschung, dass Dan Kinnersley ein so jämmerlich durchschnittlicher Kerl war.

Und er versuchte es schon wieder. »Bitte, Tessa, ich muss es wissen. Unbedingt. Ich verstehe, dass du mich hasst; ich kann es verstehen, wenn du die Scheidung willst. Ich habe mich mit dieser Frau getroffen, das stimmt, das ist alles wahr. Was soll ich sagen? Es war so, das habe ich getan, du hast recht. Aber du darfst auf keinen Fall annehmen, dass ich irgendetwas mit Kath' Unfall zu tun habe; das ertrage ich nicht.«

Müde sah sie ihn an. »Ich weiß es nicht.«

Er seufzte frustriert. Aber so leicht würde sie es ihm nicht machen. Sie würde es ihm überhaupt nicht leicht machen. Das Ganze war viel zu ernst. Es sprach immer noch so vieles gegen ihn; vieles, das noch geklärt werden musste.

»Wieso ist Kath vor dir weggelaufen?«, fragte sie geradeheraus.

»Darüber haben wir doch schon gesprochen. Ich habe keine Ahnung. Ich habe sie nicht gesehen.«

»Dann müssen wir ausführlicher darüber sprechen.«

»Hör zu.« Er hob matt die Hände. »Was soll ich machen? Ich habe keine Videoaufzeichnung, ich habe nur die Wahrheit …«

»Die Wahrheit?«

»Ja, die Wahrheit. Okay, ja, was die Frau angeht, habe ich gelogen, ich hab dich betrogen, also los, lass dich scheiden, ich kann dir keinen Vorwurf machen. Ich bedaure, was ich getan habe, und ich weiß, dass Bedauern nicht reicht – aber welchen Grund sollte ich bitte schön haben, meiner eigenen Schwester etwas anzutun?«

Tessa schluckte den letzten Bissen Toast herunter, schüttelte den Kopf und runzelte die Stirn. »Zwischen euch hat immer eine gewisse Spannung geherrscht.«

»Weil ich das Haus geerbt habe? Klar. Aber darüber ist Kath hinweg. Ich habe mich immer bemüht, ihr gegenüber großzügig zu sein. Außerdem habe diese Entscheidung ja wohl kaum ich getroffen. Das war Mutter.«

»Mhm.«

Er setzte nach: »Ja, ja, wir haben unsere Meinungsverschiedenheiten, Kath und ich, aber ich liebe sie von Herzen, und Lyla hab ich ganz besonders gern. Warum hätte ich dieser Familie Schaden zufügen sollen, Tessa? Meinem eigenen Fleisch und Blut?«

»Das weiß ich nicht. Kath sagt nun mal, dass sie dir aus dem Weg gegangen ist. Warum?«

»Ich weiß es nicht! Ich habe sie nicht gesehen!«

Tessa lehnte sich zurück. Sie sah ihren Mann prüfend an. So, wie sie auch einen Häftling in Princetown angesehen hätte. Mit Psychologenblick. Ihr Gefühl sagte ihr, dass er, was Kath betraf, die Wahrheit sagte. Aber irgendetwas war da noch, irgendwas lauerte im Verborgenen.

»Und was ist mit Adam?«

»Wie bitte?«

»Du kannst Adam nicht leiden. Du konntest ihn noch nie leiden. Das verbirgst du, du kommst mit ihm aus, aber wir beide wissen, dass es so ist, und er weiß es auch. Warum? Wieso magst du ihn nicht?« Da er nicht antwortete, legte sie noch einmal nach. »Du konntest ihn von Anfang an nicht leiden. Solange ich zurückdenken kann. Oder stimmt das nicht?«

Am Ende nickte er. »Doch.«

Ihr war, als nähere sie sich dem Kern des Labyrinths.

»Aber warum? Keine Ausflüchte mehr; jetzt ist mal eine Erklärung fällig. Was ist mit Adam? Woher kommt diese ewige Feindseligkeit zwischen euch?«

Er goss sich den Rest Kaffee ein – sie fragte weiter.

»Liegt es daran, dass er uns wegen des Hauses grollt? Ist das der einzige Grund?«

Dan schwieg. Sie beugte sich vor.

»Irgendwas ist da doch noch. Warum sagst du's mir nicht? Erzähl's mir! Warum hast *du* dieses Haus gekriegt, Dan? Warum hat eure Mutter dich Kath gegenüber dermaßen bevorzugt? Lag es wirklich nur daran, dass sie am Ende verrückt war? Dass der Krebs ihr Gehirn zerfressen hat? Oder gibt es noch etwas, das ich nicht weiß?«

Dan starrte in seinen Kaffeebecher und seufzte tief, und dann blickte er auf. Sah ihr in die Augen.

»Es gibt etwas. Ich habe nie darüber gesprochen, weil …«, es folgte ein ausgiebiges bedauerndes Kopfschütteln, »… weil Kath und Adam glücklich waren miteinander, es ist nicht meine Angelegenheit, ich bin ihr Bruder, ich will, dass sie glücklich sind, und er ist Lyla ein großartiger Vater.«

»Aber?«

»Warte, Tessa. Ich habe das noch nie jemandem erzählt. Aus gutem Grund.«

»Es hat mit Penny zu tun, oder? Mit eurer Mutter und ihrem Tod?«

Dan hob den Blick zur Decke, als suche er Gottes Vergebung, dann schaute er wieder sie an.

»Weißt du noch, wie Adam und ich zusammen nach Indien geflogen sind? Ihre Asche holen, damit sie an Kitty Jays Grab verstreut werden konnte? Jedenfalls den Teil der Asche, den sie nicht schon in den Ganges gekippt hatten. Kath war zu sehr durch den Wind, deshalb sind Adam und ich hingeflogen.«

»Ja, und?«

»Na ja, manches habe ich dir nie erzählt.«

»Zum Beispiel?«

»Sie hatte Briefe hinterlassen, an Adam und an mich.«

»Keinen an Kath?«

»Nein. Nur an Adam und mich. Ich weiß nicht, ob Kath das je erfahren hat. Von mir jedenfalls nicht, und dass Adam ihr was erzählt hat, bezweifle ich.«

Tessa gab sich Mühe, das zu verstehen, scheiterte aber. »Was stand darin? In den Briefen?«

Ihr Mann zuckte die Achseln. »Na ja, was in seinem stand, weiß ich nicht, er hat sich darüber nicht ausgelassen. Aber was in meinem stand, werde ich nie vergessen.«

Tessa wurde angst und bange.

»Vieles war einfach verrückt. Das meiste. Irgendwas über Tod und Nirwana, Kali und Shiva. Sie war immer ziemlich alternativ, und am Ende hatte der Krebs eben auch ihr Gehirn befallen, aber …« Er seufzte betreten. »… es gab eine Passage in dem Brief, in der stand, drastisch und sehr klar, dass sie Adam nicht traut. Dass sie ihn hasst oder Angst vor ihm hat. Ich weiß nicht mehr. Und dann kam eine lange Tirade über das Böse und Hexerei und dass sie nicht zulassen würde, dass er in ihrem Haus lebt. Niemals.«

»Warum?«

»Das weiß ich nicht. Sie hat es nicht weiter erklärt. Es stand einfach so da, es ergab sich aus der Tirade. Völlig verrückt. Aber es war ihr ernst damit. Deshalb ist sie auch nach Indien abgehauen.«

Tessa betrachtete ihn, die Augen weit offen, so, als könne sie durch ihn hindurchsehen, als könne sie am Ende durch alles hindurchsehen.

»Das Böse? Ehrlich? Das hat sie geschrieben?«

»Das steckte da jedenfalls drin. Wörtlich kann ich es nicht mehr sagen. Sie war ganz klar der Überzeugung, dass an Adam *irgendwas* böse ist oder schlecht oder dass seinetwegen irgendwas Schreckliches passiert ist.«

Es wurde immer verwirrender. »Und du bist nie auf die Idee gekommen, mir das zu erzählen?«

Er hob eine Hand. »Warte, warte. Denk doch mal nach, Tessa. Mach dir klar, wie durchgeknallt das klingt. Das Böse. Feuer und Schwefel. Ist ja auch egal, auf diese Weise haben wir jedenfalls das Haus gekriegt und das ganze Zeug. Sie hat Adam verabscheut. Er sollte auf keinen Fall hier wohnen, und er sollte nichts kriegen.«

»Aber …« Tessa wusste nicht weiter. Vor allem wusste sie nicht, ob Dan alles erzählt hatte. Sein Blick war so seltsam. Er spielte mit seinem Kaffeebecher. Irgendetwas musste da noch sein. »Und warum hast du nichts unternommen?«

»Wie gesagt. Weil meine Schwester mit Adam glücklich war, und dass Mutter mich bevorzugt hatte, war nun mal eine Tatsache. Wäre es wirklich meine Aufgabe gewesen, dagegen vorzugehen? Wäre es richtig gewesen, wenn ich mich da reingehängt und die Beziehung der beiden, vielleicht noch ihre Ehe, aufgemischt hätte, nur weil meine Mutter am Ende ihres Lebens solche Tiraden abgelassen hat?«

Darüber dachte Tessa eine Weile nach. »Vielleicht nicht ... Aber *jetzt* sieht es doch anders aus. Wir müssen etwas tun, Dan. Das kommt ja alles wieder hoch, es wiederholt sich alles. Kath glaubt, dass sie verhext ist. Sie sieht Geister und verliert den Verstand, und wenn Adam die Ursache all dessen ist ...« Eine verzweifelte Angst packte sie. Sie mussten einschreiten, nur hatte sie keine Ahnung, wie. Es war gruselig! »Überleg doch mal, mein Gott. Und dann das arme kleine Mädchen mitten in diesem Wahnsinn. Da oben auf dem Moor.«

AUF DEM HOF DER SPALDINGS

Montagabend

Da bin ich. Im Schein eines klaren Winterabends auf dem Dartmoor. Der Mond hängt als einzelne Silberklaue über dem alten Black Tor; die Sterne sind wie die Enden tausender Glühfäden, die sich blind der dunklen Erde entgegenrecken. Von irgendwoher dringt der Schrei einer Schnee-Eule zu mir. Sie ist auf der Jagd und tötet.

Normalerweise kann ich mich an solchen schönen Dartmoor-Abenden stundenlang erfreuen, diesen klaren kalten Winternächten mit Tausenden Galaxien über dem Haytor, aber heute werfe ich nur einen kurzen Blick hinauf zum gottlosen Himmel und nehme nichts davon wirklich wahr.

Ich sitze vor dem Haus der Spaldings in meinem Auto.

Ich will Lyla einsammeln. Emma hat sich bereit erklärt, sie von der Schule abzuholen und mit zu sich zu nehmen, denn ich hatte für den Nationalpark etwas von zu Hause aus zu erledigen und habe Ruhe gebraucht. Es wird schon wieder alles ziemlich viel: Der Alltag beansprucht mich zunehmend, wie ein Sumpfloch, das mich einsaugt, und zugleich gerät mein Leben völlig außer Kontrolle.

Aber ich ignoriere die Schönheit des wolkenlosen Dartmoor-Himmels nicht wegen meiner Arbeit, sondern wegen der E-Mail, die ich gerade lese.

Der Mobilfunkempfang rund um Huckerby ist mal wieder so miserabel, dass diese Mail, die schon vor ewigen Zeiten gesendet wurde, erst auf meinem Handy gelandet ist, als ich vor dem schönen, großen, robusten georgianischen Haus der Spaldings gehalten habe.

Sie ist von Tessa. Im Betreff steht: Dringend. Und sie erklärt, warum ich Dan an dem Tag beim »Two Bridges« gesehen habe. Warum er gelogen hat. Er hatte eine Affäre mit der Tresenfrau. Schon seit einem Jahr. Mein Bruder.

Aber das ist noch nicht alles. Was da noch steht, ist sehr rätselhaft, sehr irritierend:

> Dan macht sich Sorgen wegen Adam. Er glaubt, dass Adam Dinge über deine Mutter weiß, die er dir nie erzählt hat. Als die beiden nach Indien geflogen sind, hat Dan einen Brief bekommen, den eure Mutter für ihn hinterlassen hatte und in dem sie Adam beschuldigt. Irgendeiner üblen Sache. Das könnte mit dem Vorfall am Burrator Reservoir zu tun haben. Ich weiß, Kath, das klingt alles merkwürdig, aber Adam weiß mit Sicherheit etwas. Bitte komm vorbei, sobald du kannst.

Was hat das zu bedeuten?

Solche vagen Formulierungen passen nicht zu Tessa. Normalerweise ist sie sehr klar und kommt rasch auf den Punkt. Und dieser Brief von Mutter? Der kommt doch scheinbar wie gerufen, was meinen Zweifel eher noch schürt. Mein Bruder behauptet also, eine Affäre gehabt zu haben, die seine Anwesenheit im »Two Bridges« erklären kann. Stimmt das wirklich, oder verdeckt er mit dieser Geschichte nur seine eigentliche, viel größere Schuld? Ich bin mir nicht einmal mehr sicher, ob ich Tessa trauen kann. Immerhin sind sie beide Nutznießer meines mütterlichen Erbes.

Warum *hat* er eigentlich das Haus gekriegt?

Sofort steht meine Mutter mir wieder vor Augen. Und Lyla, wie sie in ihrer Hütte wütet.

Warum, warum, warum?

In meinem Kopf herrscht ein Chaos aus Stimmen und Schrecknissen, es erinnert mich an mittelalterliche Darstellungen der Hölle, auf denen in dunklen Ecken Dämonen mit Mistgabeln auf die Sünder losgehen. Auf die Selbstmörder.

Ich muss mich aufs Hier und Jetzt konzentrieren, meinen Alltag, mein Muttersein. Meine Pflichten. Also schließe ich die Mail-App, stecke das Handy in die Tasche und bringe damit die Stimmen zum Schweigen, das Kreischen der Selbstmörder, die Töne meines Wahns, meines Misstrauens und meiner Schuldgefühle. Schließlich steige ich aus. Es ist eisig. In der Luft liegt der Geruch von Tannen. Ein frischer Ostwind fegt am Himmel entlang; er wird in die Ginsterbüsche am Blackaller-Steinbruch fahren und in Huckerby an den Dachschindeln rütteln.

Ich ziehe meinen Schal fest um mich und laufe zur Haustür. Kurz nachdem ich geklingelt habe, geht sie auf, und mich empfangen Wärme und Licht und Bratendüfte und eine lächelnde Emma Spalding mit Lyla in Schuluniform neben sich. Das gewohnte Lächeln verdeckt Emmas Besorgnis nur spärlich. In letzter Zeit registriere ich, wenn sie mich anschaut, immer ein leichtes Stirnrunzeln.

»Da bist du ja. Abendbrot hat sie schon gegessen.«

»Vielen Dank. Langsam wird's ein bisschen viel mit der Arbeit.«

»Was für ein Abend«, sagt Emma, die sich vorbeugt und in die windig-kalte Dunkelheit starrt, während Lyla nach draußen kommt und sich an mich drückt. »Schön viele Sterne, aber auf den Tors sind es doch bestimmt minus zehn Grad.«

»Danke, ja, vielen Dank. Komm, Lyla-Maus, wir wollen nach Hause.«

Emma schließt die Tür hinter uns, und Lyla rennt zum Auto und pfeffert ihren Ranzen und die *Dschungelbuch*-Brotdose hinein.

Während der kurzen Fahrt nach Hause umtost heftiger Wind das Auto. Ich muss das Steuer gut festhalten, so, als stünde ich am Ruder eines Schiffes auf hoher See. Hinter einer Biegung führt die Straße ein Stück an offenem, mondbeschienenem Moorland entlang. In der Ferne mache ich die verfallenen Scheunen aus. Wenn ich die Augen leicht zukneife, erkenne ich auch die Reihe Ginsterbüsche, an der ich Harry Redway getroffen und von Weitem für Adam gehalten habe.

Harry Redway. Spielt er eine Rolle?

Ein Schauer durchfährt mich. Der unwiderstehliche Drang, meine Tochter zu fragen. Etwas zu schnell fahre ich auf den schlammigen Hof. Ich weiß, sowie ich die Tür aufmache, rennt Lyla ins Haus, begrüßt Felix und Randal und verschwindet nach oben, wo sie sich in Büchern und Spielen und Träumereien verliert und irgendwann einfach einschläft. Sie sieht müde aus. Alle sehen müde aus. Der Winter nimmt und nimmt kein Ende.

Macht uns fertig.

In zwei Wochen werden unten in Salcombe und an der gesamten Küste in den Knicks die Narzissen blühen, während der Winter hier oben locker noch zwei Monate dauern kann.

Ich muss meine Tochter fragen. Aber sie fragt zuerst.

»Warum sitzen wir noch hier, Mami, warum gehen wir nicht rein?«

Ich drehe mich zu meiner Kleinen um und schaue sie an. Ihre blauen Augen starren zurück. Im Dunkeln. Im Auto. Wer war der Mann in dem Auto, der mich so angestarrt hat? In meiner Erinnerung? War das Adam? Dan? Harry? Warum hat Harry so ausgesehen, als fühle er sich ertappt?

»Mami? Geht es dir gut?«

Ich sträube mich gegen die widerstreitenden Stimmen in

meinem Kopf, aber das ist schwer, denn ihr Lärm ist ohrenbetäubend.

»Mami?«

Ich starre.

»Mami?«

Ich überlege. Dunkles Haar. In einem Auto.

»Mami?«

»Ja, Lyla, Süße. Ich denke über Papa nach und alles Mögliche. Ich muss dich noch einmal etwas fragen.«

Sie drückt ihre *Dschungelbuch*-Brotdose an sich. Als wär's ein Schild. Ein Talisman, um mich abzuwehren. Ich weiß, dass sie sich mit Mowgli identifiziert, und das passt ja auch. Sie ist eine Art Mowgli der Moore.

Ich senke den Blick, weil ich mich für das, was ich tue, schäme, aber ich tue es trotzdem. »Lyla. Stimmt es wirklich, dass du manchmal jemanden siehst? Draußen auf dem Moor? Jemanden, den ich kenne? Und wenn es stimmt – bist du dir ganz sicher, dass das Papa ist? Oder kann es auch jemand anders sein? Zum Beispiel Papas Cousin, Harry?«

Die Brotdose gleitet weiter nach oben. Ihre Augen glitzern, aber es fließen keine Tränen.

Sie schaut mich an und schweigt. Schmerz liegt in ihrem Blick, Trauer – und alles, was sie wohl über mich denkt. Die Mutter, die versucht hat, sie in dieser eisigen Welt alleinzulassen. Ich strecke die Hand aus, um ihr das Haar aus der Stirn zu streichen, doch sie stößt sie weg und rutscht in die äußerste Ecke der Rückbank, so weit weg von mir wie nur möglich. Und sie starrt mich an, als sei ich verrückt; vollkommen irre.

Die Augen eines Mannes. Wütend. In einem Auto. Dunkles Haar an einem dunklen Moorlandabend.

Warum erinnere ich mich daran?

Brichst jedes Jahr ein Herz, o Dart, Dart.

Noch ein Versuch.

»Ich weiß, es nervt dich, Lyla, aber ich *muss* dich das fragen, einfach um sicher zu sein: Wen hast du damals im Hobajob's Wood wirklich gesehen? Und wen hast du an dem Tag gesehen, an dem du die Vögel hier hingelegt hast?«

Es dauert lange, bis sie antwortet, und sie tut es vollkommen ausdruckslos. »Papa«, sagt sie. Ihre Lippen beben, ihre Hände zittern.

»Du hast Papa gesehen. Wie oft?«

»Drei Mal. Vier. Drei. Das war er. Es war dunkel. Das war er. Immer. Papa. Er war mir unheimlich. Aber ... aber vielleicht war es auch ein anderer Mann. Ich weiß nicht genau. Wie er. Wirklich. Wie Papa.«

»Ein anderer Mann?«

»Vielleicht. Weiß nicht. Papa, glaube ich. Bitte hör auf.«

Ihre Hände zittern jetzt wie wild, fast als hätte sie einen Anfall, einen Spasmus, dazu schaukelt sie vor und zurück, vor und zurück. Ich bin zu weit gegangen, habe sie zu sehr bedrängt; das hat die Autismus-Symptome verstärkt. Sie hat also ihren Papa gesehen? Drei oder vier Mal? Kann das wirklich sein?

»Lyla ...«

»Nein, Mami, lass mich, *ich will rein!*«

Diesen Schrei kann ich nicht ignorieren. Ich lasse sie.

Sie stößt die Autotür auf, rennt auf das warme Haus zu, und ich folge ihr.

Drinnen läuft sie sofort zu den Hunden, die sich von ihren Decken und Körben hochrappeln und ihr freudig entgegenspringen. Sie umarmt beide, und dann sausen sie alle drei nach oben.

Es ist neun. Plötzlich kommt mir alles seltsam normal vor. Adam ist auf dem Heimweg; er war zum Rangertreffen in Moretonhampstead, zwanzig Kilometer tief im Nirgendwo;

das bedeutet immer eine umständliche Fahrerei, aber er wird bald da sein.

Während ich mir etwas Zwiebelsuppe aufwärme, höre ich Lyla oben ins Bad rennen und sich die Zähne putzen.

Bald wird es still. Schläft sie? Ich habe das Bedürfnis, mich zu vergewissern, deshalb gehe ich rauf in ihr Zimmer. Sie liegt im Tiefschlaf, das Buch, in dem sie gelesen hat – *Nonsense-Verse* von Edward Lear –, ist ihr aus der Hand gefallen und hat den blauen Plastikbecher mit Wasser umgestoßen, den sie immer neben dem Bett stehen hat.

Mein einsames Mädchen aus dem Moor.

Ich drücke ihr einen Kuss auf die entspannte Braue und schnuppere den Pfefferminzgeruch ihrer Zahnpasta. Der Kuss entlockt ihr ein Murmeln; sie murmelt im Traum, einem ihrer Träume vom Moor, von Haselmäusen und Hunden und Tagen an der Fingle Bridge, von der Vellake-Corner-Steinbrücke, dem Tal der Felsen, den grünen Ufern des West Okement, von Sommertagen in den Gidleigh-Gärten, den Picknicks unten am Dartmeet. Auf all diese Träume gebe ich ihr noch einen Kuss und flüstere: »Ich hab dich lieb, meine Süße«, und ihre träumenden blauen Augen unter den zarten, von Adern durchzogenen Lidern bewegen sich. Aber sie schläft, tief, vollkommen erschöpft. Felix und Randal schlummern auf dem Boden vor dem Bett. Da ich weiß, dass ich bald noch einmal mit ihnen rausmuss, scheuche ich sie vorsichtig hoch und treibe sie aus dem Zimmer.

Die Hunde bleiben vor Lylas Tür, ich folge meinem Schatten die Treppe hinunter.

Gleichzeitig biegt der Range Rover in den Hof ein. Der Motor erstirbt. Die Tür geht auf. Adam wirft seine Fleecejacke über den Haken, nickt knapp in meine Richtung, lässt sich am Küchentisch nieder und schlägt die Lokalzeitung auf. Den *Moorländer*.

Ich starre ihn an. Er studiert die Zeitung mit der Konzentration eines Bibelwissenschaftlers, dem eine frühe Fassung der Evangelien in die Hände gefallen ist. *Bussard mit Luftgewehr abgeschossen. Pony mit junger Reiterin gerammt – Geständnis nach Fahrerflucht.*

Ich gehe hin und reiße ihm die Zeitung aus der Hand. »Adam.«

Er schüttelt den Kopf und gibt ein leises Schnauben von sich. Knirscht mit den Zähnen, sagt kein Wort. Aber ich höre, was er denkt. *Nicht schon wieder, du durchgedrehtes Miststück.*

Werde ich das von Dan erzählen? Von der Tresenfrau oder den Vorwürfen, die Tessa erhoben hat? Ja. Nein. Ich weiß es nicht.

»Was, wenn Harry Redway damit zu tun hat, Adam? Wenn er etwas an meinem Auto gemacht hat? Was, wenn Lyla ihn gesehen hat und dachte, du bist es?«

Jetzt, endlich, sieht er mich an. Blaue Augen, kalter Blick. Kälter als je zuvor.

»Harry? Mein Cousin? *Im Ernst?*«

Sofort lege ich nach, ich darf nicht innehalten.

»Überleg doch mal. Er sieht aus wie du. Er ist ständig auf dem Moor unterwegs. Jeder weiß, dass er ein Schürzenjäger ist. Vielleicht war ich betrunken an dem Abend, und Harry ist vorbeigekommen, und irgendetwas ist schiefgelaufen. Weil …«

»Kath!«

Ich achte nicht auf ihn. »Nein, weil … Hör zu, Adam: Vor ein paar Tagen habe ich Harry draußen auf dem Moor getroffen. Mit einer großen Axt. Unterhalb vom Black Tor. Er meinte, er schlägt eine Brandschneise, aber da oben macht das doch keiner, oder? Ich hab's jedenfalls noch nie gesehen. Nie. Nicht da. Und er hat irgendwie schuldbewusst geguckt, es war komisch – und von Weitem habe ich sogar gedacht, er wäre du.«

Adam gibt ein skeptisches Brummen von sich. »Wenn Harry schuldbewusst geguckt hat, dann vielleicht, weil er *gewildert* hat. Obwohl er dazu normalerweise mit Jack unterwegs ist. Jack macht das Töten Spaß, und Harry geht's um billiges Fleisch.« Adam lächelt bitter und schüttelt den Kopf. »Aber jetzt mal ehrlich, Kath, behauptest du allen Ernstes, dass an dem Abend, als du versucht hast, dich umzubringen, Harry bei dir war? Mein kleiner Cousin Harry? Dass es seine Schuld war und dass er dich seitdem verfolgt? Machst du jetzt ihn dafür verantwortlich?«

Ich halte seinen Blick fest. Trotzig. »Ja.«

Adam fegt den bloßen Gedanken beiseite.

»Harry Redway war an dem Abend, an dem du in den See gefahren bist, *nicht* bei dir.«

»Woher weißt du das?«

Schweigen.

Ich schlucke meinen Zorn herunter.

»Aber es ist so vieles ungeklärt, Adam. Ein paar Sachen habe ich gesehen, da bin ich mir sicher. Den Mann am Burrator Reservoir. Das im Hobajob's Wood. Die Hexensteine, meine Haarbürste. Und du hast gehört, wie Lyla dieses Lied gesungen hat. Über den Tod und das blaue Flämmchen. Das bedeutet, dass ein Tod bevorsteht, dass bald jemand sterben wird …« Mir wird bewusst, dass ich mich anhöre wie eine Geisteskranke, aber ich bin so wütend, und ich rege mich immer noch mehr auf. Warum ignoriert er, was ich ihm an Beweisen liefere? Warum sollte ich ihn schonen, ihm nicht die ganze Wahrheit sagen?

Er starrt mich finster an. Ich starre zurück.

»Und außerdem habe ich eine Mail von …«, ich stocke, aber ich muss es sagen, »… Tessa bekommen. Sie hat mit

Dan gesprochen. Sie meint, dass meine Mutter dich irgendwelcher bösen Dinge beschuldigt hat. In einem Brief. Als du mit Dan in Indien warst.«

Jetzt blitzt Zorn in seinen Augen auf.

»Böse Dinge? Ich? Herr im Himmel! Deine Mutter ist jetzt seit fast zwanzig Jahren tot, und du hast sie an einer Scheißbushaltestelle gesehen. Du brauchst Hilfe, Kath. Wir müssen uns Hilfe besorgen. Du zerstörst deine Tochter. Du bringst uns alle um. Du lässt uns untergehen, wie du selbst versucht hast unterzugehen.«

Er ballt die Hand zur Faust. Er würde sie gern benutzen. Fast wünschte ich, er würde es tun. Na los, schlag mich.

Und trotzdem lügt er. Ich sehe den schuldbewussten Ausdruck vor mir. Den hat er, sobald ich davon anfange, dass er allein oben in Manaton war, in der Nähe von Kitty Jays Grab.

Von da geht alles aus, da führt alles hin. Und plötzlich glaube ich zu wissen, wie. Es ist wie ein leuchtender Strahl, wie ein Sonnenaufgang über dem Buckland Beacon.

Der schuldbewusste Ausdruck kam, als ich von der Hütte gesprochen habe, die er in Ordnung gebracht hat. Aber nicht bei der Erwähnung von Manaton, sondern als ich gesagt habe, das sei ja in der Nähe von Kitty Jays Grab. Wo die Asche meiner Mutter verstreut worden ist.

Jetzt hab ich ihn. Ich spüre, an welchem Punkt er lügt.

Kitty Jay.

»Du weißt doch etwas über Mutter, oder? Tessa schreibt das jedenfalls. Es hat irgendwie mit meiner Mutter zu tun, richtig? Adam?«

»Red keinen Unsinn.«

»Meine Mutter und du, Dan oder vielleicht Harry – irgendwie hängt ihr da alle drin. Irgendwelche Kungeleien, ich weiß es. Was habt ihr mit mir gemacht, verdammt? Was habt ihr mir an dem Abend angetan? Ihr habt etwas gemacht, irgendwie …«

Er springt auf, kommt auf mich zu, starrt mich an, als würde er jeden Moment zuschlagen, mich ins Gesicht schlagen – und gleichzeitig sehe ich es wieder. In seinem Blick: Schuldbewusstsein. Es stimmt, ich liege richtig. Er lügt.

»Bitte«, sagt er mit brüchiger Stimme; er klingt verzweifelt. »Bitte, Kath. Hör auf! Stopp!«

»Aber du lügst doch! Ihr alle! Dieses Lied. Harry mit seiner betretenen Miene. Mein Bruder. Meine *Mutter* …«

Wütend fällt er mir ins Wort. »So eine verdammte Scheiße! Das Lied ist ein Lied. Es stirbt niemand. Und was deine Mutter angeht – was soll's? Deine dämliche Mutter hat das Haus denen vermacht, weil sie ein Miststück war und gaga vom Krebs, und sie ist gestorben, und sie haben sie am Fluss verbrannt, und dein toller Bruder hat das Haus gekriegt, und wir haben die Hälfte der Asche gekriegt und eine schöne Puppe aus Grönland – *und das ist es. Mehr ist da nicht!*« Ein zorniges Knurren. »Und ehrlich, nein, es *gibt* keine große Kungelei. Herrgott noch mal. Das ist doch lächerlich, hör endlich auf damit! Denk doch mal an Lyla!«

Ein Heulen lässt uns beide zusammenfahren. Die Hunde.

Ein Heulen, wie ich es noch nie gehört habe. Felix und Randal?

Wir wechseln einen Blick. Plötzlich ist alles anders. Adam setzt sich als Erster in Bewegung. Er stürmt die Treppe hinauf, ich hinterher. Es ist dunkel. Er macht das Licht an, und da sind die Hunde, am Ende des Flurs. Vor Lylas Tür. Die zu ist.

Unter der kein Licht hervorschimmert, also muss es auch drinnen dunkel sein.

Adam brüllt, ich schreie: »Lyla!«

Entsetzen packt mich, noch während wir hinstürzen. Ich

stoße die Tür auf. Mache Licht. Es ist eiskalt hier drin. Bitterkalt, albtraumhaft kalt. Der strenge Moorlandwintergeruch von vergammelter Silage erfüllt das kleine Zimmer mit den Glitzerbildern von Disney-Prinzessin Elsa aus der *Eiskönigin*.

Das Fenster steht weit offen. Das Bett ist leer. Lyla ist weg.

DARTMOOR

Montagabend

Zwei hämmernde Herzen. Ein Zimmer. Keine Tochter. Wir starren einander an, laufen zum Fenster.

Sie ist rausgeklettert. Oder jemand hat sie geholt.

Wie auch immer: Sie ist weg.

Und die Hunde heulen und heulen, so laut, dass man sie wahrscheinlich bis Princetown hört. Und ich fürchte, ich werde dieses Heulen bis ans Ende meines Lebens nicht los.

»Sie muss … rausgeklettert sein, mein Gott«, stammelt Adam.

»Oder es hat sie jemand geholt.«

Ich kämpfe mit den Tränen. Panik ist unser Feind. Ich zeige auf das Fenster.

»Es ist nicht schwer, nach unten zu kommen, also ist es auch nicht schwer raufzuklettern.«

»Lyla!«, ruft Adam in die Dunkelheit und die zarten Nebelschwaden und das wellige Moor, ruft bis nach Hexworthy nach unserer verlorenen Tochter. »Lyla!«

Es erklingt noch nicht einmal ein Echo. Seine Stimme wird von der Dunkelheit einfach verschluckt. Ich bin wohl das einzige menschliche Wesen, das sie gehört hat.

»Die Hütte!«, rufe ich und fahre herum. »Wenn sie weggelaufen ist, versteckt sie sich da.«

Adam dreht sich zu den Hunden um und ruft: »Felix, Randal! Sucht Lyla, sucht!«

Verwirrt schauen sie ihn an, die Ohren gespitzt. Sie haben aufgehört zu heulen.

Was haben sie gesehen? Oder gewittert? Während wir alle

vier nach unten laufen, male ich mir aus, wie es gewesen sein könnte. Lyla kann rausgeklettert sein, ohne Frage. Es ist eine Distanz von ungefähr drei Metern, und es gibt zahlreiche Möglichkeiten, sich festzuhalten. Einfach, einfach, einfach. Und sie ist geschickt im Klettern, sehr geschickt sogar, sie turnt ja ständig an den Tors und auf dem Moor herum. Und auf diese Geschicklichkeit ist sie sehr stolz.

Aber warum hätte sie weglaufen sollen? Hat sie uns streiten hören? Geschrien haben wir erst am Schluss, aber wahrscheinlich war es das, es ist unsere Schuld. Bleischwer legt es sich mir auf die Seele, unerbittlich. Erst versuche ich mich umzubringen – warum auch immer ich das getan habe –, und jetzt bringe ich mein Kind dazu wegzulaufen? Was habe ich erwartet? Eine Belohnung für mein Verhalten?

Ich bete, dass sie in ihrer Hütte ist. Wir stürmen raus in die Dunkelheit, über den Hof, zu ihrer kleinen Dornenhöhle mit den Eierschalen und Eisvogelfedern, und Adam reißt das Holztor auf.

Tingeling, machen die Büroklammerketten, *tingeling*.

Ein sanfter, aber kalter Wind stößt sie an.

Die Hütte ist leer, keinerlei Hinweis darauf, dass sie hier war.

»Lyla!« Adams verzweifelter Schrei gerinnt zu einer Kondenswolke. Zu mir gewandt, sagt er: »Könnte sein, dass sie bei den Spaldings ist.«

Vielleicht hat er recht, aber ein schreckliches Gefühl sagt mir, dass sie dort nicht ist. Was hat sie an bei dieser Kälte? Schlafanzug? Bademantel? Hat sie sich angezogen, oder ist sie entführt worden? Ihre Zimmertür war zu. Irgendwann haben die Hunde vor der Tür gemerkt, dass sie weg ist. Anhand ihres Geruchs oder wohl eher anhand der Abwesenheit ihres Geruchs.

»Lyla«, ruft Adam noch einmal. Lauter, als ich ihn je habe

rufen hören. »Lyla, es ist gut! Hab keine Angst. Lyla! Komm zurück!«

Ich rufe bei den Spaldings an. Meine Hände zittern vor Kälte, der Empfang ist schwach, das Signal kommt und verschwindet wieder, aber wenn ich ans Ende des Hofes gehe, das etwas höher liegt, habe ich zwei Balken. Das genügt.

»Lyla!«

Es klingelt und klingelt bei den Spaldings.

»*Lyla!*«

Keine Reaktion. Dort kann sie nicht sein.

Adam läuft wieder ins Haus. Hat er eine neue Idee? Versteckt sie sich im Haus?

Mit klammen Fingern versuche ich es auf Emma Spaldings Handy.

Vielleicht bringen sie uns Lyla gerade.

Sie geht sofort ran.

»Emma!«

»Was, ja? Hallo? Kath?«

»Wo seid ihr, Emma, ihr seid nicht zu Hause, ich versuch die ganze Zeit, euch zu erreichen …«

»Ich liege in der Wanne, Kath.«

»Bitte, Emma …«

»Warst du das eben auf dem Festnetz? Wir fahren morgen weg, nach London. Tut mir leid, Kath, was ist denn los?«

»Aber ihr seid noch da?«

»Ja.«

Es kostet mich Kraft, es auszusprechen. »Lyla ist verschwunden.«

Ein qualvolles Schweigen entsteht.

»Was?«

»Sie ist weggelaufen oder zumindest weg. Ist sie vielleicht bei euch?«

»O mein Gott, nein, Kath, nein, ist sie nicht. Ich bin allein.

George ist noch auf dem Heimweg, er war in Okehampton. Das Haus ist leer – aber ich geh sofort draußen nachschauen, im Schuppen, bei den Pferden, man weiß ja nie, vielleicht ist sie bei den Pferden.«

Meine Hand mit dem Telefon zittert. Emma legt auf. Ich muss warten. Die Hand zittert so sehr, dass mir das Telefon beinahe runterfällt. Vor Kälte und Anspannung. Kälte und Angst. Rings um uns her erstreckt sich das endlose öde Moor: Gras und Schilf, Tors und Sümpfe, Wassergräben und Steinbrüche und tödliche Schächte. Die Zinnminen bei Whiteworks, das Burrator Reservoir. Es ist bewölkt. Der Sichelmond wird uns nicht helfen, unsere Tochter zu finden. Sie ist verloren. Wenn Emma Spalding sie nicht bei sich entdeckt, ist sie weg.

Da taucht Adam wieder auf. Er hat zwei Taschenlampen dabei, zwei Jacken und keine Tochter. Er kommt auf mich zu, gibt mir eine Lampe und eine Jacke. Unser Streit ist vergessen, wir sind wieder ein Paar. Team Redway auf der Suche nach Lyla, und ich habe das schreckliche Gefühl, dass wir scheitern werden. Das muss es sein: Ich habe versucht, mich umzubringen, und jetzt tut meine Kleine das Gleiche.

Oder hat jemand sie geholt?

Das Telefon klingelt. Emma Spalding. Hoffnung schwingt sich hinauf bis zum wolkenverhangenen Mond, zum White-Lady-Wasserfall, zum Raddick Hill, zum Lookweep-Hof.

»Tut mir leid, Kath. Keine Spur von ihr. Es tut mir so schrecklich leid.«

Adam richtet den Strahl seiner Lampe auf mein Gesicht. Ich schüttele den Kopf. »Bei den Spaldings ist sie nicht.«

»Ich rufe die Polizei.« Er holt sein Handy hervor. Die nächste Polizeiwache ist wohl die in Yelverton. Eine Autostunde entfernt, bei Dunkelheit eher noch mehr. Wie viele

Leute kriegen sie heute Abend zusammen, wie viele Quadratkilometer Moorland können die absuchen, wie lange kann meine Tochter bei dieser Kälte überleben? Wenn sie im Schlafanzug ist, haben wir keine Zeit zu verlieren. Sie kann sterben. *In diesem Augenblick.*

Vielleicht liegt sie zitternd auf einem Feld, an eine Trockenmauer gedrängt. Die Augen fallen ihr zu, langsam hört ihr Herz auf zu schlagen. Ihre Lippen färben sich blau.

... ein blaues Flämmchen erwacht ...

»Ich rufe alle an«, sage ich und beginne sofort damit, während Adam den Hof absucht. In jedes dichte Gebüsch und hinter jeden schiefen Holzzaun lenkt er den Strahl seiner Lampe in der vergeblichen Hoffnung, Lyla könnte irgendwo in der Nähe sein. Ich glaube nicht, dass er sie findet. Die Hunde hätten sie längst gewittert. Die beiden sitzen in der offenen Tür und winseln leise. Sie haben ihre Spur verloren. Und wenn Felix und Randal ihre Spur verloren haben, muss sie wirklich unauffindbar sein.

Ich rufe alle und jeden an, jeden, der *irgendwas* wissen könnte, jeden, der meiner Tochter jemals begegnet ist. Auch Eltern von anderen Schulkindern.

»Hallo? Hier ist Kath Redway. Lyla ist verschwunden. Sollten Sie irgendetwas wissen – bitte helfen Sie uns. Rufen Sie mich an!«

Ich rufe in Pubs an. »Ist dort das ›Two Bridges‹? Ja, hier ist Kath Redway, erinnern Sie sich? Von Huckerby. Wir suchen unsere kleine Tochter – Lyla, wissen Sie? Blaue Augen, dunkles Haar.«

Ich rufe meinen Bruder an. So distanziert unser Verhältnis auch ist, sosehr ich ihm auch misstraue, er ist immer noch mein Bruder. Ihr Onkel.

Schweigend hört er mir zu. Dann sagt er: »O mein Gott, Kath. Scheiße, Scheiße. Ich bin an einer Tankstelle an der

A30, nicht weit von euch, ich komme sofort. O mein Gott. In einer halben Stunde bin ich da.«

In meinem Kopf dreht sich alles. Die ganze Welt dreht sich. Lyla ist auf dem Moor, jetzt, sie zittert im Dunkeln, in der Eiseskälte, die kleine Vögel umbringt. Ich empfinde so etwas wie Trauer, jetzt schon. Trauer und Zorn und bitteren Hass. Auf alles. Das lasse ich nicht zu.

»Adam!«

Er hört mich nicht. Er schreit in sein Telefon, ruft Cousins an, Freunde, Ranger. Bald werden Leute hier auftauchen und das Moor absuchen, aber die Straßen sind so schmal und gewunden, sie können ewig brauchen, bis sie hier sind. Und es wird Stunden dauern, bei Dunkelheit das Moor abzusuchen, und wie sollen wir sie überhaupt im Dunkeln finden? Wie sucht man auf fast tausend Quadratkilometern voller Sümpfe, vollgelaufener Steinbrüche, uralter, undurchdringlicher Wälder und endlos tiefer Zinnbergbauschächte? Tausend Quadratkilometer voller Orte, an denen ein Kind in die Tiefe stürzen kann. Und sterben.

»Lyla!«

Adam schreit hinaus in den frostigen Nebel, seine Stimme ist schneidend vor Verzweiflung.

»Lyla?«

Nun dreht er sich zu den Hunden um, ruft sie zu sich, beugt sich zu ihnen hinunter, während sie ihm die Schnauze entgegenrecken. Er hat etwas in der Hand. Als er die Lampe darauf richtet, erkenne ich ein T-Shirt von Lyla, das mit dem großen lächelnden Mowgli-Gesicht vorn drauf. Mein wildes kleines Dschungelmädchen. Meine Muschel- und Schnecken- und Federn- und Klauensammlerin. Ob sie wohl eine ganze Nacht da draußen überleben kann?

»Hier, Jungs«, sagt er. »Hier, merkt euch den Geruch. Lyla. Sucht Lyla. Sucht.«

Die Hunde schnüffeln an dem T-Shirt. Aber sie sind keine Bluthunde, einem Geruch zu folgen entspricht nicht ihrem ersten Instinkt. Sie jagen und töten. Gehorsam stupsen sie die Nase in Lylas T-Shirt, dann blicken sie wieder auf. Hilflos, ängstlich, verwirrt.

Felix knurrt. Als wäre es unsere Schuld, dass sie weg ist. Und er hat recht.

Randal bettet seinen Kopf zwischen die Vorderpfoten und winselt.

»Das funktioniert nicht«, sage ich und kämpfe gegen die Trauer an. Trauer und Verzweiflung breiten sich um mich her aus wie die endlosen Grasflächen des Moors. Bei dieser Dunkelheit werden wir sie nicht finden. Wenn wir sie überhaupt finden. Sie ist weg.

In der Verzweiflung kommt mir eine Idee.

»Hobajob's.«

»Bestimmt nicht. Nachdem sie dort solche Angst hatte.«

»Fällt dir was Besseres ein? Wenn nicht irgendjemand sie geholt hat, wird sie zu einem ihrer Lieblingsplätze gegangen sein, und der Hobajob's Wood ist immer noch einer davon.«

Ich richte meine Lampe auf ihn. Seine Lippen sind schmal, seine Miene grimmig, aber er nickt. »Okay.«

Gemeinsam rennen wir zum Hoftor hinaus, raus aufs offene Moor, und die Hunde kommen uns bellend hinterher. Auf dem schlammigen, leicht ansteigenden Weg überholen sie uns und laufen voraus in Richtung Wald. Jetzt haben wir klares Mondlicht, Nebel und Wolken ziehen weiter. Silbrig schimmert das trockene Moorland um uns herum, aber dort ist nichts, nur schwarze Tors, die sich gegen den beinahe schwarzen Himmel abzeichnen, und Sterne, die dieses Nichts bescheinen.

Gleichzeitig überwinden wir die kleine Mauer. Im Lichtkegel unserer Lampen tauchen ausgreifende Zweige auf,

Moosfetzen, die von Ästen hängen, fauliges Laub. Ich höre die Hunde, sonst aber nichts. Vor lauter Kummer – oder Angst – stoßen sie die seltsamsten Laute aus. Menschlich beinahe.

Wir rufen und schreien. »Lyla! Lyla!«

Nichts. Plötzlich will ich nur noch umkehren, den tief im Dunkeln liegenden Weg entlang zurück zum Haus laufen. Die Hunde geben so scheußliche Laute von sich! Das unheimlichste Geheul. Ich will gar nicht wissen, was sie gefunden haben. Wirklich nicht. Wir müssen umkehren. Lyla muss irgendwo anders sein.

Hier ist sie nicht. Warum heulen die Hunde so grässlich?

Weil sie Lyla gefunden haben?

Das muss es sein. Sie ist da drin. Erfroren. Dass sie das Lied von dem blauen Flämmchen gesungen hat, war eine Ankündigung. Es hat uns gesagt, dass ihr Tod bevorsteht.

Adam läuft zu den Hunden, deren Geheul immer lauter und lauter wird. Ich sehe fast nichts, der Winterabend ist dunkel und grau, und die dicht stehenden bemoosten Bäume machen ihn noch dunkler.

Ein hölzerner Käfig aus Nacht und Kälte.

Ich schiebe ein paar überfrorene Brombeerranken beiseite und gelange auf die verschattete Lichtung. Da sind die Hunde. Als wären sie wahnsinnig geworden, laufen sie ständig im Kreis. Ich wappne mich: Hier wird Lyla liegen, tot, nackt, mit durchgeschnittener Kehle. Ein weißer Leib auf dem eisigen Boden, Schlammspuren im Gesicht. Vergewaltigt und ermordet. Natürlich.

Und jetzt sehe ich es. Was die Hunde unentwegt umrunden, sind zwei Leichname … Feldhasen. Schwanz an Schwanz liegen sie da.

Tote Hasen findet man auf dem Dartmoor dauernd. Tote Feldhasen, tote Ponys, tote Schafe, tote Kaninchen – das

Moorland ist auf den Tod spezialisiert. Zuweilen erscheint das Dartmoor wie eine Ganzjahresausstellung zum Thema Tod, geöffnet rund um die Uhr, und man gewöhnt sich daran. Man gewöhnt sich an den Anblick von Ponys, die in einem Wassergraben eingebrochen sind, und an den Verwesungsgeruch von Hammelfleisch. Man gewöhnt sich daran, sonnengebleichte Schädel zu finden, die auf natürlichen Sockeln thronen wie Objekte eines seltsamen Rituals.

Aber das da, diese beiden Hasen, das war eine andere Art von Tod. Mutwillig herbeigeführt, sorgfältig inszeniert. Ich schlage die Hand vor den Mund. Adam starrt entsetzt auf die Hasen hinab. Jemand hat ihnen jeweils den linken Hinterlauf abgeschnitten. Diese Tiere sind gefoltert und verstümmelt worden. Ihnen sind die Augen ausgestochen worden, zurückgeblieben sind tiefe, feuchtschwarze Höhlen. Der Hase links schaut aus diesen toten Albtraumaugen zu uns herauf; er weint Tränen aus Blut.

Und das ist noch nicht das Schlimmste. Denn auf einmal erkenne ich ein Muster, ein Bild. Die Hasen sollen Augen darstellen. Die Augen in einem Gesicht. Zwischen welkem Laub liegt eine blutrote tote Taube. Das ist der Mund. Und aus dem Mund strömen nach beiden Seiten verschlungene, sich windende Stränge aus Ginsterblüten, Moosfetzen und kleinen toten Mäusen.

Und ich glaube, genau das hat meine Tochter neulich in Huckerby mit den toten Vögeln versucht. Es ist ihr nicht ganz gelungen, aber jetzt erkenne ich es: eine Art grinsendes Gesicht. Einen Grünen Mann. Das heidnische Symbol für Wiedergeburt, Fruchtbarkeit und Tod. Von solchen Symbolen war meine Mutter besessen.

Irgendjemand reproduziert oder kopiert dieses schaurige Bild.

Das Blut pocht mir in den Adern. Lyla muss hier gewesen

sein und das gesehen haben, oder jemand hat sie gesehen. Hier draußen ist tatsächlich jemand.

Die Bäume stehen schwarz, die Lichtung ist leer. Trotzdem rufen wir immer wieder: »Lyla! Lyla! Lyla …«

Wie zur Antwort geht ein leises Rascheln durch den Hobajob's Wood, ein geisterhafter Windhauch, kalt und kaum wahrnehmbar. Sonst nichts. Hier nicht.

»Hier lang!«

Im selben Augenblick machen wir kehrt und laufen zurück, zwischen den Bäumen hindurch, hinaus aufs offene Moor, die Hunde, die unsere Verzweiflung spüren, immer dicht um uns herum.

Kaum haben wir die Bäume hinter uns gelassen, ruft Adam wieder: »Lyla!«

Und jetzt antwortet das Moor, endlich. Schwach zwar, aber es kommt ein Echo, leise hallt es von den großen Granitblöcken am Combestone Tor wider.

Lyla.

Einen anderen Laut aber gibt es nicht. Nur ein riesiges, schreckliches Nichts. Sie ist verloren. Ich drehe durch.

»Los, Adam, denk nach, bitte! Wohin könnte sie denn gehen? Wo geht sie hin, wenn sie draußen herumwandert?«

»Ich weiß es nicht, mein Gott. Sie wandert überall herum! Du kennst sie doch, Kath! Sie kann überall sein.«

Er lässt den Strahl seiner Taschenlampe über das Land gleiten, es ist ein schwächlicher Schein in der endlosen Weite, nur hier und da pickt er Büschel graubraunes Wintergras oder silbrige Pfützen heraus. Noch einmal ruft Adam, auch wenn es sinnlos ist, und noch einmal antwortet das Moor mit hallendem Schweigen.

Adam dreht sich um und leuchtet die schlammbespritzten Hunde an. »Sucht Lyla, Felix, Randal, folgt ihr! Wo geht's lang? Wohin geht sie mit euch? Wohin?«

Die Hunde schauen zu ihm auf. Knurren. Und plötzlich bellen sie los, als hätten sie verstanden, und preschen davon, den Weg hügelabwärts entlang. Ich habe keine Ahnung, wo sie hinwollen.

Zögernd sage ich: »Kann auch sein, dass sie uns in die falsche Richtung führen.«

Adam schüttelt den Kopf. »Was sollen wir denn sonst machen?«

Er hat recht. Es ist unsere einzige Hoffnung. Hier draußen sind es um die drei Grad minus. Entsetzlich kalt und feucht, und es weht wieder ein kräftiger Wind. Noch schneidender, noch eisiger. Wir zittern beide vor Kälte, als wir den Hunden hinterhergehen.

Wie soll ein kleines Mädchen im Schlafanzug bei dieser Kälte überleben?

Die Hunde laufen und laufen, als wüssten sie genau, wohin. In mir regt sich Hoffnung. Unter Hecheln und Bellen folgen sie einem ausgetretenen, mir völlig unbekannten Schafspfad, zwischen Grasbüscheln hindurch, über Wasserrinnen hinweg. Kiesel kullern in den Lichtkegel meiner Lampe. Einen Augenblick bleibe ich stehen, unsicher.

Zu meiner Rechten glimmt im Schein der Taschenlampe plötzlich ein Paar grüner Augen.

»Was zum …?«

»Das ist ein Pony«, sagt Adam. »Nur ein Pony.«

Ja, er hat recht, da steht ein Pony neben einem dunklen Steinhaufen. Wenn im Dunkeln ein Lichtschein auf die Ponys fällt, leuchten ihre Augen grün. Diese traurigen grünen Augen könnten gesehen haben, wie meine Tochter hier entlanggelaufen ist. Sie liebt die Dartmoor-Ponys. Wenn Ponys sich nachts gern hier aufhalten, könnte sie hier sein.

Ein neues Geräusch lässt mich zusammenfahren. Die Hunde bellen, lauter jetzt, und es klingt fröhlich.

Haben sie sie gefunden? Lebt sie?

»Sieh mal, ein Schuppen.« Adam richtet seine Lampe darauf.

Was ich sehe, ist ein Tannenwäldchen, grau und schwarz im kalten Mondlicht. Aber da unten, am Fuß der Stämme … Adam hat recht. Ein Schuppen. Ein Unterschlupf. Und es ist offensichtlich, dass die Hunde den Ort kennen, also nimmt sie sie vielleicht manchmal an Sommertagen zum Picknick mit hierher. Wenn ich ihr Erdnussbutterbrote und Apfelschnitze einpacke und sie loszieht – allein und frei.

Ich bete, wie ich früher gebetet habe, um meine Mutter zu provozieren.

Aufgeregt drängen sich die Hunde die Holzstufen vor dem Schuppen hinauf. Sie müssen sie gefunden haben. Adam läuft zu ihnen, ich folge ihm, und fast zerspringt mir das Herz vor Erleichterung.

Die Hunde hören auf zu bellen. Rasch scannt unser doppelter Lichtstrahl den kleinen Raum. Es riecht nach altem Holz und Moder.

Hier ist niemand. Hier war Lyla nicht. Felix und Randal schnüffeln überall herum, also könnte Lyla vor ein paar Wochen mal hier gewesen sein. Darauf, dass sie kürzlich hier war, deutet nichts hin. Überhaupt nichts.

Ich falle auf die Knie, weine nicht. Eine bestimmte Linie habe ich überschritten, über Gefühle bin ich hinaus. Ausgehöhlt, das bin ich. Keine Tränen mehr.

Ich habe meine Tochter verloren. Etwas anderes habe ich nicht verdient. Nach dem, was ich am Burrator Reservoir getan habe.

Lyla hat mir das Gleiche angetan wie ich ihr. Das ist die gerechte Strafe. Ich kriege meinen Tod zurück. Mit Zins und Zinseszins.

DARTMOOR

Nacht

Adam hat beide Hände vors Gesicht geschlagen. Ich lausche dem Wind, der am Schuppenfenster rüttelt. Die Scheibe ist kaputt, sodass es eiskalt hereinkommt. Hätte sie sich hierher zurückgezogen, hätte Lyla vielleicht überlebt, aber sie ist nicht hier …

»Nein«, sage ich. Laut. Ich schreie mich selbst an.

»*Nein!*«

Sie ist nicht tot. Es ist elf Uhr abends, und wir wissen gar nichts. Wir finden sie. Sie ist ein Kind aus dem Moor. Ich werde um sie kämpfen, wie ich um mein eigenes Leben gekämpft habe. Im Burrator Reservoir. Mag sein, dass ich diese schreckliche Entscheidung getroffen habe, aber ich habe mich auch aus dem Auto herausgewunden und bin ans Ufer geschwommen. Weil ich meine Tochter liebe.

Ich trete in die offene Tür und schaue hinaus in die wolkenlose schwarze Nacht, zum Mond, der sich krümmt, ein silbriges Embryo-Rückgrat auf einem schwarzen Ultraschallbild. Lyla, fünf Monate in meinem Bauch gereift.

Der Mond bescheint einen aufrecht stehenden Stein. Auf dem Dartmoor gibt es so viele stehende Steine. Hunderte.

Ich betrachte diesen. Er erinnert mich vage an einen, den ich gesehen habe und der mir irgendwie nicht richtig vorkam, den ich nicht identifizieren konnte, selbst durch das Googeln endloser Steinbilder nicht.

»Lyla!« Adam ist zu mir an die Tür gekommen und ruft. »Lyla! *Lyla!*«

Ich achte nicht weiter auf ihn, sondern starre den Stein an.

Ein Bild von jenem schrecklichen Abend kehrt zurück. Ich erinnere mich, vom Auto aus einen stehenden Stein gesehen zu haben, aber wo? Plötzlich weiß ich wieder, dass dieser Stein mich sehr beeindruckt hat.

»Du hast recht.«

Ich fahre herum. Adam zeigt auf den Stein.

»Da«, sagt er, »dieser Stein da. Lyla mag die, oder? Ich habe sie oft neben solchen Steinen sitzen sehen. Bei Merivale. Am Scorhill. Manchmal ist sie drum herumgetanzt. Wenn sie hier langgekommen ist, dann, weil sie zu dem Stein wollte.«

»Und die Hunde?«

»Die raten. Sie sind Jagdhunde. Vielleicht hat sie an dem Stein eine deutlichere Duftnote hinterlassen, wir können's versuchen. Wenn da eine Spur ist, wird sie frischer sein, und die Hunde nehmen sie vielleicht auf.«

Dazu gibt es nichts zu sagen. Große Hoffnung macht sie mir nicht, diese Idee von meinem Mann, aber sie ist das Einzige, was wir haben. Wo Lyla auch ist, sie wird sich im Freien aufhalten, und das überlebt sie nicht lange bei diesem schneidenden Wind, dieser eisigen Sense, die über das Hochland fährt.

»Felix! Randal!«

Zusammen laufen wir raus aufs Moor. Ich stolpere über ein nasses Büschel Gras. Rappele mich auf. Gleich sind wir an dem Stein.

»So«, keuche ich, die kalte Luft schmerzt in meiner Kehle. Ich richte den Lichtkegel auf den Granit, der von grau-silbrigen Flechten überzogen ist. Tausende von Jahren ist er alt. »Gib mir das T-Shirt.«

Adam reicht es mir. Ich beuge mich zu den Hunden hinunter, halte es ihnen hin, und sie schnüffeln daran, riechen Lyla, nichts als Lyla. Dann zeige ich auf den Boden, mache ihnen klar, was ich von ihnen will: Sucht *da,* im Gras, im nassen Schilf, *nehmt die Fährte auf!*

Felix schaut mich an.

Und dann schnüffelt er an meinem Zeigefinger. Im Schein der Taschenlampe schimmern seine braunen Augen melancholisch. Auch die letzte Hoffnung, ohnehin schon winzig, beginnt zu schwinden. Ich versuche es noch einmal. Halte den Hunden das T-Shirt hin, zeige auf den Boden. »Sucht sie!«

Mit schräg gelegtem Kopf sieht Felix mich an. Und schnüffelt wieder an meinem Zeigefinger.

Adam schiebt mich beiseite.

»So funktioniert das bei Jagdhunden nicht! Das verstehen sie nicht. So musst du es machen. Große Hunde brauchen eine feste Hand.«

Er packt Felix am Halsband und führt ihn ein paar Meter weiter zu einem Schafspfad. Ich leuchte ihnen, zähle die Sekunden, die Lyla frierend neben einer Mauer hockt und darauf wartet, dass ihre unfähigen Eltern sie finden, male mir ihre klammen Finger aus, ihr Gesicht, das immer blasser wird, während ihr kleiner Leib allmählich erstarrt.

Es ist alles meine Schuld. Ich bin mit ihr zu den Merivale-Steinen gefahren. Zum Pestmarkt. Ohne es zu wollen, habe ich sie angesteckt mit meiner Todessehnsucht. Meine Liebe ist Gold, das in Essig liegt, sie trägt mein Leiden in sich.

Entschieden stößt Adam Felix' Schnauze gen Boden, in das nasse Gras des Viehpfades.

»Lyla«, sagt er. »Hier ist Lyla langgegangen. Eure Lyla. Unsere Lyla. Hier ist sie langgegangen. Such sie. Such Lyla. Such Lyla! *Lyla!*«

Einen Augenblick lang scheint alles eingefroren. Nichts geschieht. Die Sterne am schwarzen Himmel beleuchten die

Szene. Felix bellt. Dann bellt er noch einmal, laut, sehr laut. Und prescht los. Und jetzt bellt auch Randal, jetzt sind sie ganz die Spürhunde, als die sie geboren sind, mit dem Instinkt, der in die DNA aller Hunde eingeschrieben ist.

»*Ihr schafft das, Jungs*«, flüstere ich, und dann trete ich in einen Graben, knicke um und krache mit beiden Knien gegen den Felsen, der ihn begrenzt.

Vor uns liegen ein Fluss und eine Steinplattenbrücke.

Auf die steuern die Hunde zu. Kein Zaudern, kein Zögern. Die Schnauze dicht am Boden, traben sie vorwärts, folgen offensichtlich einer Spur. Der Mond leuchtet uns, aber jeder silbrige Sekundenbruchteil bringt Lyla – die barfuß und im Schlafanzug über die eisigen Hügeln läuft, die jederzeit stolpern und stürzen und sich den Kopf an einer Felskante aufschlagen kann – ihrem Ende ein Stück näher.

»Da!«

Adam richtet seine Lampe auf eine Art Gehege. Einen Kreis aus Trockensteinmauern, angelegt, um Moorlandvieh – Rindern oder Schafen oder Ponys – bei genau solchem feindlichen Winterwetter Schutz zu bieten.

Die Hunde jaulen wie verrückt. Kommen wir zu spät? Einen Granitvorsprung zum Abstützen nutzend, klettert Adam über die Mauer, und ich folge ihm. Die Hunde schaffen es in einem Satz. Ich wusste nicht, dass sie zu solchen Sprüngen imstande sind. Beide richten wir unsere Lampe auf das Rund aus Gras.

Drüben, auf der anderen Seite des Geheges, liegen Ponys und schlafen. Eine kleine Herde wilder Ponys, die dicht aneinandergeschmiegt schlafen.

»O Gott«, sagt Adam. »Hier ist sie nicht. Das war's. Was können wir denn jetzt noch machen? *Was?*«

Seine Stimme bricht. So verzweifelt habe ich ihn nie erlebt. Ich dagegen verzweifle nicht. Ich habe so ein Gefühl.

»Moment«, sage ich. »Wir müssen näher rangehen, von hier können wir ja gar nicht richtig sehen.«

Langsam, unerträglich langsam nähern wir uns den schlafenden Ponys. Adam hält die Hunde jeweils am Halsband gepackt, damit sie leise sind. Als es nur noch ein paar Schritte sind bis zu den Tieren, senke ich den Strahl meiner Lampe. Und da schimmert etwas rosa, hellrosa wie ein Kinderbademantel. Da liegt sie, zwischen den schlafenden Ponys, mittendrin, so, als hätten die Tiere sich absichtlich um sie gedrängt. Als hätten sie sie hier gefunden und sich zu ihr gelegt, um sie zu wärmen. Um sie am Leben zu erhalten. Wie Delfine Schwimmer, die zu ertrinken drohen, stützen und retten. Meine Tochter ist eins von ihnen geworden, ein Dartmoor-Geschöpf, ein wildes Kind zwischen Steinkreisen und Fellen, umgeben von Dunkelheit.

»Mein Gott«, sagt Adam leise. Dann beugt er sich vorsichtig über die schlafenden Ponys, streckt die Arme aus und hebt unsere Tochter hoch. Sie wacht nicht auf. Er hält sie sicher in den Armen.

»Sie ist kalt«, sagt er, und ich sehe, wie er um Fassung ringt, »aber sie lebt. Bringen wir sie schnell nach Hause.«

Ich habe keine Ahnung, wie wir hierhergekommen sind, über welche Pfade. Ich weiß nicht, wie lange oder wie weit wir gelaufen sind – Stunden, Kilometer? –, aber den Weg zurück empfinde ich in meiner Euphorie als Klacks; nur ein paar Minuten, die Adam neben mir, begleitet von enthusiastischem Hundegebell, Lyla nach Hause trägt, nach Huckerby, ins Warme, in Sicherheit. Noch während wir im Schein meiner Taschenlampe den Pfad zurückverfolgen, ruft er seine Freunde an und die Polizei, um zu sagen, dass sie nicht mehr zu kommen brauchen. Dabei zittert seine Stimme leicht. Bald sind wir in Huckerby. Als wir durchs Hoftor kommen, steigt gerade Dan aus seinem Wagen.

»Ihr habt sie gefunden!«

Er ist froh, aber der Schreck ist ihm noch anzusehen. »O mein Gott«, sagt er, »Gott sei Dank. Wo war sie?«

»Sie hat bei den Ponys gelegen und geschlafen.«

Adam stößt mit dem Fuß die Haustür auf. »Rein mit euch.«

Wir tragen unsere Tochter über die Schwelle, ins Wohnzimmer, wo das Licht gedämpft ist und Dan ein paar Scheite nachlegt. Ofenwärme. Sicherheit.

Wir haben sie gefunden. Die Hunde haben sie gefunden. Die Ponys haben sie gerettet. Ihr Vater hat sie gerettet.

Da draußen kann ihr keiner mehr was tun. Wir haben überlebt.

Ich betrachte meine Tochter in ihren Hausschuhen, dem Schlafanzug und dem rosa Bademantel. »Meint ihr«, frage ich leise, mit rauer Kehle, die immer noch schmerzt von der Kälte, »wir sollten gleich einen Arzt holen, oder wollen wir bis morgen warten?«

Dan zuckt die Achseln. »Schwer zu sagen. Sieht aus, als wäre alles in Ordnung, aber man weiß ja nie …«

Wir werden unterbrochen, als Lyla aufwacht und uns anstarrt. Erst ihren Onkel, dann ihren Papa. Schließlich sieht sie mich an und sagt: »Ich bin aufgewacht. Es war wie ein Traum. Ich hab aus dem Fenster geguckt und dachte, ich seh Papa, wie er mir winkt. Im Mondschein. Er hat mir gewinkt und zum Hobajob's Wood gezeigt.« Die ganze Zeit schaut sie mich unverwandt an. »Deshalb bin ich rausgeklettert, weil ich zu ihm wollte, aber als ich unten ankam, war er nicht da. Man kommt nie an, es verändert sich immer alles.« Sie wirft einen Blick zum lodernden Feuer, dann schaut sie wieder mich an. »Dann bin ich wieder raufgeklettert, in mein Zimmer, und dann hab ich gehört, wie ihr gestritten habt, Papa und du, und das hab ich nicht mehr ausgehalten. Ich kann nicht so tun, als ob ich es nicht wüsste. Und da bin ich weggelaufen.«

»Als ob du was nicht wüsstest, Süße? *Was?*«

»Das mit denen.«

»Wem?«

Langsam, unnatürlich langsam dreht sie sich um. Und schreit Adam an: »Mit dir, Papa! *Du!* Du warst da. In dem Auto. Mit Mami. Du! Du hast sie angeschrien an dem Abend. Als sie da … in den See gefahren ist. So, wie du sie heute angeschrien hast. Deshalb bin ich weggelaufen. Du hast damals geschrien, und heute hast du wieder geschrien!«

Adam weicht zurück. Fassungslos. Er sieht aus, als könnte er jeden Moment in Tränen ausbrechen. Noch nie habe ich meinen so männlichen Mann auch nur ansatzweise weinen sehen. Solange wir uns kennen, nicht. Er *weint nicht.*

Lyla hört nicht auf, ihrem Vater zuzusetzen. »Geh weg!« Ihr Gesicht bekommt fast dämonische Züge. »Geh weg! Geh weg! Lass Mami und mich in Frieden! Geh weg!«

»Lyla, Süße …«

Adam begreift nicht … Er sieht so traurig aus.

»Geh weg, geh weg, geh weg! Papa! Sssss! Sssssss! Lass uns in Frieden, geh weg! Du warst in dem Auto! *Sssssss!*«

Sie ist außer sich, sie tobt, unbezähmbar, beängstigend. Wenn wir sie nicht beruhigen, wird sie sich noch verletzen.

Adam sucht meinen Blick. Ich schüttele den Kopf, was heißen soll: Wir haben keine Wahl. Er schließt die Augen wie im stummen Gebet.

»Und das im Hobajob's Wood?«, sagt er. »Das hat ja jemand gemacht. Wer soll euch beschützen?«

Das ist eine gute Frage. Ratlos zucke ich die Achseln, verzweifelt, und er sagt: »Ich fahr runter zum ›Huntsman‹. Sehe zu, dass ich da ein Zimmer kriege. Dann bin ich in eurer Nähe.«

Damit wendet er sich ab und geht; die Tür fällt ins Schloss, er tritt in den Hof. Lässt den Motor an. Und dann entfernt sich das Grollen.

Mein Blick wandert zu Dan, und mir fällt ein, wie ich ihm beim »Two Bridges« ausgewichen bin. Ihm kann ich auch nicht trauen. Andererseits ist es mir wichtig, einen Mann in der Nähe zu haben. Wenigstens für diese Nacht. Und Adam ist des Hauses verwiesen worden.

Mein Bruder scheint zu ahnen, was mir durch den Kopf geht und zu welchem Schluss ich komme. »Wir sind alle müde. Soll ich im Gästezimmer übernachten?«

Ich schaffe es kaum, ja zu sagen, da ist er schon an der Treppe und geht nach oben.

Und nun sind hier nur noch Felix, Randal und ich an den beiden Enden des Sofas, auf dem Lyla liegt und sich ausruht. Die Apfelbaumscheite im Ofen knacken und knistern fröhlich. Und Lyla liegt da und starrt in die Flammen. Das Feuer wirft einen rosigen Schein auf ihr blasses, entschlossenes Gesicht.

HUCKERBY

Nacht

Ich kann nicht schlafen. Es fühlt sich an, als könnte ich nie wieder schlafen. Nie. Nicht nach diesem traumatischen Abend. Meine Tochter liegt jetzt sicher in ihrem Bett, mein Bruder schläft im Gästezimmer. Mein Mann ist in der Verbannung. Und irgendetwas daran erscheint mir nicht richtig. Ganz und gar nicht. Die müden, trockenen Augen weit offen, liege ich auf dem Rücken und beobachte eine kleine Spinne, die über die weiße Decke spaziert.

Die Art und Weise, wie Lyla ihren Vater angeschrien und beschuldigt hat, war mir *zu* heftig. Wie kann sie einerseits sicher sein, dass er derjenige war, und andererseits zögern und unsicher werden, sobald man genauer nachfragt? Ich selbst habe schließlich Harry Redway mit Adam verwechselt, aber ich habe es gemerkt. Sie dagegen ist sich sicher, dass sie Adam nicht verwechselt hat; ich nehme an, sie hat sich lange dagegen gesträubt zu behaupten, ihr Vater, ihr geliebter Papa, sei in den fast tödlichen Unfall ihrer Mutter verwickelt; sie hat es erst gesagt, als sie emotional nicht mehr in der Lage war, es für sich zu behalten.

Zugleich hat sie aber behauptet, sie würde auch andere Männer sehen, Männer, die wie ihr Papa *aussehen* und irgendwie auch ihr Papa *sind*. Was für eine Verwirrung! Das ist Lyla.

Es ist still im Langhaus. Die Spinne ist in der Ecke angekommen. Sie wartet darauf, dass ich begreife. Dass ich den Treffer lande.

Und jetzt formt sich in meinem Kopf eine Idee, es geschieht wie das Zufrieren eines Teichs, eines Sees, einer ganzen Bucht im Zeitraffer, wie die Kristalle zusammenwachsen zu einer durchgehenden, silbrig glitzernden Schicht. Über die man zur Wahrheit gelangt.

Ich setze mich auf und angele mir meinen Laptop, der links vom Bett auf dem Teppich liegt. Blassblau schimmert der Bildschirm im Dunkeln, während ich hastig tippe.

Identität Gesichter Asperger Autismus

Es dauert genau vier Minuten. 240 Sekunden, dann habe ich das Rätsel, das mich sei Wochen quält, gelöst. Und die Antwort besteht in einem Wort, das ich noch nie gelesen habe, das ich gar nicht aussprechen kann, das aber die Welt erklärt. Jedenfalls große Teile der dunklen Welt, in der ich seit Dezember lebe.

Prosopagnosie.

Auf Google gibt es dazu hunderttausend Einträge. Im Großen und Ganzen stimmen die Definitionen überein:

> *Prosopagnosie* ist eine relativ selten auftretende neurologische Störung. Hauptsymptome sind die Neigung, Menschen zu verwechseln, oder die Unfähigkeit, Gesichter wiederzuerkennen. Bekannt ist die *Prosopagnosie* auch unter der Bezeichnung *Gesichtsblindheit*. Oft geht sie mit anderen Störungen einher …

Und ein etwas ausführlicherer Artikel liefert mir das, was noch gefehlt hat:

> Bei Menschen im autistischen Spektrum tritt *Prosopagnosie* signifikant häufiger auf. Dabei kann die Ausprägung von leicht und sporadisch auftretend über anhaltend bis schwer variieren. Eine besonders gravierende Situation tritt ein, wenn die Betroffenen nahe Verwandte

mit ähnlich aussehenden Angehörigen verwechseln, Zwillinge beispielsweise oder Cousins bzw. Cousinen. Dazu kommt es normalerweise, wenn der Betroffene der fraglichen Person ohne entsprechenden Kontext begegnet, also an einem Ort bzw. zu einer Zeit, zu der er ihr sonst nicht begegnet.

Da steht es, schwarz auf meinem weißen Bildschirm. Dieses Symptom hat meine Asperger-Tochter mit Sicherheit auch. Eine leichte Form vielleicht, aber bestimmt hat sie es. Hätten wir uns entschieden, sie behandeln zu lassen, wäre ich wahrscheinlich früher darauf gekommen. Ein Psychologe hätte es vielleicht entdeckt und uns darüber aufgeklärt. Aber wir wollten keine Diagnose, wollten nicht, dass ihr ein *Etikett* aufgeklebt wird. Nun haben wir ein anderes Etikett.

Prosopagnosie. Hier in meinem kalten, verschwiegenen Schlafzimmer kann ich das Wort probehalber aussprechen, aber wie es betont wird, weiß ich nicht. Und wennschon, das ist unwichtig.

Meine Tochter glaubt, sie hätte ihren Vater gesehen. Aber das hat sie wahrscheinlich nicht. Aufgrund ihrer Besonderheit, ihrer Einordnung innerhalb des Spektrums, sieht sie jemanden, der ihm – außerhalb des entsprechenden Kontextes – ähnlich ist. Jemanden, der ihrem Papa gleicht, jemanden mit seinen blauen Augen und diesem ausnehmend hübschen Gesicht mit den hohen Wangenknochen. Den breiten Schultern, dem energischen Redway-Gang. Jemanden, der harte Arbeit gewohnt ist. Einen Mann vom Moor.

Also ist doch jemand da draußen unterwegs. Jemand, der stalkt und lauert und aussieht wie aus der Familie; jemand, den ich kenne. Jemand, der etwas so Schreckliches gesagt oder getan hat, dass ich mich daraufhin umbringen wollte.

Ich klappe den Laptop zu und stürze mich freudig auf dieses Ergebnis. Denn es bedeutet, dass ich weder verhext noch verrückt bin, dass ich wahrscheinlich nicht zum Selbstmord neige und dass meiner Tochter, die eben ein bisschen anders ist, Fehler unterlaufen, für die sie nichts kann; es bedeutet auch, dass mein Mann zumindest von dem Vorwurf entlastet ist, er sei an dem Abend bei mir im Auto gewesen. So ergibt sich ein halbwegs schlüssiges Bild.

Doch aus Freude wird düstere Angst. Was ich herausgefunden habe, macht das Ganze nur noch schlimmer.

Zaubersprüche. Hexerei. Hexensteine. Und jetzt Gesichtsblindheit? Wer ist es, für dessen Gesicht sie blind ist?

Da draußen bei den Tors ist aus dem Nichts etwas Böses entsprungen: wie ein schwarzer Moorlandbach, der aus verrottetem Schilf hervorschießt.

BELLEVER TOR

Mittwochnachmittag

Ich treffe mich mit dem Mann, der versucht, mich zu verstehen, obwohl er schon genug damit zu tun hat, mich nicht zu hassen. Dabei sind wir ein Paar, wir lieben uns, seit er achtzehn war und ich siebzehn. Er ist der Vater meiner geliebten Tochter. Des Kindes, das ihn aus dem eigenen Haus geworfen hat.

»Wie geht es ihr?«

Kalte Wintersonne scheint uns ins Gesicht, aber im Westen ziehen große Wolkenfelder herauf. Der Nachmittag neigt sich dem Ende zu.

»Ganz okay.«

»Besser nicht? Ganz okay?«

»Genau.«

Und das stimmt. Es geht ihr ganz okay. Wenn man bedenkt …

Adam verstummt, wie es seine Art ist, und schaut hinaus auf die endlosen grünen Hügel, das wellige Moor. Ich rekapituliere den Tag nach Lylas Verschwinden.

Gleich morgens kam der Arzt, hat sie untersucht und mir mitgeteilt, dass sie bemerkenswert gesund sei, ein robustes Mädchen. Weil sie so viel draußen ist. Wie es scheint, hat unsere Tochter, Lyla Redway, trotz aller Besonderheit, trotz aller Empfindsamkeit sowohl mental als auch physisch erhebliche Stärken. Die Mauern, die sie um sich errichtet hat, um ihre Probleme im sozialen Bereich – Gemeinheiten und Spott, fehlende Freunde – zu überstehen, haben sie geschützt. Offenbar verfügt sie über eine beachtliche innere Widerstandskraft. Schließlich meinte der Arzt sogar, sie könne ohne Weiteres wieder zur Schule gehen.

Aber auch heute noch, zwei Tage danach, halte ich den Gedanken daran, dass sie verschwunden war, kaum aus. Darüber haben wir noch nicht gesprochen. Auch über ihren Vater haben Lyla und ich nicht gesprochen, nur einmal ist kurz sein Name gefallen, nämlich als ein Auto auf den Hof kam. Wir haben gerade Holz gestapelt, unseren Winterbrennstoff; Scheite, die Adam so fleißig gesägt und zurechtgehackt hat. Lyla und ich waren dabei, einige in den Weidenkorb neben dem Holzofen zu packen, als die Bremsen zu hören waren.

Es klang nach Adams Land Rover.

Lyla packte mich am Arm und fragte ängstlich: »Ist das Papa? Das ist Papa, oder? Lass ihn nicht rein, bitte, lass ihn nicht ins Haus. Ich habe Angst vor ihnen, sie bringen dich nur dazu, das noch mal zu machen, noch mal ins Wasser zu fahren.«

Ich habe ihr gesagt, sie soll sich aufs Sofa legen und unter die Decke kuscheln, und bin rausgelaufen auf den Hof.

Aber es war nur ein Paketbote, ein freundlicher junger Mann von Amazon, mit einer Ladung Bücher, die ich letzte Woche für Lyla bestellt und total vergessen hatte. Er reichte mir den Karton und sagte mit einem Lachen: »Sie sind hier ja ziemlich weit ab vom Schuss. Ist Ihnen das nicht manchmal zu einsam?«

»Ach was, nein«, habe ich geantwortet, mir ebenfalls ein Lächeln abgerungen und ihm den Karton abgenommen.

Er hat sich im Hof umgeschaut, zwischen kahlen schwarzen Bäumen und grauem Zaun. »Im Sommer ist es sicherlich sehr schön hier.«

»Ja, sehr. Wir lieben das Moor. Es gefällt uns, so abgelegen zu wohnen, so ganz für uns.« Und noch während ich das sagte, war mir bewusst, dass mein Empfinden ein anderes war. Wir sind allein hier draußen, und zum ersten Mal, seit wir hier leben, hatte ich das Gefühl, dass wir *zu sehr* von allem abgeschnitten sind. Das Moor um uns dehnt sich ins Unendliche, und ich weiß nicht mehr, welche Straßen hinausführen.

Der junge Mann hat noch einmal gelächelt, wenn auch mit einer Spur Zweifel im Blick, so, als glaube er mir nicht ganz oder habe Mitleid mit mir. Vielleicht hat er mir die heimliche Angst angesehen. Dann ist er in seinen Transporter gestiegen und davongefahren, über schmale, gewundene Sträßchen bis Princetown und dann weiter auf größeren Straßen, dahin, wo Leute sind und Pubs und Leben.

Adam holt mich aus meinen Gedanken. »Warum wolltest du, dass wir uns hier draußen treffen?«

»Weil ich frische Luft brauche, und außerdem hattest du den ganzen Tag zu tun.«

»Ich habe oben am Lakehead Hill die Wege ausgebessert.«

»Egal, macht ja nichts«, sage ich. »Hier ist es doch gut. Lyla möchte nur nicht, dass du ins Haus kommst, im Moment jedenfalls, und hier sind wir ungestört.«

Er nickt. Runzelt die Stirn. Wir gehen über Weideland auf den Tor Bellever zu, eine steil aufragende, abweisende dunkle Felsformation. Egal, wie Wetter und Lichtverhältnisse gerade sind, unter allen Tors auf dem Dartmoor ist Bellever derjenige, der immer am verlassensten und immer abschreckend wirkt. Wie eine Festung aus einem furchtbaren Krieg, der lange her, aber nicht vergessen ist. Wie eine Ruine, die nicht einzuebnen war.

Heute Nachmittag streifen in seiner Nähe Dartmoor-Ponys umher, galoppieren hierhin und dahin. Ihr Blick, ihr Ausdruck, ist wild und traurig zugleich, hat etwas seltsam Untröstliches, als seien sie die Überreste einer Kavallerie: die

Soldaten alle tot, die Rösser orientierungslos auf dem Schlachtfeld zurückgeblieben.

Ich wende mich um zu meinem Mann; stelle mich unserem eigenen, häuslichen Krieg.

»Weiter müssen wir nicht. Komm, wir setzen uns hin.«

Ich zeige auf einen umgestürzten Baum, auf dem die Moosschicht so dick ist, dass er aussieht wie gepolstert. Adam setzt sich und wartet gehorsam ab. Der Vertriebene. Er hat erzählt, dass er die letzten beiden Tage im »Huntsman« war, dem Pub, das Huckerby am nächsten gelegen ist, und sich bereitgehalten hat. Bereit, beim kleinsten Hilferuf zur Stelle zu sein. Es ist nichts passiert. Weniger als nichts.

Ich mache den Anfang. Die Spannung zwischen uns ist mit Händen zu greifen. »Hast du das mit Hobajob's der Polizei gemeldet?«

Er nickt, klaubt einen Stock vom Boden auf und wirft ihn ins abnehmende Licht. Der Stock fliegt ein Stück und trudelt dann wieder zu Boden. »War so, wie ich es mir gedacht habe.«

»Das heißt?«

»Sie meinten, das waren irgendwelche Teenager, solche Satanismus-Typen, das Übliche; Jugendliche aus Plymouth, die sich einen Spaß draus machen, Tiere zu quälen. So was passiert hier ständig, überall auf dem Moor. Sie haben in der Gegend rund um die Lichtung ein paar Joints entdeckt, Shit, oder wie du's nennen willst. Spürhunde haben das Zeug gefunden. Und mehrere Wodkaflaschen. Der übliche Mist.«

»Aber das war so *unheimlich*, Adam, die armen Tiere, sie waren geblendet! Das war eindeutig ein Symbol, ein Grüner Mann. Das Gleiche, was Lyla vor ein paar Wochen aus den Vögeln zu legen versucht hat. Meine Mutter war fasziniert von diesen heidnischen Symbolen!«

Er sieht mich an und seufzt. »Na ja, die Polizei nimmt das

nicht sonderlich ernst. Und da kein echter Schaden entstanden ist – wenn du nicht gerade ein Hase bist und geblendet wurdest –, bitten sie auch nicht gleich Scotland Yard um Hilfe. Ist Dan noch bei euch?«

Auf diese Frage habe ich gewartet. Heute Morgen ist Dan gefahren. Er hat zu arbeiten und eine Ehe zu retten. Beides ist in Huckerby mit seiner abgeschiedenen Lage und dem jämmerlichen Mobilfunkempfang schwer möglich.

»Er ist weg. Endlich. Heute Morgen ist er nach Salcombe zurück. Und wenn ich ehrlich sein soll: Uns ist es lieber so. Irgendwas stimmt nicht, irgendwas ist komisch zwischen meinem Bruder und mir. Mein Gott.«

Ich zögere. Sollte Adam das mit Dan nicht langsam mal erfahren? Wenn er es nicht schon gehört hat. Keine Ahnung. Wir haben uns so schnell voneinander entfernt. Während ich mich sammle, geht mein Blick über welliges Weideland hinweg zu einem Tümpel, einer ledrig-braunen Wasserfläche, die in der blassen Wintersonne glitzert.

Das sind die ausgedehnten Sümpfe, wo sich die Flüsse Avon, Plym, Erme und Swincombe treffen, bevor sie talabwärts sickern und rinnen. Hin zur Küste, zum Meer. Wie die Leute aus den Dartmoor-Dörfern ihre Toten pflichtschuldig zum Kirchhof von Lydford getragen haben.

»Adam«, sage ich schließlich, »du weißt doch, dass mir neulich so eine Erinnerung gekommen ist. Nämlich, dass ich an dem Tag, an dem ich in den See gefahren bin, Dan beim ›Two Bridges‹ gesehen habe.«

Der Wind surrt im Schilf. Wie ein leise laufender Motor. Adam schüttelt langsam den Kopf.

»Weiß ich das? Ehrlich gesagt, Kath, habe ich in den letzten Wochen so viele Geschichten zu hören bekommen und so viel gesehen – ich erinnere mich an gar nichts.« Zusammengesunken sitzt er da. Es gefällt mir nicht, meinen Mann so zu sehen. Selbst wenn ich manchmal wütend bin auf ihn oder Angst vor ihm habe und mich frage, was er mir angetan hat, er soll nicht gebrochen sein. Noch nicht. Gar nicht. Nicht, solange ich es nicht *weiß*.

»Okay. Willst du gar nicht wissen, warum Dan beim ›Two Bridges‹ war?«, frage ich.

Ein Grunzen. »Doch, natürlich.«

Und so erzähle ich ihm, dass Daniel Kinnersley, mein gut aussehender, reicher und ach so glücksverwöhnter Bruder, Tessa seit einem Jahr betrügt. Dass er die Tresenfrau aus dem »Two Bridges« vögelt.

Der Wind fährt Adam ins dunkle Haar. Er hört sich alles an und stößt schließlich ein kurzes Lachen aus. »Seit einem Jahr? Diese Kleine da vom Tresen? Die Blonde mit den Piercings und Tattoos? Die ist doch mit meinem Cousin Jack ins Bett gegangen.«

»Ja, die. Genau.«

»Wichser. Das überrascht mich nicht. Dan-Scheiß-Kinnersley hat eine Affäre mit einem Teenager. Vom Scheiß-›Two Bridges‹. Ich erinnere mich, dass Jack gesagt hat, sie mag es auf die harte Tour. Ist Dan auch von der Sorte? Der feine Mittelschichtstyp, der Immobilien-Fuzzi – der steht darauf, Frauen zu fesseln und zu schlagen?«

Ich unterbreche ihn. »Das allein ist es ja nicht, Adam, da ist noch viel mehr. Ich weiß, dass die Erinnerungen, die mir jetzt nach und nach kommen, wahr sind. Und es gibt noch ein paar weitere Erinnerungsfetzen. Zum Beispiel erinnere ich mich an einen Mann in einem Auto. An jenem Abend. Ich glaube, er war wütend. Lyla sagt, das seist du gewesen. Und du sagst, du warst es nicht.«

Er schüttelt den Kopf. »Worauf läuft das hinaus?«

Ohne darauf einzugehen, rede ich weiter: »Und dann dieses Lied, das Lyla immer singt. Gestern habe ich es wieder gehört.« Ich rücke näher an ihn heran, als könnte uns hier jemand belauschen. »Sie stand in ihrem Zimmer am Fenster, wie in Trance. Abends, der Mond schien, und sie hat wieder dieses Lied gesungen: *Inmitten der Nacht ein blaues Flämmchen erwacht, Ich bitt dich und fleh, geh weiter, ach, geh …«* Mich überlauft ein Schauer. »Sie hat nicht gemerkt, dass ich sie beobachte. Ihre Zimmertür stand offen, und ich war im Flur und hab es mitbekommen. Barfuß und im Schlafanzug stand sie am offenen Fenster und hat gesungen. Ein eiskalter Wind kam rein, und ich … Na ja. Es war wirklich schräg. Wo hat sie dieses Lied *her?* Glaubt sie immer noch, dass jemand sterben wird?«

Jetzt reicht es ihm. Er richtet sich auf und packt mich an der Schulter, ist kurz davor, mich zu schütteln.

»Was willst du mir sagen, Kath?«

Ich hole mein Telefon hervor.

»Ich hab was gelesen. Etwas entdeckt.«

»Was denn?«

»Hast du schon mal etwas von Prosopagnosie gehört?«

Mein Ton ist leise triumphierend. Adam schüttelt den Kopf.

»Ich glaube, ich hab's, Adam. Ich habe ständig das Gefühl, dass auf dem Moor ein Mann unterwegs ist, dass jemand mich stalkt, und du sagst, du bist es nicht. Lyla sagt, dass sie dich sieht, und du sagst, das stimmt nicht. Und ich glaube, ich habe die Erklärung dafür gefunden. Es hängt mit Lylas Asperger zusammen. Sie hat eine weitere Besonderheit, die damit einhergeht und Pro…so…pagnosie heißt.« Bei dem Wort stolpere ich etwas, aber das ist mir egal. »Hier, siehst du? Lies mal diese beiden Definitionen, ich hab sie gespeichert.«

Er nimmt mir das Telefon aus der Hand. Gespannt beobachte ich ihn, während er liest, doch seine Miene verrät nichts. Der Wind zerrt an den Gräsern, die Ponys traben davon. Auf Nimmerwiedersehen.

Stumm gibt er mir das Telefon zurück. Ich bin nicht stumm.

»Verstehst du? Das bedeutet, dass sie manchmal Menschen nicht erkennt oder verwechselt, vor allem solche, die ihr nahestehen. Deswegen denkt sie immer, sie sieht dich. Wenn du bereit gewesen wärst, sie untersuchen zu lassen, hätten wir das gewusst. Aber egal. Das ist es doch jetzt! Die Erklärung!«

Er starrt mich an. Er hat dasselbe gelesen wie ich. Er runzelt die Stirn und wendet sich ab, mit grimmiger Miene, als hätte ich ihn enttäuscht. Oder aufgebracht? Wegen Lyla? Ich weiß es nicht, rede aber einfach weiter.

»Jetzt wissen wir also, dass es jemand ist, der dir ähnlich sieht. Und dieser Jemand war im Hobajob's Wood und treibt sich hier herum. Das heißt«, ich mache eine kurze Pause, um der Sache mehr Gewicht zu verleihen, »das heißt, es muss Harry sein, dein Cousin. Tut mir leid. Egal, was du dazu sagst, er muss es sein. Er hat damit zu tun, er ist derjenige, den Lyla immer sieht. Wenn sie an dem Abend jemanden gesehen hat, der bei mir im Auto war, muss er es gewesen sein.«

Endlich macht er den Mund auf. »Nein. Das war er nicht.«

»Wieso nicht?« Ich versuche, in seinem Gesicht zu lesen. Der Wind ist so kalt. »Das sagst du immer. Woher willst du das denn wissen?«

»Weil ich an dem Abend mit ihm zusammen war. Am Dreißigsten. Wir waren im ›Warren House‹ und haben was getrunken.«

Jetzt verstehe ich überhaupt nichts mehr. Das tut weh. Ich starre ihn an.

»Aber du hast gesagt, du warst allein!?«

Mein Mann zuckt trotzig die Achseln. »Dann hab ich eben gelogen. Kleine Notlüge, weiter nichts. An dem Abend standen die Straßen unter Wasser. Mir war langweilig in der Hütte, also bin ich das kleine Stück zum ›Warren House‹ gefahren, hab mit Harry und ein paar anderen ein Glas getrunken und bin zurück zur Hütte. Die ganze Zeit hatte ich keinen Empfang. Zu abgelegen da.«

Ich reagiere allergisch.

»Und das konntest du mir nicht sagen? Das hast du niemandem erzählt? Wieso?«

Er seufzt entnervt. »Ich hab getrunken, Kath. *Kapierst du das nicht?* Ich war mit einem Nationalpark-Land-Rover unterwegs. Hätte ich das irgendwem erzählt, womöglich noch der Polizei, wäre ich nicht nur das Auto los gewesen, sondern auch meinen Job. Wem hätte das geholfen? Was wäre dann aus uns geworden? Wir hätten uns überhaupt nicht mehr von der Stelle bewegen können. Dein Auto weg, mein Auto weg … Also habe ich, um unsere Familie zu retten, eine Notlüge erzählt. Aber weißt du was? Langsam frage ich mich, ob wir überhaupt noch zu retten sind …«

Verzweiflung steigt in mir hoch. Sicher hat es in dem Pub Augenzeugen gegeben. Keine Frage, mein Mann sagt die Wahrheit, also kann es nicht Harry Redway gewesen sein. Und Adam auch nicht. Jedenfalls nicht an dem Abend. Oder doch?

»Und wann habt ihr aufgehört zu trinken? Wann bist du zurückgefahren?«

Er versucht, mir in die Augen zu sehen, schafft es aber nicht.

»Gegen … sechs, halb sechs. Ich bin am Spätnachmittag hingefahren. Hab drei oder vier Bier getrunken und bin dann zurück. Im Schneckentempo, um bloß keinen Unfall zu bauen. Ron hat gesagt, die anderen hätten noch lange weitergesoffen, auch Harry, daher weiß ich, dass er nicht bei dir war.«

Das lasse ich erst einmal sacken. Was genau heißt das?

»Also«, sage ich vorsichtig, »hast du immer noch kein Alibi, richtig? Für die Zeit danach? Das in dem Auto in Huckerby könntest also doch du gewesen sein. An dem Abend.«

Seine Augen werden schmal. »Mein Gott«, knurrt er, »nun entscheide dich mal! Eben bin ich noch unschuldig, wegen dieses – wie hieß das – Proso...sowieso...zeugs, dieser Gesichtsblindheit. Und im nächsten Augenblick bin ich wieder dein Mörder. Das bringt doch nichts, Kath. Das ist *sinnlos*. Jetzt hängst du's Lyla an, weil sie angeblich Gesichter verwechselt! Das tut sie doch gar nicht. Nie! Ich hab nie ...« Er bricht ab und hebt den Blick, schaut an mir vorbei hinauf zum Tor, und dann ändert sich sein Ausdruck auf einmal.

Abrupt steht er auf. Offensichtlich wütend. Entschlossen. Aber entschlossen zu was? Mir wird bange.

»Adam! Ist alles in Ordnung?«

»Ja.« Er geht schon in Richtung Autos. »Lyla ist bei den Spaldings, oder? Sie ist in Sicherheit?«

Hastig laufe ich hinter ihm her. »Natürlich.«

»Gut«, sagt er. »Das ist gut.«

Ich gebe auf. Sehe von Weitem zu, wie er in den Land Rover steigt, ohne auch nur zu winken, den Motor anlässt und davonprescht, dass Matsch und welkes Laub auf die asphaltierte Parkbucht spritzen. Ganz kurz sehe ich noch sein Gesicht, dann verschwindet er in der Ferne.

Er hat etwas vor. Irgendwas Dringendes, Unaufschiebbares.

Ich muss daran denken, wie er das Schaf erschossen hat.

IN DER KIRCHE VON TAVYHURST

Mittwochnachmittag

Eine Stunde lang bin ich noch bei einsetzender Dämmerung übers Moor gegangen. Habe versucht, die Teile zusammenzufügen. Wo wollte Adam in seiner plötzlichen Wut hin? So unübersehbar sie war, sie galt nicht mir.

Und das Rätsel bleibt ungelöst. Über federnde Grasflächen entferne ich mich vom Tor Bellever, gehe in Richtung Postbridge-Parkplatz, stapfe übers Moor, wie Adam und ich es gemacht haben, als wir noch jung waren und verliebt.

Einmal mehr fasse ich die Fakten zusammen. Ich bin sicher, dass ich nicht versucht habe, mich umzubringen. Hier draußen hält sich jemand auf. Jemand, der aussieht wie Adam. Vielleicht ist es auch Adam, der hat jedenfalls kein Alibi. Aber vielleicht hat das auch alles gar nichts mit uns zu tun; vielleicht ist es ein x-beliebiger Fremder. Ein Teenager aus einer miesen Ecke von Devonport, auf Drogen. Der vorhat, mich umzubringen. Lyla umzubringen. Ohne jeden Grund.

Und wie passt das mit meiner Mutter und ihren vermeintlichen Anschuldigungen gegen Adam zusammen? Zurzeit weiß ich nicht, ob ich meinem Bruder überhaupt irgendetwas glauben kann.

Aus Verwirrung wird Erschöpfung, und die Erschöpfung bleibt, als ich mich schließlich ins Auto setze. Ich mache den Motor an. Ich fahre schnell, durch anbrechende Dunkelheit, durch Nebelschwaden, die näher kriechen. Es kommt mir so vor, als sei mein Auto das einzige weit und breit; meine Scheinwerfer schicken silbrige Kegel in den Dunst. Ich male mir aus, wie irgendwo weiter weg jemand auf einem Hügel steht, diese Scheinwerfer sieht und sich fragt, wer ich bin und wo ich wohl hinwill.

Weideroste rattern. Vor mir liegt eine Abbiegung. Im Licht der Scheinwerfer taucht ein kleines, schwarz-weißes Straßenschild auf. *Tavyhurst ¾ Mile.*

Der Name sagt mir etwas, ich kenne die Dorfkirche. St. Andrew's, Tavyhurst. Meine Mutter wollte, dass wir da den Trauergottesdienst für sie abhalten. Auch so eine seltsame Bitte – wie die, dass ihre Asche an Kitty Jays Grab verstreut werden sollte. Sie hat das Christentum verachtet, die patriarchalischen Religionen überhaupt, herkömmliche Bestattungsrituale. Daher war ihr Wunsch, dass wir dort zusammenkommen, befremdlich. Ich habe nie herausgefunden, woher er rührte.

Spontan nehme ich den Abzweig. Für einen Moment werfen die letzten schrägen Sonnenstrahlen einen satten, melancholischen Kupferton auf die Knicks, dann wird alles grau und fade. Gleichzeitig taucht auf der Anhöhe Tavyhurst auf, eine Ansammlung reetgedeckter Cottages und unansehnlicher Sozialbauten. Am Platz in der Mitte mit seinem laubbedeckten Ententeich finden sich das Postamt mit heruntergelassenen Jalousien, ein Pub, das den Winter über geschlossen hat, sowie die mittelalterliche Kirche.

Ich parke neben dem Teich, steige aus und knöpfe mir den Mantel bis oben zu. Es herrscht echte Dartmoor-Kälte, trocken, unerbittlich. Gut möglich, dass es wieder einen *Ammil* gibt. Sollte das passieren, würden die Pläne für das große Swaling durchkreuzt. Die meisten sind dabei, Brandschneisen zu schlagen, indem sie Kerben in die ausgedehnten Ginsterhecken schneiden. So bereiten sie die großen, gelb und rot lodernden Feuer vor. Meine Mutter würde jetzt anfangen, ihren Picknickkorb zu packen.

An dem Tag, als wir ihrer gedacht haben, gab es jedenfalls keinen *Ammil*. Es war ein klassischer kalter, grauer Winternachmittag wie heute. Wir sind durch dieses Metalltor geschritten, vorbei an Grabsteinen aus Georgianischer Zeit, und haben die schwere, mit einem Eisenriegel versehene Tür aus dem 14. Jahrhundert geöffnet.

Wie ich es jetzt tue. Im Innern ist es düster und kalt; in der Luft hängen die vertrauten süßsäuerlichen Gerüche von feuchtem Papier, altem Weihrauch und Blumenwasser, das zu lange steht. Eine englische Kirche in einem englischen Dorf, abgekoppelt von Zeit und Geschichte.

Warum wollte Mutter, dass wir ihrer *hier* gedenken?

Ich lasse mich auf einer der Bänke nieder, und solange Reste von Tageslicht durch die maroden Buntglasfenster fallen, schaue ich mir die Gedenktafeln an den Wänden an, die staubigen Marmorgrabplatten der niederen Adligen hier am Ort, die Messingtafeln, die an frühere Erzdiakone erinnern und an Seeleute aus der Gegend, die in der Royal Navy gedient haben. Überbleibsel des Empires.

Alles hier wirkt tot.

Ich schaue den leeren Gang hinunter, an leeren Bänken vorbei, zur Westwand der Kirche, wo von den stummen Glocken im stummen Turm die Seile herabhängen. Es kommt mir vor, als sei kein Mensch auf dem Moor außer mir. Aber ich bin nicht verrückt. Ich habe nicht versucht, mich umzubringen. Es gibt eine Erklärung, und ich werde sie finden. Ich werde, ich werde, ich werde. Vielleicht hier. Wo meiner Mutter gedacht wurde.

Ich lehne mich zurück, hole tief Luft, lege den Kopf in den Nacken. Und mir wird heiß und kalt.

Der Grüne Mann.

Die gesamte Decke entlang sitzen zur Dekoration jeweils im Scheitelpunkt der Holzbögen hölzerne Gewölbekappen, und in jede ist eine Version des Grünen Mannes geschnitzt, grinsende, hämische Gesichter, die wilde Ranken speien. Eins ausgemergelt, eins fett. Zehn, zwölf Stück oder noch mehr. Eine Parade verzerrter, weit aufgerissener Münder und Augen. Tod und Fruchtbarkeit, der Schädel mit der Rose im Mund.

Ein Windzug rüttelt an der offenen Tür. Ich fahre hoch.

In den Kirchen auf dem Dartmoor ist dieses heidnische Symbol ziemlich verbreitet.

Man findet den Grünen Mann über Portalen, unter Fenstern, selbst in Grabsteine geschnitten. Aber so viele an einem Ort habe ich noch nie gesehen. Hämische Fratzen, die auf mich herunterlachen.

Es war also ein hässlicher Scherz auf unsere Kosten, typisch für meine Mutter. Das ist die Erklärung. Sie hat eine Kirche mit nicht christlichen Symbolen ausgesucht. Wir haben nicht begriffen, dass sie uns damit etwas sagen wollte. Und mir sagt sie immer noch etwas, auf mir liegt ihr Fluch, und ich werde ihn nicht los.

Katarina, Liebes. Katarina, Katarina …

Katarina.

Wenn ich verstehe, was sie mir sagen will, bin ich frei.

Es geht um Fruchtbarkeit und Sex und Tod.

Hat sie uns mit dieser Geste etwas über ihren eigenen Tod mitgeteilt? Hat sie damit erklärt, warum ihre Überreste am Grab von Kitty Jay verstreut werden sollten, dem Ort der berühmten Selbstmörderin; dem Ort, an dem die in Schande gefallene Frau mit dem ungewollten Kind im Leib begraben liegt?

Als ich durch das Längsschiff nach vorn schaue, zum Altar und zum Chorgestühl, fährt mir ein kalter Wind in den Nacken. Ich rieche das Moor, das uns umschließt: den Schafskot und die Sümpfe, das tote Laub und tote Ehen.

Der Wind fegt durch die Tür herein, die ich selbst offen gelassen habe, und ich habe das merkwürdige Gefühl, dass er mit meinem Atem kommt und geht. Ich verschmelze mit der Welt. Und die Tür quietscht in den Angeln, und erst jetzt wird mir bewusst, was ich noch höre: dass da jemand ist. Hinter mir. Jemand muss sehr leise in die Kirche gekommen sein. Ich höre Schritte. Verstohlen. Jemand versucht, möglichst kein Geräusch zu machen.

Schleicht hinter mir herum.

Mein Denken setzt aus, Angst schüttelt mich. Ja, das sind Schritte. Die leichten Schritte einer Frau.

Ich wage es nicht, mich umzudrehen. Denn wer soll an einem dunklen Winterabend in diese verlassene Dartmoor-Kirche kommen? Doch nur jemand, der hinter mir her ist.

In der eisigen Kälte erklingt diese Stimme wieder, und mir stellen sich die Nackenhaare auf.

»Kat.«

Ich drehe mich nicht um.

»Katarina.«

Das ist der Wind.

»Katarina … meine Liebe. Ich wollte ihn nicht bevorzugen.«

Alles erstarrt. Ein Seelen-*Ammil.*

»Kat … Kat … meine liebe *Katarina.*«

Das ist die Stimme meiner Mutter. Hinter mir.

Ich fahre herum.

KENNEC-HOF

Mittwoch,
am späten Nachmittag

Auf den letzten Metern vor dem Cottage ließ Adam seinen Blick nach links schweifen, wo nasses Gras in eine Reihe Ebereschen überging, dazwischen Ginster und ein paar verkümmerte Bäumchen, von denen ganze Stränge von Moos herabhingen.

Diese Moosfetzen sahen aus wie grüner Stoff, wie die Lappen und Bänder, die die Leute aus der Gegend in die Bäume banden, um etwa für ein krankes Kind zu beten oder für einen Sterbenden, und die dann da hängen blieben, als ewige Bitte an den Herrn.

Hilf, Herr, hilf.

Nur hörte das natürlich keiner. Es gab keine Hilfe. Es gab weder einen Mann auf dem Moor noch einen Gott im Himmel. Adam musste das selbst machen. Helfen. Sie retten.

Je länger er darüber nachdachte, desto ruhiger wurde er. Er hatte das Rätsel gelöst. So war es. Es passte alles zusammen, er musste nur seine wilde Wut im Zaum halten.

Kath' Diagnose, die Sache mit der *Prosopagnosie*, war zu genau, zu treffend, als dass er sie hätte ignorieren können. Ihm war das auch schon aufgefallen. Es lag Jahre zurück, dass er einmal mitbekommen hatte, wie Lyla Charlie und Oscar verwechselt hatte – sie hatte sie mit dem jeweils anderen Namen angesprochen –, obwohl sie direkt vor ihr standen. Das war an einem der gemeinsamen Weihnachtsfeste gewesen. Sie hatte die Cousins gekannt, von Geburt an, und trotzdem hatte sie sie verwechselt. Und er war dabei gewesen.

Das hatte er natürlich niemandem erzählt. Es war eine einmalige Sache, hatte er sich gesagt. Er hatte keine Notwendigkeit gesehen, Kath einen weiteren Grund dafür zu liefern, dass sie ihre Tochter in eine Schublade stecken ließ, auf der Autismusspektrumstörung stand. Deshalb hatte er den Vorfall für sich behalten. Diese neue Diagnose aber, die Sache mit der *Gesichtsblindheit,* passte einfach zu gut, erklärte, gerade jetzt, zu viel.

Offensichtlich hatte Lyla an dem Abend einen Mann beobachtet, der ihm, Adam, sehr ähnlich sah. Einen Mann, der aller Wahrscheinlichkeit nach mit Kath Sex gehabt hatte. Einen Mann wie ihn, aber nicht ihn. Einen Redway in seinem Alter, einen von seinen Cousins. Harry Redway fiel aus. Der war an dem Abend mit ihm im »Warren House« gewesen.

Da blieb nur noch ein Kandidat.

Adam klopfte an. Es war spät. Hinter den Wolken hielt sich schon der Mond bereit.

In T-Shirt, Jeans und Bikerstiefeln kam Jack Bryant an die Tür, auf dem Gesicht ein scheinheiliges Grinsen. »Na, so was, der Cousin. Hallo. Was gibt's?«

»Kommst du nicht selbst drauf?«

Jack seufzte ironisch und wischte sich die dreckigen, mit Motorenöl beschmierten Hände an einem Lappen ab. Dann warf er den Lappen auf ein Regal. »Nee, tut mir leid. Ich kann grade nicht Gedanken lesen.«

»Versuch's doch.« Adam machte einen Schritt auf ihn zu.

Jack rührte sich nicht. Stand breitbeinig in der Tür.

»Ich sagte: Versuch's doch.«

Jack richtete sich auf, straffte seine muskulösen Schultern. »Was zum Henker willst du, Ad?«

Adam gestattete sich ein kleines Lächeln. »Was hast du mit

meiner Frau gemacht? An dem Abend, an dem sie versucht hat, sich umzubringen?«

»Was?«

Der Wind rüttelte an Metallteilen irgendwo auf dem Hof. Überhaupt herrschte, so viel hatte Adam gesehen, auf dem Hof Chaos. Cousin Jack war kein richtiger Bauer, er hatte viel mehr mit Adams Vater gemein. Saufen und Glücksspiel, das war seins. Und Motorräder.

Drogen.

Frauen.

Adam wiederholte es einfach: »Was hast du mit meiner Frau gemacht? An dem Abend, an dem sie versucht hat, sich umzubringen?«

Jetzt schüttelte Jack den Kopf. »Komm, verpiss dich, Adam. Spinner.«

»Was hast du gemacht? Das warst du, ich weiß, dass du's warst. Keine Ahnung, wieso ich da nicht früher drauf gekommen bin. Du und die Frauen – du hattest es immer gern auf die harte Tour, was? Und meine Frau hat dir schon immer gefallen.« Er stemmte eine Hand gegen Jacks Brust und drängte sich ins Haus. Er war ein paar Zentimeter größer, aber klein war Jack nicht. Reichte der Größenunterschied? Nein. Er musste sich beherrschen. Es mit Worten ausfechten. Die Polizei holen. Aber erst wollte er es wissen.

Es roch nach Schmutz und Hund und Regen und Bier. Hier wohnte ein Bauer, ein Junggeselle und Frauenheld.

Jack starrte auf seinen Brustkorb. »Nimm deine Scheißhand da weg.«

Adam machte einen winzigen Schritt zurück und wappnete sich. Er ballte die Hände zu Fäusten, widerstand aber – für den Moment – dem Drang, seinem Cousin eine reinzuhauen. Kräftig. Dabei wollte er das schon lange. Seit jenem Abend damals in Chagford. Jahre war das her. Jack hatte ihn immer damit aufgezogen, dass er es wusste, hatte dieses Wissen ausgenutzt und ihn manipuliert, mit gemeinen Witzeleien, aber auch unverhohlen bösartig.

Auch hatte Adam nie vergessen, wie Jack die Ponys mit Pfefferminzbonbons angelockt hatte, um ihnen dann einen Bolzen mitten ins Hirn zu schießen, wie er über das viele Blut und die klagenden Stuten gelacht hatte.

Schwer atmend standen sie einander in dem düsteren Flur gegenüber.

»Jetzt komm doch mal runter, Mann«, sagte Jack schließlich.

»Was hast du an dem Abend gemacht? Wo warst du? Jedenfalls nicht im ›Warren‹ wie alle anderen.«

»Was? Sag mal, tickst du noch richtig?«

»Ich *war* an dem Abend im ›Warren‹, mit Harry und den anderen. Die haben gesagt, sie hätten dich schon 'ne Weile nicht gesehen. Seit Weihnachten. Dez meinte, du bist in London, aber vielleicht bist du da nie hingefahren.«

»Ist das dein Ernst?«

»Ja«, knurrte Adam, »ja, verdammt. Das ist mein Ernst. Wo bist du gewesen?«

Jack schaute sich kurz um, so, als halte er nach einer Waffe Ausschau, einem Schraubenschlüssel, einem Messer, einem Hammer. Dann richtete er den Blick wieder auf seinen Cousin.

»Hör zu, nur damit das klar ist.« Dazu schüttelte er ärgerlich den Kopf. »Ich habe *keine* Ahnung, wovon du redest, Mann. Was deine geisteskranke Frau auch angestellt hat – ich habe damit nichts zu tun. Gar nichts.« Er verschränkte die tätowierten Arme.

Die Haut spannte über den Muskeln.

Kurz fragte Adam sich, wer wohl gewinnen würde, falls es zu einem Kampf käme. Wahrscheinlich er, aber sicher sein konnte er nicht. Auf jeden Fall war Jack Bryant der Typ, der ein Messer benutzen würde. Und was für ein Typ war er? War er dazu in der Lage, mit einem Messer auf diesen Dreckskerl loszugehen, den Mann, der seine Tochter quälte, Hasen verstümmelte und sich an seine Frau herangemacht hatte, wenn nicht Schlimmeres?

»Wie kommst du drauf, dass ich was mit Kath haben könnte, du Spinner? Das ist Schwachsinn. Totaler Schwachsinn.« Er stierte Adam verächtlich an. »Die ist mir viel zu alt. Ich zieh Junge vor. Auf Hängetitten und Wabbelarsch steh ich nich.«

Adams Hand fuhr hoch, kurz davor zuzuschlagen, vielleicht sogar zu töten. »Ich weiß, dass du's bist, Bryant. Die ganze Zeit schon. Das macht dir Spaß: andere verschaukeln, quälen, grausam sein. Du bist ein Sadist. Es hat dir Spaß gemacht, die Ponys umzubringen. Sie auszutricksen. Oder nicht? Ich seh noch vor mir, wie du gegrinst hast, von oben bis unten mit Blut und Hirn vollgespritzt. Besonders hat's dir gefallen, wenn die Mutter zusehen musste. Du hast das Fohlen abgeknallt und dich gefreut, wenn die Stute durchgedreht ist. Dann konntest du die auch noch abschießen. Mein Onkel hat dich deswegen verachtet. Alle haben dich verachtet.«

»Mein Gott.«

Adam machte wieder einen Schritt auf ihn zu. Bevor er sich ein Messer angeln konnte. »Außerdem kann ich dir sagen, wie ich auf dich gekommen bin. Heute Nachmittag war's, als ich mit Kath geredet hab. Du bist der Einzige, der die ganzen Geistergeschichten kennt, die Lieder und das alles. Von unserer Großmutter in Doccombe. Oder etwa nicht? Vor allem das eine Lied. Es gibt nur zwei Leute, die das kennen.« Adam straffte sich, nahm innerlich Anlauf. »Die eine kennen wir beide, und die ist tot, also bleibst nur noch du übrig. Du warst damals mit mir zusammen bei ihr in Doccombe. Da hat sie uns das Lied beigebracht, dir und mir. Das ist mir wieder eingefallen. Also bist du derjenige, der Lyla Angst einjagt, der ihr das Lied von der blauen Flamme beigebracht hat. Du warst es, der den Hasen die Augen rausgeschnitten hat. Du warst es, der uns die vergiftete Ratte hingelegt hat. Die ganze Zeit spielst du irgendein komisches Spiel. Das ist so typisch für dich. Und du hast an dem Abend was mit meiner Frau gemacht. Du hast sie unter Drogen gesetzt. Du hast mit ihr geschlafen. Drogen hast du ja immer zur Hand. Und dann hast du irgendwas an ihrem Auto gemacht – an den Bremsen, am Gaspedal –, damit sie in den See fährt. Das warst du.«

»Gott.« Jack grinste nur. »Dich hat's ja echt erwischt.«

Er kehrte Adam den Rücken und stieß die Tür zur Küche auf. Adam folgte ihm. Er hielt sich zurück, aber die Gewalt lag in der Luft. Er spürte, dass Jack es spürte. Der kehrte ihm nicht lange den Rücken zu.

Nun standen sie wieder einander gegenüber. Die Einrichtung war mehr als karg. Auf einem alten Holztisch lagen ein paar Dosen billiges Bier. Die Wanduhr war stehen geblieben. In der Spüle stapelten sich schmutzige Teller.

Jack griff sich eine Dose, machte sie auf und trank. Dann bot er Adam auch eine an. »Greif zu, Mann, frisch aus dem Kühlschrank. Trink lieber was, statt hier ein verdammtes Blutbad anzurichten.«

Adam winkte ab. Noch einmal ließ er den Blick durch den Raum wandern, suchte nach irgendeiner Art von Beweis, bevor er Jack Bryant zusammenschlug. An der Korkpinnwand gegenüber hing ein großes Foto von einer hübschen jungen Frau im Sommerkleid. Blond und mit langen, braun gebrannten Beinen.

»Nicht schlecht, oder?« Jack, der ihn beobachtet hatte, grinste. »Wohnt in Okehampton. Heißt Amy. Zahnarzthelferin. Echt heiß.« Er setzte die Bierdose an, trank und rülpste laut.

Was Adam wollte, war Jack die Dose aus der Hand schlagen, ihm ein Messer an die Kehle setzen, ihm ein Geständnis abringen. Gleich war es so weit, schon spürte er die Gewalt, er schmeckte sie. Jetzt, jetzt. Die Wahrheit rausprügeln aus dem Kerl. Denn wenn er ein Geständnis von Jack Bryant hatte, irgendeine Art von Geständnis, war seine Frau nicht verrückt.

Jack musste dafür verantwortlich sein, wie auch immer, er *musste*. Wenn Jack Bryant derjenige war, hatten sie eine Erklärung für alles und konnten wieder glücklich sein, Lyla, Kath und er. Mehr wollte er doch gar nicht.

Nach einem weiteren großen Schluck Bier zeigte Jack erneut auf das Foto.

»Erinnert sie dich an jemanden?«

Adam sprang darauf an. Er versetzte Jack einen Hieb. Einen kräftigen Hieb. Er spürte Jacks Kinn unter den Fingerknöcheln. Spürte, wie Zähne und Muskeln unter der Wucht seiner Faust nachgaben, spürte das Knirschen, das echten Schmerz nach sich zog. Blut und blaue Flecken.

Ein guter erster Schlag. Fast ein K.o. Ein echter Kinnhaken.

Jack taumelte rückwärts, ließ die Bierdose fallen und spuckte Blut aus. Dann angelte er sich ein Geschirrtuch und wischte das Blut weg. Adam war klar, dass er nachlegen musste, im Moment war er im Vorteil. Er konnte ihn fertigmachen, ihn zu Boden schicken, ihm Tritte versetzen, bis er bewusstlos war. Bis ihm die graue Pampe aus Ohren und Nase quoll.

Aber das ging nicht. Er war Vater. Und Nationalpark-Ranger. Wenn er das tat, verlor er seinen Job. Sosehr er sich danach sehnte, Rache zu üben, er musste sich an Recht und

Gesetz halten. Er musste die Polizei einschalten. Den Beweis hatte er. Jack Bryant war sein Mann.

Er holte sein Handy hervor, doch nun warf Jack das Tuch in die Ecke und feixte. Er *feixte*.

»Weißt du was, Adam …«, er hustete und spuckte einen Batzen Blut in die Spüle, »… bevor du deine komische Theorie den Bullen auftischst, hör mir einfach mal zu. Sieh dir die Kleine an, da auf dem Bild.«

Adam starrte ihn an. Was sollte das jetzt?

»Sie ist nämlich, ob dir das nun gefällt oder nicht, die Antwort auf deine Frage. Ja, die da, mit den Beinen und den Titten. Da war ich am dreißigsten Dezember, zwischen den Beinen. Zu der Zeit, als deine Verrückte von Ehefrau in diesen See gefahren ist. Ich war mit Amy Royle zusammen.« Er hatte wieder Oberwasser, kein Nuscheln, kein Blut mehr. Stattdessen griff er sich eine neue Dose Bier, trank und grinste. »Genau. Ich war mit Amy zusammen. In *Florida*. Kleiner Winterurlaub. Es ging über London, das stimmt schon, aber von da sind wir nach Florida geflogen. Und zurückgekommen sind wir am ersten Januar. Wir haben's nicht an die große Glocke gehängt, weil sie verlobt ist und nicht wollte, dass der Kerl es erfährt. Obwohl sie findet, dass er 'n Schlappschwanz ist. Mit mir tut sie's lieber. Vom Vögeln hab ich Ahnung, weißt du. Du musst sie rannehmen. Drück ihr Gesicht ins Kissen, und dann soll sie gefälligst die Beine breit machen – das gefällt ihnen, ehrlich, sie haben's gern auf die harte Tour. Mit einem richtigen Kerl. Sie behaupten, das stimmt nicht, aber es ist so.« Ein großer Schluck Bier. »Vielleicht solltest du das bei deiner Frau mal testen.«

Adam hätte sehr gern ein zweites Mal zugeschlagen, aber er hielt sich zurück.

»Bist du mal in Florida gewesen? In der Sonne? Da könntest du mal mit deiner armen Kleinen hin. Du weißt schon,

Disneyland und so. Ihr 'ne Freude machen. Damit ihr mal rauskommt aus diesem Loch von Langhaus.«

Da stand er nun und wusste nicht, was er tun, wie er reagieren sollte. Jack Bryant war grausam, egoistisch, rücksichtslos – aber er war kein Idiot. Er hätte das alles nicht erzählt, wenn er es nicht hätte beweisen können. Flugtickets, Hotelrechnungen, mit Sicherheit war alles irgendwo registriert. Jack Bryant war zu schlau, um eine Geschichte zu erfinden, die schnell hätte widerlegt werden können.

Ein Gefühl von Schwäche machte sich in Adam breit. Ein Gefühl wie weiche Knie. Er war so sicher gewesen, so überzeugt. Ihm wurde schwindlig vor Enttäuschung. Wenn Jack Bryant nicht derjenige war, gab es wahrscheinlich niemanden, dann war seine Frau tatsächlich verrückt, und seine Tochter genauso, und es wurde alles immer schlimmer, und ein Zurück gab es nicht. Diesmal würde der Winter kein Ende nehmen. Diesmal waren sie erledigt.

Es war still in der Küche. Adam hörte das Rascheln von Ratten im Mauerwerk.

Jack trat zu der Pinnwand, nahm das Foto ab und warf es auf den nackten Küchentisch. Zu Adam hinüber. Damit er die Frau besser sah. »Ist aber so, oder? Du weißt, was ich meine. Sieht ein bisschen aus wie die junge Penny Kinnersley, findest du nicht? Oder? Die Haare, das Lächeln, dieser Nimm-mich-Blick? Sexy.«

Erneut kochte Wut in Adam hoch.

»Und darum«, fuhr Jack fort, »geht's doch bei dem Ganzen, oder etwa nicht? Du denkst, ich bin auf deine Frau scharf, du blöder Arsch? Das bin ich nicht!«

»Aber …«

»Kein Aber, verdammt. Ja, auf Penny war ich scharf, das waren wir alle. Damals, als sie dauernd in den Pubs von Chagford gehockt und uns Jungs einen ausgegeben hat. Als sie mit ihren komischen Hexenfreunden nackt herumgetanzt ist. Weißt du noch, der eine Abend? Klar weißt du's noch. So was vergisst man nicht. Und du schon gar nicht. Denn, jetzt mal ehrlich, Adam, nicht ich war derjenige, der Penny Kinnersley gevögelt hat, richtig?« Er beugte sich vor und grinste dreckig. »Das warst du.«

HUCKERBY

Sonntagabend

Abgesehen von einer SMS, nachdem ich ihm kurz mitgeteilt hatte, dass es Lyla gut geht, habe ich seit Tagen nichts von Adam gehört. Das ganze Wochenende haben wir, meine Tochter und ich, so getan, als wären all die schrecklichen Dinge nie passiert. Die meiste Zeit haben wir uns auf dem Sofa unter die Decke gekuschelt und ferngesehen, irgendwelche Filme, die wir schon x-mal gesehen haben, nichts Neues oder Aufregendes. Ich habe versucht zu vergessen, dass ich in der kleinen Kirche die Stimme meiner Mutter halluziniert habe. Jetzt *höre* ich also Geister, statt welche zu sehen.

Und was wollen sie mir sagen?

Wir waren mit den Hunden draußen, aber nicht in dem Tal, in dem wir Lyla neulich gefunden haben. Wir haben Kuchen gebacken, den wir weder brauchen noch wirklich essen wollen. Einfach um des Backens willen, weil Mehl und Zucker, Butter und Sahne so gut riechen. Simple Dinge, leckere Düfte, wir suchen das Gute im Alltäglichen. Denn wir sind umgeben von Dunkelheit.

Ausgesetzt auf dem Moor sind wir, und unser Anker, Adam, ist gekappt. Ich weiß noch nicht einmal, wo er jetzt wohnt; er kann längst vom »Huntsman« woandershin gezogen sein. Wer weiß? Wir reden nicht miteinander. Mittlerweile sitzen Lyla und ich in einem sinkenden Boot, sehen zu, wie das Wasser steigt, und versuchen nicht einmal, uns freizuschöpfen. Wir wissen nicht, was tun.

Es ist Sonntagabend. Das letzte Licht des kalten, trockenen Wintertages nimmt einen zarten Mangoton an, ein schwaches tropisches Glühen über dem trüben Moor. Ich stehe an der Spüle, wasche ab und starre hinaus auf die Farne und Ebereschen unter dem leuchtenden Himmel, dem Orangeton, der allmählich zu einem milden Rot verblasst. Normalerweise wäre ich hingerissen, aber heute wäre es mir lieber, mein Blick fiele auf Häuser. Büros. Parkplätze.

Lyla ist noch wach. Sie liegt auf dem Sofa und guckt das *Dschungelbuch*. Zum hundertsten Mal. Mein Handy auf dem Tresen klingelt und dreht sich langsam um sich selbst.

Adam.

Also versucht er es noch. Er gibt nicht auf.

Adam.

Soll ich überhaupt rangehen? Vielleicht hat er mir etwas Organisatorisches mitzuteilen.

»Hallo.« Er klingt angespannt. Aufgeregt. »Ich hab's schon ein paarmal versucht.«

Ich schaue auf mein Display. Ein Balken. Hier in unserem Langhaus gibt es mal Empfang, und mal gibt es keinen. »Das liegt wahrscheinlich an meinem Telefon. Du weißt, wie es hinter diesen Mauern ist.«

Reden wir jetzt über Mauern? Eigentlich will ich über gar nichts reden. Noch nicht. Vielleicht nie wieder.

»Aber ich hab's auch im Festnetz versucht«, sagt er, als würde das alles ändern. Als hätte er nicht die ganze Zeit gelogen, was jenen Abend angeht. Wie viele Lügen hat er noch auf Lager?

»Das Festnetztelefon habe ich ausgestöpselt, wie immer. Lyla mag das Klingeln nicht. Es macht ihr Angst. Zurzeit kümmert das doch auch keinen. Und sonst? Was gibt's?«

»Ich wollte mich nur nach Lyla erkundigen. Geht's ihr gut?«

»Wenn irgendwas wäre, hätte ich dich angerufen. Das weißt du.«

Das hätte ich tatsächlich. Egal, was passiert ist, egal, wie vorsichtig ich Adam gegenüber bin, er ist ihr Vater, und zwar ein sehr liebevoller. Ich würde ihn nie über seine Tochter im Ungewissen lassen. Und wenn er mich zehnmal im Ungewissen gelassen hat.

Ich warte. Er schweigt. Es ist eine lange, quälende Pause. Ich höre ihn atmen. Überlegt er, was er sagen soll? Ich wüsste gern, von wo aus er anruft. Ist er bei seinem Cousin in Chagford untergekommen? Oder im gemütlichen »Oxenholme Arms« mit dem Steinzeit-Menhir in der Wand? Vielleicht sitzt er in seinem Land Rover, parkt irgendwo an einer verlassenen Straße – beim Aune-Head-Sumpf, der alten Torfgrube Rattlebrook Works oder dem vollends öden Naker's Hill, wo sich baumloses Nichts ins Unendliche dehnt – und sehnt sich nach seiner kleinen Tochter?

Nein. Mitleid kann ich mir nicht erlauben. Noch nicht. Solange ich nicht weiß, wie es war: dass meine Mutter Angst vor Adam hatte, Kitty Jay – wie das alles zusammenhängt. Und Lyla weiß noch mehr. Und ich habe das Gefühl, dass sie es mir bald erzählen wird.

»Hat sie mal von mir gesprochen?«, fragt Adam. »Hat sie irgendwas gesagt?«

»Nein, eigentlich nicht.« Es ist mir egal, ob ihn das kränkt. »Sie hat nur noch mal das von neulich wiederholt: dass sie dich nicht hierhaben will.«

Neuerliches Schweigen. Ich neige den Kopf zur Seite und schaue hinaus aufs Moor, wo in der Ferne ein Streifen gräulich weißen Rauchs zu sehen ist. Das muss ein Swaling sein; irgendein Bauer fackelt tote Ginsterbüsche und Farne ab. Seit einer Woche ist es trocken, das nutzen viele für ein Swaling. Bald werden sie auch in Hexworthy eins machen.

Mein Gefühl sagt mir, dass das richtig ist. Emotional und metaphorisch. Das Alte verbrennen, Raum für Neues schaffen. Vielleicht sollte ich es mit meiner Ehe genauso machen. Ich weiß es nicht.

Adam versucht es noch einmal. »Wir könnten uns irgendwo treffen. An einem neutralen Ort.«

»Nein«, sage ich sofort. »Nein, es reicht. Und hör auf zu fragen, ob es Lyla besser geht. Es geht ihr nicht besser, sie hat Angst vor dir. Auch wenn sie dich verwechselt hat, das heißt, wenn sie dich tatsächlich verwechselt hat.«

Schweigen. Und jetzt kommt's. Jetzt wird er laut, lässt seinen Ärger raus: »*Angst* vor mir? Sie hat Angst vor *mir?* Warum zum Henker? Wir haben sie gerettet. Ich habe sie gerettet. Ich habe sie nach Hause getragen. Ich habe sie in Sicherheit gebracht. Immer habe ich mich um diese Familie gekümmert, habe getan, was ich konnte. Warum verdammt hat sie Angst vor mir?«

»Das weiß ich nicht, aber …«

Er fällt mir ins Wort, er will keine Antwort. »Scheiße, Kath!«, schreit er. »Du hast uns das angetan, mir und uns. Du und dein Bruder und deine Mutter, nicht ich! Lyla ist auch meine Tochter!« Eine kurze Pause zum Luftholen, dann geht es weiter. Ich halte das Telefon vom Ohr weg; er ist so laut. »Du warst es, die in den Scheißsee gefahren ist; du bist daran schuld, dass sie so abgedreht ist; das alles warst du, alles, ihr Kinnersleys, ihr seid daran schuld! Jetzt hat meine eigene Tochter Angst vor mir, und ich hab überhaupt nichts getan! Du bringst ja sogar mich dazu abzudrehen. Kurz dachte ich, mein Cousin Jack könnte es sein, aber er ist es nicht. Du bist es. Die ganze Zeit bist du es gewesen, Kath, verdammte Scheiße.«

Was soll ich darauf erwidern? Einerseits glaube ich, dass an dem, was er sagt, etwas dran ist, andererseits habe ich Angst vor ihm.

Und seine Tirade nimmt kein Ende. So wütend habe ich

ihn noch nie erlebt. »Du hast meine Tochter gegen mich aufgehetzt. Das verzeihe ich dir nie. Warte nur, du … du Scheiß…«

Ich lege auf. Bringe ihn einfach zum Schweigen. Das Gebrüll hallt in mir nach, und das Herz tut mir weh. Quer übers Moor spüre ich den brennenden Zorn, seine Verzweiflung darüber, von der geliebten Tochter getrennt zu sein. Er hält tatsächlich mich für die Schuldige, für die, die das alles ausgelöst hat. Weil ich in den See gefahren bin. Und ein Stück weit verstehe ich ihn.

Trotzdem lügt er. Irgendetwas verschweigt er, und es muss mit meiner Mutter zu tun haben. Und ich habe Angst vor ihm. Wir müssen hier weg, Lyla und ich. Huckerby ist unser sicheres Ende.

Ich lege das Handy auf den Tresen zurück und schaue aus dem Fenster. Der Rauch des Swalings erinnert im Dämmerlicht an einen Dartmoor-Nebel. Nur ist es ein Nebel aus Feuer. Ein Nebel, der brennt und tötet.

Montagmorgen

Wieder herrscht diese seltsam inszenierte Normalität. Ich habe Lyla ihr Lieblingsfrühstück gemacht, Rührei. In Schuluniform sitzt sie am Tisch, verschlingt Rührei und Toast und liest in ihrem neuesten Buch. Seite um Seite. *Hyperlexie.* Ich muss das Feuer in ihrem Kopf ständig füttern, sonst geht es womöglich aus. Immer mehr Wörter sammelt sie, immer mehr Gedanken, von denen ich nichts weiß.

Doch dann – ich trockne mir gerade an unserem *Wel-*

come-to-Dartmoor-Tuch die Hände ab, der Comicseemann grinst zwischen meinen Fingern – klappt sie das Buch zu und schaut mich an.

»Ich bin ganz sicher, dass es Papa war.«

Ein Knoten aus Angst wächst in meiner Brust, doch nach außen bleibe ich ruhig.

»Wirklich?«

»Ja.« Ihre Stimme ist dünn, aber sie scheint redewillig. »Ich weiß, dass ich manchmal durcheinander bin.« Ein schnelles Blinzeln. »Aber ich habe ihn mehrmals gesehen. Hier, in der Nähe von unserem Hof. Und ein paarmal auf Spaziergängen.«

Mir fällt die Gestalt auf dem Hügel beim Burrator Reservoir ein. Der Mann, der von da oben zu mir heruntergeschaut hat. War das wirklich Adam, auch wenn er sagt, er sei es nicht gewesen? Ich muss die Gelegenheit nutzen. »Gut, Lyla. Was ist mit Papa? Wie war das genau, wo hast du ihn gesehen?«

Sie errötet. Senkt den Blick und starrt auf ihren Teller, auf die letzten Krümel von Toast und Ei. Dann schaut sie zum Fenster, zur Wand, zu dem Kalender mit dem Foto von Kitty Jays Grab, dem Bild, das nie umgeblättert wird. Überall sieht sie hin, nur nicht zu mir.

Ich spüre, wie schwer ihr das fällt. Vor lauter Anspannung stößt sie ein lautes Zischen aus. Ihre linke Hand auf dem Tisch zuckt unaufhörlich.

»Lyla …«

Sie schüttelt den Kopf, beugt sich über den Tisch, verzieht das Gesicht.

»Wir müssen nicht darüber reden.«

Das Stimming kommt zur Ruhe, nur eine Hand flattert noch etwas. Wedelt, in die Luft erhoben, leicht hin und her. Schließlich sagt sie: »Das erste Mal habe ich Papa bei den

Scheunen gesehen. Unten beim Black Tor. Nur einmal. Im Hobajob's Wood habe ich ihn, glaube ich, auch gesehen. Aber vor allem habe ich ihn bei dir im Auto gesehen.«

Ich ziehe mir einen Stuhl heran und setze mich zu ihr an den Tisch. Nach wie vor weicht sie meinem Blick aus. Ihre immer noch erhobene Hand vollführt seltsame kleine Drehungen.

»Nachdem du mich zu Tante Emma gebracht hast. Da hab ich Papa und dich im Auto gesehen.

»Wo, Lyla? Wann?«

»Spät am Abend.«

»Wo? Wo genau?«

Sie schüttelt den Kopf und starrt auf den Teller. Mit einem Ausdruck, als finde sie die Krümel abstoßend. »Hinter Tante Emmas Haus, auf der kleinen Straße. Diese kleine Straße, Mami, da wart ihr auch schon mit mir.«

Ich weiß, was sie meint. Hinter dem Haus der Spaldings gibt es eine winzige Straße, die zu den ehemaligen Ställen führt, Conybeer's. Sie stehen schon seit Jahren leer, aber als Lyla klein war, sind wir manchmal mit ihr dahin gefahren. Sie hat dort reiten gelernt, da war sie fünf oder sogar noch jünger. Damals dachten wir, das würde ihr helfen, im sozialen Bereich besser zurechtzukommen. Aber was hat Adam dort gemacht? Wenn er es denn war.

»Süße. Woher wusstest du, dass das Papa und ich sind? Es war doch dunkel?«

Die rechte Hand sackt herunter, die Linke wedelt auf halber Höhe.

»Ihr habt dort geparkt, und ihr hattet das Licht an, und … da habe ich Papas Gesicht gesehen, ganz kurz, seine blauen Augen. Und er hat dich angeschrien, und du hast geguckt, als ob du Angst hast, Mami, und dann … dann hat er … Dann hast du …« Jetzt sind beide Hände wieder in der Luft, zittern heftig, öffnen und schließen sich in wildem Rhythmus, und sie fängt erneut an, das Gesicht zu verziehen.

Ich versuche sie zu beruhigen. »Du musst mir das nicht erzählen, Lyla.«

»Doch, ich muss das erzählen. Erst wollte ich nicht, weil es Papa war und weil ich Papa lieb habe, aber ich hasse Papa, weil er dich dazu gebracht hat, das zu machen. Ich hätte es dir schon früher sagen müssen, aber ich wollte nicht, dass du es noch mal machst, aber das hab ich gesehen, das ist es, das ist es, das ...«

Sie guckt, als würde sie jeden Moment in Tränen ausbrechen. Völlig aufgelöst. Ich stehe auf, umrunde den Tisch und nehme sie in den Arm. Mütterlich liebevoll. »Ist gut Lyla, ist gut. Jetzt hast du alles erzählt. Alles wird gut. Mit Papa und dir und mir, alles wird gut.«

Ich bezweifle, dass sie mir glaubt, aber ihre Hände kommen zur Ruhe, und allmählich entspannt sich auch ihr Gesicht. Vielleicht hat ihr schon das Erzählen an sich inneren Frieden gebracht. Langsam schiebt sie ihren Stuhl zurück und sagt: »Wir müssen fahren. Ich muss in die Schule. Ich darf nicht zu spät kommen.«

Selbst bei diesem inneren Aufruhr ist es ihr wichtig, die Regeln zu befolgen. Pünktlich zu sein. Ich reagiere möglichst normal.

»Hast du alles?«

»Ja.« Sie greift nach *Dschungelbuch*-Brotdose und Ranzen. »Fertig.«

Schweigend fahren wir nach Princetown. Sie scheint sich tatsächlich beruhigt zu haben, ich dagegen bin umso trauriger. Und voller Angst.

Nachdem ich mich von Lyla verabschiedet habe, bleibe ich eine Weile einfach sitzen, schließe die Augen, lege die Stirn aufs Lenkrad und spüre den kühlen Kunststoff auf der Haut.

In meinem Kopf brennt es lichterloh. Die Swaling-Saison hat begonnen.

Schließlich raffe ich mich auf, verordne mir, tief und gleichmäßig zu atmen, und mache mich auf den Weg zurück nach Huckerby. Doch an der letzten Kreuzung, da, wo sich die alte Eiche über das kaputte Tor neigt und eine struppige braune Dartmoor-Kuh Disteln kaut, bezwinge ich meine Angst und biege nach rechts ab. Zum eleganten Haus der Spaldings.

Aber da halte ich nicht. Ich fahre vorbei, folge der kleinen Straße zu den Conybeer's-Ställen.

Dort bleibe ich stehen und schaue mich um: Stein und alte Brombeerbüsche zu beiden Seiten, dazwischen die zugewachsene Straße, die praktisch niemand benutzt, denn sie führt ins Nichts. Dachte ich. Eine typische Dartmoor-Sackgasse.

Zu meiner Rechten steigt eine Rauchfahne hoch; das Swaling kommt näher. Jagt Bachstelzen und Schnepfen vor sich her. Es ist so nahe, dass ich die schmutzig gelben Flammen über dem versengten Gras erkenne. Und die Silhouette eines Bauern mit Brandpatsche, der das Feuer überwacht.

Brandschneisen. Warnrufe. Gefahr.

Mein Herz klopft wie wild, und ich habe einen Kloß in der Kehle. Diesmal nicht von der Kälte.

Habe ich an dem Abend wirklich hier geparkt? Mit Adam oder jemand anderem?

Ich starre auf die sich verjüngende Straße und einen riesigen Busch, der aus dem maroden Granitgemäuer wuchert. Was ist das?

Ich erkenne die Pflanze. Einzelne Triebe reichen so nahe ans Auto heran, dass ich ein paar von den kleinen weiß-gelben Blüten pflücken könnte. Das muss eine Art Wintergeißblatt sein. Mir fällt ein, dass meine Mutter so einen Busch hatte, in Totnes oder Salcombe; der brachte im Winter Farbe in den Garten und einen ganz eigenen Duft.

Langsam kurbele ich das Fenster herunter und lehne mich hinaus, um eine Blüte zu pflücken, aber dazu komme ich nicht. Es trifft mich vorher. *Zitrone*. Ein süßlicher, zitrusartiger Duft. Das ist es. Das ist der Geruch, an den ich mich erinnert habe. Wir müssen hier geparkt haben, und das Fenster muss offen gewesen sein. Es war mild an dem Abend. Der Duft muss das ganze Auto erfüllt haben.

Vielleicht hat er mich an meine Mutter erinnert.

Wird er mich noch an mehr erinnern? An etwas, das ich nicht wissen will? Das ich wissen will? Sosehr ich mich auch fürchte, es muss sein; es hat ja schon einmal funktioniert.

Ich unterdrücke die Angst, lehne mich aus dem Fenster, greife mir eine Handvoll der cremeweißen Blüten – ein gefährliches Sträußchen, den Schmuck meines Selbstmordversuchs –, stecke die Nase hinein und atme tief.

Sofort ist eine Erinnerung da. Wie ein farbiger Lichtschein inmitten von Dunkelheit, ein Teilstück eines erleuchteten Buntglasfensters. Ich sehe Lyla am Küchentisch sitzen und das Lied von Kitty Jay singen. Wir sind in Huckerby, es ist ein Winternachmittag. *Der Winternachmittag.*

Ich sitze ihr gegenüber und denke an Kitty Jays Grab, wo die Asche meiner Mutter verstreut worden ist. Und jetzt kommt der zweite Teil der Erinnerung: Ich habe meinen Stift in der Hand und schreibe ein paar Zeilen. Ein Gedicht. *Ein Gedicht.* Das war es, was ich an dem Nachmittag zu Papier gebracht habe: eins von den dummen Gedichten, die ich schreibe und nie jemandem zeige. Es war ein Text über Kitty Jay, die Frau, die sich, nachdem ein feiner, aber herzloser Herr, ein schöner Schuft, sie geschwängert und sitzen gelassen hatte, das Leben genommen hat.

Mein Abschiedsbrief war kein Abschiedsbrief, sondern der Anfang eines Gedichts:

Ich hätte nicht tun sollen, was ich getan,
hätte mein Herz verschließen sollen.
So gehe ich nun. Gehe für immer.
Vergesst mich, wenn Ihr könnt,
denn vergeben, das weiß ich, könnt Ihr mir nicht.

Ich habe keinen Abschiedsbrief geschrieben. Ich habe ein paar amateurhafte Zeilen über Kitty Jay verfasst und auf dem Küchentisch liegen lassen, wie ich es oft mache, weil ich nie zufrieden bin mit dem, was ich zustande bringe.

Das bedeutet: Ich bin an dem Abend in meinem Auto am Burrator Reservoir gesehen worden, und möglicherweise hat jemand bei mir im Auto gesessen, und wir haben diesen Geißblattduft gerochen – darüber hinaus gibt es keinen Beweis dafür, dass ich versucht habe, mich umzubringen.

Was für eine Erleichterung. Und zugleich macht mir diese Erkenntnis noch mehr Angst. Weil sie Adam umso mehr belastet. Dabei verstehe ich noch immer nicht, welches Motiv er hätte haben sollen. Und wenn es nicht Adam war, wer war es dann? Wenn Lyla aus so großer Nähe jemanden für Adam gehalten hat, muss es doch jemand gewesen sein, der ihm extrem ähnlich sieht. Kein Cousin. Weder Harry noch Jack. Eher ein Bruder. Aber er hat keinen Bruder. Er hat eine Schwester, die deutlich älter ist. Sonst niemanden. Also muss er es sein.

Ich kurbele das Fenster hoch, um den Duft auszusperren, und fahre weiter, obwohl ich schreckliches Herzklopfen habe. Langsam rolle ich an den Ställen vorbei.

Das Conybeer's-Schild ist noch da, es baumelt von einem Nagel an seinem vergammelten Pfosten. Offensichtlich hat sich nie ein Käufer für die Anlage gefunden. Schwarz und leer stehen die Häuser da. Blinde Fenster, kaputte Scheiben. Mitten im Hof liegt ein einsamer Traktorreifen, in dem sich braunes Regenwasser gesammelt hat. Über mir kreisen Krähen. Beobachten mich, wollen sehen, ob ich das durchziehe mit den Verdächtigungen gegen meinen Mann. Gegen alle und jeden.

Die Hände am Steuer, schaue ich die Straße hinunter. Weiter als bis hier bin ich nie gekommen. Glaube ich. Am dreißigsten Dezember bin ich die Conybeer's Lane aber doch weitergefahren. Vielleicht war Adam doch da, vielleicht wollte er mich, nachdem er im »Warren« getrunken hatte, sehen.

Der Rauch von dem Swaling zieht als beißender Nebel zu mir herüber. Insgeheim hoffe ich, er wird so undurchdringlich, dass ich nicht weiterfahren, nicht auf die Wahrheit stoßen, es nicht zu Ende bringen kann. Doch der Nebel lichtet sich wieder, und ich habe keine Ausrede mehr.

Die Straße ist so absurd schmal, dass, während ich mich im Schritttempo vorwärtsschiebe, die Brombeerranken mir den gesamten Lack zerkratzen. Käme mir jetzt jemand entgegen, müsste ich einen halben Kilometer zurücksetzen. Aber hier kommt mir niemand entgegen: Da unten ist nichts. Hierher verirrt sich niemand.

Es ist eine Sackgasse.

Die Brombeerhecken werden dichter. Asphalt geht in Matsch über. Die Wintervögel schauen zu, wie ich mich der Lösung nähere. Ein paar Meter vor mir taucht ein rostiges Eisentor auf. Es steht offen. Und durch das offene Tor geht es auf braunes, unberührtes Moor.

Ende.

In größerer Entfernung mache ich stehende Steine aus. Dass sie so weit weg und doch so klar zu erkennen sind, sagt mir, dass sie groß sein müssen. Sehr groß. Riesig. Drei Meter hoch oder mehr. Bei dem Anblick wird mir leicht übel. Diese Steine habe ich schon mal gesehen. Vor allem den ganz hinten. Ich erkenne seine Form, und dann auch wieder nicht. Wie geht das?

Plötzlich habe ich das Gefühl, dass etwas Böses über mich kommt, mich erneut überfällt, etwas Widerliches, und das Gefühl ist so intensiv, dass ich fürchte, mich übergeben zu müssen. Im Auto. Das will ich nicht, deshalb stoße ich die Tür auf, taumele nach draußen und sauge gegen das Würgen die kalte Winterluft ein.

Keuchend vor Angst lehne ich mich an die Steinwand neben dem Tor. Schließe die Augen, lausche den Krähen. Als ich die Augen wieder öffne, fühle ich mich wie ein gejagtes Tier, als würde ich beobachtet. Von dem Mann auf dem Moor. Oder von den Scheunen unterhalb des Black Tor aus.

Ein Stück vor mir steht ein Schild, einer dieser typischen Dartmoor-Wegweiser, die allmählich im Unterholz verschwinden und mit dem Blattwerk verschmelzen. Ein Arm zeigt geradeaus, durch das Tor; auf diesem Schild steht BURRATOR. Auf dem anderen steht DRIZZLECOMBE. Hinter dem Tor befindet sich ein grasbewachsener Parkplatz, und dahinter wiederum, tatsächlich, schließt sich, halb von Ginster verdeckt, eine weitere Moorlandstraße an, die schmal, gewunden und wohl kaum genutzt hügelaufwärts führt.

Demnach gelangt man von hier direkt zum Burrator Reservoir. Also ist es möglich, dass ich, als ich angeblich versucht habe, mich umzubringen, von hier gekommen bin. Mit Adam. Oder Adams Double. Und wir haben uns gestritten.

Vielleicht habe ich herausgefunden, was er meiner Mutter angetan hat; was es war, das sie so gegen ihn aufgebracht hat.

Und trotzdem erscheint mir der Schritt von da zum Selbstmord – oder Mord – viel zu groß.

Hätte ich einsehen müssen, dass Adam nicht der ist, den

ich kenne und liebe, hätte ich ihn doch einfach verlassen. Wir hätten uns getrennt, klar.

Auch diese Straßen führen ins Nichts. Ich stecke immer noch fest.

Doch dann beschleicht mich ein vages Gefühl, eher ein Bild: wie ich auf dem Rücken liege und zu dem Schild mit der Aufschrift DRIZZLECOMBE hinaufstarre.

Ganz sicher starre ich nach oben. Warum?

Mir kommt eine Idee. Vielleicht habe ich auch diesen stehenden Stein aus der falschen Perspektive gesehen. Ich drehe mich in Richtung Horizont und lege den Kopf zur Seite, nach links und nach rechts, doch es passiert gar nichts. Und dann durchfährt mich ein Schaudern, und mir wird klar, welche Perspektive ich brauche.

Egal, wie feucht und kalt, ich lege mich auf den klammen Boden, um aus dieser Position noch einmal hinzuschauen. Und jetzt erkenne ich die Umrisse des Steins. Eindeutig. So habe ich ihn gesehen. Ich habe flach auf dem Rücken gelegen und nach oben gestarrt.

Und ich lag auf dem Rücken, weil ich aus dem Auto gezerrt worden war und vergewaltigt wurde.

DRIZZLECOMBE

Montagvormittag

So liege ich auf dem kalten Dartmoor-Boden, schließe die Augen und sehe alles vor mir. Über mir ist jemand. Er ist wütend, schreit herum, lacht. Ein gut aussehender Mann mit blauen Augen. *Adam.* Er vergewaltigt mich, neben meinem Auto, hier, wo ich die stehenden Steine im Blickfeld habe. Ich erinnere mich an einen Kampf, im Auto, an ein Messer an meiner Kehle, daran, wie ich an den Haaren gezogen werde, wie er meine Beine auseinanderzwingt.

Mein eigener Mann?

Ich muss mich aufsetzen. Die Übelkeit ist wieder da. Hastig schlage ich eine kalte, zitternde Hand vor den Mund. Es ist, als wollte mein Körper die Wahrheit – diese giftige Erinnerung – auswerfen. Jemand hat mich vergewaltigt. Hier. Ich habe das sichere Gefühl, dass das Adam war. Und dann? Wohin ist er verschwunden? Hat er mich hier liegen lassen, geschunden, bewusstlos? Vielleicht bin ich aufgewacht, und er war weg, und ich bin in meinem Entsetzen wieder ins Auto gestiegen und zum Burrator Reservoir gefahren. Habe aufs Wasser geschaut, über das der Winterwind fegte, und entschieden, dass ich nicht weiterleben kann.

Aber diesen letzten Schritt verstehe ich nicht – ich kann einfach nicht glauben, dass ich das meiner Tochter angetan hätte. Selbst wenn mir *das* angetan worden ist.

Ich überlebe, ich komme zurecht, ich verkrafte Dinge – das ist meine Art. Ich wäre zur Polizei gegangen, statt in den See zu fahren und mir das Leben zu nehmen. Es sei denn, ich wäre viel schwächer, niedergeschlagener, zerbrechlicher, als ich immer dachte. Es sei denn, Adam, wenn er es war, hätte mich nicht nur vergewaltigt. Vielleicht hat er mir etwas so Schlimmes erzählt, dass meine ohnehin angeschlagene Psyche in Richtung Selbstzerstörung gekippt ist. Vielleicht war die Vergewaltigung seine Rache für etwas, das ich getan habe?

Die Spuren führen übers ganze Moor, verschlungen und auf keiner Karte zu verzeichnen, uralte und neuzeitliche; sie führen in alle Richtungen, von Tor zu Steinbruch, von Senke zu See, von der Staldon-Steinreihe zu den Militärübungsplätzen in Willsworthy und den großen alten Steinen, die ich von hier aus sehe.

Drizzlecombe.

In diesem Teil des Moors war ich noch nie. Viel zu abgelegen. Und doch sieht es so aus, als sei ich am dreißigsten Dezember hier gewesen; vermutlich hat der Vergewaltiger diesen Ort gerade wegen der abgeschiedenen Lage gewählt: perfekt für seine Zwecke. Meilenweit kein einziges Haus, praktisch unpassierbare Straßen. Die Gewissheit, dass es keinen Augenzeugen geben würde.

Der saure Geschmack im Mund ist widerlich. Am liebsten würde ich ihn ausspucken, aber ich ahne, dass ich ihn nicht loswerde. Die Kälte ist schneidend. Ich stehe auf, öffne mit tauben Fingern die Autotür, lasse den Motor an und fahre denselben Weg zurück, vorbei an den verwahrlosten Conybeer's-Ställen und dem Haus der Spaldings. Die Fenster sind dunkel, das Haus scheint leer; wahrscheinlich sind sie noch in London. Während der Fahrt gleitet mein Blick nach rechts hinüber, zum Black Tor. Dahinter steigen breite Swaling-Rauchfahnen auf. Es sieht aus, als sei das gesamte Dartmoor eröffnet worden und es kämen die Feuer zum Vorschein, die sonst im Innern der Erde lodern. Unter uns.

Ich bremse, halte an und spähe durch eine Lücke in einer verfallenen Trockenmauer. Da sind die Scheunen, die neulich, als ich auf dem Weg nach Hause war, auf mich heruntergestarrt haben. Als würden sie mich kennen. Das sind die Scheunen, die Lyla gemeint hat. *Das erste Mal habe ich Papa bei den Scheunen gesehen. Unten beim Black Tor.*

Mein Gefühl sagt mir, dass ich kurz davor bin, die letzten Fakten zu klären, und die sind extrem wichtig, denn wenn ich diese Anschuldigung einmal erhebe, ist alles aus. Das kann ich nur tun, wenn ich absolut sicher bin.

Sobald ich den Motor ausgemacht habe, umhüllt mich die Stille des Moorlands. Ich steige aus, ziehe den Reißverschluss meiner Jacke hoch und gehe, aller Angst zum Trotz, auf die verfallenen Scheunen zu.

Auch hier riecht es nach Swaling. Nach verbranntem Ginster und toten Vögeln. Rauchwolken bauschen sich in den kalten grauen Himmel, von ferne dringen die Rufe der Bauern herüber, die das gefährliche Feuer überwachen. Und auf jeden Ruf folgt ein Schlag mit der Brandpatsche. So leicht bringt man sie nicht von ihren Gewohnheiten ab, die Dartmoor-Bewohner. Wie mein Mann einer ist.

Und jetzt kommt der Groll. Im ersten Moment war ich geschockt, aber jetzt werde ich wütend. Wenn das Adam war, werde ich mich rächen. Er hat mich in jener Nacht nicht umgebracht und wird auch jetzt nicht gewinnen. Ich lasse nicht zu, dass er mit mir das Gleiche macht wie mit meiner Mutter. Was auch immer es war.

Bis zu den Scheunen kann es nicht mehr weit sein, kaum mehr als einen Kilometer. Aber der Boden hier wird zusehends sumpfig, wo eben noch Gras war, steht jetzt silbriges Wasser. Wenn ich hier bis zu den Knien einsinke, bin ich in ernster Gefahr. Hier geht es nicht weiter, ich muss mich rechts halten, den nächsten Hügel ersteigen und einen Bogen schlagen.

Eisiger Wind schlägt mir entgegen, während ich eine Reihe von großen Steinen überwinde und den verwitterten Felsen erklimme, der sich daran anschließt. Es ist ein beeindruckender Tor, ein gewaltiger Brocken rissigen, kantigen Granits, aber die Anstrengung kommt mir gerade recht: Sie hält mich vom Grübeln ab. Vom Nachdenken über die Zukunft. Über Lyla ohne Vater.

Noch einmal nehme ich alle Kraft zusammen, packe einen kalten, glimmerdurchzogenen Granitvorsprung und hieve mich daran hoch, und dann habe ich den Gipfel des Tors erreicht. Er ist so hoch, dass die Aussicht von hier über das Moor hinausgeht. Ganz in der Ferne sehe ich eine glitzernde Linie; das ist die Küste, die die Flüsse vom Moor zu sich herunterzieht.

Ich dagegen muss zu den Scheunen hinunter.

Ich sammle mich. Kämpfe an gegen Angst und Zorn, die mich bestürmen, und stapfe den Abhang hinunter. Bald falle ich in einen Laufschritt, schüttele den Zorn ab, mache es wie die Dartmoor-Ponys, hüpfe von Grasbüschel zu Grasbüschel, setze über die sumpfigen Pfützen hinweg.

Und dann bin ich da. Wenige Meter vor der ersten verfallenen Scheune. Wie giftiger Nebel ziehen Schwaden von Swaling-Rauch zwischen den Gebäuden hindurch.

Wieder packt mich die Angst, warnt mich vor der Ruine mit den schwarzen Fensteröffnungen, die aussehen wie die leeren Augenhöhlen des Hasen im Hobajob's Wood. Aber ich muss es wissen. Also versetze ich der Tür einen Stoß. Sie quietscht in rostigen Angeln. Ich gestatte mir ein kurzes Zögern, einen winzigen Aufschub, um meine Ängste zu bändigen, dann trete ich ein.

Es riecht extrem feucht und schimmlig. Ich halte mir die Nase zu und schaue mich um. In einer Ecke klebt ein Nest. Kaputte Eier. Vogeldreck. Aber kein Hinweis auf die Anwesenheit eines Menschen. Nichts.

Etwas.

Ein Kreischen. Etwas Lebendiges. Ein plötzliches, lautes, unbekanntes Geräusch. In Todesangst fahre ich herum. Eine große Krähe. Sie kommt durchs Fenster herein, ist nicht auf mich gefasst, fliegt direkt auf mich zu, schlägt hysterisch mit den Flügeln, schwarze Federn in meinen Augen. Dann dreht sie ab, taumelt, stürzt beinahe zu Boden, und ich frage mich schon, ob sie verletzt ist, als sie ein zweites Mal kreischt und durchs Fenster davonfliegt.

Keuchend bleibe ich zurück. Es ist, als gebe mir das gesamte Moor zu verstehen, dass ich verschwinden soll. Vielleicht versuchen die Wintervögel, mir Angst einzujagen, aber sie halten mich nicht auf.

Ich taste mein Gesicht ab, vergewissere mich, dass ich nicht blute, und trete wieder ins Freie. Der Wind, der das Fell der Hügel zaust, ist kälter geworden. In den wenigen Strahlen Wintersonne sieht es aus, als sei in den silbrig grünen Sümpfen Bewegung, als versuche da ein riesiges Etwas, sich ins Leben zu kämpfen.

Die anderen Scheunen warten. Ich darf keine auslassen.

Die nächstgelegene ist etwas größer, nur hat sie viel kleinere Fenster; eine Scheibe ist unversehrt, wenn auch überzogen von Staub und Spinnweben, in denen tote Insekten hängen. Auch die Tür ist hier in einem besseren Zustand, vielleicht weil sie in letzter Zeit öfter benutzt worden ist.

Als ich mich ihr nähere, beschleicht mich ein seltsames Gefühl. Als *wollte* jemand, dass ich diese Ruine betrete. Als würde ich manipuliert.

Rasch drehe ich mich um und schaue hinaus aufs wellige Moor. Zur Straße nach Huckerby hinüber. Es ist niemand zu sehen.

Also schiebe ich das seltsame Gefühl beiseite, überwinde meine Feigheit und drehe den Knauf an der Tür.

Wegen der kleinen Fenster ist es hier drinnen düster. Und es ist sehr kalt. Ich sehe fast nichts. Am liebsten würde ich gleich wieder verschwinden, aber ich spüre die Anwesenheit eines Menschen. Hier muss jemand gewesen sein. Kein Geist. Ein echter Mensch.

Der Schimmelgeruch ist hier nicht so durchdringend wie in der ersten Scheune. Der Boden – kalter, harter, blanker Zement – ist trocken.

Langsam gewöhnen meine Augen sich an die Dunkelheit.

In einer Ecke des Raums liegt ein Schlafsack. Er sieht neu aus. Am einen Ende ist aus einem zweiten Schlafsack ein Kissen geformt. Kein Zweifel, hier hat jemand geschlafen. Puristisches Camping.

Wanderer? Schäfer? Adam? Vielleicht sind es Soldaten, hier auf dem Moor finden Übungen statt: *Bewegen Sie sich von Yelverton nach Okehampton, suchen Sie sich passenden Unterschlupf, führen Sie alles Notwendige bei sich. 20 Kilo Ausrüstung.*

Ja, Soldaten, das würde passen. Ich bücke mich über den Schlafsack und untersuche das Material. Es wirkt professionell, für niedrige Temperaturen ausgelegt. Das könnte Militärausrüstung sein. Neben dem Kissen liegt eine Aldi-Tüte. Ich hebe sie an und schaue hinein. Äpfel. Frisch. Keiner angefault.

Hier muss während der letzten ein, zwei Tage jemand gewesen sein.

Unter der Tüte liegt ein einzelnes, traurig anmutendes Buch. *In Wassermelonen Zucker*. Nie gehört. Es sieht alt aus, abgegriffen, sehr geliebt; im schummrigen Licht der halb verfallenen Scheune ist die Zeichnung auf dem Umschlag gerade eben zu erkennen: ein bärtiger Mann, der auf einer Bahntrasse sitzt.

Er sieht traurig aus. So traurig wie die Äpfel in der Plastiktüte, so traurig wie die toten Käfer am Fenster. Das Ganze, dieser Ort, meine Verfassung, das Moor, ist durch und durch traurig. Meine Familie kaputt, mein Leben kaputt – wie soll ich Lyla jetzt beschützen?

Um mich zu beruhigen, schlage ich das Buch auf. Der Rücken ist schon so mürbe, dass die Seiten wie von selbst auseinanderfallen, und zum Vorschein kommt ein Foto, das entweder als Lesezeichen benutzt oder zur Aufbewahrung in das Buch gelegt worden ist.

Ein altes Farbfoto, schon stark verblasst; fast ist es nur noch ein Sepiaton. Die Gesichter sind in dem mickrigen Licht schwer zu erkennen, aber etwas an dem Bild springt mich an, irgendwas an dem Haus, vor dem die Leute stehen; das seltsame Gefühl, dieses Foto überhaupt in der Hand zu halten. Ich weiß, was das ist, und es erschreckt mich fürchterlich.

Ich gehe etwas näher ans Fenster und halte das Foto ins Licht.

Es ist ein Bild von meiner Mutter. Sie ist darauf vielleicht sechs- oder siebenunddreißig. Lächelnd steht sie da, in einem Sommerkleid, das hoffnungslos altbacken scheint und damals doch ganz modern war. Das Haus im Hintergrund ist das in Salcombe. Es muss ein schöner, sonniger Tag gewesen sein, denn es sind tiefe, satte Schatten zu sehen. Sie hat zwei Kinder bei sich. Zu ihrer Linken, das ist mein Bruder, das zu ihrer Rechten bin ich.

Meine Hand mit dem Foto zittert.

Ich muss etwa neun gewesen sein. Ungefähr so alt wie Lyla jetzt. Ganz sicher bin ich nicht, denn statt des Gesichts – meines Gesichts – ist da nur eine wilde Schmiererei aus schwarzer Tinte.

Hasserfülltes Gekrakel. Das mich auslöscht.

HUCKERBY

Dienstagvormittag

So werde ich wohl den Rest meines Lebens verbringen: an der Spüle stehen und aus dem Fenster schauen. In den kalten, matschigen Hof, wo Lyla die Vögel hingelegt hat. Vielleicht hat da alles angefangen, vielleicht wird seitdem alles immer schlimmer. Vielleicht hat meine Tochter uns an dem Tag mit einem Bann belegt, einem Zauber aus Vogelknochen und vereisten Federn.

Jetzt ist sie auch draußen und spielt mit den Hunden; gerade wirft sie einen Stock den Weg hinauf in den Dartmoor-Nebel. Zum ersten Mal überhaupt hat sie sich heute geweigert, in die Schule zu gehen; sie hat erklärt, sie sei zu traurig wegen Papa.

Ich habe es nicht über mich gebracht, mit ihr zu streiten und streng zu sein, und in Wahrheit hatte ich auch gar keine Lust, bei diesem Nebel ins triste Princetown zu fahren und weitere sinnlose Stunden im Nationalparkbüro zu hocken, wo ich dieselbe Arbeit auch von zu Hause aus erledigen und bei meiner Tochter sein kann, denn da möchte ich sein. Es ist mir extrem wichtig, bei ihr zu sein und sie zu beschützen.

»Bring den Stock, Felix!«

Wenn sie so mit den Hunden umhertollt, kommt sie mir doch fröhlich vor. Und die Hunde freuen sich noch viel mehr: Sie kauen auf dem Stock herum und schütteln ihn, bis die Ratte, die sie dabei im Sinn haben, auch sicher hinüber ist.

Ich gehe an die Tür und rufe meiner Kleinen zu: »Bleib nicht zu lange draußen, ja? Es ist so neblig und kalt.«

Sie dreht sich nicht um, antwortet nicht. Sie ist ganz woanders, völlig fixiert auf Felix und Randal. Noch einmal versuche ich es mit Rufen, ich möchte nicht rausgehen, habe gar keine Schuhe an. »Lyla!«

Der Stock fliegt in Richtung Ebereschen, und während die Hunde hinterherjagen, hüpft Lyla auf und nieder.

»Lyla!«

Endlich hält sie inne und dreht den Kopf in meine Richtung. Sieht mich verwirrt an. Dann lächelt sie wieder so seltsam. Als trüge sie eine Maske von ihrem eigenen Gesicht. »Mami?«

»Ich hab gesagt, bleib nicht zu lange draußen. Dieses Wetter – es ist so eiskalt. Ich weiß, das macht dir nichts aus, aber …«

Mein Blick geht zu den Nebelschwaden. Selbst für Dartmoor-Verhältnisse ist das extrem, ein kalter, feuchter Himmel, der immer tiefer auf uns niedersinkt. Uns erstickt. Uns voreinander versteckt.

»Nein, ich versprech's, Mami.« Die Grimasse ist weg. Jetzt ist ihre Miene leer, vollkommen ausdruckslos. Sie bückt sich nach dem Stock, den Felix zurückgebracht hat. Ich sehe sie leise mit sich selbst sprechen: Ihre Lippen bewegen sich, aber ich höre nichts. Das macht sie von Tag zu Tag öfter. Sie sagt einen Satz, und dann bewegen ihre Lippen sich weiter, bilden tonlos Wörter, die nur sie selbst hört. Ich weiß nicht, ob sie auf diese Weise ihre eigenen Sätze überprüft oder sich selbst widerspricht. Oder ob sie weiteren Zauber über Huckerby verhängt.

Sie ist keine fünfzig Meter entfernt, und trotzdem sehe ich sie kaum noch. Die Hunde und sie sind nur vage Gestalten im grauen Nebel, Figuren aus einem schon halb vergessenen Traum, selbst ihre Stimme klingt nur gedämpft herüber.

»Felix, Randal! *Bei Fuß*!«

Ich schließe die Tür und stelle mich neben den warmen Holzofen. Sofort sind die bohrenden Fragen wieder da. Wer ist das, da draußen auf dem Moor? Wer besitzt dieses Foto von Mutter, Dan und mir? Warum ist mein Gesicht darauf praktisch ausradiert? Mein Blick wandert zum Küchentisch, wo mein Handy liegt. Stumm. Ich habe es ausgemacht.

Den ganzen Morgen hat Adam versucht, mich anzurufen, seit acht Uhr immer wieder. Wahrscheinlich will er sich für seine Brüllerei entschuldigen. Vielleicht will er weiterbrüllen, mir drohen. Vielleicht will er zugeben, was mit meiner Mutter war.

Mich drängt es kein bisschen, mit ihm zu reden. Solange ich nicht weiß, was ich mache. Ich sollte bald zur Polizei gehen. Ich muss einfach. Aber was bringe ich dort vor? Ich erinnere mich lebhaft daran, vergewaltigt worden zu sein. Einen Beweis habe ich nicht. Nur einen Fetzen wiedergekehrter Erinnerung: wahrscheinlich an meinen Ehemann. Wahrscheinlich. Außerdem glaube ich, dass jemand, der mich kennt oder von mir weiß, nicht weit von hier auf dem Moor campiert hat. Auch das könnte mein Ehemann gewesen sein. Und meine wahrscheinlich autistische Tochter prophezeit den Tod von jemandem, indem sie ein Lied singt, das ihr niemand beigebracht hat. Im Übrigen habe ich neulich auf dem Moor den Geist meiner Mutter halluziniert und in einer Kirche ihre Stimme gehört.

Ach ja, und das alles hat sich ereignet, nachdem ich aus Gründen, die ich noch nicht rekonstruieren konnte, wahrscheinlich versucht habe, mich umzubringen. Und eine Tochter zurückzulassen, die pathologisch unfähig ist, ihren Vater zu erkennen.

Das Gesicht der Polizistin kann ich mir vorstellen. Sie wird neben ihrem Rekorder sitzen, höflich den Kopf schütteln und den Rekorder ausschalten. Die halten mich für verrückt! Und ich werde, ohne jeden Beweis, meinen eigenen Mann der Vergewaltigung bezichtigt haben, und Adam und ich werden uns trennen, und meine Tochter wird noch mehr leiden, wenn nicht sogar einen lebenslangen Schaden davontragen.

In ihrem tiefsten Innern liebt Lyla ihren Papa. Sie wünscht ihn sich zurück, das weiß ich. Würden wir uns trennen, müsste ich mit ihr in irgendeine hässliche Wohnung in Princetown ziehen, etwas anderes könnte ich mir von meinem Gehalt nicht leisten. Oder in ein winziges Ein-Zimmer-Apartment in Salcombe, wo mein Bruder und meine Schwägerin gerade ihr eigenes Scheidungsdrama durchmachen, was durch meine Anwesenheit nicht einfacher würde.

Ich komme da nicht raus. Wie diese Wanderer, die immer wieder im schwarzen Schlamm des Fox-Tor-Sumpfes stecken bleiben, diese Touristen, von denen Adam im Sommer nahezu wöchentlich einen retten muss. Bis zur Taille hänge ich drin, und sobald ich versuche, mich freizukämpfen, zu verstehen, was passiert ist, versinke ich tiefer in Verwirrung und Angst.

Und ich habe große Angst.

Dieses Foto. Die brutale Art, mit der mein Gesicht darauf ausgeixt worden ist. Es gibt jemanden, der mich hasst. Aus mir unbekannten Gründen. Und ich habe das Gefühl, dass die Gefahr näher rückt. Immer schneller.

Ich greife mir das Handy, schalte es ein und zähle die Sekunden, bis es bereit ist. Überhaupt kein Empfang. Blödes Handy. Blödes Funkloch. Notgedrungen durchquere ich die Küche, steige in klamme Gummistiefel und gehe nach draußen, in den Hof. Hören kann ich meine Tochter und die Hunde, sehen kann ich sie nicht. Sie sind komplett im Nebel verschwunden, irgendwo in Richtung Straße.

Wen rufe ich an? Warum habe ich nicht mehr Freunde?

Weil ich mich dafür entschieden habe, mit meinem Mann und Lyla hier rauszuziehen und dieses einsame Leben zu führen. Weil wir uns freiwillig zurückgezogen haben – womit wir am Anfang sehr glücklich waren. Jetzt bin ich nicht glücklich. Jetzt muss ich jemanden anrufen. Irgendwen.

Ich starre auf das Telefon. Es fällt mir nur ein Name ein. Ich wähle die Nummer, und sie geht sofort ran, so, als habe sie auf einen Anruf gewartet.

»Tessa?«

»O Gott, Kath, wie geht's dir?«

»Gut.«

»Dan hat es mir erzählt. Dass Lyla weggelaufen ist und alles. Du weißt, dass du mich jederzeit hättest anrufen können?«

»Ich weiß, ich weiß.« Innerlich zucke ich die Achseln. »Ich hab mich irgendwie verkrochen, wollte nichts hören und nichts sehen. Niemandem begegnen. Es ist alles sehr schwierig, Tessa.« Dass ich mittlerweile allen misstraue, auch Dan und sogar ihr, will ich nicht sagen, deshalb brauche ich einen Moment, um mir meine Worte zurechtzulegen. »Hat Dan dir auch erzählt, was Lyla zu ihrem Vater gesagt hat?«

Nach kurzem Zögern erwidert sie: »Ja. Und ich weiß nicht, was ich davon halten soll. Genauso wenig wie er.«

Eigentlich möchte ich darüber nicht reden, daher frage ich: »Wie geht's denn bei euch so?«

Sie stößt einen tiefen Seufzer aus. Ich sehe sie vor mir, in ihrem Büro in Plymouth, wie sie auf die Betonwände des U-Boot-Hangars starrt. »Nicht besonders, wenn ich ehrlich sein soll. Es ist nicht so schlimm wie bei euch, aber auch nicht gut. Was für ein Chaos.«

»Und die Jungs?«

»Bislang konnten wir es verheimlichen, aber sie spüren es. Egal, genug davon. Es ist eine ganz banale Affäre, der übliche

Ehemist, aber wie ist es bei euch? Ihr seid allein da oben, ihr zwei, oder?« Und dann sagt sie: »Willst du nicht vielleicht …?«

»… lieber woanders sein als in der Einöde, und dann noch im Nebel?«

Sie lacht, und ich fahre fort: »Doch, Tessa, das wäre ich sehr gern. Hier passieren so viele komische Sachen, deshalb rufe ich auch an. Ich dachte … Ich wollte fragen … Dieses Ferienhaus, das ihr habt, in Brixham … Ich frage wirklich nicht gern …«

»Nein, o Gott, mach dir keine Gedanken! *Natürlich* könnt ihr da hin! Im Augenblick ist noch ein Pärchen dort, die wollten wohl eine romantische Auszeit – weiß der Himmel, warum im Februar –, aber heute am Spätnachmittag reisen sie ab, und dann ist es bis zum Frühjahr frei!«

»Und Dan hätte auch nichts dagegen?«

»Um ehrlich zu sein«, sagt Tessa, »es ist mir scheißegal, was Dan Kinnersley denkt. Und wenn es um Brixham geht, erst recht. Wusstest du, dass er mehrmals mit dieser Frau dort war?« Ihre Stimme hat jetzt etwas Schneidendes. »Also, Kath – ihr könnt auf jeden Fall so lange dort bleiben, wie es euch gefällt. Ich werde es nicht schaffen, es vorher zu putzen, aber wenn ihr wollt, könnt ihr schon heute Abend rein.«

»Ja! Vielen Dank, unbedingt!«

Es ist eine riesige Erleichterung. Endlich kommen wir hier weg, Lyla, die Hunde und ich. Und wir *müssen* hier weg. Ich spüre das Böse näher kriechen: aus dem Nebel, aus der Scheune auf dem Moor, von dem Foto, auf dem mein Gesicht geschwärzt ist. Die Gefahr schleicht sich ein. Die Wahrheit wird herauskommen, und ich ahne, dass sie entsetzlich ist, denn als ich sie das erste Mal gehört habe, bin ich ins Wasser gefahren.

Ich bedanke mich überschwänglich, und Tessa beteuert

x-mal, dass ich mir keine Gedanken machen soll. Ich sage, ich werde gleich alles vorbereiten und unsere Sachen packen, damit wir heute Abend noch fahren können. Wir kommen tatsächlich hier raus! Wir werden in dem kleinen Cottage am Meer wohnen, wo Lyla Möwen beobachten kann und viele, viele Schultage versäumen wird, *was mir vollkommen gleichgültig ist.*

»Danke, Tessa«, sage ich noch einmal. »Und kannst du mir noch einen letzten Gefallen tun?« Ich laufe rot an, obwohl sie mich gar nicht sieht. »Es ist noch so viel ungeklärt, und Lyla hat manchmal wahnsinnige Angst vor ihm und … Ehrlich gesagt fürchten wir uns ein bisschen.«

»Ich sage kein Wort, ganz sicher. Und Dan verdonnere ich auch zum Schweigen. Wenn ich es ihm überhaupt erzähle. Niemand erfährt, wo ihr seid.«

»Danke, tausend Dank.«

Ich beende das Gespräch und schalte das Handy gleich wieder aus. Wenn ich es auch nur eine Minute länger anlasse, ruft bestimmt Adam gleich wieder an, und ich will noch nicht mal seinen Namen auf dem Display sehen.

Gerade als ich das Telefon in die Hosentasche schiebe, kommt Lyla den Weg heruntergelaufen, ein lebendiges Geschöpf, das wie durch Magie aus dem Nebel auftaucht.

»Hallo, Lyla-Maus, geht's dir gut? Wo sind die Hunde?«

Sie sieht mich an. Ihre Lippen zittern. Hat sie Angst? Was ist passiert? Wortlos dreht sie sich um und schaut zum Weg hinüber, wo man die Hunde bellen hört. Laut. Der Nebel ist schrecklich: so dicht und feucht.

»Denen geht's gut, Mami, Felix und Randal geht's gut. Sie jagen Kaninchen. Fröhlich. Fröhlich, fröhlich, fröhlich.«

Doch während sie das sagt, hebt sie eine Hand und bewegt die Finger, als lasse sie eine Puppe sprechen, als sei die Hand ein Schnabel, der sich öffnet und schließt, öffnet und schließt.

Inzwischen braucht sie fast ständig irgendein Stimming, während früher – vor ein paar Monaten – manchmal Wochen ohne ein Asperger-Anzeichen vergangen sind. Jetzt ist es permanent da.

Und das liegt an mir. Meinetwegen ist es schlimmer geworden. Unseretwegen ist es schlimmer geworden. Wir haben das angerichtet, Adam und ich.

Lyla späht in den Nebel, der sich immer dunkler färbt. Sie schnuppert, verzieht das Gesicht, als nehme sie etwas Unangenehmes wahr, scheint verwirrt. Dann bewegt sie wieder stumm die Lippen, und schließlich rennt sie ohne weitere Erklärung an mir vorbei ins Haus.

Irgendetwas stimmt hier überhaupt nicht.

Ich folge Lyla nach drinnen. Sie sitzt am Küchentisch und starrt den Kalender an. Wieder bewegt sie die Lippen. Schneller, immer schneller. Und es kommt kein Wort heraus. Bis schließlich doch Wörter kommen.

»Ich hab Angst, Mami.«

»Ich weiß, Süße.« Dabei versuche ich, meine eigenen Ängste zu verbergen. »Aber hör mal, es gibt Neuigkeiten! Wir fahren nach Brixham. Heute Abend noch!«

Wieder bewegt sie die Lippen, als würde sie sprechen, wieder ist kein Wort zu hören. Also spreche ich für uns beide.

»Erinnerst du dich an das Haus, das deinen Cousins gehört, das hübsche Ferienhaus in Brixham? Direkt am Meer, mit dem kleinen Garten. Da fahren wir hin! Wir müssen nur noch packen und hier ein bisschen aufräumen, und dann geht's los. Heute Abend noch. Und wir bleiben lange da, machen richtig schön Ferien.«

Sie starrt mich unverwandt an. Und wiederholt es: »Ich hab Angst.« Dann hebt sie langsam die Hand und zeigt auf den Kalender. Mit dem Januar-Bild von Kitty Jays Grab im Schnee. Es ist aber schon Februar. Und ich weiß, ich werde die Seite nie umblättern. Es wird immer Januar bleiben. Kurz nachdem ich gestorben bin. Oder kurz bevor ich gestorben bin.

»Wovor hast du Angst, Süße? Es ist alles okay, alles in Ordnung. Das ist nur Nebel.«

»Weißt du noch, dass du an dem Tag, an dem du in den See gefahren bist, von Kitty Jay erzählt hast?«

Darauf bin ich nicht vorbereitet. Was soll ich dazu sagen? Wahrscheinlich meint sie mein Gedicht. Meinen sogenannten Abschiedsbrief.

Ihre halb erhobene Hand flattert, als habe sie keine Kontrolle mehr darüber, als gehöre sie nicht mehr zu ihr. »Kitty Jay. An dem Tag, als du für immer wegwolltest, hast du mir die Geschichte erzählt. Und gesagt, dass du ein Gedicht darüber schreiben willst.«

»Ja, das stimmt.«

»Das hat mich an was erinnert. Und das ist mir jetzt wieder eingefallen.« Ihre Hand wedelt immer schneller, ihre Lippen bewegen sich, tonlos öffnet und schließt sie den Mund. »Ich hab Angst, Mami«, stößt sie schließlich hervor. »Schlimme Angst.«

Sie hält meinen Blick fest. Mit ihren schönen blauen Augen, die denen ihres Vaters so gleichen. Ihres schönen, grimmigen Vaters.

»Es ist etwas auf dem Weg hierher. Etwas, das uns erwischen will. Jemand, den du kennst.«

»Pst, Lyla, sag nicht so was! Hier im Haus sind wir sicher, und bald fahren wir nach Brixham. Wir brauchen nur noch zu packen, und dann sind wir weg.«

»Dieses Gedicht, das du über Kitty Jay schreiben wolltest.«

Jetzt schwebt auch ihre andere Hand in der Luft, so, als sei sie eine Marionette an Fäden. Jetzt ist meine Tochter verrückt, genauso verrückt wie ihre Mutter. Ihre Mutter, die wahrscheinlich nicht versucht hat, sich umzubringen. Vielleicht sollte es mich freuen, dass ich keinen Selbstmordversuch begangen habe, dass ich gar nicht die böse und selbstsüchtige Frau bin, die imstande gewesen wäre, ihre Tochter zu verlassen, aber ich bin nicht froh. Ich habe genau solche Angst wie Lyla.

»Mami? Mir ist wieder eingefallen, was mir damals im Kopf herumging. Als wir uns an dem Tag über Kitty Jay unterhalten haben, wollte ich wissen, warum die Asche von Großmutter da verstreut worden ist, und du hast gesagt, du weißt es selbst nicht, weil sie die Geschichte eigentlich nie leiden konnte und das Grab auch nicht, und dass sie nie Blumen dahin gelegt hat, wie andere Leute es manchmal machen, und du hast mir die Legende erzählt, und dann bist du weggegangen und hast gesagt, dass du vielleicht was schreibst …«

»Lyla.« Es riecht nach Rauch. Ich schaue zum Ofen hinüber, aber da scheint alles in Ordnung. Vielleicht ist hier in der Nähe ein Swaling. »Ich glaube, Lyla …«

Sie schüttelt den Kopf. Offenbar wird das einer ihrer Vorträge. »Mir ist was eingefallen, Mami. Was von Papa. Ich sehe ihn, wie er sich über die Wiege beugt und mir ein Lied vorsingt.«

»Die Wiege?«

Es muss eine Erinnerung sein, wie nur sie welche hat. Eine aus ihrem ersten Lebensjahr. Sie kann zu dem Zeitpunkt ein Dreivierteljahr alt gewesen sein, ein halbes oder auch ein Vierteljahr.

»Papa, wie er mir ein Schlaflied vorsingt, weil ich weine. Und weißt du, was er gesungen hat? Dieses Lied von seiner Oma …« Sie schließt die Augen und singt es. »*Inmitten der Nacht ein blaues Flämmchen erwacht, Ich bitt dich und fleh, geh weiter, ach, geh.*« Immer leiser wird sie dabei, und nach dem letzten Ton sieht sie mich an. »Ich glaube, er hat es gesungen, weil seine Oma gestorben ist und er traurig war. Und dann hat er mir noch ein Lied vorgesungen, das von Kitty Jay. *O Kitty Jay such a beauty cast away.* Und … und … und …« Ihre linke Hand dreht sich hin und her – viel weicher jetzt –, während die rechte unter dem Tisch verborgen ist. »… und als das Lied zu Ende war, hat er gesagt: ›Deine Großmutter war Kitty Jay. Sie hat ihre Schönheit weggeworfen.‹ Warum hat er das gesagt, Mami? Und dann hat er das Lied noch mal gesungen, aber ein bisschen anders: *O Kitty Jay, her baby cast away, her baby cast away.* Er hat gesungen, dass sie ihr Baby weggeworfen hat. Warum? Und er hat so traurig ausgesehen, und dann bin ich eingeschlafen. Warum war das so, warum hat er das gemacht?«

Dazu fällt mir überhaupt nichts ein. »Das weiß ich nicht«, sage ich, und genau so ist es. Und trotzdem. Vage dämmert mir etwas. Ganz sicher hat Adam nicht damit gerechnet, dass seine erst wenige Monate alte Tochter sich an das erinnern würde, was er in der Situation sagt. Das heißt, er hat mit sich selbst gesprochen, eine Art Eingeständnis, nur vor sich selbst.

Was hat er sich eingestanden?

Lyla hat angefangen zu zittern. Sie zittert am ganzen Leib. »Ich hab Angst, Mami, weil … er kommt.«

»Was?«

Inzwischen riecht es durchdringend nach Rauch, aber ich bin völlig auf meine Tochter fixiert, auf ihr Zittern, auf das, was sie sagt.

»Ich weiß, dass ich Asperger habe, ich weiß, dass ihr mir das nicht sagen wollt, ich weiß, dass ich anders bin, ich weiß, dass ich Synästhesie habe. Ich weiß, dass damit auch zusammenhängt, dass ich mich an die Zeit erinnern kann, als ich ein Baby war. Ich hab das alles gelesen, Mami, ich weiß, wie

Leute wie ich sind und warum ich mich immer so bewege, dass die anderen sich fürchten, und dass sie mich deshalb nicht leiden können. Ich weiß, dass das, was ich mache, Stimming ist. Ich weiß, dass ich andere Leute oder Freunde oder Spiele nicht verstehe. Ich habe alles gelesen, ich weiß es. Und du musst es auch wissen. Ich habe viel auf Google gelesen, und ich weiß, sie haben eine Studie gemacht, und da bekamen 1,8 Prozent der Männer und Jungs eine Autismus-Diagnose, aber nur 0,2 Prozent der Frauen und Mädchen, aber bei Mädchen ist es etwas anderes, weil …«

»Lyla! Hör auf.«

Sie hört auf. Sie muss es nicht weiter ausbuchstabieren. Schweigen macht sich im Langhaus breit, während ich zu ahnen beginne, worum es geht. Endlich.

Vielleicht habe ich es endlich verstanden. Kitty Jays Grab. Was hat meine Mutter mir damit, dass sie ihre Asche dort verstreut haben wollte, gesagt? Dass auch sie sich verliebt hatte und womöglich schwanger war. Gleichzeitig ging sie an Krebs zugrunde, und deshalb hat sie sich, mit dem Kind im Leib, umgebracht. Sie konnte sich nicht durchringen, es mir zu sagen, vielleicht hat sie sich auch zu sehr geschämt – sie fand Selbstmord immer unmöglich –, aber sie hat Hinweise gegeben. Zum Beispiel das mit ihrer Asche war ein solcher Hinweis. Dass sie dahin wollte, wo die Selbstmörderin begraben liegt, die Frau, die sich für ihre Schwangerschaft geschämt hat.

Lyla zittert immer haltloser. Als ahne sie, was mir durch den Kopf geht. Ich grusele mich vor ihren Worten, ihren Bewegungen, meinen Überlegungen, meinen Vorstellungen, meinen Einsichten, einfach allem.

»Ich höre ihn, Mami. Er kommt. Er ist schon ganz nahe.«

»Was? Wer?«

Ich muss ihrem Gehör trauen, das ist mir klar. Ich selbst

höre nur das Nichts, das dumpfe Rascheln des Swalings, Ginster, der knisternd verbrennt.

»Er ist im Hof. Ich höre die Zweige unter seinen Füßen knacken, es ist ein rotes Geräusch. Er wird es noch mal machen.«

Mit einem Satz bin ich an der Schublade, reiße sie auf und greife mir ein Messer. Das größte, das wir haben.

Als ich aufblicke, sehe ich, dass der Nebel noch viel dunkler geworden ist und unten, am Boden, einen merkwürdigen flimmernden Gelbstich hat. Und endlich begreife ich, dass das kein Nebel ist. Es ist Rauch, in den sich Nebel und Flammen mischen. Feuer, in dem Ginster und Farne verbrennen.

Das Swaling ist außer Kontrolle geraten. Es kommt den Weg entlang. Auf unser Haus zu.

Und mit dem Nebel kommt die Gestalt eines Mannes. Gleich ist er an der Tür. Unheimlich sieht er aus und seltsam vertraut. Erschreckend vertraut. Er hat die geschwungenen, vollen Lippen meiner Mutter, überhaupt ihre Züge, die hohe Stirn.

Aber es gibt noch eine andere Ähnlichkeit, eine, die mich viel mehr irritiert.

Starr vor Angst, aber mit zitternden Händen schiebe ich das Messer in meine hintere Hosentasche. Im nächsten Augenblick stößt der Mann die Tür auf. Und sieht uns an, eine nach der anderen. Jetzt erkenne ich das Gesicht wieder: die blauen Augen, den blanken Hass.

Er hat ein Messer in der Hand, eins, das viel größer und gemeiner blitzt als meins.

»Du könntest mich ruhig begrüßen«, sagt er ohne ein Lächeln. Und starrt Lyla an. »Schließlich bin ich dein Bruder.« Und dann sieht er zu mir. »Und deiner auch.«

»THREE CROWNS INN«, CHAGFORD

Dienstagvormittag

Tessa Kinnersley legte ihr Handy weg und schaute in die Flammen, die in dem Kamin aus dem dreizehnten Jahrhundert loderten. Der Kaffeerest war kalt. Sie schob die Tasse weg und überlegte.

Auf jeden Fall war es richtig gewesen, Kath Brixham zu überlassen. Aber was sollte sie Adam Redway sagen? Er hatte sie am Morgen angerufen, um sich mit ihr zu verabreden. Wahrscheinlich würde er sie bitten zu vermitteln.

Das würde sie nicht tun. Kath und Lyla zu helfen – ihnen einen sicheren Unterschlupf abseits vom Moor zu bieten – war in Ordnung, aber in die Probleme der Redways würde sie sich nicht hineinziehen lassen. Ihre eigenen Eheprobleme reichten ihr.

Ebenso wenig würde sie erwähnen, das Kath angerufen hatte. Sie wusste einfach nicht, was sie von Adam halten sollte.

»Hallo.«

Sie drehte sich um, und da stand er und streckte ihr die Hand hin. Müde sieht er aus, dachte sie, müde, resigniert, irgendwie geschrumpft.

»Danke, dass du dir so kurzfristig Zeit für mich nimmst. Ist es okay, wenn ich mich setze?«

»Natürlich.«

Er ließ sich in dem zweiten großen Ledersessel am Feuer nieder. Die Hotelbar war praktisch leer, nur ein paar Hausgäste saßen beim Kaffee. Es war noch zu früh, als dass Leute zum Mittagessen oder auf ein Glas eingekehrt wären. Sie beobachtete Adam, der sich kurz umschaute.

»Als Jugendlicher bin ich hier öfter gewesen«, sagte er melancholisch. »Hier kriegte man auch was zu trinken, wenn man noch nicht volljährig war. Ich bezweifle, dass das heute noch so ist. Viel zu schick.« Er lächelte bedauernd. »Wie das ganze Chagford. Hast du den Weinhändler nebenan gesehen? Wie aus London herverfrachtet. Heutzutage sind hier alle aus London.« Er fuhr sich mit beiden Händen über das Gesicht, und dann fragte er: »Was führt dich denn hierher?«

»Eine Freundin aus London.«

»Oh.« Er wurde rot. »Entschuldigung. Ich wollte niemandem zu nahe treten. Gott, ich mache auch alles falsch.«

Tessa betrachtete seine Haare und das zerknitterte Hemd unter der Fleecejacke. Das Klischee von einem Mann, der von seiner Frau getrennt lebte. Verwahrlost. Ungekämmt. Wenigstens war er so anständig, scheiße auszusehen. Sie stellte sich vor, welches Bild Dan im Gegensatz dazu gerade abgab. Dan, der von seinem Londoner Hotel aus arbeitete. Wahrscheinlich steckte er in einem teuren Anzug mit blendend weißem Hemd und Seidenkrawatte, hing am Telefon und lachte. Wahrscheinlich war er mit dieser Frau zusammen.

»Macht sie hier Urlaub, deine Freundin?«

Adam versuchte, nett zu sein, aber es war eher quälend.

»Ja, wir gehen nachher oben in Gidleigh essen. Ich will mich von ihr beraten lassen. Sie ist Scheidungsanwältin.«

Wieder wurde Adam rot.

»Ich will nicht unhöflich sein, Adam«, sagte Tessa, »aber ich habe nicht viel Zeit, und das Ganze ist auch schwierig. Wegen Dan und weil ich mit Kath befreundet bin und so. Das verstehst du sicher.« Und nach einer kurzen Pause fügte sie hinzu: »Ich möchte euch wirklich helfen, glaub mir, ich weiß nur nicht so richtig, wie. Und ich habe viel zu tun.«

»Ich weiß. Tut mir leid, Tessa. Meine Ehe ist meine Ehe, das ist mir schon klar. Du kannst nichts dafür.«

»Warum wolltest du mich denn sprechen?«

Adam stockte. Er schien ungewöhnlich nervös – und schaute weg. Studierte die steinerne Kamineinfassung, die riesige Eisenzange, den Spieß, der so groß war, dass daran wahrscheinlich einmal ganze Schweine geröstet worden waren. Wie ein gewaltiges Folterwerkzeug. Schließlich sah er sie an. »Ich würde dir gern die Wahrheit erzählen. Über früher. Geht das? Ich möchte es dir erzählen, damit du es Kath erzählen kannst. Und Dan. Damit mein Ruf wiederhergestellt wird. Ich hätte es Kath auch selbst erzählt, aber inzwischen lässt sie es nicht mehr zu, dass ich sie besuche, sie geht noch nicht mal mehr ans Telefon.«

»Gut«, sagte Tessa und sah auf die Uhr. Als Signal. *Mach schnell. Raus damit.*

Er räusperte sich. »Es fällt mir schwer. Ich hab das noch nie jemandem erzählt.«

»Versuch's. Sonst ist unser Treffen sinnlos.«

»Ich weiß.« Er atmete schwer. »Okay. Also: Es hat alles mit der verrückten Vorstellung zu tun, dass ich Kath … an dem Abend, an dem sie das gemacht hat, angegriffen haben soll. Irgendwie hat diese Vorstellung sich inzwischen auch in Lyla festgesetzt. Sie behauptet, dass ich in dem Auto war. Dass sie mich in Kath' Auto gesehen hat.«

»Ja, das habe ich gehört«, sagte Tessa bewusst kühl. Sie würde ihn anhören, aber mehr auch nicht.

»Tessa?« Forschend sah er sie an. »Das ist Unsinn. Totaler Schwachsinn. Kann sein, dass sie mich verwechselt hat, weil sie so ist, wie sie ist. Wegen dieser Asperger-Sache, über die wir nichts Genaues wissen. Trotzdem ist es Quatsch. Das

Ganze. Ich bin an dem Abend *nicht* in Huckerby gewesen. *Nicht* in dem Auto. Ich war oben in Manaton, die ganze Woche, bis der Anruf von der Polizei kam.« Er hielt kurz inne und fügte dann hinzu: »Es stimmt, dass ich an dem Tag nachmittags unterwegs war, aber ich hab nur ein paar Bier getrunken, im ›Warren‹, und da hatte ich keinen Empfang, und ich bin zur Hütte zurückgefahren, obwohl ich getrunken hatte. Deshalb habe ich das nicht gesagt; wenn ich zugegeben hätte, dass ich angetrunken gefahren bin, wäre ich alles los gewesen. Auto, Job, Geld, alles. Und das nach dem Unfall. Wir wären am Ende gewesen. Wozu also?«

»Okay …«

Inzwischen war seine Miene verzweifelt. »Glaub mir das, bitte! Irgendjemand *muss* mir doch glauben. Ich hatte mit Kath' Unfall *nichts* zu tun. Ich war nicht da.«

»Ich verstehe.«

Adam riss die Arme hoch, als richte Tessa eine Waffe auf ihn. »Nein, du verstehst *nicht*. Denn es *gibt* etwas zu erzählen – etwas Wichtiges. Ich habe auf andere Art gelogen. In Bezug auf die Vergangenheit. Auf Kath' Mutter.«

Tessa beugte sich vor. Das kam überraschend. Was hatte er zu erzählen?

Adam schüttelte den Kopf.

»Also es *ist* was passiert. Uns dreien. Damals. Ich *hab* was gemacht. Eine Riesendummheit. Ich hatte Sex mit Penny Kinnersley.« Jetzt war sein Gesicht tiefrot, aber er fuhr fort: »Nur einmal! Ich war neunzehn, gerade mal neunzehn. Noch ein halber Junge. Kath war im ersten Studienjahr. Sie hat an der Uni im Wohnheim gewohnt; wir waren fest zusammen; ich hatte meinen Job schon, aber es war mein erstes Jahr. Ich war so verdammt naiv. Keine zwanzig. Und eines Abends bin ich hier in Chagford, wo immer den ganzen Abend getrunken und getanzt und gefeiert wird, am Ende bei Kath' Mutter gelandet, bei Penny Kinnersley.« Er war immer noch rot, und er schüttelte erneut den Kopf. »Alle waren besoffen. Es war so eine typische Tanz-in-den-Mai-Party, mit haufenweise Leuten aus London, alle in Grün, alle auf Acid, alle waren oben am Scorhill, haben Blumen geschwenkt und getanzt und so – und Penny hat im ›Ring O'Bells‹ gewohnt, und ich wollte galant sein, hab angeboten, sie nach Hause zu bringen, weil es da oben so dunkel war. Es war eine schöne, milde Nacht, und ich wollte sie beeindrucken, wollte ritterlich sein, beweisen, dass ich eine guter Ehemann für Kath bin, weiter nichts, und …« Für einen Moment vergrub er das Gesicht in den Händen. Dann hob er den Kopf wieder, und seine blauen Augen fixierten Tessa. »Es war auf dem Weg zurück zu dem Pub. Da hat sie mich verführt, ganz einfach. Ich war betrunken, und sie war eine attraktive Frau, sehr extrovertiert. Sie wusste genau, was sie macht, sie hatte so viele Männer gehabt. Sie hat mich genommen und geküsst, und wir sind in ihr Zimmer gegangen, und ich war betrunken, und wir haben's getan, und das war's.«

Er hielt ihren Blick fest. »Es war nur dieses eine besoffene Mal. Niemand wusste davon, niemand hat's gesehen. Nur mein Cousin Jack Bryant, der immer im ›Warren‹ sitzt und trinkt – der war an dem Abend im ›Ring‹, der hat gesehen, wie sie sich an mich rangemacht hat; er hat auch gesehen, wie sie mich in ihr Zimmer gezerrt hat. Buchstäblich gezerrt. Und er hat es bis heute für sich behalten. Er ist ein ziemlicher Scheißkerl, aber so übel dann doch nicht. Wir sind verwandt. Er hält den Mund.«

Adam fuhr sich durchs Haar, als könne er das schlechte Gewissen wegkämmen.

»Egal. Schon beim Aufwachen am nächsten Morgen hab ich's bereut, bitter, bitter bereut, denn ich habe Kath wirklich geliebt. Also bin ich in meine Klamotten gestiegen und abgehauen. Hab mir geschworen, dass ich nie wieder eine andere Frau anrühre.« Er stieß einen tiefen Seufzer aus. »Aber Penny hat keine Ruhe gegeben. Sie ist wieder angekommen, wollte eine richtige *Affäre*. Meinte, sie liebt mich. Weil ich wie das Moor selbst bin, der Grüne Mann, lauter so 'n Zeug, keine Ahnung. Sie hat gesagt, wir würden ein heiliges Kind empfangen. Verrückter Scheiß. Durchgeknallt. Ich hab ihr eine Abfuhr erteilt. Hab gesagt, sie soll mich in Ruhe lassen und dass ich Kath liebe, und dann hab ich ihr erzählt, dass Kath und ich verlobt sind, und da ist sie nach Indien abgehauen. Wütend. Komplett verrückt. Vielleicht hatte sie da den Krebs schon, wer weiß. Und mehr ist nicht passiert, Tessa. Das ist alles. Eine Nacht mit einer Frau, die mehr wollte.« Er sprach jetzt sehr leise. Traurig. »Aber es sieht so aus, als wär ich verdammt. Als würde ich, weil ich einmal mit neunzehn im Suff eine Dummheit gemacht habe, heute meine Frau und meine Tochter verlieren. Ist das denn richtig?«

Tessa schwieg. Sie verweigerte die Antwort. Was sie aber dachte, war: *Der Mann sagt die Wahrheit.* Und wahrscheinlich hatte er recht. Wahrscheinlich war es nicht richtig, dass jemand wegen eines Fehltritts, der Jahrzehnte zurücklag, alles verlor.

Adam beendete das Schweigen. »Bald danach ist Penny gestorben. Sie ist so schnell gestorben. Und als …« Wieder schüttelte er den Kopf, so, als könne er seine eigene Geschichte nicht glauben. »… als Dan und ich hinkamen, um die Asche zu holen, waren da diese, na ja, *Briefe*. Für ihn und für mich. Inzwischen kann ich mir denken, was sie Dan geschrieben hat. Was sie für mich hinterlassen hat, war jedenfalls schrecklich. Nein, schlimmer. Widerwärtig.«

Neugierig, aber auch skeptisch sah Tessa ihn an. »Wieso?«

»So voller Hass. Da stand, dass sie von mir schwanger gewesen sei, nach diesem einen Mal, und dass sie das Kind abgetrieben hätte. Und dann stand da, sie hätte deswegen ein so schlechtes Gewissen, dass sie sich umbringen würde. Dass also ich an ihrem Tod schuld sei. Das war Gift, pures Gift. Ich glaube, sie ist nicht darüber hinweggekommen, dass ich sie abgewiesen hatte; dafür hat sie mich gehasst. Sie wollte mich verletzen, so übel es nur ging. Sie wollte sich rächen. An *mir.*« Jetzt runzelte Adam die Stirn. Er wurde wütend – und lauter. »Ich war kurz davor, den Brief zu verbrennen, aber ich habe es nicht getan. Und jetzt bin ich froh, dass ich's nicht getan habe. Hier. Sieh's dir an.«

Er schob die Hand in die Tasche und förderte ein abgegriffenes Kuvert zutage. Aus dem zog er ein Blatt Papier und reichte es ihr. Der Brief war zerknittert und vergilbt – eine Farbe wie Tee mit Milch –, aber noch sehr gut lesbar. Jedes Wort las Tessa, jeden einzelnen wütenden Satz, und sie bestätigten, was Adam erzählt hatte. Die Schrift hatte etwas Fiebriges, es war das wahnsinnige Zeugnis einer Sterbenden. War dieser Hass dem Krebs entsprungen, der Pennys Kopf befallen hatte? Oder kam in diesem gemeinen Ton – dem Wahn, der Bösartigkeit – Pennys wahres Ich zum Vorschein?

»Siehst du, was ich meine?«, sagte Adam. »Sie war verrückt. Mehr ist dazu nicht zu sagen. Ich weiß, dass Kath ihre Mutter sehr geliebt hat, aber sie begreift nicht, wie ihre Mutter in Wahrheit war: eine verdammte Hexe, besessen von Sex und dem, was sie mit Sex erreichen konnte. Sie konnte abgrundtief böse sein. Es hat ihr Spaß gemacht, andere zu verletzen, fiese Spielchen zu spielen, jeden in ihrer Umgebung zu manipulieren. Und genau das hat sie getan. Mit diesen Briefen, mit der Erbschaft – wo sie nur konnte. Dass sie das Haus Dan vermacht hat und nicht Kath – das war nur, um Kath und mir eins auszuwischen, und es hat funktioniert. Ihre Selbstsucht macht uns bis heute zu schaffen. Es ist, als ob sie immer noch dran dreht, uns zu zerstören. War das alles letztlich der Grund, warum Kath versucht hat, sich umzubringen? Ich weiß es nicht. Ich weiß es immer noch nicht.«

Er lehnte sich zurück und atmete geräuschvoll aus; offensichtlich froh, dass er es hinter sich hatte. Und er wirkte ruhiger.

»So, das war mein Geständnis. Das ist es, was damals passiert ist. Ich habe eine Dummheit begangen. Als Teenager. Ich habe zugelassen, dass eine herrschsüchtige ältere Frau mich benutzt hat, und deshalb müssen wir heute leiden.«

Sein Telefon gab einen leisen Gong von sich, wohl eine eingehende Nachricht. Er holte es hervor, las und runzelte die Stirn. Nicht zornig diesmal, sondern besorgt.

»Entschuldige, aber ich muss los. Seltsam.«

»Was ist passiert?«

»Swaling«, sagte er wie zu sich selbst. »Überall? Auch am Cherry Brook? Das ist komisch.«

Ehe Tessa auch nur noch eine Frage stellen konnte, war er aufgestanden und mit Riesenschritten aus dem alten Hotel gestürmt. Als er durch die Tür ging, fegte ein kalter Wind herein und brachte Bewegung in einen mittelalterlichen Gobelin, eine Darstellung von Himmel und Hölle. Ein Dämon darauf begann zu tanzen und seine Mistgabel zu schwenken, als sei er doch noch zum Leben erwacht.

DARTMOOR

Dienstagvormittag

Adam fuhr aus Chagford hinaus und mit achtzig weiter über die schmale Moorlandstraße, deutlich schneller, als zulässig war. Und wennschon. Ein Swaling, das außer Kontrolle geriet, konnte sehr gefährlich werden. Das Feuer war nicht in seinem Revier, aber auf seinem Moor und bei seinen Freunden. Er musste helfen.

Solange er durch tiefe Täler und Moorland fuhr, hatte er keinen Empfang, als aber sein Handy nach zwanzig Minuten Fahrt endlich ein Signal bekam, ertönte der Gong gleich sechs- oder siebenmal hintereinander. Nachrichten, die inzwischen eingegangen waren und gelesen werden wollten. Dringende Nachrichten von Freunden, Kollegen, Rangern.

JETZT PROBLEME AUF DEM SHERBERTON-HOF.

TOTAL AUSSER KONTROLLE, COMBESTONE. KANN JEMAND RAUSKRIEGEN, WIE DIE WINDVORHERSAGE IST?

HEXWORTHY. FEUER IN DER NÄHE DER KIRCHE.

Hexworthy? Das war nahe bei Huckerby – und Lyla und Kath. Viel zu nahe. Und er war viel zu weit weg. Er musste den Weg direkt übers Moor nehmen. Was konnte er riskieren, wie schnell konnte er fahren? Seine Hände am Steuer wurden feucht, während er um die Kurven jagte. Und dann, gerade als er über eine winzige Brücke schoss, kam noch eine Nachricht. Mit einem angehängten Foto. Er starrte auf das

Telefon – so gebannt, dass er um ein Haar gegen eine Mauer geprallt wäre.

Und die Nachricht war schon eine halbe Stunde alt.

HALLO, VATER,
WENIGSTENS EINE SMS SOLLTEST DU KRIEGEN, SCHÄTZE ICH. UND EIN FOTO. BEVOR SIE STERBEN. ALSO BITTE.
ICH WEISS, DU KENNST MICH NICHT, ABER DU SOLLTEST MICH KENNEN. DENN DU HAST MICH GEZEUGT. ALS DU MEINE MUTTER VERGEWALTIGT HAST. JA, MEINE MUTTER, DIE MICH EINFACH SO WEGGEGEBEN HAT. WEIL SIE EINE HEXE IST, WEIL SIE ALLE HEXEN SIND. DESHALB BRINGE ICH SIE AUCH UM, MEINE SCHWESTERN, DEINE KATH UND DEINE LYLA, ICH VERGEWALTIGE SIE UND BRINGE SIE UM. UND ICH FILME ES. FÜR DICH. OKAY? ICH SCHICKE ES DIR AUFS TELEFON, VATER.
HIER KOMMT DAS ERSTE BILD. ES WERDEN NOCH MEHR. DU KANNST RUHIG LANGSAMER FAHREN. ICH WEISS, WO DU HERKOMMST. DU WIRST ES NICHT SCHAFFEN. ICH HAB DICH MIT FIND MY PHONE GEORTET, ICH WEISS, DASS DU IN CHAGFORD BIST. ALSO EINE STUNDE WEIT WEG. DU KOMMST NICHT MEHR RECHTZEITIG. DU BIST ZU SPÄT DRAN, VATER.
ALSO VERABSCHIEDE DICH LIEBER, BEVOR ICH SIE IN STÜCKE SCHNEIDE. SO HABEN SIE DIE HEXEN IN GRÖNLAND UMGEBRACHT, WUSSTEST DU DAS? HAB ICH IN EINEM VON MAMAS BÜCHERN GELESEN.

Eine heftige Übelkeit hatte Adam erfasst. Mit einem fröhlichen Gong landete das Bild auf seinem Handy. Verzweifelt schaute er es an. Ein Selfie. Eindeutig in Huckerby gemacht, in der Küche. Man sah Lyla, an einen Stuhl gefesselt, und neben ihr stand ein halbherzig lächelnder junger Mann. Dieser Mann hatte Penny Kinnersleys Kinn, ihren Unterkiefer, den auffälligen Mund: die vollen Lippen. Üppig beinahe. Alles andere aber schrie: *Adam*. Adams Haar, Adams Augen, Adams Gene. Beinahe ein Doppelgänger.

Kein Zweifel, der junge Mann auf diesem Selfie war sein Sohn. Seiner und Penny Kinnersleys. Und er hatte seine Tochter. Hatte sie an einen Stuhl gefesselt und hielt ihr ein Messer an die blasse Kehle.

Als wolle er sie jeden Augenblick in Stücke schneiden. Jeden Augenblick. Und die Nachricht war alt. Adam trat das Gaspedal durch. Hundertdreißig Stundenkilometer. Hundertvierzig.

HUCKERBY

Dienstagvormittag

»Hallo, Katarina, da bin ich wieder.«

Er betritt die Küche, als komme er auf einen Kaffee und ein paar Schokokekse vorbei. Lächelt wie meine Mutter. Und richtet die blinkende Spitze seines Messers auf mich.

»Hast du dein Handy da?«

Ich nicke. Stumm.

»Schieb es mir rüber.«

Ich tue, was er sagt. Hole das Handy aus der Tasche, lege es auf den Tresen und stoße es ein wenig an, sodass es zu ihm hinüberrutscht. Er greift danach, schaut auf das Display, liest, gibt etwas ein. Verfolgt aufmerksam, was auf dem Display passiert. Ob er diese App benutzt? Zum Orten? Wahrscheinlich versucht er rauszukriegen, wie weit Adam entfernt ist. Für den Fall, dass Adam etwas ahnt.

Dann holt er sein eigenes Handy hervor, gibt eine Nummer ein, ruft sie aber nicht an. Schließlich schlägt er mein Telefon auf den Tresen, so hart, dass es zerspringt. Plastik- und Metallteilchen stieben in alle Richtungen, landen klirrend in der Spüle und auf dem Boden.

Die Spitze des Messers schwenkt zum Tisch.

»Hinsetzen. Beide.«

Rasch schaue ich zu Lyla hinüber, die unter dem Kalender steht, unter Kitty Jays Grab im Schnee, unter den roten Blumen auf weißem Grund. Sie zeigt keinerlei Regung. Nur ein Mundwinkel zuckt; das einzige Anzeichen ihrer Angst.

»Tu, was er sagt, Lyla, bitte. Tu einfach, was er sagt.«

Wir nähern uns dem Tisch, ziehen schrappend Stühle

über den Boden, setzen uns. Langsam. Dabei spüre ich das Messer in der Hosentasche. Es ist allein Lyla zu verdanken, dass ich es habe, aber bekomme ich überhaupt eine Chance gegen ihn? Er setzt sich ebenfalls und schweigt. Wartet. Scheint nachzudenken.

Er ist groß, an die eins neunzig. Muskulös. Gut gebaut. Sieht älter aus, als er ist, und härter. Er wird achtzehn sein oder neunzehn, könnte aber für fünfundzwanzig oder sogar achtundzwanzig durchgehen. Er sieht älter aus, so wie sein Vater jünger aussieht.

Sein Vater.

Das letzte Teilstück ist da und fügt sich ins Buntglasfenster ein. Jetzt liegt die ganze Geschichte offen vor mir.

Auch wenn ich nahe dran war, erst jetzt sehe ich alles.

Meine Mutter muss mit Adam ein Kind gehabt haben, ein illegitimes Kind, genau wie Kitty Jay, und sie hat sich das Leben genommen, genau wie Kitty Jay, weil sie krebskrank war und nicht für das arme Kind sorgen konnte; deshalb wollte sie, dass ihre Asche an Kitty Jays Grab verstreut wurde. Sie war schwanger vom Grünen Mann, meinem Mann vom Moor, meinem Ehemann.

Meine Mutter war Kitty Jay, aber sie hat nicht ihre Schönheit weggeworfen, sondern das Kind, das sie von Adam hatte. Es war ein Sohn. Dieser Sohn ist jetzt ein Mann. Dieser Mann hat draußen auf dem Moor gehaust, hat mein Gesicht ausgeixt, ist hier, um sich zu rächen. Und jetzt sitzt er, dieser hübsche, unberechenbare, unheimliche Mann, mir an meinem Küchentisch gegenüber. Wartet. Denkt nach.

Keiner von uns rührt sich. Nur meine Gedanken überschlagen sich.

Langsam beugt er sich vor, und die ganze Zeit lächelt er. Sein Lächeln ähnelt dem meiner Mutter, aber jetzt sehe ich, dass es ein wenig auch dem von Lyla gleicht, der Art, wie sie lächelt, wenn ihr Asperger besonders zu spüren ist. Ein Lächeln, das etwas von einer Grimasse hat. Starr und aufgesetzt; der Versuch, ein Gefühl zum Ausdruck zu bringen – oder ein anderes Gefühl zu verbergen.

»Ein ordentliches Feuer, was?«, sagt er. »Hab ich mir neulich überlegt. Dass mir das helfen kann. Ich hab ja gesehen, dass *Adam* weg ist. Papa. Und ich hab gesehen, dass sie gerade diese Feuer machen, dieses, wie heißt das, Swaling oder so. Da wusste ich: Das ist es. Das ist meine Chance, die nutze ich für euch. Euch Hexen. Jetzt bringe ich zu Ende, was ich am Burrator Reservoir angefangen habe. Vergewaltige euch noch mal, so, wie er meine Mutter vergewaltigt hat. Und dann bring ich euch um. Schneide euch in Stücke, alle beide. Hierher kommt niemand durch. Durch dieses Feuer. Und ich habe viele Feuer angezündet. Die Leute kommen überhaupt nicht hinterher; die wissen ja noch nicht mal, dass wir hier sind. Noch nicht.«

Inzwischen braucht Lyla ein Stimming. Ihre rechte Hand flattert hocherhoben. Ein kleiner Vogel, der versucht zu entkommen.

Er starrt sie an.

»Du hast mich gesehen, stimmt's? Von Weitem. Manchmal auf dem Moor. Im Hobajob's Wood. Vielleicht hast du auch mal gesehen, wie ich ins Haus gegangen bin und Sachen rausgeholt habe? Aber du bist nicht drauf gekommen. Oder? Weil ich Vater so ähnlich sehe.« Jetzt blitzt sein Lächeln kalt. »Das hab ich extra gemacht, Schwesterchen, ich wollte, dass du mich siehst und durcheinanderkommst. Genauso hab ich die Muster für dich gemacht, auf dem Moor; die konntest du nachmachen, aber nicht verstehen. Jetzt kapierst du's, oder?«

Lyla schweigt. Mir wird klar, dass ich richtiggelegen habe: *Prosopagnosie*. Lyla muss dieses Syndrom haben, wenn auch nicht sehr ausgeprägt; früher ist es uns ja nie aufgefallen. Jetzt aber war es da, und es hat diese ganze Verwirrung ausgelöst. Hat uns an diesen Tisch gebracht, in diese trostlose Szene.

Mein Bruder seufzt theatralisch. Dann sieht er mich an. »Sie ist echt 'n schwerer Fall, voll im Spektrum. Habt ihr sie untersuchen lassen? Was? Das müsst ihr, sie braucht 'n Etikett.« Er schnalzt mit der Zunge. »Sie ist doch ganz klar autistisch, ein Asperger-Freak, hat keine Freunde. Es ist grausam, sie so lange ohne Diagnose zu lassen. Ich hätt auch eine gebraucht. Dann hätt ich vielleicht 'n paar Pillen gekriegt. Zu spät. *Zu spät.* Ich hab's dir gesagt. Das hab ich dir alles in dem Scheißauto schon gesagt. *Zu spät.*« Feindselig starrt er mich an. »Weißt du das nicht mehr? Jetzt erinnerst du dich doch, oder?«

Und er hat recht. Jetzt erinnere ich mich. Mit einem Hauch Wintergeißblattduft in der Nase kann ich mich an alles erinnern. An den ganzen Tag.

Mir war so langweilig. Ich war so einsam. Tagelang zu Hause in Huckerby, Winter, immerzu Regen, immer allein mit Lyla und bemüht, sie zu beschäftigen. Dann kam der Tag, an dem wir uns über Kitty Jay unterhalten haben, und da wurde mir alles zu viel. Ich habe sie bei Tante Emma gelassen und bin ins »Two Bridges« gegangen, um ein Glas zu trinken; ich brauchte Gesellschaft, wollte *einmal* unter Erwachsenen sein, nur ein Glas Wein trinken. Irgendwas. Ich erinnere mich, dass ich mich still in eine Ecke gesetzt und ein paar Minuten lang mit meinem dummen Gedicht beschäftigt habe. Und auf einmal hatte ich ein schlechtes Gewissen – was war denn das für eine Mutter, die ihre Tochter wegschickte, damit sie mitten am Tag trinken konnte? Schlecht, selbstsüchtig! Ich bin weggelaufen, da war mein Glas noch nicht mal halb leer.

Das war der Moment, als ich meinen Bruder gesehen habe, aber nicht von ihm gesehen werden wollte. Weil ich mir so schlecht vorkam. Deshalb bin ich ihm ausgewichen.

Danach bin ich nach Hause gegangen. Habe vielleicht noch ein Glas Wein getrunken. Und dann: unangekündigter Besuch. Ein junger, gut aussehender Mann mit dem wissenden, charmanten Lächeln meiner Mutter. Volle Lippen, wie ich sie nur von ihr kannte. Natürlich war er, was Gesicht, Statur und Energie anging, Adam noch viel ähnlicher, aber aus irgendeinem Grund war ich dafür blind. Vielleicht habe ich mich zu ihm hingezogen gefühlt, sexuell, und habe es nicht begriffen; allein die Vorstellung wäre ein zu großes Tabu gewesen. Vielleicht war sie auch einfach zu absurd.

Trotzdem war es alles da. Verborgen im Offensichtlichen.

Er war Gesellschaft für mich, und wir haben weiter Wein getrunken, und er war so angenehm. Vor allem aber kam er mit dieser ungewöhnlichen Geschichte, der erstaunlichen und wunderbaren Neuigkeit, dass meine Mutter noch ein Kind bekommen hatte, ihn, Lucas, Luke Kinnersley, ein Baby, das sie weggegeben hatte, und dieses Baby war er. Also war Luke mein Bruder, oder Halbbruder, zurückgekehrt aus dem Totenreich, zurückgekehrt aus Indien, ein letztes Geschenk von meiner verrückten, liebenswerten, durchgedrehten Mutter.

Das andere hat er mir nicht erzählt. Den Namen seines Vaters hat er nicht genannt. *Adam Redway*. Und meine Mutter hatte so viele Männer gehabt.

An dem Nachmittag haben wir einander umarmt. Bruder und Schwester wieder vereint.

Und dann sagte er, er würde abends noch mal kommen und mir seine ganze Geschichte erzählen. Natürlich weil er für das, was er plante, den Schutz der Dunkelheit wollte. Aber ich war einfach nur aufgeregt. Wie ein Teenie. Ein neuer Bruder! Ein gut aussehender junger Onkel für Lyla! Deshalb habe ich Emma Spalding erzählt, ich würde mich mit *meinem Bruder* treffen. Das war nicht gelogen. Es war nur so, dass dieser Bruder auch Lylas Bruder war.

Ich habe mich aufgetakelt und Lyla ein zweites Mal weggeschickt. Mein neuer Bruder kam um neun und schlug vor, dass wir in meinem Auto an eine Stelle fahren, die er kannte, bei den Conybeer's-Ställen. Und da schlug die Atmosphäre um. Da fing ich an, mich unwohl zu fühlen, ja bedroht; da habe ich empfunden, wie fremd er mir war.

Und da kam auch das Messer ins Spiel. Er zog es hervor und zwang mich weiterzufahren. Und während ich gehorchte, erzählte er mir den Rest seiner giftigen Geschichte, die so traurig war und so offensichtlich wahr: Meine Mutter, die im Sterben lag, hatte ihn irgendwelchen Hippies im Ashram übergeben, die aber Idioten waren, Drogies, Trantüten, dumme Träumer wie Mutter selbst. Sie hatten ihn mehr schlecht als recht zu Hause unterrichtet, ihm mit zehn die ersten Drinks und mit elf das erste Gras gegeben und ihn ansonsten sich selbst überlassen. Sie hatten im Haus Sexpartys gefeiert, während er draußen herumzog, ungewaschen und unerwünscht …

Und jetzt sitzt dieser jüngere Sohn meiner Mutter in meiner Küche und spricht mit mir, während unter der Tür der Rauch von dem Swaling hereindringt.

»Und, weißt du's wieder? Ist es dir eingefallen?« Er grinst. Es ist ein trauriges Grinsen. Fast habe ich Mitleid mit ihm. Weil er vielleicht nicht anders kann.

»Beinahe«, sage ich, und das ist nicht gelogen. Ich bin noch dabei, die letzten Puzzleteile zusammenzubekommen.

Er hat noch weitererzählt, als wir da im Auto saßen, neben dem Wintergeißblatt: Mit fünfzehn hatte er sich dermaßen danebenbenommen, dass seine nichtsnutzigen Adoptiveltern ihn rausgeschmissen hatten; sie hatten ihn in die Welt hinausgeschickt und ihm noch einen Brief von seiner leiblichen Mutter mitgegeben. Einen Brief, der für genau diesen Moment gedacht war und aus dem er die Wahrheit erfahren sollte: dass er das Ergebnis einer Vergewaltigung war. Der Sohn eines Mannes namens Adam Redway, der in Dartmoor, England, Großbritannien, lebte.

Fahr hin und nimm Rache.

Und so war er gekommen, um sich an Adam zu rächen. Seine Frau zu vergewaltigen, sein Kind umzubringen, ihm das denkbar Schlimmste anzutun.

Aber selbst jetzt, da ich schreckensstarr hier sitze und die scharfe Kante des Messers in meiner Hosentasche fühle, frage ich mich, ob Adam sie wirklich vergewaltigt hat. Meine ach so lustige, egoistische promiske Mutter. Ich weiß noch genau, wie sie meinen hübschen Freund immer angesehen hat, und plötzlich denke ich, ob nicht eher *sie* diejenige war, die sich an ihn herangemacht hat. Wie viele Abende hat sie in den Chagforder Pubs zugebracht und alle, Adam eingeschlossen, freigehalten, während ich brav und fleißig in meinem Wohnheim in Exeter saß und studiert und Arbeiten geschrieben habe? Als könne er Gedanken lesen, sagt Luke: »Erinnerst du dich an die Vergewaltigung, Kat?«

»Ja.«

»Gut. Ich hab nämlich 'ne Frage. Bist du eigentlich gekommen? Das frag ich mich schon die ganze Zeit. Ich meine, ich weiß, ich war ein bisschen, na ja, derb, ich musste dir ja ein Messer an die Kehle halten, damit du überhaupt die Beine breit machst und ich an deine verfickte Muschi rankomme, aber …« Er legt den Kopf schräg. »Dieses Zittern und alles? Das kann man doch nicht *spielen*.«

Nun verstummt er. Lylas Hand zittert halb erhoben, und ich versuche, mir die Angst nicht anmerken zu lassen. Seinem Ausdruck nach hat er seine wahre Freude an dem Schrecken, den wir in diesen letzten Augenblicken durchmachen; er genießt das. Und mehr will er auch nicht reden. Er wird mich auf jeden Fall noch einmal vergewaltigen. Und Lyla womöglich auch. Danach wird er uns beide umbringen. Er will die schlimmste nur denkbare Rache an Adam nehmen. Adam selbst zu töten würde ihm nicht genügen.

Ob er vielleicht wirklich glaubt, dass wir Hexen sind? Meine Mutter hat immer an Hexen glauben wollen.

Er wendet den Kopf und zwinkert Lyla zu. Freundlich jetzt, schelmisch, der freche Onkel Luke. Der auch ihr Halbbruder ist. Onkel Luke mit dem Messer, mit dem er, daran zweifle ich nicht, meiner Tochter bald, sehr bald, die Kehle durchschneiden wird.

Ich sehe es lebhaft vor mir. Ich sehe, wie er sie bei den dunklen Haaren packt und hochzieht und die Klinge über ihren zarten weißen Hals zieht, dass das Blut über den Küchentisch spritzt. Wie ihr Körper zu Boden sackt, wie sie verblutet – wie das Schaf am Vitifer-Wassergraben. Wie Blut auf die Erde tropft, langsam, langsam; eine unendliche Reihe kleiner roter Juwelen.

Lyla hat die Hand heruntergenommen, aber ihr Mund öffnet und schließt sich stumm.

Luke grinst. »He, kleine Lyla. Wusstest du, dass es zwischen Autismus und Schizophrenie große Übereinstimmung gibt? Auf jeden Fall besteht da ein genetischer Zusammenhang. Ich hab nachgeguckt. Witzig, oder? Es ist so offensichtlich, dass wir beide verwandt sind. Ein Jammer, dass wir nicht genug Zeit haben, um uns kennenzulernen. Weißt du, dass du, wenn du so nach Luft schnappst, aussiehst wie ein Fisch?«

Er lehnt sich zurück und beobachtet uns. Zieht es in die Länge, damit es für uns umso schlimmer wird.

»Okay, ich schätze, jetzt haben wir's gleich.«

Plötzlich schreit Lyla ihn an: »Du darfst meiner Mami nichts tun. Du darfst meine Mami nicht anrühren.«

Darüber lacht er – halb gelangweilt, halb amüsiert. Entfernt erinnert es mich an das Lachen meiner Mutter. Aristokratisch. Von oben herab.

»Was genau willst du denn machen, Schwesterchen? Mich mit deinem Plüschtier verhauen? 'n bisschen Magie mit toten Vögeln? Entweder vergewaltige und töte ich deine Mutter hier vor deiner Nase, oder ich bringe erst dich um und vergewaltige sie, oder ich vergewaltige euch beide und bringe euch um, indem ich euch in viele kleine Stücke schneide, und das wird ein großes beschissenes Fest, und das Haus wird abgefackelt, mit euch beiden drin – und ich mach mich davon, über die Sümpfe, und lass mir Zeit, bis ich wiederkomme und mich um Vater kümmere.« Jetzt klingt sein Lachen eher wie ein Bellen, so wie Lyla manchmal bellt.

Ich erinnere mich, dass er auch an dem Nachmittag, als wir zusammen getrunken haben, so gelacht hat. Und es kehren immer noch weitere Erinnerungen zurück. Wie er es gemacht hat. So muss es gewesen sein. Er hat das Gedicht auf dem Tisch liegen sehen, und ich habe ihm die Legende von Kitty Jay erzählt; schließlich war an dem Grab die Asche seiner Mutter in den Dartmoor-Wind gestreut worden.

Er muss erkannt haben, dass mein kleines Gedicht wie ein Abschiedsbrief gelesen werden konnte. Muss gesehen haben, welche Möglichkeit sich ihm damit bot.

Und so hat er mich vergewaltigt und anschließend gezwungen, zum Burrator Reservoir zu fahren: indem er hinter mir auf der Rückbank saß und mir so, dass es nicht gesehen werden konnte, das Messer an die Kehle gehalten hat. Sein Plan muss gewesen sein, mich in dem Moment, in dem das Auto über die Böschung schoss, k.o. zu schlagen, mich ertrinken zu lassen und wegzuschwimmen. So, muss er gedacht haben, würde er wiederkommen und sich Lyla holen können, ohne unter Mordverdacht zu geraten.

Aber er hatte Pech. Ich habe überlebt.

Diesmal werde ich nicht überleben. Lyla hat es vorhergesagt. Das blaue Flämmchen kommt näher. Mein Tod. Und der Tod meiner Tochter. Was unendlich viel schlimmer ist.

Mein Bruder sieht mich an, dann Lyla. »Okay, das reicht. Ich binde dich jetzt fest, Schwesterchen. Damit du endlich aufhörst, mit deiner Scheißhand zu wackeln wie ein Spasti. Und dann wird's lustig.«

Er steht auf. Auch Lyla springt auf und weicht zurück, schneller, als ich es für möglich gehalten hätte. Luke macht einen Satz nach vorn und packt sie am Arm.

»Mami!«

Ich erstarre. Ich habe das Messer, aber er hat Lyla in seiner Gewalt, und sein Messer ist größer. Sowie ich eine falsche Bewegung mache, kann er ihr die Kehle durchschneiden. Also schaue ich reglos zu, wie er ein paar kurze Seile aus einer seiner Innentaschen zieht. Lyla zittert furchtbar, während er sie zurück auf den Stuhl schubst. »Die werden auch bei Sexspielchen benutzt«, sagt er. »Hab ich auf Partys gesehen. Die sind leicht zu binden und halten sehr gut.« Dabei streift er ihr eine Schlinge über das Handgelenk und dann noch eine.

Bald sind ihre beiden Handgelenke an den Stuhl gefesselt. Kurz versucht sie, dagegen anzukämpfen, dann gibt sie auf. Ihr Blick sucht meinen. Ihre Augen sind feucht, aber sie weint nicht. Uns ist beiden klar, dass wir sterben werden. Hier in dieser Küche, in Huckerby, wo wir die Erdnussbutterbrote für unsere Picknicks in Brentor und am Dartmeet und bei den Canonteign Falls geschmiert haben. Hier werden wir vergewaltigt und ermordet.

»So, jetzt mache ich schnell ein Foto. Das schick ich unserem Papa. Wenn es zu spät ist. Von dir in deinen letzten Minuten.«

Er holt sein Telefon hervor und macht ein Selfie: er neben dem Stuhl mit Lyla, die gefesselt ist; der Inbegriff des Entsetzens.

Was macht er mit dem Bild? Speichert er es? Wo schickt er es hin? Er muss sich sehr sicher sein, dass keiner zu uns durchdringt. Und wahrscheinlich hat er recht. Wir sind umgeben von Feuer. Er hat den Kreis geschlossen. Dass wir sterben, ist so gut wie sicher.

Eine winzige Chance habe ich. Das Messer in meiner Tasche. Und wenn ich es vermassele?

Nie im Leben habe ich ein Messer für einen Angriff benutzt. Ich habe keine Ahnung, was ich tun muss. Wahrscheinlich mache ich einen Satz in seine Richtung und verfehle ihn. Er wird es rechtzeitig sehen und ausweichen. Hoffnungslos.

Langsam, langsam streicht Luke mit der Klinge über Lylas Haar. Seine Bewegungen scheinen zärtlich und liebevoll, nur dass er dafür ein großes Messer benutzt. Hin und wieder hebt er mit der Spitze eine dunkle Strähne an. Wie ein altmodischer Barbier sein Rasiermesser, führt er die Klinge flach über Lylas Wange und drückt sie ihr kurz gegen den Hals.

Es ist unerträglich. Ich kann nicht hinschauen. Ich muss hinschauen.

»Hübsches Mädchen für einen Spasti«, sagt er. »Hübsches Gesicht, hm? Ein Jammer, dass ich es in Stücke schneiden werde.«

Wieder fährt er ihr mit der flachen Klinge über den weißen Hals. Jeden Augenblick kann er sie drehen, die Schneide benutzen, sie durch die Haut ziehen. Und meine tapfere, zitternde Tochter stirbt. Hier. Auf diesem Stuhl, vor meinen Augen. Eine rot klaffende Wunde, flatternde Lider.

Mir sackt das Blut aus dem Kopf. Werde ich jetzt ohnmächtig? Wieder und wieder und wieder fährt die Klinge über den Hals meiner Tochter. Dazu pfeift Luke leise. Er foltert mich. Spielt mit ihrer Kehle und meinem Verstand.

Doch nun scheint sich etwas zu ändern. Als würde ihm langweilig. Er zieht das Messer zurück und zwinkert mir zu. Kommt um den Tisch herum, ist noch dreißig Zentimeter von mir entfernt. Ich versuche, nicht zusammenzuzucken.

»Okay, du zuerst, Kat. Ein bisschen Spaß für Vater. Bevor ich dich umbringe, nehm ich dich von hinten ran und filme es. Steh auf, dreh dich um, lass Jeans und Unterhose runter. Beug dich über den Tisch, Kopf auf die Tischplatte. Das hast du doch mit meinem Vater auch gemacht. Guter Tisch dafür, sehr solide.«

Ist das meine Chance? Ich glaube, ja, denn wenn ich mich umdrehe, wie er es befiehlt, sieht er das Messer in meiner Tasche.

Langsam schiebe ich den Stuhl zurück. Noch weiß ich nicht, was ich tun werde. Luke hält das Handy vor sich, filmt mich, für Adam. In der anderen Hand hat er unverändert das große Messer. Aber er ist auf das Handy konzentriert, darauf, die Vergewaltigung und Tötung von Adams Frau zu filmen. Und danach hat er das Gleiche mit Adams Tochter vor. Ich male mir aus, wie Adam die Filme anschaut. Nacktes Entsetzen. Tränen.

Unerträglich.

Und die ganze Zeit, während ich versuche zu verstehen, was er vorhat, starrt er auf dieses Handy, sieht vielleicht kurz nach, wie spät es ist, schickt eine Nachricht. Bestimmt dieses Foto. Er grinst. Überzeugt, dass er genügend Zeit hat, zu tun, wozu immer er Lust hat.

Das kann ich nicht zulassen. Und ich glaube, ich komme hier nur raus und kann Lyla nur retten, wenn ich langsam vorgehe. Ihm was vormache. Mich kokett gebe. Bis er näher kommt und ich eine Chance habe, das Messer zu ziehen und zu benutzen. Während ich umständlich den obersten Knopf meiner Jeans öffne, spüre ich, dass Lyla zuschaut. Spüre ihren Blick, ihre Tränen.

Für den zweiten Knopf lasse ich mir noch mehr Zeit, fummele lange daran herum.

»Scheiße, ey, mach hin«, sagt Luke, »ich hab nicht den ganzen Tag Zeit. Bis du endlich das Zeug runter hast ist das Haus abgebrannt! Komm her, lass mich das machen.« Er steckt das Telefon weg und kommt, mit dem Messer fuchtelnd, auf mich zu.

Jetzt stehen wir einander gegenüber. Mein Bruder und ich. Mein Stiefsohn und ich.

Sehen einander in die Augen.

»Okay«, sage ich. »Okay.« Und ich greife nach hinten, als wollte ich mir die Hose runterziehen, umfasse stattdessen aber den Messergriff, fasse ihn fest, und als er die Hand ausstreckt, um an meinen Jeans zu zerren, tue ich es. Ich schwinge die Hand mit dem Messer nach vorn – und ramme ihm die Klinge *fest, fest, fest* in die Brust.

Ein furchtbares Knirschen, etwas schnellt zurück. Offenbar habe ich nicht nur durch echtes Fleisch gestochen, sondern auch einen Knochen getroffen. Ich komme mir vor wie ein Schlachter: Ich habe tatsächlich einem Mann ein Messer in die Brust gerammt. Das Messer steckt in ihm fest, weiter unten im Brustkorb. Es kostet mich Kraft, es herauszuziehen. Sofort sprudelt Blut aus der Wunde. Luke taumelt zurück und presst die Hand auf die Stelle, doch zwischen seinen Fingern sickert immer mehr Blut hervor.

Ich sollte noch einmal zustechen. Zustechen und noch mal zustechen und noch mal, ihn fertigmachen, solange ich diesen Hauch einer Chance habe. Er torkelt ein paar Schritte weg von uns. Lässt das Messer fallen. Klappernd landet es auf dem Steinboden. Aber er ist nicht tot. Es hat nicht gereicht, ich habe ihn nicht getötet, das war zu tief, ich habe schlecht gezielt und das Herz verfehlt.

Wenigstens habe ich uns für ein paar Augenblicke Luft verschafft. Keuchend starrt er auf seine Wunde: auf die grellroten Rinnsale aus Blut. Dann durchquert er schwankend die Küche, als wolle er in Richtung Flur.

Ich stürze zu dem Stuhl und zerschneide die Seile, mit denen er Lyla gefesselt hat. Sobald sie zu Boden fallen, springt Lyla auf.

»Schnell, Mami!«

Sie ist frei, aber jetzt stößt Luke sich von der Wand ab. Es ist nur eine Wunde, und das weiß er. Schlingernd bückt er sich nach dem Messer und hebt es auf. Dann brüllt er mich an.

»Verdammte Hure!«

»Los, Lyla!«

Ich fasse sie bei der Hand und ziehe sie mit mir in Richtung des einzigen Ausgangs. Zwischen uns und dem Flur steht Luke, also laufen wir zur Küchentür, so schnell wir nur können. Ich spüre, dass er wieder aufrecht ist und uns nachkommt. Verzweifelt reiße ich die Tür auf, doch dabei fällt mir das Messer herunter.

Jetzt haben wir nichts mehr, gar nichts, womit wir uns verteidigen könnten, und uns bleibt keine Zeit, keine Zeit, keine Zeit.

Wir laufen nach draußen. In die Hölle.

HOBAJOB'S WOOD

Dienstagvormittag

Von unserem Hof ist vor lauter Rauch nichts zu sehen. Ringsum steht alles in Flammen: Zäune, Brombeeren, Ebereschen. Wo sollen wir hin? Die einzige Hoffnung ist, dass wir trotz des Rauchs die kleine, grasbewachsene Straße zum Hobajob's Wood hinunterkommen. Es sieht so aus, als sei das Feuer da unten nicht so bedrohlich, noch nicht. Der Boden dort ist immer feucht, fast schlammig, da haben die Flammen es schwer. Vorläufig.

Aus der anderen Richtung dringt Geheul herüber. Die Hunde? Sie sind von hier abgeschnitten: hinter dem höchsten Zaun und dem größten Feuer von allen, noch hinter Lylas Hütte. Da kommen sie nicht durch. Und wir gelangen nicht zu ihnen.

Wir *müssen* in die andere Richtung. Zum Hobajob's.

Es ist riskant, aber hierbleiben hieße, von Lukes Hand zu sterben.

Wo ist er überhaupt?

Sicher ganz in der Nähe. Uns bleibt nur die eine Möglichkeit.

»Hobajob's!«, schreie ich. »Lyla, wir müssen zum Hobajob's …«

Noch ehe ich den Satz beendet habe, rennt sie los. Sie läuft um ihr Leben, und ich laufe hinterher, um uns beide zu retten. Aber auch über der kleinen Straße hängen Nebel und Rauch; wenn Lyla nur zehn Meter vorausläuft, kann ich sie schon in der kalten, beißenden Suppe verlieren.

»Warte … Lyla!«

Sie dreht sich um. »Nein, geht nicht, er ist direkt hinter uns!«

Ich drehe mich ebenfalls um, kann aber nichts erkennen, Huckerby ist komplett von Rauch eingeschlossen. Und dann sehe ich ihn doch, sehe seine Gestalt aus dem Nebel auftauchen.

Der Mann auf dem Moor. Er war die ganze Zeit da. Lyla hatte so schrecklich recht.

»Lauf, Mami!«

Wir sind jetzt kurz vorm Hobajob's, klettern über die erste Mauer. Schon windet sich zwischen den alten, ausgreifenden Bäumen Rauch hindurch. Solch ein Swaling habe ich noch nie gesehen. Überall auf dem Moor sind spontane Feuer entstanden, selbst die knorrigen, moosbehangenen Eichen, die seit zehntausend Jahren hier unten stehen, sind davon bedroht. Vielleicht brennt diesmal wirklich alles nieder. Vielleicht kommen wir hier auch nicht weiter.

Inzwischen sind Lukes Umrisse deutlich zu erkennen; er hat sich gedacht, in welche Richtung wir gelaufen sind. Gerade klettert er über die Mauer, in den Wald.

»Wir müssen uns verstecken!«, schreit Lyla.

Aber es gibt kein Versteck. Schon höre ich ihn keuchend über Felsbrocken steigen, er kommt immer näher. Und ich laufe immer tiefer in den Wald hinein, ich will zu der Lichtung. Vielleicht hilft uns der Rauch. Er ist wie eine Wolke, die auf der Erde aufsitzt, ich sehe kaum einen Meter weit.

Und Lyla sehe ich gar nicht mehr.

Ich drehe mich nach allen Seiten um, starre in die weißgraue Suppe, begreife entsetzt, dass ich sie verloren habe. Da irgendwo im Nebel ist Luke, und ein paar Schritte vor mir ist Lyla, und ich sehe keinen von beiden. »Lyla!«

Nein. Ihr darf nichts passieren. Nein.

»Lyla!«

Meine Rufe verraten, wo ich bin, aber das ist mir egal. Soll er mich nehmen. Soll er mich vergewaltigen und umbringen. Damit Lyla eine Chance hat. Wenigstens diese eine Chance.

»Lyla, wo bist du? Wir müssen durch den Wald durch – bitte! Lyla!«

Zu spät.

»Mami!!«

Jetzt bin ich an der Lichtung, auf der Luke die Hasen getötet hat. Die leeren Augenhöhlen fallen mir ein, so blutig. Wie sie an uns vorbeigestarrt haben, auf etwas Böses.

In der Mitte der Lichtung steht Luke. Und er hat Lyla. Übermächtig ragt er neben ihr auf. Er hält sie bei den Haaren gepackt und zerrt sie so hoch, dass sie auf den Zehenspitzen stehen muss. Dabei windet sie sich und tritt um sich.

Ich nähere mich, aber ich kann nichts tun. Eine Waffe habe ich nicht; das Messer habe ich an der Tür fallen lassen.

»Hallo, Katarina«, sagt er. Und reißt Lyla noch weiter hoch, bis sie schreit. »So mach ich's, so bringe ich euch Hexen um, ich zerlege euch …«

Der Wald um uns herum wartet gebannt. Der Schrei meiner Tochter hallt nach und verklingt. In der Ferne höre ich Ginster in den Flammen knacken und brechen, aber hier, tief im Hojabob's Wood, ist es still; höflich schaut die Welt sich die Horrorszene an, auch wenn bereits graue Rauchschlangen träge zwischen Baumstümpfe und Sträucher kriechen. Hier und da fangen nun auch Äste Feuer.

Hobajob's ergibt sich den Flammen.

Luke reißt Lyla immer höher, bis sie kaum noch Bodenkontakt hat. Sie weint vor Schmerz. Er wird tun, was ich befürchtet habe: ihr die Kehle durchschneiden. Wie es dem Schaf am Vitifer ergangen ist.

Das Messer fest in der Hand, lächelt er mich an und zwingt mich zuzusehen.

»Mami ist da. Sieh sie dir an, Lyla. Guck, wie sie dasteht und dir beim Sterben zuschaut.«

Er wird ihr die Klinge über den Hals ziehen. Das Blut wird bis ins Feuer spritzen. Um sicherzugehen, dass ich auch wirklich hinschaue, hebt er die Klinge mit großer Geste an ihren Hals. Und Lyla zappelt und windet sich hilflos.

Alles Leben weicht aus mir. Ich will, dass er mich als Erste umbringt, hier im Hobajob's. Lyla soll er laufen lassen. Aber er wird sie nicht laufen lassen. Die Klinge ist bereit, gleich wird er meine Kleine töten. Ein blutiges neues Lächeln produzieren. Und er will es dramatisch. Er lässt sich Zeit, damit es noch schwerer zu ertragen ist.

Mir stockt der Atem. Hobajob's regt sich.

Von weit hinten aus dem brennenden Unterholz und weit hinten in meiner Wahrnehmung dringt ein dunkles, wütendes Geräusch zu mir durch. Und es kommt schnell näher. So laut und unheimlich, dass Luke innehält. Sich kurz umdreht.

Die Hunde.

Felix und Randal.

Irgendwie sind sie durchgekommen. Irgendwie haben sie das Feuer überwunden und stürmen in den Wald: um ihre Freundin zu retten, ihre Anführerin, ihre Prinzessin. Mit brennendem Fell jagen sie durch den Rauch, große, schwarzäugige Höllenhunde, die wütend knurren, auf Rache aus sind, bellen, brüllen … Sie wollen Luke.

Schon sind sie bei ihm und gehen auf ihn los, beide zugleich. Er schreit vor Angst und Schmerz. Ich sehe, wie sie ihre Zähne in sein Fleisch graben, und jetzt ruft er um Hilfe und heult auf – und lässt meine Tochter los.

Lyla fällt. Sie ist frei.

»Lyla, Süße, lauf!«

Und sie rennt los, weg von der Lichtung, in den Schutz des Waldes, wo der feuchte Boden es den Flammen schwer macht. Ich aber kann den Blick nicht von den Hunden lösen … und von dem Mann. Sie haben von ihm abgelassen; geifernd stehen sie da und knurren, bewachen ihn, bellen, schauen sich nach Lyla um und dann wieder zu Luke.

Sie warten. Sie warten darauf, dass Lyla ihnen befiehlt, es zu Ende zu bringen.

An seinen Händen ist Blut, in seinem Gesicht, aus der Wunde an seinem Bauch sickert Blut. Er rappelt sich hoch und stiert mich an. Noch hat er das Messer. Und jetzt will er mich, jetzt bin ich seine Beute. Seine Finger sind blutig. Von seiner Kopfhaut läuft Blut herunter, aus Wunden an seinen Beinen. Er ist zerbissen, er hat eine große Stichwunde, aber er lebt, und er ist noch genauso wahnsinnig. Und jetzt bin ich dran; ich soll der Trostpreis sein.

Ich komme hier nicht weg. Gleich hinter mir sind die Bäume; als ich zurückweiche, stolpere ich über verschlungene Wurzeln, falle rücklings, fuchtele mit den Armen. Luke nutzt die Gelegenheit. Schon spüre ich seinen Schatten über mir. Seine erhobenen Hände, dazwischen das Messer, auf mich gerichtet, als sei dies ein besonderes Dartmoor-Ritual. Eine Opferhandlung. Ich schließe die Augen und erwarte, dass mir die Klinge ins Herz gestoßen wird. Es ist mir egal, ob er mich tötet, solange nur Lyla entkommt. Das ist jetzt mein echter Selbstmord: Jetzt gebe ich mein Leben willentlich hin. Für meine Tochter.

Nimm mich. Lass sie gehen. Ich bin bereit.

Doch dann ein Schrei.

»Felix! Randal!«

Lyla. Ihr Schrei gellt durch Kälte und Rauch, nie hätte ich gedacht, dass sie so schreien kann.

»Fasst! Fasst ihn, tötet ihn!«

Sie gehorchen auf der Stelle. Beide Hunde stürzen sich auf ihn, und diesmal beißen sie gnadenlos zu, gehen ihm an die

Kehle. Reißen, zerfleischen, beißen sein Gesicht in Fetzen. Das Messer hat er fallen lassen. Er liegt am Boden, am Rand der Lichtung, und jetzt bringen sie es zu Ende: Sie packen ihn am Hals und schütteln ihn wie eine wehrlose Beute. Er aber wehrt sich immer noch, stemmt sich dagegen, zieht sie weg, auf die lichterloh brennenden Büsche zu.

Die Bilder, die Geräusche – es ist scheußlich. Widerwärtig: ein schreiender Mensch, Hunde beim Töten, alle dem Tod geweiht. Durch Rauchschwaden sehe ich zu, wie Luke sich sträubt und kämpft, aber er hat schwere Verletzungen, und das sind große, starke, wild entschlossene Hunde. Dabei ist es egal: Sie werden alle drei in den Flammen umkommen.

»Felix! Randal!«, ruft Lyla.

Der Rauch wird zu dicht, inzwischen sieht man gar nichts mehr. Aber die Geräusche verändern sich. Aus wildem Schreien und Heulen wird Stöhnen, dann Winseln und schließlich Stille.

Und es bleibt still. Nur das Feuer brennt respektvoll weiter.

Lyla steht auf der Lichtung, starrt in den undurchdringlichen Qualm und rührt sich nicht. Ebenso wenig wie ich. Wir sind beide stumm. Und plötzlich ertönt eine andere Stimme.

»Lyla!«

Adam. Mit aschegeschwärztem Gesicht.

»Mein Gott. Lyla, Kind!«

Lyla rennt zu ihm, läuft in seine Arme.

»Papa!«

Er nimmt sie hoch und drückt sie an sich.

Sie schluchzt.

»Papa … Papa, Papa, Papa, das war er, Papa, er war das. Es tut mir leid, es tut mir so leid!«

Er gibt ihr einen Kuss und noch einen und noch einen, und dann schaut er zu mir. Der Ehemann, an dem ich so gezweifelt habe. Der Mann, der mitten durchs Feuer gekommen ist, um uns zu retten.

»Papa. Felix und Randal?«

Adam setzt sie ab, und wir nähern uns dem qualmenden Unterholz vorsichtig. Die Flammen haben alles geschluckt, das Feuer ist schon halb erloschen. Von Luke ist nur eine rot-schwarze Masse geblieben, Blut und Ruß, halb verdeckt von einem Ast, der heruntergefallen ist.

Lyla ignoriert die Überreste des Mannes, der uns umbringen wollte, denn jetzt kommen, langsam, zwei Hunde aus den Aschehaufen gehumpelt. Ihr Fell ist verbrannt, entsetzlich schwarz, sie zittern vor Schmerz. Im selben Moment brechen sie zusammen und sinken auf die verbrannte nasse Erde.

»Felix«, flüstert Lyla. Als sie sich neben ihn kniet, hebt er ein wenig die Schnauze. Er spürt die Berührung und leckt ihr die Hand, sanft, sehr sanft, zum allerletzten Mal. Und dann legt er den Kopf wieder ab, neben Randal, der sich nicht mehr bewegt.

Sie sind beide tot.

Ich versuche, nicht zu weinen. Wie Lyla auch. Adam sieht sie an und dann mich, und dann legt er ihr eine Hand auf die Schulter. Sie kniet immer noch neben den beiden, streichelt Randals verkohltes Fell und singt dazu ihr kleines Lied:

Inmitten der Nacht ein blaues Flämmchen erwacht,
Ich bitt dich und fleh, geh weiter, ach, geh

Ich schaue mich um.

Das Feuer zieht weiter. Mit dem Hobajob's Wood ist es fertig.

»Kommt, ihr beiden, lasst uns gehen.« Adam fasst uns beide bei der Hand. »Zurück ins Haus, dort ist es viel sicherer.

Bis Huckerby kommt das Feuer nicht. Der Wind treibt es nach Norden.«

Er zieht uns vorwärts, führt uns zwischen den Bäumen hindurch, über die alte Mauer, weg vom Feuer und von dem beißenden Rauch. Erschöpft und schweigend gehen wir die kleine Straße hinauf, durch das Tor, über den Hof, ins Haus.

Ich schließe die Vordertür ab, und wir setzen uns an den Tisch. Ich muss an das Lied denken. Das Lied meiner Tochter. Das Lied, das einen Tod ankündigt.

Inmitten der Nacht ein blaues Flämmchen erwacht …

Und dann schaue ich auf. Vor den Fenstern des Langhauses flackert und pulsiert ein seltsames blaues Licht.

Näher und näher kommt es, geisterhaft, verschwommen. Zitternd.

Es ist das Blaulicht der Polizeifahrzeuge.

DARTMEET

Sommer

Am liebsten sitze ich hier, im Schatten von Eichen und grazilen Weiden, am Fuß der Brücke und sehe zu, wie das kalte, plätschernde Wasser des East Dart endlich mit dem des West Dart zusammentrifft und sich mit ihm vereint. Wie zwei heillose Klatschweiber, die die Köpfe zusammenstecken und die neuesten Gerüchte austauschen. Wie eine kaputte Familie, chaotisch, aber wiedervereint.

»Versuch, nicht reinzufallen«, rufe ich Lyla zu. »Wir haben nicht so viele Handtücher dabei.«

Sie dreht den Kopf und lächelt ironisch; sie spielen am Wasser: Lyla und ihr Vater, Charlie und Oscar und ihre neue Freundin aus der Schule in Brixham am Meer. Die neue Freundin heißt Alice. Sie ist genauso verrückt nach Tieren und Pflanzen wie Lyla, kann sich genauso für Vögel und Natur begeistern. Ihre Mutter freut sich, dass wir sie an den Wochenenden mit hier heraufnehmen, und öfter bin ich zurzeit auch nicht auf dem Dartmoor.

Ein paar Tage nachdem Luke, zusammen mit Felix und Randal, gestorben war – in jenem schrecklichen Feuer, das ein Drittel des Hobajob's Wood verschlungen hat –, haben Dan und Tessa uns das Cottage in Brixham überlassen. Das ganze Haus haben sie uns gegeben, einfach so. Mit Schlüsseln und Eigentumsrecht.

Es war ihr Versuch, das alte Unrecht wettzumachen. Die Untaten meiner Mutter auszugleichen.

Adam ließ sich überreden, seinen Stolz wegzustecken. Im Gegenzug überredete er die Nationalparkverwaltung, ihm den Wohnsitz außerhalb des Moors zu genehmigen. Und so ist es gekommen.

Jetzt fährt er morgens von hier unten, von der Küste, rauf aufs Moor und kommt spätabends zurück. Und Lyla hat befunden, dass sie das »goldene« Rauschen der Brandung in Brixham mag. Sie kann in ihrem Zimmer am Fenster stehen und den Wellen zuschauen, und sie liebt die Jachten und Boote in der kleinen Marina, von denen echtes Tingeling herüberklingt. Sie ist selbstbewusster geworden. Vielleicht weil im Grunde sie es war, die uns das Leben gerettet hat: indem sie die Wahrheit herausgefunden und mich gewarnt hat, sodass ich mir das Messer greifen konnte. Ich glaube, dieses neue Selbstbewusstsein hat sie in die Lage versetzt, eine Freundin zu finden. Nur eine, aber immerhin: eine Freundin.

Bevor wir endgültig weggefahren sind, haben wir hinten im Garten von Huckerby die Asche von Felix und Randal verstreut. Die Asche von Lucas haben wir an Kitty Jays Grab verstreut. Das schien uns der richtige Ort zu sein, vielleicht der einzig mögliche. Mutter und Sohn wieder vereint. Adam als Lucas' Vater hat ein paar Worte gesagt. *Brichst jedes Jahr ein Herz, o Dart, Dart.* Und als der milde Frühlingswind die Asche über das Gras verteilte, habe ich die Trauer im Blick meines Mannes gesehen. Lucas war trotz allem sein Sohn; ein Sohn, der von Beginn an abgelehnt und verstoßen worden war.

Dank der Ermittlungen haben wir einiges über ihn erfahren. Dass er mit siebzehn nach England gekommen und zur Army gegangen war. Dass er wegen psychischer Störungen und Drogenkonsums entlassen worden war. Dann hat er offenbar angefangen zu stehlen, hat in Plymouth in besetzten Häusern gewohnt, wandernd das Moor erkundet und viel gelesen: Zauberbücher, alte Bücher über Kulte und Magie, genau jene wertvollen Bände, die meine Mutter nicht Dan oder mir vermacht hat, sondern ihm. Außerdem haben die Ermittlungen gezeigt, wie er immer näher an uns herangekommen ist. Am dreißigsten Dezember hat er das erste Mal versucht, mich umzubringen. Dann hat er wochenlang abgewartet und seine Psychospiele mit uns veranstaltet, bis er die Zeit für einen zweiten Versuch für gekommen hielt. Für einen zweiten Angriff, bei dem er das Swaling nutzen wollte: um die Hexen zu verbrennen. Tatsächlich hat er an mehreren Stellen Benzin ins Feuer gegossen, damit es bis Huckerby kommt.

Aber den Kern des Ganzen hat das Urteil – Tod durch Unfall – nicht getroffen. Die Quelle des Unrechts hat es nicht identifiziert. Meine Mutter.

Von Anfang an war sie es. Meine egoistische, narzisstische Mutter. Unfähig, eine Zurückweisung zu ertragen. Der Krebs ist keine Entschuldigung. Sicher, sie lag im Sterben, sie hatte einen Hirntumor, aber sie war bei klarem Verstand, sie hat ihre Grausamkeiten in voller Absicht begangen. Von der absurd ungerechten Erbschaft bis zu den gemeinen, giftsprühenden Briefen, die teilweise so angelegt waren, dass sie Jahre später eine Explosion auslösen würden. Sie muss gewusst haben, wie die Empfänger reagieren würden, nicht zuletzt der Sohn, den sie von Adam hatte. Was war zu erwarten von einem unglücklichen, vernachlässigten Jungen, der an seinem fünfzehnten Geburtstag einen solchen Brief in die Hand gedrückt bekam und auf diesem Weg dazu verpflichtet wurde, sich für seine schreckliche Kindheit zu rächen?

Was sagt das über meine Mutter? Gibt es überhaupt eine Bezeichnung für sie?

Keine erscheint treffend.

Mitten hinein in meine Gedanken, mein endloses inneres Geplapper, das dahinfließt wie der silbrige Teign zum Drewe-Wehr, fragt Tessa: »Alles in Ordnung?«

Sie sitzt, in einem hellen Sommerkleid, im Schneidersitz auf der Picknickdecke. Ihre Söhne spielen mit Lyla und Alice. Adam zeigt ihnen alles Mögliche im Wasser, kleine Fische und Aale, und nennt die lateinischen Namen dazu. Lyla und Alice lauschen ihm hoch konzentriert, die Jungs sind mehr damit beschäftigt, sich gegenseitig nass zu spritzen.

»Alles in Ordnung, Kath?«, wiederholt Tessa.

»Ja«, sage ich, »mir geht's gut. Ich hab nur gerade nachgedacht. Über alles, weißt du. Meine Mutter und so.«

Sie nickt. »Ich denke auch oft darüber nach. Weil ich es immer noch nicht ganz verstehe.«

»Was?«

Sie hat den Kopf halb in meine Richtung gewandt und lächelt unsicher.

»Das Böse. Die Idee vom schieren Bösen. Die beschäftigt mich schon so lange. Weil ich glaube, es im Gefängnis von Princetown ein paarmal gesehen zu haben. Und jetzt, na ja, ich frage mich, ob es uns in Luke begegnet ist – oder eher in dem, was eure Mutter getan hat. Und ich bin – ich weiß nicht – ratlos. Irgendwie.«

»Warum?«

»Weil«, sagt sie: »Wenn das schiere Böse existiert, muss es doch auch reine Güte geben. Richtig? Und reine Güte heißt ja wohl Gott. An Gott kann ich aber nicht glauben. Ich bin Atheistin, Materialistin, Wissenschaftlerin.« Wehmütig lachend schüttelt sie den Kopf. Und wechselt das Thema. »Noch ein Sandwich?«

Ich muss lächeln. »O ja, gern. Die sind lecker. Was war das noch? Irgendwas Spanisches?«

»*Jamón Ibérico de Bellota*«, sagt sie. »Ich bin erwiesenermaßen süchtig danach.«

Und dann verfallen wir wieder in Schweigen. Zufriedenes, vertrautes Schweigen – unterbrochen nur von den Juchzern der Kinder. Es ist eine heitere Moorlandszene. Wir haben uns ein stilles Plätzchen am Ufer gesucht, weitab von den Touristen. Morgen beginnt eine neue Arbeitswoche. Ich habe einen neuen Job: Ich leite eine kleine, unabhängige Buchhandlung. Nichts Aufregendes, nicht besonders gut bezahlt, aber es macht mir Spaß. Und es gibt mir die Möglichkeit, die meisten sonnigen Sonntage auf dem Moor zu verbringen. So wie diesen.

Der Einzige, der fehlt, ist mein Bruder. Dan. Er hat einen großen Fehler begangen, aber trotzdem fehlt er mir, besonders bei solchen Familienausflügen. Ich muss danach fragen.

»Wie läuft's zu Hause?«

Sie seufzt. »Die Jungs wollen ihren Vater wiederhaben. Daher haben wir beschlossen, es noch einmal miteinander zu versuchen. Für ein paar Wochen – oder Monate. Mal sehen, wie wir miteinander klarkommen.«

»Das ist gut«, sage ich und lege meine Hand auf ihre.

»Na ja«, erwidert sie. »Noch traue ich Dan nicht so recht, und ich werde ihn nie wieder so lieben wie früher, aber den Jungs zuliebe …« Sie hebt den Blick. »O Gott, ich glaube, Oscar versucht gerade, Charlie zu ertränken. Das ist suboptimal.«

Ich lache.

Sie steht auf und ruft: »Jungs! Bringt euch bitte nicht gegenseitig um! Sonst kriege ich Ärger.«

Und dann läuft sie hin zu den beiden, die immer noch rangeln, wenn auch, wie ich glaube, nicht ernsthaft. Adam schaut auf und winkt mir, und ich winke zurück. Von Weitem sieht man die Narben nicht, die Brandnarben seitlich am Hals und den ganzen Arm hinunter. Die hat er sich geholt, als er bis Huckerby durch die Flammen gelaufen ist, um uns zu retten.

Und er war früher da als die Polizei.

In dem Moment, in dem wir uns gerettet haben. Oder in dem die Hunde uns gerettet haben. Trotzdem hat Adam gezeigt, wie sehr er uns liebt. Er hat für uns sein Leben riskiert. Und die Narben sind der Beweis.

Pitschnass und lachend klettern Lyla und Alice aus dem Fluss. Sie sind schon ein tolles Gespann: Lyla mit ihrem fast schwarzen Haar und den leuchtend blauen Augen und Alice das komplette Gegenteil, nämlich hellblond.

»Wir haben gelernt«, sagt Lyla und kichert. »Alles über Feuchtwiesen, über die Blumen, die hier wachsen. Papa war der Lehrer, er hat sie uns gezeigt: die Sumpfkratzdistel, den Gemeinen Teufelsbiss, die Spitzblütige Binse!«

Alice ergänzt: »Und Efeu-Moorglöckchen und Moor-Pfeifengras!«

Sie sind unschlagbar, die zwei, ein echtes Komikerduo. Während Lyla redet, während sie Alice von den Welpen erzählt, die wir kaufen wollen, um Felix und Randal zu ersetzen, beobachte ich, ob sie Stimmings braucht. Das ist viel seltener geworden. Manchmal sehe ich sie stumm ein Wort wiederholen, manchmal tänzelt oder hüpft sie. Und wenn sie Angst hat, flattert ihre Hand auf wie ein Vogel, wie ein Falke im Rüttelflug. Sie wird immer anders sein, exzentrisch, etwas verschroben, aber inzwischen betrachte ich das Ganze als Stärke. Sie ist sie; stärker kann man nicht sein. Wir werden sie nie mit einem Etikett versehen – abgesehen von ihrem Namen. Sie ist Lyla Redway.

Was Lyla aber trotz ihrer besonderen Gaben nicht weiß, was niemand je erfahren wird, ist, was tatsächlich in dem Auto am Burrator Reservoir geschehen ist.

Vor ein paar Wochen ist die Erinnerung zu mir zurückgekehrt. Vollständig.

Luke hat mich nicht zu dem See gebracht, weil er vorhatte, einen Selbstmord vorzutäuschen. Das mit dem Gedicht war

Zufall, wahrscheinlich hat er es gar nicht gesehen. Er hat mich, nach der Vergewaltigung, gezwungen, dahin zu fahren, weil er buchstäblich sehen wollte, ob ich eine Hexe bin. Ich vermute, an die Hälfte dieser Sachen hat er geglaubt, vielleicht an die meisten: die Hexensteine, die Symbole, die Magie mit meinem Blut im Hobajob's Wood. Und so wollte er mich auf die Probe stellen, wie es überliefert ist: durch Schwimmen, Untertauchen, Ertränken.

Die Vorstellung der Hexenprobe hat ihn fasziniert. Sie stammt aus dem Mittelalter, aus der Zeit der Hexenverfolgung; er kannte sie aus den Büchern, die meine Mutter ihm hinterlassen hatte. Luke war davon überzeugt, dass unsere Mutter eine Hexe war, deshalb dachte er, dass auch ich eine Hexe bin und Lyla ebenso. Deshalb hat er sich hinten ins Auto gesetzt und mich mit dem Messer an meiner Kehle gezwungen, zum Burrator Reservoir zu fahren. Ich nehme an, ursprünglich hatte er vor, mich aus dem Auto zu zerren und direkt ins Wasser zu stoßen.

Aber als wir am Ufer hielten, habe ich unten neben meinem Sitz eine große, schwere, altmodische Taschenlampe gefunden. Damit habe ich ihm so fest auf den Kopf geschlagen, dass er ohnmächtig wurde. Ich habe ihn vom Sitz gestoßen, in den Fußraum, und wollte losfahren, direkt zur Polizei, doch er kam schnell wieder zu sich und richtete sich auf. Und das war der Moment, in dem ich voller Panik zu dem Schluss kam, dass ich keine Wahl hatte. Dass es nur eine Möglichkeit gab, Lylas Unversehrtheit zu garantieren.

Wir mussten beide sterben, und zwar auf der Stelle.

Es war die einzige Möglichkeit, Lyla auch bestimmt zu retten: ins Wasser fahren, uns beide ertränken.

Also habe ich *doch* versucht, mich umzubringen. Um meine Tochter zu retten. Aber durch irgendein schwarzes Wunder, schwarz wie die Tors, sind wir beide nicht nur aus dem Auto herausgekommen, sondern auch aus dem See. Und Luke hat neue Pläne geschmiedet, wie er mich umbringen würde. Indem er Lyla und mich in Stücke schneidet, wie sie es in Grönland mit den Hexen machen. Und diesmal stand sein Plan fest, weil er inzwischen für sicher hielt, dass ich eine Hexe bin.

Denn Hexen treiben nach oben.

Von alldem wird Lyla nie etwas erfahren. Niemand wird je davon erfahren. Aber mich beschäftigt es noch. War Luke einfach komplett verrückt, lag er komplett daneben? Manchmal glaube ich, dass an dieser Familie etwas Besonderes ist, dass etwas anders ist. Aber mit mir oder meiner Mutter hat das nichts zu tun, es sind nicht die Kinnersleys. Nein, es ist in den Redways, die seit hundert Generationen hier auf dem Dartmoor leben.

Vielleicht war es in Adams Oma. Vielleicht ist es in Adam, sehr wahrscheinlich ist es in meiner Tochter. Ich denke an Lylas Gabe, Tiere anzuziehen. Die Ponys an jenem Abend. Die Hunde, die uns gerettet haben. Wie hat Lyla das gemacht? Bei dem Lärm, durch Feuer und Rauch? Wie haben die Hunde über diese Entfernung, über brennende Felder und Bäume hinweg gespürt, dass sie in Gefahr ist?

Das war schon ungewöhnlich. Manch einer würde sagen: Das war Magie.

»Alice?«, sagt Lyla. »Wollen wir mal dahinten nachschauen? Da gibt's Reiher und Aale und alles.«

Alice nickt glücklich, und schon stürmen die beiden davon. Barfuß durchs hohe Gras. Kichern hallt durch die warme Luft. Dann sind sie weg.

Ich lege mich hin und schaue in den Himmel. Ein Stück weiter unten am Ufer sitzen andere beim Picknick, und die haben Musik laufen, gerade *The White Hare*:

I heard her in the valley,
I heard her in the dead of night
The warning of a white hare
Her eyes burning bright …

Das Lied besingt eine Hexe, die in Gestalt eines weißen Hasen auf dem Moor erscheint und sich, sobald ein Mann sie anschaut, in eine schöne Frau verwandelt. Es trägt mich zurück in die Zeit, als Adam und ich frisch verliebt waren und er mir Plätze wie diesen gezeigt hat: lauschige grüne Ecken auf dem Moor. Und wenn ich an diese Liebe denke und an alles, was seither geschehen ist, weiß ich, dass wir es schaffen. Diese kleine Familie. Adam, Lyla, ich. Wir sind auf die Probe gestellt worden. Wir haben überlebt. Ich schätze, wir kommen durch.

Der schöne, melancholische Song erinnert mich aber auch an die andere Seite, an die Dunkelheit, die Winternebel bei Hexworthy, die klingelnden Metallschnüre in Huckerby, die Zeiten von Kälte und Schwärze und Angst. Ganz ist die Trauer nicht vergangen, immer noch wirft sie auf alles einen Schatten. Zweifellos sind wir hier glücklicher, aber das reine Glück ist es nicht. Denn wir haben etwas auf dem Dartmoor zurückgelassen: Ein Teil unserer Seele ist dort geblieben. Wo die grauen Moore ansteigen und abfallen wie der einsame Schrei eines Wasservogels.

Das war der Preis: dass wir diese Schönheit nicht mehr täglich um uns haben.

Und so liege ich da, lasse mir die Sonne ins Gesicht scheinen und das Eichenlaub Schattenflecken dazwischenwerfen und träume bittersüß von den Wildblumen auf dem sommerlichen Moor: von Mädesüß am White Horse Hill und Fingerhut am Broada-Sumpf, von Sonnentau und Hirtentäschel, vom Flohkraut und den Rosen.

ANMERKUNG DES AUTORS

Ich danke allen, die mich bei meinen Dartmoor-Recherchen unterstützt haben, besonders Tim Cumming für viele Anregungen und Loic Rich für seine Gesellschaft. Auch den Mitarbeitern der Hotels »Two Bridges«, »White Hart« und »Gidleigh Park« fühle ich mich zu Dank verpflichtet; ich danke allen, die Plymouth Gin destillieren und Dartmoor Jail Ale brauen, und ich danke meinen Redakteuren bei der *Times* und dem *Sunday Times Travel Magazine*: Jane Knight, Ed Grenby und Nick Redman.

Wie immer danke ich Jane Johnson, Eugenie Furniss und Sarah Hodgeson für kluge Begleitung, wichtige Hinweise und Professionalität.

Es gibt in diesem Buch zahlreiche Bezugnahmen auf Orte in der Region Dartmoor. Einige Namen habe ich geändert oder erfunden, wobei ich hoffe, dass der Text die einmalig schöne Dartmoor-Landschaft trotzdem getreulich abbildet. Sollten sich Fehler eingeschlichen haben, bin dafür allein ich verantwortlich.

Schließlich danke ich dem Singer-Songwriter Seth Lakeman für die Erlaubnis, aus seinen Songtexten zu zitieren.

Kirstie oder Lydia? Gut oder böse? Lebendig oder tot?

S. K. TREMAYNE

EISIGE SCHWESTERN

PSYCHOTHRILLER

Ein Jahr nachdem die sechsjährige Lydia durch einen tragischen Unfall ums Leben kam, sind ihre Eltern Sarah und Angus Moorcroft psychisch am Ende. Um neu anzufangen, ziehen sie zusammen mit Lydias Zwillingsschwester Kirstie auf eine atemberaubend schöne, einsame Privatinsel der schottischen Hebriden. Doch auch hier finden sie keine Ruhe. Kirstie behauptet steif und fest, sie sei in Wirklichkeit Lydia, und die Eltern hätten den falschen Zwilling beerdigt.

Bald umhüllen Winternebel die Insel, Angus ist beruflich oft abwesend, und bei Sarah schleicht sich das unheimliche Gefühl ein, etwas stimme tatsächlich nicht. Zunehmend fragt sie sich, welches ihrer Mädchen hier an ihrer Seite lebt und wem sie noch trauen kann. Als ein heftiger Sturm aufzieht, sind Sarah und Kirstie komplett von der Außenwelt abgeschnitten und den Geistern der Vergangenheit ausgeliefert. Was geschah wirklich in jener verhängnisvollen Unfallnacht?

KNAUR

Ich sehe was, was du nicht siehst – und das ist dein Tod.

S. K. TREMAYNE

STIEFKIND

PSYCHOTHRILLER

Rachel hat es endlich gut getroffen. Nach langen Single-Jahren hat sie den Anwalt David Kerthen kennengelernt und zieht mit ihm in sein Herrenhaus auf den Klippen von Cornwall. Mit den besten Absichten, auch für Davids Sohn aus erster Ehe, den neunjährigen Jamie, eine gute Mutter zu sein. Denn Davids erste Frau kam auf tragische Weise in einer der überfluteten Zinngruben an Cornwalls Küste ums Leben.

Doch Jamie verändert sich, scheint von düsteren Visionen geplagt – und platzt schließlich mit einem Satz heraus, den Rachel nicht mehr vergessen kann: »An Weihnachten wirst du sterben ... und meine Mummy kommt zurück.«

Psychothrill an der atemberaubenden Küste Cornwalls – der zweite Roman des Bestsellerautors von »Eisige Schwestern«!

»Sie werden durch die letzten Seiten rasen, begierig, die Wahrheit zu erfahren – fantastischer, angsteinflößender Lesestoff!«
Sunday Mirror

KNAUR

Drei Auftragskiller und eine Insel voller Querulanten

GORDON TYRIE

TODESSTRÖMUNG

THRILLER

Nachdem sie einen wichtigen Job versaut haben, bleibt drei Glasgower Auftragskillern nur die Flucht auf die karge Hebrideninsel Jura, getarnt als Outdoor-Touristen. Ihre Tarnung fliegt auf, doch Juras eigenbrötlerische Bewohner lassen sich auf einen gefährlichen Deal ein ...

»Ein Thriller grau und wechselhaft wie das Wetter auf den Hebriden. Unberechenbar, kalt – und doch anders.«
3sat »Kulturzeit«